노년의 삶, 소설로 읽다

노년의 삶, 소설로 읽다

김정석 · 박선애

소울앤북

이 책은 박선애 선생이 단독으로 때로는 저와 함께 써온 글들의 모음입니다. 우리 두 연구자의 인연은 이제 십여 년에 이르고 있습니다. 당시 저는 노년에 관한 사회과학적 지식에 인문학적 이해를 더하려는 열의에 차 있었습니다. 마침 박 선생을 만나게 되었고 노년 소설 분석에 열중하게 되었습니다. 박 선생을 통해 노년을 바라보는 문인들의 섬세함과 날카로움을 글로 옮겨내는 작업을 배우는 것은 저에게 큰 즐거움이었습니다. 각자의 삶의 여정에 따라 가깝기도 멀어지기도 하였으나 지금은 다시 이 책을 두고 여러 이야기를 나누게 되어 기쁩니다.

이 책은 총 5개의 주제로 구성되어 있습니다. 제1부는 노인의 무명성과 주변적인 삶의 양식을 드러내고자 했습니다. 제2부는 노년이 연상시키는 죽음과 그에 대한 자세를 살펴보았습니다. 제3부는 돌봄을 받고 누군가를 떠나보내는 노년, 그리고 손자녀를 돌볼 수밖에 없는 노년의 경험을 포착하였습니다. 제4부는 무성적 존재가 아니라 여전히 섹슈얼리티가 다양하게 표출되는 노년의 모습을 알아보았습니다. 제5부는 노년의 초입에서 겪는 혼란과 위기를 몸과 가족관계를 통해 접근하였습니다.

책에 등장하는 소설들을 직접 읽어보시기를 권합니다. 단언컨대 우리가 제시하지 못한 많은 색깔과 느낌을 발견할 것입니다. 이 책은 오늘 여기에서 우리가 보고 받아들인 만큼만 담고 있습니다. 다행히도 매일 매달 매년 더해지는 세월이 박 선생이나 저에게 나쁜 것만은 아님을 깨닫고 있습니다. 눈 귀가 어두워지고 행동이 굼떠지는 만큼이나, 산다는 것, 나이가 든다는 것, 변해가는 세상에 대한 성찰과 이해 또한 더해지는 것 같습니다. 쓰다 보니 혼잣말이 되어서, 독자들께 송구합니다.

이 책이 재미있게 읽혀지기를 바랍니다.

2023년 3월
김정석

차례

1부
노인의 무명성과 주변성
−세상에서 밀려나 그 언저리에서 살게되다

'301호', '18층 할머니', '유모차 할머니'의 이름은:*
―이정호의 『노인정 산조』

1. 머리말

2000년 초반부터 한국사회도 고령화 사회로 진입하면서 우리 보다 먼저 고령화 사회로 진입한 서구사회와 같이 산업화에 따른 핵가족화와 생활환경의 변화, 전통적인 가치관의 해체가 가져온 가족 규범의 약화 현상이 나타나기 시작한다. 또한 고도의 정보화 사회에 대응해 나가지 못하는 노인 노동력의 문제, 이로 인한 사회적 역할과 경제력의 상실, 그리고 사회 전반에 늙음보다 젊음을 중요한 가치로 인식하는 데서 오는 노인 소외 현상들이 목격된다. 이런 노년[1]을 둘러싼 주변성들은 중층적으로 결합하여 사회·경제적 차원뿐만 아니라 문화적 차원에서도 노년을 차별적 시선으로 바라보게 하였다. 문화적 차원에서 노년은 그 문화의 핵심적 가치의 실현으로부터 소외된 이질적인 모습으로 다루어진다. 특히 고령화 사회에서 고령의 여성화는 일반적인 현상으로서, 노년 여성은 노년기의 다양한 생활 영역에서 노년 삶의 문제점을 드러내기 때문에 문화적으로 노년의 타자화 대상에서 자주 거론되고 있다.

본고는 최근 문학 안에서도 노년 문제에 대한 관심을 일군의 작가들이 윤리적 감각을 되살리어 다양한 차원으로 작품화하고 있음에 주목하며 논의를 전개하고자 한다. 그동안 문학 연구에서 노년문학은 단순히 문학의 하위 장르 개념으로 인식되어 '노년문학', '노년학적 소설'², '노인성의 문학', '노인문학'³으로 불리며 주변적 위치에 머물러 있었다. 1990년대부터는 본격적으로 노년기를 맞은 작가들에 의해 노년문학이 창작되면서 문학 연구가들에게도 관심의 대상이 되었다.

하지만 이 글에서는 기존의 노년문학에 대한 연구가 고령의 문단 대가들(박완서, 김원일, 문순태, 최일남 등)의 작품에만 집중해 진행되었다는 점을 감안해, 노년문학의 풍성한 저변 확대 차원에서 1960년대부터 꾸준히 작품 활동을 해 왔으며 노년기를 맞아 작가 자신을 포함한 노년기 여성들의 삶에 관심을 두고 창작활동을 한 이정호에 주목하고자 한다.

이정호는 1931년 출생한 여성작가로 6·25 전쟁 체험을 바탕으로 한 작품들과 함경도 지방에 관한 고향 기억들을 바탕으로 한 작품들이 주로 평단에서 주목받았다. 앞서 언급했던 문단의 중심부에서 활동한 주류층 작가들과는 변별되는 비주류층에 속해 작품 활동을 해나간 작가라 하겠다.

이정호의 『노인정 산조』는 작가가 홀로 도시의 아파트에 거주하며 그의 주변에 살고 있는 노년 여성들의 일상적 삶을 관찰하고 취재하여 작품화한 것이다. 작가는 이 작품에서 도시에 거주하는 노년 여성의 삶에 드러난 다양한 차원의 노년 문제들에 관심을 보이며 노년기 여성의 정체성을 탐색해 내고 있다. 작가의 그동안 작품들을 면밀히 살펴보면 비록 문단의 중심권에 속하지는 않았지만 늘 현실 세계와 살아있는 관계를 유지하며 작품 활동을 해 왔음을 알 수 있다.[4] 그렇기 때문에 노년기를 맞은 여성작가가 자신의 삶 속에서 발견되는 노년 문제에 대한 관심을 작품으로 연결시키는 작가적 태도는 너무도 당연하다 하겠다. 작품이 작가 자신과 조화를 이룰 때에만 풍요로워지며 존재감을 갖는다는 걸 보여준다. 『노인정 산조』[5]를 창작하게 된 동기는 작가 스스로도 자신의 생활 주변 여성 노인들에게 있다고 자세히 밝히고 있다.

> 이: 어, 저도 이 아파트에 이사와 가지고 꼭 십년 전인데, 이사와 가지고 처음으로 노인정이란 데를 가봤거든요? 그래 그 가게 동기도 저희 위층에 사는 401호에 사는 할머니가 그냥 어느 날 그냥 무작정 와서 저기 현관에 와서 벨을 누르더라구요.

> 이: … 마침 방송에서 그때 이 아파트 처음으로 입주해서 얼마 안 됐을 때니까, 방송으로 아 65세 이상의 할머니들 한 노인들은 노인정을 여기 저기 조직하니까 오십시오. 그때 제가 아 됐다! 노인정에 이 할머니를 모시고 가자, 그래서 **노인정이란 델 발 들여놨어요.** 들여놓고 보니까, 그런 할머니들이 한 많아요. 한 2~30명 왔어요.[6] (이하, 굵은 글씨 인용자)

이정호는 이 작품을 통해 노년을 단지 생물학적인 현상으로 그리지 않고 문화적 현상으로 그려 나간다. 그는 노년이 더 이상 '금지된 주제'로서 늙음을 유난히도 멀리하던 태도에서 벗어나 인간 그 말년에도 계속 인간으로 남아 있기 위해 '침묵의 음모'7를 깨는 자세를 취한다. 이런 작가적 면모는 작품 속에서 서술자가 초점화자8인 '301호'를 통해 자신의 노년에 대한 지각, 인식, 감정 등을 지향해 나가는 데서도 확인된다.

본고에서는 『노인정 산조』를 통해 일제강점기, 전쟁, 산업화 과정을 거친 특정 연령집단으로서 현 노년 세대의 호칭, 신체적·정신적 노화 현상, 경제·사회적 특성과 함께 노년 여성의 정체성을 살펴보고자 한다. 아울러 작가가 지향하고 있는 노후의 삶은 어떠한 것인지 파악하는 데 주안점을 둘 것이다. 또한 이들 노년 세대가 자녀 가족과 한 아파트에 거주하면서 겪게 되는 세대 간 갈등에 대해서도 알아보고자 한다. 이 과정에서 노년은 인간 발달의 연속 과정의 한 단계로서, 누구나 한번은 경험하게 되는 것으로서, 작품에 나타난 노년의 삶을 이해하며 생애 전반을 아우르는 통합적 관점을 유지해 나갈 것이다.

2. 노년 여성의 호칭을 둘러싼 여러 시선들

소설에서 등장하는 인물에 대해 그 성격에 어울리는 이름을 부여하는 방법을 명명법이라고 한다. 소설 속의 인물들은 이야기 속에 등장하는 순간부터 어떤 식으로든지 이름을 가지게 된다. 그리하여 소설에 등장하는 인물의 이름은 대체로 그 성격에 생명감과 개성을 불어 넣어 주는 역할을 한다.9 그러다 보니 인물은 작품의 주제적 측면에서 보면 환경과 관련되어 '어떤 인물인가', '무엇을 뜻하는 인물인가'라는 점에 주안점을 두어 살펴볼 수 있다.

이정호의 『노인정 산조』에는 많은 여성 노인들이 등장한다. 그러나 정확한 이름으로 즉 '지필순', '박정희'와 같이 명명되어 있는 인물은 거의 없다. 대부분의 여성 노인들은 서로의 편의에 따라 호칭하여 사용한다. 이러한 여성 노인들의 명명 방식에는 노년 구체적으로 여성 노인에 대한 한국 사회의 부정적 함의[10]들이 작용하고 있음을 알 수 있다. 즉 한국 사회의 노년 호명과 관련된 연령주의적, 성차별적, 신분주의적 시각[11]이 작품의 등장인물 명명법을 통해 발견되고 있다.

최근 우리 사회에서는 노년의 호칭에 대한 여러 논의들이 진행되고 있다. 그런 가운데 '어르신', '-아버님', '-어머님'과 같은 호칭은 '나이 듦에 대한 낙인'의 느낌을 준다는 이유로 나이든 존재라는 느낌을 주지 않는 '선생님' 또는 불리는 사람의 앞에 붙여 부르는 '-님'과 같은 호칭이 받아들여지고 있다. 이렇게 노년의 호명 문제가 사회 안에서 자주 거론되는 현상은 바로 노년의 주변화에서 비롯된다.[12]

과거에 '노인'이란 호칭엔 지혜와 연륜을 바탕으로 생애주기의 통합적 면모를 지닌 인물이란 의미가 강했다. 하지만 오늘날에는 언론 매체 및 전문가들이 부정적 의미로 노인을 호칭하면서부터 사회 문화적으로 노인은 현대 사회에서 사회적 성취에서 소외되어 궁핍하고 어려운 삶을 살게 된 익명의 노년으로 지칭되는 용어로 굳어져 버렸다.

현재 노인이란 호칭 속에는 '성장'을 목표로 살아온 세대로서 나이가 들어 그러한 사회적 역할자로서의 기능을 수행하지 못하게 되면서 주변적 위치로 전락한 세대란 의미가 내포되어 있다. 노년을 지칭하는 여러 호칭 속에도 이런 주변화 된 시각은 그대로 반영되어 나타난다.

『노인정 산조』에 나오는 여성 노인들은 바로 이러한 세대에 속하는 노년들로서 가족과 사회 안에서 희생과 헌신으로 살아왔으며 노년기를 맞아 자신의 존재감을 전혀 찾지 못하고 노년의 시간을 버티며 살아가고 있는 인물들이다. 이들의 노년기 호칭 역시 자신들의 정체성이나 존재감을 드러내는 것과는 아무 상관없는 방법으로 명명되어 있다.

작품에 드러난 여성 노인들의 이름을 나열해 보면, '키다리', '강 할머니', '301호', '401호', '901호 할머니', '18층 할머니', '부회장', '감사', '동서할머니', '뚱보할머니', '유모차 할머니', '하얀 머리 할머니', '애기 할머니', '일본 말쟁이 할머니' 등이다. 이렇게 여성 노인들의 호칭에는 일상생활 속 언어적 실천에 있어 노년에 대한 고정관념과 차별적 시선이 그대로 반영되어 나타난다.

소설 속에서 아펠레이션(appellation, 이름 짓기) 방법에는 우의적 (allegorical)방법, 음성상징을 이용한 방법, 별명을 이용한 방법 등[13]이 있는데, 이 작품에서는 여성 노인들의 이름에 대체로 노쇠한 신체적 특징이나 살고 있는 아파트의 호수와 층 그리고 '노인정'에서 맡고 있는 직함이 그대로 이름 짓기로 이어진다.

작품 속에서 여성 노인들 스스로가 서로를 부를 때 사용하는 '할머니'란 호칭은 '할아버지' 혹은 '노인'이란 호칭과 같이 익명의 노년을 지칭하는 의미로 사용되고 있기 때문에 소설 문법의 명명법에서 보이는 개성적 인물의 특성을 드러내는 차원과는 거리가 멀다. 이런 인물들의 호칭 속에는 한국 사회에 강하게 내재해 있는 연령주의적 시각뿐만 아니라 나이가 들어 별 볼일 없어진 사회적 위상을 나타내는 신분주의적 이데올로기도 확인된다.[14]

　게다가 이 작품에 나타난 '키다리'. '뚱보 할머니'. '하얀 머리 할머니', '유모차 할머니', '애기 할머니' 호칭에는 시각적인 편의에 따라 건강이나 외모와 같은 특징으로 여성 노인을 정의해 나감을 보여준다.[15] 반면, '노인정'의 남성 노인들에 대해서는 자세히 서술되어 있지 않지만 노인정의 회장 직분을 맡은 남성 노인을 호칭할 때는 그의 이전 사회적 역할을 거론하며 호칭하는 모습을 보인다. 대체로 남성 노인들에겐 연령, 계급, 무엇보다 이전의 사회적 지위인 신분이 호칭에 자주 사용된다. 이는 가부장제 하에서 살아온 여성 노인들에게 공사 영역에 대한 성별 분리적 시각이 여전히 반영되어 유지되고 있음을 의미한다. 즉 여성 노인의 호칭 속에서 노년의 주변성 외에도 남성 중심적 젠더 담론을 확인할 수 있다.

　남성 작가인 최일남의 「아주 느린 시간」에 등장하는 남성 노인들의 호칭과 비교해 보면 이는 더욱 선명하다. 그의 작품에는 남성 인물들의 호칭이 '성'으로만 제시되어 있지만 '-선생'이라는 존칭이 쓰인다. '-선생'이란 호칭에는 그들의 현재 처지나 삶의 상태와 과거 이력들을 알게 하며 지금은 은퇴해 있는 인물이란 의미가 담겨져 있다. 이들은 사회적으로 어느 정도 성공한 남성들임을 호칭을 통해 알 수 있다. 그러나 내놓을만한 이전의 사회적 성취가 없는 남성 노인들에게는 여지없이 '-할아버지'라는 노년의 익명적 호칭이 사용된다.

　우리 사회에서도 남성 노인들에게는 사회적 활동에서 은퇴한 사람들로 대우하는 '선생'이란 호칭에 성을 붙여 많이 사용하며, 여성 노인들에게는 가사일을 해온 사람이라는 의미에서 '할머니'란 호칭을 많이 사용한다. 여기에서 '노인정'의 여성 노인들 대부분이 몰개성적인 '할머니'라는 호칭으로 명명되는 근거를 찾을 수 있다. 다만 '할머니'란 익명성을 지닌 호칭 앞에 구성원 간의 편의적인 고유 지시어가 붙을 뿐이다. 이는 노인에 속하는 서술자 자신도 '노년'이란 범주와 동일시하지 않고 오히려 노년은 어떠하다는 식의 고정관념 하에서 다른 노인들의 호칭을 타자화 하는 경향이라 할 수 있다.

또한 등장인물의 명명법(이름짓기) 외에도 노년의 주변성이 여성 노인들에게 무의식적으로 내재되어 있음은 '노인정'의 생활에서도 쉽게 발견된다. 그들은 스스로 자신의 이름을 밝히려고 하지도 않고 노인정에 나오는 낯선 여성 노인들의 이름을 알려고도 하지 않는다. 다만 각자가 편리한 방식으로 호칭하고 명명할 뿐이다.

여성 노인들은 부회장이 노인정의 운영비를 회비 형식으로 모으자고 의견을 내며 협조해 줄 것을 당부하자 처음에는 시큰둥한 반응을 보인다. 이런 모습에서 경제적으로 자녀들에게 의존해 있는 대부분의 현 노년 여성의 처지도 확인할 수 있다. 그런데 '301호'가 금전출납부에 회비를 내는 여성 노인의 이름을 일일이 적고 기록으로 남기자 여기저기 앉아 있던 여성 노인들이 치마와 바지 속에서 자신의 경제적 형편에도 불구하고 자발적으로 회비를 꺼낸다.

301호는 이때, 퍼뜩 생각이 나서 노트에다 줄을 그어 금전출납부를 만들었다. 3만 원이 너무 고맙고 그냥 받기가 미안해서였다. 날짜를 쓰고, 이름 901호 할머니, 입금 3만원, 이렇게 쓰고 그 아래 칸에 301호 2만원, 하고 입금을 잡았다. 합계 5만원. 그리고 아래 칸에 매운탕 2만원 지출, 하고 잔금란에 3만 원, 하고 썼다.
그런데 옆에서 구경하고 있던 16층 할머니가 나도 2만 원 낼게,
하였고 이어서 18층 할머니가 나는 만 원밖에 없는데, 하면서 치
마를 들고 속바지 주머니에서 파란 만 원짜리를 꺼내주는 것이었
다. **아, 이름을 남긴다는 것, 할머니들도 그것이 미덥고 기쁜 것
이로구나.** (48쪽)

위의 인용에서 화자가 설명하고 있듯 여성 노인들은 이전 시기
부터 이름을 남기고 기록한다는 공적 활동에 익숙해 있지 않다. 이전
시기까지 여성 노인들의 삶 속에서 자신들의 이름과 어떠한 관계를
맺으며 살아왔는지 알게 하는 대목이다. 비록 편의적으로 노인정 안
에서 불리는 호칭일지라도 자신의 이름이 기록으로 남는다는 사실에
기꺼이 아끼던 돈을 내는 모습은 노년 여성으로서 존재감을 확인받
고 싶어 하는 행동으로 볼 수 있다.

이 밖에도 '- 할머니'라는 호칭에는 여성 노인[16]에 대한 비성화
된 존재라는 인식도 담겨져 있다. 나이가 들어감에 따라 '여성 노인'
은 여성성을 잃어 감에, '남성 노인'은 남성성의 근간인 사회적 성취
를 잃어가는 가는 것에 주목한 성차별적 시선을 노년기 호칭에서도
발견할 수 있다. 하지만 여전히 노년을 다룬 작품들에 나타난 노년의
호칭에는 공통점이 있다. 그것은 개별적 노인의 특성보다는 보편적
다수의 노년 인물들의 특성을 부정적으로 담아낸다는 점이다. 『노인
정 산조』에 나타난 여성 노인들의 명명법을 통해 여성 노인들의 정체
성과 무관한 호칭들이 확인되며, 한국 사회의 노년기 사람들에게 나
타나는 소외와 고립 양상이 드러나고 있다.

르네 웰렉은 "성격 창조의 가장 간단한 형식은 이름을 붙이는 것이다. 명명이라고 하는 것은 한 개체에 생명을 부여하는 것, 정령화하는 것, 개별성을 주는 것이다"[17]라고 말한다. 그만큼 소설에서의 이름이란 성격창조의 한 출발점이며, 소설미학으로서 중요한 역할을 담당하고 있음을 의미한다. 그리하여 일반적으로 소설 속 인물들의 명명에는 대부분 그 인물들의 성격이 개성적으로 드러난다. 작품에서 '노인정'의 여성 노인들의 명명이 개성적으로 이루어지지 못하다 보니 각 인물의 성격창조 역시 개성적인 면을 찾아 볼 수 없다. 호칭을 통해 보여준 한국 사회의 노년에 대한 주변화 된 인식은 인물의 성격 묘사에 있어서도 노년 여성에 대한 차별적 시선을 반영해 나간다.

> 얼굴이 유난히 검고 미간을 언제나 찌푸리고 있는 강 할머니의 인상은 험상궂었다. 고부간에 대화가 없는 이유를 며느리가 교만한 탓이라고 치부하지만 강 할머니 역시 뚱하니 앉아 있다가도 불쑥 화를 내거나 자기주장이 옳다고 뻗대는 고집으로 보아 피장파장인 것 같다. (25쪽)

위의 '강 할머니'의 외모와 성격 묘사 부분에는 노인에 대한 편견이 발견된다. '언제나 찌푸리고', '험상궂다', '뚱하다', '불쑥 화를 내다', '뻗대는 고집' 등의 부정적 어휘를 통해 '강 할머니' 같은 노인이 갖는 성격적 특성을 부정적으로 부각시키고 있다. 작품에 등장하는 이러한 어휘들은 독립적으로 작용하는 것이 아니라 "사물의 인지, 태도, 행동이라는 층위에 작용하여 유형화한다는 것을 전제"[18]할 때 노년에 대한 사회적 통념을 그대로 보여준다.

전통 사회에서 노인들은 가족이나 사회에서 모든 미덕의 본보기

를 보여주어야 한다는 인식이 팽배했다. 이러한 인식은 노인들에게
는 평정함을 유지하는 특성이 있다고 단정하기에 이른다. 하지만 이
런 사고방식은 노년을 이해하는 데 더욱 무관심을 유발하게 된다. 사
람들은 노인들에게 요구하는 그들 자신의 승화된 이미지, 그것은 백
발의 후광에 싸인 경험이 풍부하고 존경할 만한 인간, 인간 조건을 저
높은 곳에서 굽어보는 현자를 원한다. 노인들이 그런 이미지에서 멀
어지면 그들은 형편없는 밑바닥으로 추락한다.

'강 할머니'의 형상도 전통 사회 노인들의 이미지인 지혜의 통합
성을 보이는 시각과는 상당히 차이가 난다. '노인정'의 여성 노인들의
성격도 과거 노년의 이미지에서 추락한 모습으로 그려져 있다. 그들
은 '노인정' 안에서 벌어지는 사소한 사건이나 대화에 있어 주변 상
황에 대한 이해 능력이 떨어지고 또한 변화하는 세상과 새로운 세대
와 조화를 못 이루어 나가는 등 노욕과 불안정한 성격적 특성을 끊임
없이 재생산해 낸다.

결국 우리 사회의 노년의 주변화 현상을 사회적, 정치적, 경제적
차원뿐만 아니라 문화적 차원에서도 확인되고 있음을 『노인정 산조』
에 나타난 여성 노인들의 호칭과 성격 창조 등에서 살펴볼 수 있었다.
특히 노년기 여성의 이름(호칭)이 성인 세대의 기혼 여성들보다 더
욱 심각하게 왜곡되고 있음을 발견할 수 있었다. 이렇게 노년 인물들
의 몰개성적인 명명법과 성격 창조는 한국 사회의 노년에 대한 부정
적 인식을 상징적 언어 행위로 드러내며 그들의 자존감이나 정체성
에도 중요한 영향을 미치고 있음을 알 수 있었다.

3. 세대 갈등 및 노화 과정으로 본 노년의 정체성

노년은 유년, 소년, 청년, 장년의 연장인 세대적 개념이며, 노인들을 총칭하는 집합적 개념이다.[19] 최근 들어 우리는 노년 세대를 변화한 세상과 새로운 세대에 대해 부정적 태도를 지닌 인물들로 인식한다. 그러다 보니 젊은(성인) 세대와는 다른 이질적 존재로 작품 속에서도 그려지고 있다.

『노인정 산조』의 여성 노인들 대부분도 젊은 시절부터 가족을 위한 희생이나 헌신이 몸에 배어 있는 여성들이다. 그들은 인내하고, 견디는 여성의 삶 그 자체로 살아왔다. 어찌 보면 이들은 한국 사회의 현재 가장 보편적인 여성 노인들의 모습이다.

노인이 자녀의 가족과 같이 사는 경우, 자신의 정체성과 관련하여 자신들의 의존성 때문에 괴로워한다. 그러다 보니 심한 소외감에 시달리며 자녀 가족들에게 자신이 착취당하고 있다고 느끼게 된다. 이 작품에서도 맞벌이를 하는 아들 내외를 도와주기 위해 가사 노동을 하고 있는 '부회장'이 그러한 대표적인 예라 할 수 있다. 평상시에는 자녀 가족에게 무엇이라도 도움을 주고자하는 헌신적인 면모를 보이다가도 노년의 가사노동의 힘겨움이나 자신의 처지에 대한 비관으로 괴로워한다. 칠십이 넘은 나이에도 하루 종일 집안일에 시달리는 그에게 아들이 아내의 생일상 이야기를 꺼내자 그동안 쌓여있던 노년 생활의 고단함과 자존감의 상처를 한꺼번에 폭발시키며 신세 한탄을 한다.

부회장이 301호를 슬쩍 훔쳐보았다.

"솔직한 얘기지, 능력만 있으면 혼자 사는 것이 상팔자야. 힘이 있을 때까지 새끼를 돕자, 내가 말은 듣기 좋게 하지만 아, 저희들이 당당하게 살구, 나한테두 여남은 평 아파트만 있다면 난, 혼자 살 테야. 아직은 내가 도움 되니까 그것들이 고분 고분하는 거지, 지 새끼 일이라면 에미는 안중에두 없다니까, 새끼가 학교에서 돌아오는 시간에 집이 비어있기라도 해봐, 난리야 난리. 엄마는 애를 빈 집에 혼자 두면 어떡해. 어딜 그렇게 쏘다니는 거야? 소리를 지르면서 엄청 지랄을 한다니까, 우리 아들놈이. 내가 뭐 세파튼가?"(62쪽)

이 작품에 등장하는 여성 노인들처럼 노년기 여성들은 대부분 일생 동안 가정을 중심으로 자녀 양육과 가사를 전담해 왔고, 노후에도 배우자 수발을 비롯해 가족원의 돌봄이나 가사 노동의 일차적인 담당자로서의 역할을 수행한다. 노년기 일상생활에서 남성 노인과는 전혀 다른 경험을 한다. '부회장'처럼 여전히 젊은 시절과 별반 다를 것 없이 맞벌이를 하는 자녀 세대를 위해 가사일과 손자녀를 돌보며 고단하게 하루하루를 살고 있어 일상생활에서 자녀 세대와 자주 충돌을 빚는다.

여성 노인들의 자녀 세대와 동거[20]는 시골이나 도시에 자신만의 독립적인 주거지가 있었음에도 불구하고 자녀 세대의 경제적 어려움에 도움을 주고자 자의반 타의반으로 이루어진다. 자녀에게 다 퍼준 여성 노인[21]들은 자녀의 삶은 중산층이지만 정작 본인은 얼마 되지도 않는 노인정 회비를 기꺼이 내지 못할 정도로 궁핍한 처지에 놓인다. 이들은 극심한 생활고에 시달리는 노년 계층[22]은 아니지만 일상생활에 있어서는 상대적 빈곤에 시달린다. 그야말로 노년기에 자녀 세대에게 경제적으로 의존해 사는 존재가 되어 버린다. 아파트에 거주하고 있다는 사실 자체로만 보면 생활의 절대적 궁핍함과는 거리가 멀지만 '노인정'에서의 여가 생활은 그리 넉넉하지 못한 모습을 보인다. 또한 '노인정'에 처음 나와 단체 생활에 참여하는 방법도 사회화가 되어 있지 못해 서투른 모습을 보인다.

　노년이 혼자 힘으로 일을 한다거나 연금, 저축의 능력이 없을 경우 노후 생활을 가족부양에 의지할 수밖에 없다. 하지만 중산층 자녀 세대 역시 손자녀의 교육비나 불안정한 고용 상태 등으로 인해 현대 사회에서 많은 어려움들과 맞닥뜨리며 살고 있어 실질적으로 노년에게 경제적으로 여유로운 노후 생활을 보장해 주지 못한다. 게다가 자녀 세대의 가족은 산업화와 현대화로 인해 가족 구조와 가치가 변화하면서 핵가족 성향이 강하여 부양하는 노인들의 존재감을 미미하게 여길 때가 많다. 이 작품 안에서도 자녀 가족이 외식을 하거나 여행을 갈 때 함께 살고 있는 여성 노인을 배제하는 등 노인의 고립을 보여준다. 여성 노인들은 한 공간 안에서 자녀 세대와 같이 살고 있지만 가족 구성원으로서 정당한 위상을 갖지 못한다.

　노년기로 접어들면 신체적, 정신적 건강이 약화되면서 의존도가 높아지고, 심리적, 사회적으로 위축되어 어느 시기보다도 가족과의 관계가 중요해진다. 과거에는 부모와 자녀의 관계는 성인 자녀가 노부모를 보호 부양하는 일방적인 수직관계였으나, 요즘에는 상호 호혜적 관계로 노부모, 성인 자녀 쌍방이 도움을 주고받는다. 즉 자녀가 노부모에게 경제적, 정서적, 생활보조, 수발 등의 도움을 드리고 노인도 자녀에게 자녀 돌보기, 입안일 도움, 상담 및 정서적 지지

뿐 아니라 경제적 여유가 있을 경우에는 경제적 도움을 줄 수 있어 노인의 의존성뿐 아니라 독립성도 강조되고 있다. 이런 가족과의 원만한 관계 유지가 노년기 삶의 질과 성공적인 노후 생활에 영향을 미치는 것이다.

하지만 작품 안에서 자녀 가족과 동거하고 있는 '부회장', '401호', '하얀 머리' 할머니들은 자녀 가족에게 가사와 손자녀를 돌봐주는 도움을 주고도 자녀 세대와 계속해서 갈등을 겪는다. 그 이유는 여성 노인의 가사 노동이나 돌봄 노동의 가치에 대한 인식이나 노년에 대한 가족 간의 인식 부족에서 찾을 수 있다. 부모 세대의 희생을 당연한 것으로 여기는 전통적 가치관과 핵가족으로 이루어진 자녀 가족의 이기적 가족주의 성향이 충돌하면서 노인 문제를 둘러싼 가족 간의 갈등은 복합적으로 노출될 수밖에 없다.

가족 간의 갈등은 '소공덕 할머니'의 순간적 실수로 아파트에 불이 나자 아파트 안은 노인의 가사 일에 대한 일대 격론이 벌어지고 술렁거리며 심화된다. '소공덕 할머니'는 결국 중환자실에서 일반 병실 그리고 다른 자녀의 집으로 이동하며 떠돌이 신세로 전락하고 만다.

애매하게 손녀가 야단맞은 것으로 끝나지 않았다. 그 이후, 401호는 부엌에 설 수가 없었다. 401호가 부엌에서 가스에 손을 대거나 수도를 틀기만 하여도 이 방 저 방에서 몰려나왔다. 아들, 며느리, 손녀, 손자가 이구동성으로 뭘 하세요? 제가 도와드릴게요, 하였다.

"이것들이 글쎄, 날 병신 취급하잖아."

할머니들은 웃으면서

"그래, 가만뒀어?"

"날 바보 취급하느냐고 소릴 질렀지 뭐."

어느 할머니가 탄식조로 말하였다.

"그래, 우리가 하는 일이 이젠 다 그렇지. 뭐. 실수를 해대니 단속을 할 수밖에. 섣불리 나서지 말구 구구로 주는 대로 자셔요."

(52쪽)

위의 인용에서도 부엌의 수도 한번 잠그지 않았다는 이유로 '401호'에게 가사일 금지령이 내려지고 가족들의 감시 대상이 된다. 가족들의 경계 속에서 '401호'는 심각한 소외감을 경험하며 가족들과 대립한다. 아파트 안에서 노년 세대와 자녀 세대와의 갈등은 누구 집 할 것 없이 빈번하게 일어난다. 개인주의 가치관이 내재한 자녀 세대와 전통적 가치관이 팽배한 노년 세대는 일상생활 곳곳에서 충돌한다.

작품 안에서 자녀 세대가 부모를 봉양하는 형태를 두 가지 극단적인 예를 통해 살펴볼 수 있는데, 하나는 전통적인 '효' 관념에 따라 늙고 병들어 거동조차 하지 못하는 여성 노인을 지극 정성으로 수발하는 자녀 세대와 또 하나는 열쇠를 자주 잃어버리자 자신들의 가정이 위험에 노출될 것이 두려워 퇴근 전까지 노인을 집에 들어오지 못하게 하는 자녀 세대가 그 예이다.

그런가 하면 가족 밖 공적 활동에서는 아파트 내 자치기구인 '부녀회'나 '동 대표 모임'의 성인 세대와도 갈등을 빚는다. 아파트 내에서 서로 협조하며 운영해 나가야 할 노인정과 부녀회가 지원금 문제로 다투게 되는데, 여기에는 두 세대 간의 갈등이 노골적으로 그려진다. 노인정 운영의 부족한 재원 확보를 위해 '감사'가 아파트 부녀회 임원들에게 일방적 통보 형식으로 지원 요청을 하자 부녀회의 반감을 사게 된다.

두 여자가 기다렸다는 듯이 부녀회장을 밀치고 앞으로 나섰다. 동시에 삿대질을 하며 속사포로 퍼부었다.

"아파트 내에서 노인정이 제일이라니요? 아파트 관리가 어떻게 돌아가는지, 입에 밥이 어떻게 들어가는지, 도대체 노인들이 알기나 해요? **노인정에서 노인들이 하는 일이 뭔데, 어때서 노인정이 제일이란 말이에요? 말해 봐요. 말해 보라니까.**"

"……? "

"듣자듣자 하니까 별소릴 다하네. 할머니가 도대체 노인정에서 뭔데요? 회장은 아니고 부회장도 아니고, 뭘 하는데요? 내라 말아라, 정말 웃기네."

감사는 파랗게 질려서 이 여자 저 여자의 얼굴을 번갈아 쳐다보았지만, 동시에 지껄이는 바람에 사실 거의 알아듣지 못하였다. 귀에 남은 것은 정말 웃기네, 그 말뿐이었다. 정작 자존심이 강하고 약이 오르는 말은 놓치고, 감사는 '정말 웃기네!'라는 말을 물고 늘어졌다.

"뭐라꼬? 웃긴다꼬?"

"너거들이라니요? 우리가 할머니의 딸이에요? 손녀예요? 우리 회장님도 육십이 다 되어가는 어른이란 말이에요."

"너거들은 부모도 없나? 왜카믄, 돼먹지 않게 누구한테 눈알을 뒤집고 덤비노?"

"집에서 대접받지 못하는 늙은이가 밖에서 대접받으려고? 택도 없다. 정말 웃기네."

"봤나 이년아, 왜카믄 난, 아들 손자한테 깍듯이 대접받고 사는 사람이야. 하는 행세를 보이까네 너거들 집안 꼴이 눈에 선하다. 나쁜 년들."

시장에 나온 사람들이 눈살을 찌푸리고 지나갔다. 저만치 나무 밑엣 처음부터 지켜보고 있는 할아버지도 있었다. (38쪽)

이 과정에서 초점화자인 '301호'가 두 세대 간의 중재를 맡아 원만한 해결로 이끈다. 그는 다른 여성 노인들에 비해 교육 수준이 높고 노인정의 여러 정황을 비교적 객관적으로 알고 있어 부녀회 임원들을 설득한다. 그는 '노인정' 안에서 벌어지는 다양한 사건에 비교적 감정이입을 자제하고 편견이나 주관적 함정에 빠지지 않는다. 그러나 노년의 문제에는 대부분의 아파트 내 여성 노인들과는 다른 신분적, 경제적 차이로 인해 차별적인 노년 담론을 보여준다.

이 밖에도 이 작품에는 신체적, 심리적 노화 현상으로 인해 갈등하며 노년기 정체성을 형성해 가는 모습이 나타나 있다. 노화는 출생에서 시작하여 죽음으로 끝을 맺는 유기체의 퇴행적인 변화이자 인간의 정상적인 성장발달의 한 부분으로 생물학적, 심리적, 사회적 변화 과정을 포괄한다.[23] 노화는 노년의 생활 거의 모든 면에서 쇠퇴, 상실, 죽음 등과 연관하여 부정적인 인식으로 고착되어 나타난다.

'노인정'에 나오는 여성 노인들은 만성적인 지병들을 하나씩 가지고 있으며 외견상으로도 눈에 띄는 신체적 장애를 겪고 있다. 신체적 건강은 행복한 노후 생활의 첫 번째 요소로 꼽을 만큼 중요하다.

건강함이 뒷받침 될 때 독립적이고 적극적인 노후 생활을 영위해 갈 수 있다. '노인정'의 여성 노인들은 신체적 쇠약을 경험하며 심리적으로도 불안감을 보이고 타인과의 소통에도 어려움을 겪는다.

401호가 어울려서 도란도란 이야기를 나누지 못하는 까닭은 **가는 귀가 먹었기 때문이다.** 큰소리로 또박또박 일러주는 301호에게도 동문서답하는 일이 많았다. 오가는 좌중의 대화가 소상하게 귀에 들어오지 않으니까 와 하고 웃음이 터져도 함께 웃지 못할 뿐만 아니라 영문을 몰라서 두리번거리기까지 하였다. (중략)

그래서 벽에 기대 앉으면서, 돼지 목 따는 소리만큼이나 본새 없이 거친 부회장의 말을 더러는 듣고 더러는 놓쳤다. 그런데 할머니들은 웃고 있었다. 본새 없이 거친 목소리도 우습거니와 아주 적절한 그 비유, '똥 마려운 개'라는 말이 우스워서 소리 내어 웃었다. 할머니들의 웃음이 401호를 더욱 발끈하게 하였다. (50쪽)

할머니는 가슴이 오그라지게 아팠다. **가발을 아무데나 벗어놓은 당신의 덜충함이 화가 나고 슬펐고,** 수진이 한테 들킨 것이 더욱 자존심이 상하고 부끄러웠다. 이놈의 계집애, 하필 이런 때에 와 가지고……. 변기뚜껑을 덮고 그 위에 올라앉았다. 도무지 묘책이 생각나지 않았다. 어렴풋이 딸 영혜의 말이 생각났다. 꽝꽝, 말하고 살아요. 변한 것을 인정하고 화를 내지 말고, 슬퍼하지도 말아요. 엄마가 손해니까. 피, 좋아하시네. 할머니는 지금 화가 나서 견딜 수가 없었다. 수진이를 패주고 싶을 뿐이었다.

(중략)

할머니는 아기 도깨비 같은 수진의 얼굴이 놀랍기는 하지만 화가 나는 것은 아니었다. 할머니는 수진이 머리에 쓰고 있는 가발이 부끄럽고 화가 난 것이었다.……할머니와 수진이 눈시울에 눈물이 고여 있고, 뺨에도 똑같이 눈물방울이 흘러 있었다. (「할머니의 눈물」, 166쪽)

『노인정 산조』에서 '401호'의 난청, '유모차 할머니'의 허리굽음 그리고 이정호의 다른 작품인 「할머니의 눈물」에서 '할머니'의 탈모 등 노년 여성의 신체적 변화, 즉 청각, 두발, 근육 등과 같은 생리적 상실로 인한 정체성의 혼란이 드러난다. '401호'는 노인정의 다른 할머니들과 난청 때문에 대화를 제대로 나눌 수도 없고 대화 내용도 잘못 이해해 주변의 웃음거리가 된 적이 한두 번이 아니다. 이런 상황을 반복적으로 겪다보니 '401'는 누군가가 자신의 흉을 본다는 피해망상에 시달린다. 이는 대인 관계의 단절을 초래하고 점점 고립되는 노년의 모습이기도 하다. 노인성 탈모로 인해 가발을 쓰고 다녀야 하는 '할머니'는 자신의 가발을 갖고 놀고 있는 손녀가 밉기만 하다. '할머니'에게 신체적 변화는 인정하고 싶지도 않고 자신의 삶을 화나게 하며 슬프게 할 뿐이다. 이정호의 작품에 등장하는 대부분의 여성 노인들은 한두 명을 제외하고는 늙음이라는 의미와 현실을 긍정적으로 수용하지 못한다. 이는 인간은 누구나 자신에게 고통스러운 것을 피하려는 경향과 사회적으로도 노년을 수치스러워하는 풍토가 조성되어 있기 때문에 노년기의 변화에 수동적으로 대응해 가는 태도라 할 수 있다.

신체적 변화는 노년 여성에게 심리적인 면에서도 많은 변화를 가져온다. 노년기에 일어나는 다양한 변화는 우울감과 고독감 같은 심리적 장애를 일으킨다. 젊은 시절엔 크게 다가오지 않던 자연의 변화도 이젠 쉽게 감정이입이 되어 자신의 노쇠한 모습과 생기를 잃어가는 가을날의 풍경이 비교되며 우울한 상태에 빠진다. 더 나아가 푸르른 자연의 모습도 더 이상 생명 현상으로 다가오지 않는다.[24] 변화된 노년의 모습 속에서 미래가 없는 현재 속에 살며 자존감을 상실한 모습을 보인다. 작중 인물들은 일상생활에서 사소한 문제에도 화를 내거나 트집을 잡는 노인 특유의 부정적 기질로 발현된다.

노인의 고독은 감정과 사회적 고립으로부터 비롯되거나 혹은 우울, 자살생각, 권태, 배제, 자기비하 등의 심리적 고통 및 감정과 관련이 있다. 또한 노인의 고독은 노인의 사중고 중 하나로 역할의 상실, 경제적 능력의 상실, 신체적 한계, 사별 등으로 인해 다른 생애주기보다도 고독감이 깊거나 만성적일 가능성이 크다[25]고 본다.

『노인정 산조』에서도 화자인 '301호'를 제외하면 대부분의 여성 노인들이 '노인의 고독감'을 조금씩 드러낸다. 이러한 심리적 특성은 활달한 성격이나 조용한 내성적 성격의 소유자 모두 쇠약해지는 자신의 모습과 가족들과의 관계 그리고 사회적 관계망에서 점점 고립되면서 발생한다. 하지만 작품 속에서 '하얀 머리 할머니'의 죽음과 같이 동년배 노인의 죽음과 배우자의 사별을 통한 상실이 노인들에게 가장 심각한 고독감을 불러일으킨다.

이렇게 작품 속 여성 노인들은 외롭거나 가치가 없는 존재로 여겨지면서 다른 사람들로부터 고립되기 쉬운 상황에 처해 있다. 그나마 매일 매일 반복되는 일상 속에서 더 이상의 희망이 존재하지 않는다고 생각하면서도 어렵고 힘들게 살아온 과거의 삶과 자녀들에 대한 원망의 마음을 비슷한 처지의 여성 노인들끼리 '노인정'에 앉아 대화로 시간을 보내며 서로 위안 받고 있는 상황이다.

4. 노년 여성의 경제적 문제와 성공적 노후 생활

앞 장에서 살펴본 노년 세대의 정체성 형성에 영향을 끼치는 요인 중 신체적·정신적 변화 외에도 중요한 요인 중 하나가 경제적 문제이다. 2009년 통계청 자료[26]에 의하면 노년이 겪는 가장 큰 고통은 빈곤이라고 한다. 그만큼 노후의 일상생활을 영위해 나가는 데 경제력은 큰 의미를 차지한다. 노년이 성공적인 노후 생활을 해나가기 위해서는 경제적 여유가 필요한 것이다.

노년을 연구하는 전문가들은 노인층의 대다수를 차지하고 있는 여성 노인들은 남성노인은 물론 타 연령집단에 비해 경제적으로 더욱 어렵고 취약한 상황에 처해 있을 가능성이 높다[27]고 말한다. 여성들이 남성들보다 노후에 자립적 수입원의 비율이 낮고, 이는 노동 생애 주기를 걸쳐 여성들이 남성들보다 노후 보장이 적은 직종과 직위에 있었음[28]을 의미한다.

이 작품 속에서도 평생을 가사일을 하며 가정에 머물러 있던 여성 노인들은 특별히 남편에게서 받은 유산이나 재산이 많지 않고, 소득의 대부분도 자녀들의 양육과 교육에 지원했기 때문에 자신들의 노후 생활을 위한 경제적 차원의 준비가 되어 있지 못하다.

현 우리 사회의 노년 여성은 성장 일변도의 사고방식과 남성 중심적 가치가 지배적인 사회에서 신체적, 경제적, 교육적, 법적 제 영역에서 취약한 위치에서 생활해 왔다. '301호'처럼 이전 시기에 전문직 활동을 하여 어느 정도 노후 생활을 대비하거나 배우자와 사별 후 연금이나 유산을 받아 경제적으로 노후 준비를 충분히 한 여성 노인은 그리 많지 않다.

그런데 여성 노인들에겐 노년기라는 생애주기상의 특정 시점에서 발생하는 문제뿐만 아니라 이전의 생애주기 단계에서부터 누적된 문제들이 서로 중첩되면서 심화된 결과[29]로 나타나는 경우가 많다. 여기서도 여성 노인이 남성 노인에 비해 취약한 위치로 인해 다양한 노년의 문제들을 겪고 있지만 노년 여성의 내부의 여러 차이들로 인해 발생하는 문제도 발견할 수 있다. 외면상 비슷한 아파트 내에서 살고 있는 여성 노인들이지만 그들의 노년기 이전의 생애 주기에 경험한 다양한 삶에 따라, 현재 여성 노인들 각자의 경제적 상태에 따라 차별적 노후 생활을 해나간다.

'301호'를 제외한 '노인정'의 여성 노인들은 노년기 전부터 경제적으로 부유해 힘든 육체적 노고 없이 살았던 여성들이 아니다. 그렇다고 남성 노인들과 같이 사회적 활동을 꾸준히 해와 눈에 보이는 사회적 성취를 경험한 인물들도 아니다. 그들은 교육 정도도 낮고 오직 자식들의 부양을 위해 육체적, 정신적 피로를 습관처럼 짊어지고 살아왔고, 노년기에도 그러한 상태는 좀처럼 나아지지 않는 인물들이다.

즉 '노인정'의 여성 노인들은 핵가족 사회에서 고령화 시대를 맞이한 세대로서 평생을 힘겹게 살아왔지만 현재는 경제적으로 자립할 수 있는 여건을 가지고 있지 못하다. 전통적 가치관에 의해 노후 생활을 전적으로 자녀 세대에게 의존하고 있다. 자녀와 동거하는 노인들의 경우 자립적 수입원을 가질 가능성은 낮고 그 정도는 여성에게서 훨씬 낮다는 분석[30]이 이를 증명한다. 안정된 경제력을 기반으로 적극적이고 활동적인 노후의 삶을 개척해나갈 여유가 없다. 그들이 남은 인생을 스스로 아름답게 가꿔 나가는 데 수동적일 수밖에 없는 이유가 바로 여기에 있다.

작품 속 여성 노인들은 상대적, 주관적 빈곤[31]에 시달리는 노후 생활의 면모를 보인다. 특히 여성의 경우 남성에 비해 노후를 혼자 보내야 할 기간이 길어지면서 이러한 빈곤 상황들은 오랫동안 지속될 수밖에 없다. 여성 노인의 빈곤 상황은 노후의 일상생활에 제약 요인으로 작용해 '충분하지 못한 생활비'로서 최소한의 품위를 유지하면서 살 수 있는 경제적 여유를 가질 수 없다.

> "그래. 세상에, 자기는 무슨 회사의 과장이라나. 맏형은 무슨 사업을 하고, 둘째형은 공무원으로 높은 자리에 있고, 사위가 둘인데 어찌어찌하고…… 그래서 내가 딱 말했지. 노인정에 어머니를 모시고 올 때는 할머니들이 갈라서 잡수시게 무얼 들고 오든가, 금일봉이라도 척 내놓으시던가, 내가 딱 그랬지. 그런데 이천원?"
> "아들 잘 둔 거, 그거 아무 소용없어요. 바쁘다, 어쩌다 해서 얼굴도 못 본다니까. 수수하게 자란 자식이 좋아요." (60쪽)

위의 인용은 자녀가 '노인정'에 어머니를 모시고 와서 집안 자랑만 떠벌이고 정작 자신의 어머니가 드실 점심 값을 해결하지 않고 돌아가자 미안한 마음에 어머니인 여성 노인이 점심값으로 이천 원을 내놓는 장면이다. 작품 속에서 자녀와 동거하고 있는 여성 노인들 중 상당수가 이러한 궁핍함으로 여유가 없이 늘 불안하고 위축된 심정으로 일상을 보낸다. 겉에서 보기엔 자녀 세대와 같이 도시의 중산층 삶을 살고 있지만 그 내부로 들어가면 빈곤감에 시달리고 있는 것이다.

이렇게 노년기의 경제적 빈곤은 노인에 대한 부정적 인식을 유도하여 노년의 정체성 형성에 있어서도 나쁜 건강 상태, 우울감, 사회적 고립을 초래한다. 작품 속에서도 '노인정'의 여성 노인들은 경제적 노후 준비[32]를 하지 못해 노년기에도 인간적 가치를 추구해 나가는 삶을 살지 못한다.

결국 이 작품은 앞서 살펴본 신체적·정신적 변화와 경제적 요인이 현 노년 세대의 생활 영역 전반에 나타나며 노년기의 정체성과 관련해 문제적 상황으로 그려져 있다. 건강하고 만족스러운 노후 생활을 해나가기 위해서는 노년기의 삶은 노년기 이전에 준비되어져야 하고 이런 준비들을 바탕으로 노년기의 삶은 질적으로 차별화될 수 있다. 하지만 이 작품에서 보듯 노후 준비를 할 겨를 없이 노년기를 맞이한 현 여성 노인들의 삶은 주변화되어 정체성의 혼란 양상만 존재할 뿐이다.

그런데 이 작품에는 보편적인 현 노년 여성의 삶과는 달리 노년기 여성의 정체성 형성에 있어 고려되어야 할 여러 요인들을 비교적 안정적으로 갖추고 자율적이며 독립적인 노후 생활을 해나가는 인물로 '301'호가 등장한다. 대부분의 '노인정' 할머니들 의식은 현재의 삶에서 자신의 존재감을 찾지 못하고 있기 때문에 과거 지향적인 면모를 보인다. 시몬느 드 보부아르도 노년의 과거 지향은 존재 기반의 모호성과 관련이 있다고 말한 바 있다.[33] 과거 자신의 삶을 회상하며 현재의 삶을 유지해 나가는 것이 노인의 일반적 특성이라고 본다.

하지만 '301호'는 교육적, 사회적, 경제적 영역에서 '촌스러움'이나 '궁핍함'으로부터 충분한 '안전거리'를 확보한 노인으로 등장한다. 그는 전통적인 노화의 개념을 극복하고 노화에 대한 긍정적인 시각을 유지하는 즉 '성공적 노화'[34]의 개념에 부합하는 인물로 그려져 있다. '301호'는 현재의 노년들을 바라보는 관점이 비판적이고, 바람직한 노년 생활에 대한 생각을 바탕으로 실천해 나가는 인물이다.

서술자는 초점화자 '301호'의 시각을 빌어 노년의 삶에 안주하지 않고 미래의 전망을 생각하는 삶의 방식을 보여준다. 그는 기존의 '노인답다'라는 관념들에 저항하며 산다. 보통 노인들 곧 '노인정'의 할머니들의 삶의 태도인 과거의 확대에 의한 현재의 소실로서가 아니라, 과거와 거리두기를 통해 현재와 미래에 대한 용기를 낸다. 그는 혼자 살면서도 아침을 대강 대강 떼우는 식으로 먹지 않고 항상 자신의 방식으로 차려진 상태에서 먹는 등 자아존중감을 보인다. 또한 하루의 시간 관리도 글 쓰는 일과 일상적 삶을 구분하여 정확히 관리해 나간다. 서술자가 이상적으로 늙는다고 생각하는 유형에 해당하는 인물이다.

'301호'는 직업이 분명하게 드러나고 있지 않지만 서재의 많은 책과 낮 동안 일을 혼자서 해야 한다는 것으로 볼 때 이정호 작가의 분신으로 볼 수 있다. 그는 작가라는 직업인답게 사회적인 사건이나 주변의 일들에 대해서도 끊임없이 관심을 보인다. 노년의 삶을 현재와 미래적 가치에 집중해 꾸려 나간다. 이런 모습은 '노인정'의 다른 여성 노인들에게 특이한 인물로 비춰지며 한편으로는 부러움의 대상이 된다. 혼자서 독립적이고 계획적으로 살아가는 모습과 관심 있는 분야에 용기를 내는 행동들이 그러하다. 나이가 많다는 이유로 항상 위축되어 있는 노년의 일상적 삶의 고정관념으로부터 탈피한 자세를 보인다. '301호'의 노후 생활은 늙음은 자신의 내면에서 오는 것이 아니라 타인들의 시선에서 오는 것임을 보여준다.

'301호'는 노후 생활의 롤 모델로서 신체적, 심리적, 사회적 통합적 관점에서 성공적 노화의 양상[35]을 재현해 낸다. 그는 친구가 신체적 노화로 인해 자주 건망증을 보이고 심지어 외출 시 다른 신발짝을 신고 외출하는 등 치매가 걸린 것 같다고 좌절하자 긍정적 시각으로 신체적 변화를 받아들일 것을 조언한다. 노화를 자연스러운 삶의 연장으로 받아들일 것을 설명한다. 또한 티비와 라디오, 신문 등을 통해 현 사회의 여러 상황에 관심을 갖고 생활하며 사회 구성원으로서의 역할도 유지해 나간다.

이런 노후 생활에는 혼자 거주하며 일상생활을 해나가지만 사회 안에서의 단절감이나 고독감 같은 노인들의 심리적 특성을 찾아보기 어렵다. 오히려 노년의 다양하고 풍부한 삶 속에서 만족감과 적응력의 높은 수준을 확인시켜 준다.

그러나 현재 우리 사회의 노년의 삶은 '301호'의 시각으로 대변되는 노후 생활에 있어 잘 나이들기 즉, 성숙한 노화, 행복한 노화, 긍정적 노화[36]라는 관점과는 너무 거리가 있다. 연구자에 따라선 성공적 노화는 논의 자체가 가치 개입적이고 규범적이라며 근본적인 비판[37]을 하는 이들도 있다. '301호'와 같은 기준에 미치지 못하는 '노인정'의 여성 노인들을 주변화하고, 노화에 따른 상실의 복합적인 의미에 대해 방관하며, 지나치게 개인의 책임을 강조함으로써 사회구조적 측면을 간과하고 있다고 본다. 이는 같은 중산층에 속해 노후의 삶을 살아가고 있지만 성공적 노화의 표상인 '301호'와 '노인정'의 할머니들을 오랜 세월에 걸쳐 살아온 상황과 경험, 그리고 지배적인 고유의 가치관에 따라 다르게 인식하여야 함을 말한다.

문화적 맥락에서 볼 때, 최근 거론되고 있는 '성공적 노화'에 대한 인식이 이 작품에서도 드러나고 있지만, 현실적으로는 많은 '노인정'의 여성 노인들은 서양 노인들의 개인적 성장에 기반한 노후 생활이 아닌 자녀 세대 및 손자녀 세대와의 가족 관계를 통한 노후 생활을 더 중요하게 여김을 알 수 있었다. 즉 한국 노년의 시대적 문화적 경험이 그들의 노화와 노후생활을 형성하는 과정[38]에 많은 영향을 미치고 있는 것이다. 한국 노년들은 가족 관계 안에서 자기완성을 지향하고, 자식을 통하여 자신의 삶을 완성하는 데 가치를 두고 있음을 작품 속에서도 발견할 수 있었다.

4. 맺음말

작가 이정호는 늘 당대의 현실 문제와 긴밀한 관계를 맺고 작품 활동을 해왔으며 노년기를 맞아서도 우리 사회의 노년 문제에 대한 관심을 창작활동으로 구현해 나갔다. 『노인정 산조』는 작품의 생산 주체와 객체란 측면에서 노년소설의 범주에 부합하는 작품이라 할 수 있다. 이 작품에는 노년의 인물들이 작품의 주요 인물로 등장하고 있으며 노년 여성의 일상생활 속에 나타나는 다양한 노년 문제를 형상화 하였다. 특히 작품에 초점화자로 등장하는 '301호'란 인물을 통해 작가는 주체화된 시선으로 자신의 노년의 삶을 보여주기도 하지만, '노인정'에 모이는 노년 여성들의 삶을 관찰하고 대상화하면서는 그들과는 구분되는 '타자화된 시선'을 드러내었다.

외견상 도시의 같은 아파트 단지에 살며 계층적으로 비슷한 처지에 있는 여성 노인들이지만 그들의 실질적 삶을 들여다보면 노인의 호칭, 가족과 세대 간의 갈등, 신체적 · 심리적 노화, 경제적 자립, 성공적인 노후 생활 등의 문제에 있어 여성 내부에서도 차별적인 담론을 발견할 수 있었다. 이러한 노년 여성의 문제들이 작품의 주요한 서사골격을 이루며 한국 사회의 노년 문제를 복합적인 층위에서 노출하고 있었다.

반면, 노년 여성들의 삶 속에서 다양한 노년 문제를 드러내는 데 치중하다보니 현상적 나열로 그려진 감이 없지 않았다. 노년 여성의 삶의 본질에 접근하기 위해선 노년 고유의 심리나 의식에 대한 진지한 성찰 작업도 이루어져야 한다고 생각한다. 또한 작가는 노년 여성의 정체성을 탐색하는 과정에서 현 노년의 삶을 과거의 시간까지 포함하여 인생 전반을 아우르는 시각으로 살펴보는 데 부족한 면을 보여주었다.

참고문헌

권영민, 『한국현대문학대사전』, 서울대학교 출판부, 2004.

김교성 외, 「빈곤의 측정과 규모에 관한 연구」, 『한국사회복지조사연구』 1, 2008.

김미애, 「60세 이상 인구의 명칭에 대한 대학생의 평가적 태도에 관한 탐색적 연구」, 『한국노년학』 제24권 1호, 2004.

김수영 외, 『노년사회학』, 학지사, 2009.

김윤식, 『90년대 한국소설의 표정』, 서울대학교 출판부, 1994.

김정석, 「노후 생활에서의 성별 차이」, 『한국인구학』 제26권 제1호, 2003.

김정석, 김송은, 「남녀 노인의 노년시작 인식 연령과 노인 인지」, 『한국노년학』, 32권 1호, 2012.

박선애, 「이정호의 『움직이는벽』에 나타난 기억의 구성방식」, 『우리어문연구』 36권, 2010.

박선애, 『한국근현대예술사구술채록연구시리즈 95 이정호』, 한국문화예술위원회, 2007.

부경대학교 인문사회과학연구소, 『인문학자, 노년을 성찰하다』, 푸른사상, 2012.

양순미 · 임춘식 · 오윤자, 「농촌 노인의 우울에 관련 변인이 미치는 효과」, 『노인복지연구』 41호, 2007.

이정호, 『노인정 산조』, 도서출판 계간문예, 2006.

이준우, 이현아, 황준호, 「한국 노인의 노후 생활에 관한 인식」, 『한국노년학』 31권 3호, 2011.

이재선, 『현대한국소설사』, 민음사, 1991.

전홍남, 『한국현대노년소설연구』, 집문당, 2011.

정경희 외, 「2004년도 전국 노인생활실태 및 복지욕구 조사」, 한국보건사회연구원, 2005.

정미숙, 「박완서 소설과 '아파트' 표상의 문학사회학」, 『현대문학이론연구』 49
　　　권, 2012.

정영숙, 「한국여성노인의 잘 나이들기: 성숙한 노화 개념의 탐색」, 『한국고전여
　　　성문학연구』 23집, 2011.

정진웅, 「노년 호명의 정치학」, 『한국노년학』, 31권 3호, 2011.

통계청, 「노인들이 겪는 가장 어려운 문제」, 통계청사회통계국, 2009.

한국현대소설연구회, 『현대소설론』, 평민사, 1994.

한용환, 『소설학 사전』, 고려원, 1992.

르네웰렉, 김병길 역, 『문학의 이론』, 을유문화사, 1988.

시몬느 드 보부아르, 홍상희, 박혜영 역, 『노년』 1. 2, 책세상, 1994.

주

*   「이정호의 『노인정 산조』에 나타난 노년 여성의 정체성」, 『한국언어문화』 49집, 2012. 12.

1   노인과 노년에 대한 호칭의 문제는 여러 의견들이 있음. 본고에서는 소설에 등장하는 인물 즉 개별적인 의미에서는 '노인'을 세대적·집단적 의미에서 '노년'(특정연령대와 그 연령대에 속한 사람들)이란 용어를 사용하겠음.

2   김윤식, 『90년대 한국소설의 표정』, 서울대학교 출판부, 1994.

3   이 작품은 노년소설을 연구한 연구자들이 밝히는 노년소설의 요건인 대부분의 60세 이상 65세 이하를 최저 연령 선으로 하고 노년의 인물이 주요 인물로 나타나야 할 것, 노인이 당면하고 있는 제반 문제와 갈등이 서사골격을 이루고 있을 것, 노인만이 가질 수 있는 심리와 의식의 고유한 국면에 대한 천착이 있어야 할 것에 해당하는 작품으로 볼 수 있음. 최근에는 노년소설의 개념을 서사공간이나 생산 주체에 국한되지 않는 광범위하고 포괄적인 자리에 두어 우리 사회가 안고 있는 노인문제의 자연스러운 반영으로 유형화하고 있음(전흥남, 『한국현대노년소설연구』, 집문당, 2011.참조).

4   박선애, 「이정호의 『움직이는 벽』에 나타난 기억의 구성방식」, 『우리어문연구』 36집, 2010.

5   이정호, 『노인정 산조』, 도서출판 계간문예, 2006을 연구 대상 텍스트로 삼았음.

6   박선애, 『한국근현대예술사구술채록연구시리즈95 이정호』, 한국문화예술위원회, 2007, 225-231쪽의 구술 자료를 보면 작가가 이 작품을 창작하게 된 동기가 자세히 나타나 있음.

7   시몬느 드 보부아르, 홍상희, 박혜영 역, 『노년1』, 책세상, 1994, 8-16쪽.

8   초점화(Focalization)는 일정한 대상에 대해 지각을 지향하는 행위뿐만

아니라, 대상에 대한 인식, 감정, 관념적 지향 등등의 모두를 포함하는 폭넓은 개념의 용어이며, 작가는 자신의 생각, 지각, 이식, 감정… 등등 이 대상을 지향하는 초점화의 주체를 '초점 화자'라 함(한용환, 『소설학 사전』, 고려원, 1992, 410쪽).

9 권영민, 『한국현대문학대사전』, 서울대학교 출판부, 2004.

10 김미애, 「60세 이상 인구의 명칭에 대한 대학생의 평가적 태도에 관한 탐색적 연구」, 『한국노년학』 제24권1호, 2004에서 본격적으로 노령인 구에 대한 명칭에 대해 연구하였음. '노인'이란 명칭이 부정적인 편견을 내포하고 있다고 주장하며, 마케팅 연구 분야에서 노령인구에 대해 사 용되는 명칭들에 대해 대학생들의 평가 태도를 분석하였음.

11 정진웅, 「노년 호명의 정치학」, 『한국노년학』, 31권3호, 2011.

12 특정한 사회적 범주에 속하는 사람의 호명을 둘러싼 변화들은 종종 이 러한 호명의 대상이 되는 사회적 범주에 속한 사람들이 그 사회에서 주 변화 되어 있음을 시사하며, 노년을 호명하는 새로운 표현들은 현실에 서 심화된 노년의 주변성을 새로운 호명방식을 통해서 완화해 보려는 일종의 '완곡어법'에 해당됨(정진웅, 위의 글, 752-754쪽).

13 한국현대소설연구회, 『현대소설론』, 평민사, 1994. 128-134쪽.

14 정진웅, 앞의 글, 755쪽.

15 김정석, 김송은, 「남녀 노인의 노년시작 인식 연령과 노인 인지」, 『한국 노년학』, 32권 1호, 2012.

16 '여성 노인'이란 호칭에는 '청년 여성' 이나 '장년 여성'과 달리 '늙었음' 을 강조하는 의미와 함께 여성적 이미지가 퇴색하고 있음. 연령주의 사회에서 '여성 노인'이 비성적 존재로 호칭되고 있음을 보여줌. 가부 장 사회에서는 항시 연령주의에 의한 여성의 비성화가 남성의 비성화 에 선행하게 됨(Songtag, S. (1997) The double standard of aging, In M.Pearsall(Ed.) *The other within us: feminist exploration of women and aging.* Boulder: Westview Press.(정진웅, 앞의 글, 758쪽, 재인용).

17 R. Wellek & A. Warren, Theory of Literature, Penguin Books, 1970. 참조

18 채영희, 「노인 허위망에 나타난 '늙음'의 의미 분석에 따른 새로운 노년 인식」, 『인문학자, 노년을 성찰하다』, 푸른사상, 2012, 111쪽.

19   그에 반해 '노인'이란 호명에 대해 여러 이견도 있지만 노년에 이른 사람들을 개별적으로 지칭하는 개념으로 일반적으로 사용하여 왔기 때문에 본고에서도 그러한 개념으로 사용하고자 함.

20   통계청 자료조사를 살펴보면 자녀와의 동거 희망 여부 조사에서 2002에는 53.0%, 2005년에는 47.5%, 2007년에는 40.0%로 점차 동거 희망 의사가 변화하고 있다는 것을 알 수 있음(통계청, 2006년도 「사회조사 보고서」).

21   현재의 노인 세대는 자녀 교육이나 출가를 위해 정작 본인의 노후준비를 하지 못했고 경제활동이 용이하지 않으며 국민연금 제도의 혜택에서도 배제되어 있는 취약한 세대음.

22   우리 사회 노인층 중 빈곤 비율은 전체 인구 중 빈곤 인구 비율보다 훨씬 높은 편으로 노년기 빈곤문제가 심각한 편이다. 전체 인구에 비하여 노인 인구 특히 여성 노인의 빈곤 문제가 심각하여 10명의 여성 노인 중 한 명이 빈곤 상태에 있음(김수영 외, 앞의 책, 212-213쪽).

23   Birren. J. E.(1964), The Psychology of aging Englewoodcliffs. New JerseyZ:Prentice-Hall(이준우, 이현아, 황준호, 「한국 노인의 노후 생활에 관한 인식」, 『한국노년학』 31권 3호,2011, 711쪽, 재인용).

24   이정호의 작품 「할머니의 눈물」(1998)에는 이러한 여성 노인의 복잡한 심리가 잘 나타나 있음.

25   양순미 · 임춘식 · 오윤자, 「농촌 노인의 우울에 관련 변인이 미치는 효과」, 『노인복지연구』 41호, 2007, 139-158쪽.

26   통계청, 「노인들이 겪는 가장 어려운 문제」, 통계청사회통계국, 2009.

27   Anzick, M.A., & Weaver,D.A.(2001). Reducing Poverty Among Elderly Women. ORES Working Paper Series Number, 87(김수영 외, 앞의 책, 217쪽, 재인용).

28   김정석, 「노후 생활에서의 성별 차이」, 『한국인구학』 제26권 제1호, 2003, 64쪽.

29   김정석, 앞의 글, 60쪽.

30   김정석, 앞의 글, 67-75쪽.

31   절대적 빈곤은 생존에 필요한 일정한 생활수준과 기본욕구 그리고 최

소한의 소득수준에 도달하지 못한 상태, 상대적 빈곤은 사회 내 전체 구성원과 비교해 규정한 빈곤상태, 주관적 빈곤은 생존에 필요하다고 스스로 정한 경제적 기준에 미치지 못한 상태로 정의됨(김교성 외, 「빈곤의 측정과 규모에 관한 연구」, 『한국사회복지조사연구』 1, 2008, 297-320쪽).

32 정경희 외, 「2004년도 전국 노인생활실태 및 복지욕구 조사」, 한국보건사회연구원, 2005.

33 '존재는 스스로를 초월하면서 확립'되는데 '노년은 초월이 죽음에 부딪침으로 자신의 어린 시절을 자기 존재의 기반으로 다지려고 한다'(시몬느 드 보부아르, 앞의 책, 521쪽).

34 '성공적 노화'(successful aging)의 개념은 1986년 미국 노년사회학회 연례회의에서 처음 소개됨. 노년학자들은 삶의 질, 안녕, 복지, 생활 만족도, 인생만족, 행복 등의 개념을 사용하여 성공적 노화의 다양한 요인을 제시할 뿐만 아니라 요인들 간의 상호관련성을 강조하면서 결국 성공적 노화를 위해서는 효과적인 노후생활 분비가 필요함을 주장함.

35 건강, 경제, 자립 등의 남의 도움 없이 스스로 생활할 수 있는 것을 의미하는 자율과 자신의 발달을 꾀하는 노력을 의미하는 개인성장, 몸과 마음의 안락한 생활, 부모나 배우자로서의 역할 완수, 자신의 현재 상태를 긍정적으로 생각하고 나이에 맞는 마음가짐으로 생활하는 자아수용, 타인을 배려하고 봉사하는 생활인 봉사 등을 성공적 노후의 구성요인으로 봄(박경란, 이영숙, 「성공적 노화에 대한 인식조사 연구」, 『한국노년학』, 22권 3호, 2002.). Rowe와 Kahn(1987)은 성공적 노화를 위해 필요한 것은 유전적이고 생물학적인 요인이 아니라 개인의 선택과 노력이라는 점을 강조함.

36 정영숙, 「한국여성노인의 잘 나이들기: 성숙한 노화 개념의 탐색」, 『한국고전여성문학연구』 23집, 2011.

37 한경혜, 「신노년층 문화와 성공적 노화」, 한국가족학회 춘계학술대회 자료집, 2000.

38 이준우, 이현아, 황준호, 「한국 노인의 노후 생활에 관한 인식」, 『한국노년학』 31권 3호, 2011, 715쪽.

근대 초기 노년 여성의 희미한 자각:*
―나혜석의 「경희」

1. 머리말

1910년대는 19세기 후반부터 시작된 근대 계몽기의 흐름이 지속되면서 근대 사상들이 사회 변화의 주요한 흐름을 형성하던 시기이다. 특히 '청년'담론이 사회담론의 주요한 맥락을 형성하면서 전통 사회에서 경험할 수 없었던 새로운 가치관과 삶의 방식들이 나타난다. '청년'은 국민의 대표이자 근대적 '개인'을 비유하는 기호로 작용하고 있었다. 이렇게 근대 계몽기 초기부터 시작된 '청년'담론은 근대 문학 안에서 근대적 주체 형성이란 문제와 함께 '청년'이 문학의 생산 주체로 등장한다. '청년'으로 대표되는 문학 주체들이 근대문학을 생산하는 과정에서 그들의 가치관을 반영하고 근대 기획자로서의 면모를 실현시켜 나갔다. 이 과정에서 창작 주체로서 '청년'들은 근대문학 안에서 청년과 대립항에 놓이는 노년의 삶과 가치관을 부정적 이미지와 인식들로 그려나갔다. 청년/노년의 대립적 자질들을 가지고 '새로움'에 중점을 둔 근대적 논리를 강화시켰다. '청년-녀자'[1] 신여성은 젠더화된 청년으로서 노년을 계몽하고 각성시키는 담당자 역할을 하였으며, 근대적 연령 구분에 의한 연령화 혹은 연령주의[2]는 노년을 사회적 사용가치가 없는 존재로 인식하게 하였다. 즉 노년은 청년담론이 팽배한 근대사회 안에서 여성이나 아동처럼 타자화된 모습으로 그려졌다. 젊음을 높이 평가하고 노년들을 불확실한 존재, 무용한 존재, 무기력한 존재로 인식하는 개화기 이후의 관행은 여전하였다. '노년'은 근대적 세계와 사유 방식에서 주변부로 밀려나며 근대문학 초기에 재현 대상에서 소외되거나 왜곡되었다.

이런 사회·문화적 조건 하에서 1910년대 후반 본격적인 노년 담론을 찾아내는 작업은 힘들며, 다만 '청년'담론과 늘 대비되어 근대적 기획 안에서 배제되거나 개조되어야 할 대상으로서만 언급되고 있을 뿐이다. 1910년대 이전 개화기 문학에서 노년은 대부분 전근대적 사고를 대변하는 구세대적 인물로서 비주체적이고 무능력한 부정적 존재로 다루어졌다. 그러나 본고에서 살펴볼 나혜석의 「경희」[3](『여자계』1918.3)[4]에는 1910년대 후반의 근대화의 논리가 사회 안에서 여러 각도로 재조명되면서, 나혜석과 같은 여성작가의 시선에 의해 변화되고 있는 노년 현실이 작가의 의도와 상관없이 감지되고 있다. 분명 이전 시기의 문학 작품들과도 또한 당대 남성작가들의 시선에는 포착되지 않았던 노년 모습이 드러나고 있다.

나혜석은 근대 지식인으로서 근대적 담론들을 실천해 나간 신여성이다. 나혜석은 최초의 서양 여성화가[5]이며 소설 「경희」[6]을 통해 뛰어난 관찰력으로 사회 현실을 날카롭고 섬세하게 그려낸 최초의 근대여성 소설가이기도 하다. 그는 소설 「경희」를 통해 변화된 근대 사회 현실과 신여성을 둘러싼 가정의 변화와 가족 구성원으로서 부모 세대(노년 세대) 및 주변 노년들의 변화에 젠더화된 '청년'의 시각으로 주목한다. 그는 1910년대 초반부터 여러 글을 통해 신여성의 삶과 주변의 다양한 계층의 삶에 관심을 표명하며 근대적 논리를 펴 나갔다. 이런 논리 선상에서 소설 「경희」가 발표되기에 이른다. 소설 「경희」는 청년 중심의 근대화론에 입각하여 노년[7]의 삶을 관찰자적 자세로 바라보거나 노년 스스로의 목소리를 재현해내었다. 노년 스스로가 근대 사회의 변화를 신여성의 삶과 그 주변의 현실을 직·간접 경험하면서 근대적 자아인식의 단초를 보여주고 있다. 이 과정에서 작품 속노년 인물들은 자신들의 정체성에 갈등하며 혼란을 경험하고 있다.

이에 본고에서는 기존의 많은 논자들이 나혜석을 연구[8]하고 있는 시각과는 변별된 시각으로 소설 「경희」를 분석하고자 한다. 그리하여 당시 근대문학 안에서 노년[9] 인물들이 획일적으로 표상화 되고 있는 시각에 차별화를 시도해 보고자 한다. 근대 초기 신여성 작가가 자신 역시 청년담론 안에서 '청년-녀자'로서 노년의 현실을 어떻게 그려나가고 있는지, 또한 작품 속 노년 인물들 스스로 작품 속에서 살아 숨 쉬며 변화된 사회 현실에 어떻게 대응해 나가고 있는지 살펴보게 될 것이다. 이를 위해 소설 「경희」에 나타난 노년의 가정생활과 가족관계, 사회적 관계, 노화에 따른 노년기 질병 등을 노년기 정체성과 관련지어 알아보고자 한다. 이 과정에서 나혜석과 같은 청년 여성 지식인들의 근대화 논리가 전통 사회 노인에 대한 통념과 고정관념, 편견과 선입견 등과 어떻게 작용하며 당대 노년의 삶의 가치와 의미를 재현해 내고 있는지 함께 해석되리라 생각한다.

2. 근대 초기 청년담론과 노년

1890년대 말부터 '청년'은 젊은이의 진취적, 사회적, 의지력과 활동력을 포괄적으로 표상하는 존재로 부상하며 '청년'이란 어휘가 하나의 시대적 기표가 되었다. 일본에서도 세에넨(青年)은 새로운 젊은이의 상으로서 주지적, 합리적으로 현실을 분석하고 예측 가능한 미래를 준비하는 근대적 인간형[10]으로 인식되었다.

당시 조선 사회에서 자주 독립과 국민국가 건설이란 긴급한 시대적 사명 아래 신문명 사회를 이끌어갈 주체로 '청년'이 부상하였다. '청년'은 부국강병의 국가적 요청을 준비하고 실천해 나갈 주도적 주체로서 지식과 덕성을 갖추어 국민을 형성해야 할 중심적 위치에 있었다. 이런 청년담론이 사회·문화적으로 형성되면서 '청년'은 근대 계몽기 상징적 주체로서 성, 신분, 계급, 가치 지향 등이 서로 다른 존재들을 하나의 집단으로 묶어내는 기표 역할을 하였다. 젊음이 표상하는 새로움과 쇄신의 이미지는 개인의 현재에서 사회와 국가의 미래까지 전 영역을 관통하는 원리로써 '청년'의 위상을 강력하게 견인[11]해 내었다.

청년담론을 비롯한 많은 근대담론들은 신학/구학, 신도덕/구도덕, 신문명/구습 등 신-구 대립 어법을 통해 새로움의 가치를 자기화하며 '청년'을 활용해 나갔다. '청년'은 진보와 새로움의 표상이었고 반면 '노년'은 구습과 버려야할 낡은 것들로 인식[12]되기 시작했다. 전근대적인 조선의 전통을 불행하고, 병적, 야만적인 것으로 취급해 나갔다. '앎이 없는 인물, 함이 없는 인물'로서 구세대인 노년에 비해 신사회 건설 책무를 지닌 '청년'은 더이상 단순한 인생의 주기만을 가리키는 중립적 어휘가 아니라 사회적 책임과 능력을 부여받은 세대 분절의 개념으로 자리잡아 나갔다.

이와 달리 근대 계몽기 사회 안에서 노년에 대한 인식을 살펴볼 수 있는 본격적인 자료들은 거의 찾아보기 힘들다. 다만 당시 사회 안에서 팽배했던 청년담론 속에 잠깐 언급되고 있는 내용들을 토대로 노년에 대한 인식을 재구해 볼 수 있다. 다음의 인용은 그러한 언급 중 하나이다.

> "內國父老에向ᄒ야-子弟留學을勸告홈"'父兄의常識은子弟의 幸靑年의 留學은 國家의 福'『대한흥학보 제7호』(1909년 11월 20일)[13]

위의 인용을 보면 조선의 父老(노인)들에게 자식들을 유학 보낼 것을 권하는 글로써 자식들을 유학 보내는 일이 국가 건설에 복을 가져다주는 행위라고 주장한다. 유학을 통해 근대 사회에서 필요로 하는 근대 지식인으로 성장한 '청년'들이야말로 국민국가 건설과 신문명 사회를 선취해 나갈 재목이 될 수 있다는 것이다. 당시 유학생 청년들은 스스로를 교육의 대상에서 나아가 자수자양의 세대로서 문명화를 선도하는 집단이자 인격을 갖춘 윤리적 주체로 재규정된다. 그렇기 때문에 구습, 구세대와의 단절이 무엇보다도 신문명 건설의 첩경이라고 보았다. 이러한 근대적 논리는 구습의 행위자이며 구세대에 해당하는 '노년'을 철저하게 배제시켜야 할대상으로 규정한다.

1910년대로 접어들면서 청년 지식인들은 근대화의 자발적 추동력을 이끌어 낼 수 있는 유력한 원천이 되었고, 나혜석과 같은 '청년 여자'인 신여성들은 사적 공간 안에서 근대화의 논리들을 펼쳐 나갔다. 이들은 강제 결혼 혹은 자유 연애와 같은 문제들을 작품 속에서 거론하며 전통적 인습을 그대로 답습하고 있는 노부모 세대와 가정생활에서 갈등하는 모습을 보여준다. 청년 세대의 욕망이 전근대적 노년 세대의 인습에 의해 희생당하는 이미지와 청춘의 자율적 결정권을 요구하는 새 시대 감각적 욕망의 정당성을 부정적 노년의 이미지에 기대어 재현해 낸다. 작품 속에서 노년 세대가 전통적인 사회적 의무나 윤리적 가치를 중요시 하는 모습으로 그려지고 있는 반면 사람이라는 개인적이고 주체적인 감정을 앞세우는 젊음의 표상은 대중의 열렬한 지지를 받으며 신문명의 주축으로 표현된다. 당시 대부분의 작가들이 이런 관념들에 강한 지지감을 표출하며 작품 활동을 해나간다. 특히 남성작가들은 문학적 주체와 객체의 대상으로서 근대 사회가 요구하는 '청년'만을 앞 다투어 재현해 내는 데 집중한다.

이렇게 1910년대 들어와서도 '청년'은 근대적 개인이자 국민 대표로서 상징성을 유지하고 있었다. 당대를 노년이 배제된 '어른이 없는 시대'로 일컬으며 어른 노릇을 해야 하는 과도기적 존재로 '청년'을 인식하고 있다. 그리하여 근대문학 초기에 등장하는 학생은 '청년'의 정체성을 재현해 내는데 부합한 인물이었다. 대표적으로 이광수의 『무정』(1917)에서 학생-청년이 그 관념성을 매개로 현실을 재단하고 낙관하는 인물로 그려진 것이다. 1910년대 근대문학 작가들에게 언어와 문학은 현실을 매개하고, 개인의 내면 또한 '각성'과 '개조'의 장소[14]였다. 여기서 개인의 사적 욕망은 억압되거나 아니면 각성과 개조를 매개하는 수단으로만 작용한다. 문학 속 '청년'은 푸름이 상징하는 계절의 순환성에 비유되며 인생의 시기를 가리키고, '청년'의 이미지로 대변되는 근대 사상과 배치되는 '노년'[15]은 근대사회에서 '늙은이'로 폄하되면서 부정적 이미지로 그려진다.

『무정』에서도 노인을 '노파'로 지칭하며 계몽해야 할 대상이며 구세대적 인물로 묘사하는 등 청년 작가 이광수의 노년에 대한 인식을 가늠할 수 있다.

하지만 1910년대 후반으로 가면 여전히 근대화와 계몽을 요구하는 목소리가 높은 가운데서도 문학 창작에 있어 시대적 변화를 담아 과거의 문학 형식에서 벗어나 새로운 형식들이 시도된다. 물론 문학 내용에 근대 이전의 봉건적 유교 사상과 대립하는 근대 사상들이 주로 다루어지지만 점차 근대 계몽기 초기의 국민국가 건설을 위한 민족의식 고취 같은 거대 담론보다는 변화된 사회 현실에서 개인이 겪는 내면적 동요와 좌절이 복합적으로 그려진다.

이 과정에서 「경희」가 발표되던 1910년대 후반에는 국가-개인 간 무매개적 근대화나 근대적 기획들에 균열이 생기며, 남성적 가치로 무장한 근대화의 논리들이 공적 공간으로서의 사회보다는 여성작가의 시선에 포착된 사적 공간[16]인 가정에서 작용하는 양상을 보인다. 근대 계몽 초기의 근대문학 안에서 남성 중심적 근대담론을 거대서사로 재현하는데 집중[17] 하였다면, 1910년대 후반에 오면 젠더화된 청년(청년-녀자)인 신여성 작가들에 의해 일상적 공간으로서 가정에 대한 관심 표명이 보이기 시작한다. 전통적 생활방식과 서구의 생활방식을 비교하며 가정과 사회 안에서 여성의 역할 특히 교육을 받은 여성의 역할을 강조하게 되는 것이다. 신여성 작가 나혜석은 그동안 남성 및 청년 중심의 근대담론 안에서 존재감이 무화되어 있었던 노년 특히 노년 여성의 삶에 주목하게 된다.

이 글에서는 구체적으로 소설 「경희」의 분석을 통해 이런 근대

사회의 여러 조건들 속에서 신여성 작가 나혜석의 늙음과 노년에 대한 인식과 태도를 살펴보고자 한다. 작가는 당대 청년담론과 근대화론 속에서 가정생활 내 노년의 삶이 변화되고 있음을 관찰자적 시각과 노년 인물 스스로의 목소리를 통해 재현하고 있다. 당대에는 신여성 작가도 남성 중심적 청년담론 안에서 포섭과 배제의 대상이었고 이들 중하나였던 나혜석이 또 하나의 소외와 배제의 대상이었던 노년을 어떻게 바라보고 있는지 살펴보는 작업은 분명 의미가 있으리라 생각한다.

3. 신여성의 시선으로 바라본 노년: 선택과 배제

나혜석은 어려서부터 신학문의 수혜를 받으며 당시 일반 여성들이 쉽게 경험할 수 없었던 일본 유학 생활을 하며, 화가로서 작가로서 창작 활동을 해나간 신여성이다. 그는 여러 매체[18]를 통해 조선 사회에 대한 현실 비판과 여성 교육의 중요성을 강조한 '청년-녀자'로서의 면모를 보여주었다. 당시 일본 유학생 출신의 근대 지식인들은 건실한 실력 양성을 주장하며 민족의 장래를 책임지는 자들로 자임하고 있었다. 이런 상황에서 나혜석은 특히 조선의 여성들에게 근대적 교육을 통해 지식과 힘을 키워 주어야 한다고 역설한다. 그는 누구보다 근대인으로 변화하는 데 있어 근대 교육을 통한 개인의 자각이 중요함을 깨닫고 있었고, 여성도 근대 사회에서 주체적으로 살아갈 것을 강조하였다.

소설 「경희」는 작가 나혜석이 자신과 같은 신여성을 부정적으로 인식하던 당시 관념을 개선시키고자 하는 데서 출발하였다. 남성 중심의 가치관에 의해 또 근대 국민국가 건설이란 사회담론 안에서 젊은 여성은 청년의 동반자로 선택될 때 의미를 부여받을 수 있었다. 이렇게 근대 초기부터 청년담론 안에서 포섭의 대상으로서 젠더화된 '청년-녀자'인 신여성이 또 다른 대립항으로 존재했던 노년의 삶을 어떻게 그려내고 있는지 살펴보고자 한다.

「경희」에는 주인공 '경희'의 부모님을 비롯해 사돈 마님, 노(老)과부 등 신체적 노화를 경험하면서 며느리와 사위를 보고 손주들이 있는 노년 인물들이 등장한다. 주인공 '경희'는 일본 유학생으로서 모범적이면서 생각도 올바른 신여성으로 묘사되고 있고, 평소 신여성 작가 자신의 근대 논리를 대변해 주는 인물로 형상화 되어 있다. 나혜석과 같이 근대 초기 '신여성'은 1%에불과 했지만 그들이 창출한 텍스트를 통해 사회 변화의 징후를 살펴보기에 그들의 영향력은 적지 않았다. 당시 팔봉선인과 같은 논자는 "온 세계를 통틀어서 여자라는 처지에서 또는 다만 조선 안의 여자라는 처지에 서서 자기네의할 바 일이 무엇인가를 즉 자기의 사명이 무엇인가를 밝히 알고서 실행하는 여성이 신여성"[19]이라고 말하였다. 다소 추상적인 의미로 설명하고 있으나 당시 1기 여성작가들(나혜석, 김일엽, 김명순)의 작품 경향이 '자기 고백적', '자서전적' 성격을 지니며 작가가 스스로를 어떻게 인식하고, 당시 식민지 조선 사회에서 여성의 지위에 대해 어떻게 생각하고 있는지[20] 알 수 있게 한다. 작가는 소설 「경희」를 통해 근대 초기 파란만장한 여성적 삶의 체험에서 얻어진 주제의식 하에 가부장적 구습에 대한 비판과 여성해방에 대한 이상을 노년들의 일상적 삶을 통해 각성시켜 나가고자 한다. 「경희」 이후 다른 작품들[21]에서도 전근대 사회의 구습에 맞서 작가의 근대적 사상이 현실에 부딪혀 좌절되거나 굴절되는 양상을 보여준다.

앞에서 밝힌 바와 같이 「경희」의 주인공 '경희'는 작가 나혜석의 자화상 같은 인물이다. 신여성 '경희'는 일본 유학 중 여름방학을 맞아 본가로 돌아와 근대 지식인으로서 계몽적 일들을 실천해 나간다. 「경희」에 등장하는 인물들과 공간적 배경, 시간적 배경 모두 작가의 자전적 요소와 일치한다. 주인공 '경희'는 봉건사회의 가부장적 구습을 타파하고 여성에 대한 편견에 맞서 인간의 평등과 자율성에 바탕을 둔 근대적 주체 형성에 관심을 갖고 있다. 신여성 '경희'는 이상에 미치지 못하는 자신의 미약한 모습을 반성하고, 주어진 관습의 편안함에 안주하려는 타협의 심리에 유혹당하 기도 한다. '경희'는 이상과 현실 사이의 모순과 괴리로 인해 번민하지만, 인간으로서 주체성을 확인하며 근대적 이상을 실현해 나가고자 다짐한다. 이는 당대 여성이 여성 '해방'과 여성 '계몽'이란 청년[22]적 가치들과 동일시 선상에 놓일 경우에만 대상을 의미화하고 있음이다.

「경희」를 포함한 나혜석의 근대 소설들은 요사노아키코[23]의 가정생활에서 힌트를 얻어 형상화된 작품들이다. 당시 일본에서는 여성문예 동인지 『청탑(靑鞜)』(세이토)을 중심으로 여성해방론과 신여성 운동이 매우 활발하게 전개되고 있었다. 여성 운동이 일본이나 조선, 두 나라 모두 같은 시각에서 출발하여 전개되었음을 의미한다. 이런 맥락에서 소설 「경희」와 연관시켜 주목해야 할 글이 「이상적 부인」[24](『학지광』 3호, 1914)인데, 이 글에는 근대적 여성의식과 자아의식에 눈을 뜬 작가의 면모가 여실히 드러나 있다. 나혜석은 여성의 주체성과 개별적 자율성에 대한 관심은 「경희」[25]에 재현된 신여성의 실천적 삶을 통해, 또 다른 한편에선 근대담론 안에서 소외된 노년의 삶은 계몽적 시각으로 선택과 배제의 과정을 보여주고 있다.

노년에 대한 관점과 사회적 태도는 그 시대의 생산력 발달 수준, 정치적 · 도덕적 · 철학적 관점, 교육 · 보건 · 과학 발달 수준 등 다양한 요인에 따라 규정된다. 소설 「경희」 역시 작가 나혜석의 노년에 대한 인식과 태도에서 다양한 노년 인물[26]들의 형상화가 이루어졌다. 그는 당대 노년기를 살아가는 '경희'의 노부모와 주인공 주변의 노년 인들의 가정생활과 가족관계, 노년기 질병, 노후 부양 문제들을 자신의 근대 계몽적 시각으로 바라본다. 우선 주인공 '경희'의 노부모는 비교적 근대 사회의 변화에 빠르게 대응해 나간 노년의 모습으로 형상화 하였다. 물론 이런 '경희' 노부모의 현실 대응 모습이 근대 사회 안에서 스스로 직접적 체험을 통해 얻어진 각성에서 비롯되었다고 보기엔 무리가 있다. '경희'의 노부모는 일찍이 근대 교육의 수혜자인 딸과 아들을 통해 전근대적 가치와는 변별되는 근대적 가치들과 만나게 되었다. '경희'의 노부모는 당시 대부분의 부모 세대보다 근대 문물을 빠르게 수용하면서 막연하지만 젊은 세대들이 살아가게 될 앞으로의 사회 변화를 감지한다. 그리하여 자식이 일본 유학과 같은 근대적 교육을 받는 것에 크게 갈등하지 않고 결정한다. 그러나 이들의 행동이 주체적 결정에서 비롯되었다기보다는 당대 시류의 흐름을 남다르게 읽어낸 감각적 대응에서 비롯된 즉 근대국가 건설을 위한 작가의 계몽적 시각에 의해 선택된 노년의 모습이라 할 수 있다.

작품 속 주인공 '경희'의 어머니 김 부인은 '머리가 희끗희끗하고 이마에 주름살이 두어 줄 보이는' 신체적 노화 과정을 겪고 노인성 만성 질환을 가지고 있는 노년 여성이다. 김 부인은 노년의 일상적 삶 속에서 자신의 과거 삶이 억압적 삶이었으며 타자화된 삶이었음을 인식하고 회의적 나날을 보내고 있다.

> 다만 시름없이 자기가 풍병(風病)으로 누울 때마다 경희를 시집보내기 전에 돌아갈까 보아 아슬아슬 하던 생각을 하며,
> "딴은 하나 남은 경희를 마저 내 생전에 시집을 보내 놓아야 내가 죽어도 눈을 감겠는데." 할 뿐이다. (31쪽)

위의 인용에는 노년기 어머니가 노환이 점점 심해지자 딸의 혼인을 서두르는 심정이 나타나 있다. 그는 노화로 인한 질병으로 무기력한 일상생활 속에 죽음을 생각하며 부모로서 자녀의 혼인을 걱정한다. 전통적 가치관으로 볼 때 부모가 아직 출가하지 못한 자녀를 데리고 있다는 것은 부모로서의 역할을 제대로 못하고 있는 것이다. 김 부인은 부모가 늙고 병들어있는 상황에서 혼기가 꽉 찬 딸(20세) '경희'를 하루 빨리 좋은 집안으로 시집보내고 싶어 한다. 이런 김 부인의 의식과 태도는 여전히 전근대적 가족제도와 관념에서 자유롭지 못함을 말해준다. 하지만 한편으로는 이전엔 상상할 수조차 없었던 신식 교육을 받고 여성으로서 자신의 삶을 자율적으로 개척해 나가는 딸 '경희'가 대견스럽다. 이렇게 작품 속에서 근대 교육의 수혜자인 신여성 '경희'의 주체적인 삶과 무력한 노년 여성의 삶을 대비시키고 있다. 그런데 딸 '경희'와 김 부인의 이런 대비적 모습을 단순히 젊은 세대와 노년 세대의 세대교체 과정에서 오는 괴리감으로만 파악할 수 없다. 이 시기는 근대 사회로의 이행이 급격히 이루어지던 시기로써 시대적 변화에서 오는 갈등이 노년의 삶에 강하게 작용하고 있음을 보여주는 부분이라 할 수 있다. 그러다 보니 작가가 1910년

대 후반의 노년을 관찰함에 있어 근대 초기에 전근대적 가치관의 대변자로서 부정적으로만 바라보던 태도에서 조금은 벗어나 있다. 신여성의 시각에서 당대 노년의 삶에서 긍정적 측면을 발견하여 포섭해 나가고 있다.

> 그래서 김 부인은 이제까지 누가 "따님은 공부를 그렇게 시켜 무엇 합니까?" 물으면 등에서 땀이 흐르고 얼굴이 벌겋게 취해지며 이럴 때마다 아들만 없으면 곧이라도 데려다가 시집을 보내고 싶은 생각도 많았으나 지금은 생각하니 아들이 뒤에 있어서 자기 부부가 경희를 데려다 시집을 보내지 못하게 한 것이 다행하게 생각된다. (중략)
>
> 김부인은 경희의 모습을 보고 '어려운 공부를 하면 의사가 틔우나 보아요.', '좀 가르치면 어디든지 그렇게 쓸 데가 있더구면요.'
>
> 그래서 오늘도 사돈 마님 앞에서 부지중 여기까지 말을 하는 김부인의 태도는 조금도 주저하는 빛도 없고 그 얼굴에는 기쁨이 가득하고 그 눈에는 '나는 이러한 영광을 누리고 이러한 재미를 본다'하는 표정이 가득하다. (20쪽)

작가는 김 부인의 모습을 다른 노년 여성들에 비해 훨씬 사회 변화에 민감하게 반응하며 근대적 사고를 수용하고 변화 가능성이 있는 인물로 묘사한다. 특히 사돈 마님과의 대화에서 김 부인은 신여성에 대한 생각과 여성 교육의 필요성에 대해 강조한다. 김 부인은 결코 남의 흉을 보지 않는 성품을 가지고 있고 혹 부인네들이 모여 여학생들의 못된 점을 꺼내어 흉을 보면 잘못되었다고 지적한다. 이런 김 부인의 태도는 작가가 딸 '경희'를 통해 신여성에 대한 잘못된 사회 인식을 불식시키고자 하는 의도로 볼 수 있다. 김 부인은 신여성인 딸 '경희'를 몹시 기특하게 생각하며 여학생은 바느질을 못한다든가, 빨래를 아니 한다든가, 살림살이를 할 줄 모른다든가 하는 말이 모두 일부러 흉을 보려고 한 말들이라 생각한다. 이는 당대 사회담론이 남성 중심적으로 형성되면서 신여성에 대한 왜곡된 이미지를 부각시키고 있는 현실을 노년 여성의 시각에서 비판한 것이다.

그러나 김 부인의 인식은 딸 '경희'가 공부해서 무엇을 하는지 왜 경희가 일본까지 가서 공부를 하는지 졸업을 하면 무엇에 쓸 것인지로 확대되지 않는다. 그렇기 때문에 "가끔 여러 동네 부인들이 모여서 따님은 그렇게 공부를 시켜서 무엇 하나요?" 질문하면 "누가 아니요, 이 세상에는 계집애라도 배워야 한다니까요."라며 추상적인 대답을 할 뿐이다. 이는 자신의 아들에게서 늘 들어오던 말들과 딸 '경희'가 실생활에서 새로운 생활방식으로 살아가는 가는 모습을 지켜보며 간접적으로 형성된 근대적 여성의식으로써 주체적 체화 과정은 생략되어 있다. 하지만 김 부인은 공부를 많이 할수록 존대를 받고 월급도 많이 받게 된다는 근대 자본주의에 대한 인식도 갖게 된다. 물론 이런 인식도 근대 교육의 본질적 측면인 자아 발견과 근대인으로서 삶 속에서 배움을 실천 해나가며 주체적 인간으로 성장해 나가는 데까지 발전하지 못한다. 김 부인은 그동안 남성 중심적 전통 사회 안에서 수많은 질곡을 경험하며 수동적으로 살아왔기 때문에 젊은 여성들의 주체적 의식 변화를 적극적으로 수용하는 데 한계를 보인다.

또한 작가는 '경희'의 아버지 이철원을 전통적 가부장제 지위를 갖고 가정을 이끌어 나가며 근대화라는 시대적 과제 앞에서 딸과 아들을 유학 보내는 등 시대적 변화에 비교적 빠르게 적응한 노년 인물로 그리고 있다. 이런 설정은 실제로 나혜석의 아버지가 철원 군수를 지냈고 비교적 일찍 근대적 문물과 제도에 눈을 떠 아들의 권유로 딸을 일본에 유학 보냈던 사실과 매우 흡사하다. 하지만 이철원은 여전히 전근대적 가치관이 몸에 배어 있는 인물로서 신세대인 딸 '경희'와 결혼 문제를 두고 첨예하게 대립한다. 그는 딸 '경희'가 방학을 맞아 귀국하자 그동안 가장 걸림돌이었던 결혼 문제를 해결하고자 아내와 해결책을 적극적으로 모색한다. 그러나 딸 '경희'는 개인 간의 자유연애[27]에 바탕을 둔 결혼이 아니라 집안과 집안의 조건을 보고 하는 정략결혼 즉 전근대적 결혼관에 강하게 저항한다. 전근대적 결혼 제도를 주장하는 아버지 이철원과 개인의 주체성을 강조하는 젊은 세대 딸은 갈등할 수밖에 없다. 여기서 아버지 이철원은 기존의 대가족 제도 안에서 연장자로서 집안 대소사의 모든 결정권을 행사하던 가부장의 권위를 유지하려고 한다. 그는 노년기에 들어와 이전과 같은 사회적 지위를 누릴 수 없지만 가정 안에서 실질적 경제 책임자로서 자녀들 문제에 깊게 개입한다. 아직까지 이철원에게서 근대 사회가 요구하는 새로운 가정과 가족관계에 대한 인식은 찾아볼 수 없다. 가정 내 권위와 지위를 고수하며 전근대적 가치를 실천해 나가는 노년의 모습이라 할 수 있다.

　이런 노년 남성을 바라보는 작가 나혜석의 시선은 딸 '경희'의 내적 갈등을 통해 부정적으로 그려진다. 근대화 논리로 전근대적 결혼 제도를 비판하고 있는 딸 '경희'와 전근대적 결혼 제도에 회의하고 있는 김 부인에 비해 이철원은 작가의 시선에서 배제되어야 할 대상이다. 작가의 시선엔 노년 세대와 갈등을 초래하더라도 근대적 가정을 이루기 위해선 무엇보다 주체성에 바탕을 둔 결혼관계가 중요하기 때문이다. 딸과 아버지 사이의 신·구 가치관의 대립을 어느 시대에나 존재해 왔던 보편적 세대 갈등으로만 파악하기보다 이런 갈등 안에 내포된 근대사회 이행기 쇠락한 노년의 지위 하락 차원으로 해석할 수 있다. 전통사회에서 노년은 그들의 축적된 경험과 지식을 통해 공동체 생활에 참여하고 권위를 누렸으며, 가부장적 가족구조와 긴밀한 친족관계에서 노후 지위를 보장받았다. 그러나 근대사회에서는 이런 노년의 권위와 노후의 지위에는 균열이 생기며 노년기 삶의 질이 약화되었음을 이들 간의 대립을 통해 알 수 있다.

또한 작가 나혜석은 '경희'의 노부모 외에도 전근대적 가치관에 사로잡혀 변화된 근대 사회에 쉽게 적응하지 못하는 노년 인물들을 비판하며 각성시키고자 한다. 대표적으로 '사돈 마님'이나 '노과부'가 이에 해당된다. 이들은 노년기 급격히 찾아오는 개인의 신체적 노화를 경험하면서 우울한 일상을 보낸다. 또한 가정생활에서도 변화된 가족 관계로 인해 며느리나 사위 혹은 손자녀들과 세대 갈등을 겪고 있다. 이런 갈등을 더욱 증폭시키는 데 있어 신여성에 대한 부정적 시각이 한몫을 하고 있다. 이들 노년은 근대화론의 부정적 표상이었음에도 불구하고 신여성을 폄하하며 가부장제 남성 중심적 시각으로 그들을 타자화 시키고 있다.

"거기를 또 가니? 인제 고만 곱게 입고 앉았다가 부잣집으로 시집가서 아들딸 낳고 재미드랍게 살지 그렇게 고생할 것 무엇 있니?"(15쪽)

"얘, 옛날에는 여편네가 배우지 않아도 수부다남(壽富多男)하고 잘만 살아왔다. 여편네는 동서남북도 몰라야 복(福)이 많단다.
얘, 공부한 여학생들도 보리방아만 찧게 되더라. 사내가 첩 하나
도 둘 줄 모르면 그것이 사내냐?"(16쪽)

위의 인용들은 '사돈 마님'을 비롯한 주변의 노년 인물들이 주인
공 '경희'처럼 신식 교육 즉 근대식 교육을 받은 신여성들을 비판하
는 내용이다. 그동안 '김부인'이나 '사돈 마님', '할머니' 같은 노년 여
성들의 삶은 가정생활과 같은 사적 영역을 담당하며 가풍을 전달하
는 역할만 해왔다. 가정의 안주인으로서의 위상을 자신의 정체성으
로 삼고 살아왔다. 그러나 '김 부인'이나 '사돈 마님'과 같은 노년 여
성의 삶을 자세히 들여다보면 여성으로서 젊은 시절 남편의 축첩으
로 인해 극심한 불행을 경험했고 노년기에 들어선 현재의 삶도 그러
한 상처가 늘 공존하며 괴롭히고 있다. 하지만 '사돈 마님'이나 '할머
니' 같은 대부분의 노년 여성들은 불행의 원인을 어쩔 수 없는 운명
탓으로 돌리며 전근대적 가치관을 고수한다. '경희' 주변의 노년 여
성들(사돈마님, 이모님, 큰어머니, 할머니)은 독립적 자아가 아닌 가
정 안에서 아내와 어머니 역할만 충실히 하면 행복해질 수 있다고 믿
는다. 그렇기 때문에 '경희'가 시집가지 않고 유학을 하는 것이 못마
땅하고 부잣집 딸 '경희'가 일본에서 제 손으로 빨래를 해 입고 밥까
지 해 먹는다는 것을 도저히 이해하기 어렵다. 이들 노년 여성들은 여
성 교육에 대해서도 부정적이어서 "지금 세상에 사내도 배워가지고
쓸데가 없어서 쩔쩔 매는데…"라며 근대 사회에서 변화된 여성의 지
위를 받아들이려 하지 않는다. 작가의 시선은 전근대 의식을 지닌 노
년 여성들을 근대화론의 주체에서 배제시키고 개조해야 할 대상으

로 파악하고 있다.

이밖에도 이웃 사람인 '노과부'의 노년 삶을 바라보는 시선도 부정적이다. '노과부'는 과거 남편도 없이 젊은 시절 아들 하나만 믿고 여성 가장으로서 힘들게 살아온 노년 여성이다. 아들 하나 잘키워 결혼만 시키면 노년에 행복한 삶을 살 수 있을 것이라 기대해 왔다. 그러나 '노과부'의 삶은 전통적인 효 사상에 바탕을 둔 자녀 세대의 부양도 받지 못하고, 그렇다고 근대식 교육을 받은 '경희'처럼 현명한 며느리가 집안에 들어와 가정생활을 새롭게 개조시켜 나가지도 못한다. 한마디로 과거의 불행했던 삶에서 크게 벗어나지 못하고 노년기에도 고독과 우울을 경험하고 있다. 그런데 '노과부'는 노후에 불행한 삶의 원인을 '경희'와 같이 교육을 받은 며느리가 들어오지 못한 데서만 찾으려 한다. 하지만 노후의 불행을 교육받지 못한 며느리를 맞아들이지 못한 데서 찾는 태도는 작가의 계몽적 논리가 과잉으로 개입되어 있음을 증명한다. 오히려 전통 사회 안에서의 고부갈등보다 근대 사회에서 교육을 받은 며느리와 그렇지 못한 시어머니와의 갈등이 당대 현실에서 더 심각[28]했던 것을 알 수 있다.

작품 속에서 신여성 '경희'는 이런 노년 여성들의 삶의 태도와 가치관을 목격할 때마다 '쇠귀에 경을 읽지 하고 제 입만 아프고 저만 오늘 저녁에 또 이 생각으로 잠을 못 자게 될 것' 같았다. 신식 교육을 받은 젊은 세대 여성으로서 '말만 시작하게 되면 답답하여서 속이 불과 같이 탈 것' 같았다. 하지만 이런 문제들을 해결하기 위해 적극적 태도를 보이지 않고 다만 부정적 시선만을 드러낼 뿐이다. 특히 '경희'와 사돈 관계인 '사돈 마님'의 묘사에서 더욱 그러하다. 사돈마님은 '여학생의 말이라면 어떻든 흉만 보고 욕만 하기로는 수단이 용한 사람'이고, 또한 '이 마나님은 원래가 입이 걸어서 한 말을 들으면 열 말쯤 거짓말을 보태는' 노년 여성이다. 이런 작가의 노인 이미지 표상은 당시 사회에서 노년에 대해 어떤 가치와 의미를 부여하고 있었는지를 알 수 있게 한다. 역사적으로 볼 때 노인과 늙음, 노년에 관해서는 상호 대립하고 모순된 표상들이 교차하며 병존해 왔다. 즉 노인은 존경과 동시에 조롱과 경멸의 대상이었고 늙음은 지혜와 동시에 어리석음을 상징, 욕망의 초월과 동시에 집착을 의미했다.[29]

신여성 '경희' 외에도 일찍 결혼하여 가정을 이루고 있는 '경희' 언니 역시 젊은 세대로서 새로운 근대화론에 부합하지 않는 노년들에게 부정적 시선을 내보이는 데 한몫한다. '경희'언니는 빠르게 변화하고 있는 근대사회에 적극적으로 적응해 나가는 젊은이들에 비해 노년들이 세상과 소통하는 데 구태의연한 방식을 고수하고 있음을 비판한다.

> "여학생들은 예사로 시집 말들을 하더라 아이구 망칙한 세상도 많아라. 우리 자라날 때는 어디서 처녀가 시집 말을 해보아" 하시고, 그 뿐 아니라 여학생 험담을 듣고 와서는 경희의 언니 들으라고 빗대 놓고 말씀하신다.
> 이 뚱뚱한 노부인은 처음에는 경희의 어머니에게 점잖게 안부를 묻는다. "아들이라도 마음이 아니 놓을 텐데 자녀를 그러한 먼데다 보내시고 그렇지 않습니까. 그런데 몸이나 충실 했었는지요"라고, 경희를 불러 앉혀 놓고서는 일본 가서 고생하지 않았느냐고 걱정해주는 척 하면서 하고 싶던 말을 한다. (17쪽)

신여성 '경희'의 시선에는 노부모를 비롯한 주변의 노년들이 근대 교육을 통해 깨달은 새로운 사상을 실천해 나갈 계몽적 대상으로 파악되며 자신의 이상이나 신념과는 너무나 동떨어진 존재로서 배제되어야 할 대상으로 인식되었다. 그런데 앞서 잠깐 언급했듯이 작가는 이런 노년 인물들에게서 느끼는 현실적 갈등을 작품 표면에 대립적으로 묘사하기 보단 신여성 '경희'의 내적 독백[30]을 통해서만 그려내고 있다. 이는 작가가 근대 사상의 실천 의지를 보이는 신여성의 묘사와 노부모를 포함한 주변의 노년 인물들의 묘사에서 이중적 시각을 보이고 있는 부분이다. 신여성의 계몽적 실천 모습은 근대적 청년 지식인의 면모를 통해 적극적 목소리로 재현되고 있지만 노부모 세대 포함한 노년의 전근대적 사고는 개인의 사적 영역의 삶과 밀접하게 연결되어 있기 때문에 작품 표면에 비판적 묘사를 노골적으로 드러내지 않는다.

　　그리하여 작가는 노년 여성뿐만 아니라 노년 남성들 역시 계몽시켜야 할 대상으로 파악 하며 노년 남성인 아버지 이철원과의 대립 과정을 보여주고 있지만 노년의 전근대적 가치관을 비판하기보다는 주체적 자아 발견이라는 내적 갈등에 휩싸이게 만든다.

> "먹고 입고만 하는 것이 사람이 아니라 배우고 알아야 사람이에요. 당신 댁처럼 영감 아들 간에 첩이 넷이나 있는 것도 배우지 못한 까닭이고 그것을 속을 썩이는 당신도 알지 못한 죄이에요. 그러니까 여편네가 시집가서 시앗을 보지 않도록 하는 것도 가르쳐야 하고 여편네 두고 첩을 얻지 못하게 하는 것도 가르쳐야 합니다." (16쪽)

위의 인용에서도 근대식 교육을 받지 못한 노년 남성들이 구습과 구사고에 젖어 있어 가부장제 모순들을 표출하며 가정생활을 불행하게 만들고 있다고 지적한다. 그런데 작가 나혜석은 옛것이라고 해서 모두 없애버려야 할 것으로 생각하지 않는다. "즉 넷부터 우리 살림살이를 다시 세울 것이 아니라 아람다운 풍속이오 조흔 습관은 다 그대로 두고 악하고 추한 것만 추려서 개량이나 개선을 할 것인 줄 암니다."[31]라는 주장을 한다. 특히 작품 결미에 이르면 아버지 이철원과 결혼 문제로 심각하게 대립하는 과정에서 기존에는 계몽적 대상으로만 여겨왔던 노년 여성들의 삶을 새롭게 인식해 나간다. "저것이 무엇을 알고 저렇게 어른이 되었나, 남편에게 대한 사랑도 모르고 기계같이 본능적으로 저렇게 금수와 같이 사는 구나"라고 교만한 태도로 당대 노년 여성을 비판하던 경희에게 "웬일인지 오늘은 그 부인네들이 모두 장하게" 보였다. "그 부인네들이 장한가? 내가 장한가? 이 부인네들이 사람일까? 내가 사람일까?"라는 모순된 생각으로 번민하며 노년 여성들의 과거 타자화된 삶 속에서도 삶의 진정성을 발견하고 있다.

하지만 작품 전반에 걸쳐 주인공 '경희'는 근대적 지식인으로서 신학문의 선구자로서 노년을 계몽적 대상으로 여기며 근대사회에 맞게 그들의 완고한 생각이 바뀌기[32]를 바라는 시각을 견지하고 있다. 결국 1910년대 후반 신여성 작가가 바라본 노년의 삶은 전근대적 가치와 근대적 가치가 공존하는 상황에서 가족의 존중과 배려 속에 행복하게 말년을 보내는 노년의 모습과 거리가 있었다. 또한 작품 속에 재현된 개별적 노년의 삶을 들여다보면 노년의 물질적 여유와 건강, 사회적 지위와 성별에 따라 조금 씩 차이점도 나타났다. 이는 작가 나

혜석의 늙음에 대한 인식과 표상 과정에 노년 이전 시기의 경험들이
차별적으로 반영되어 있음을 의미한다.

4. 근대적 자아인식과 노년의 정체성: 노년 개인의 목소리

근대 계몽 초기 근대적 '개인'의 형성은 근대국가 건설을 위한
'국민'의 개발과 맞물려 진행되었다. 근대적 '개인'은 근대 국가의'
국민'으로서 의미를 견지할 때 온전히 형성된다고 보았다.[33] 하지만
1910년대 후반에 오면 청년에 대한 논의가 국가와의 관계 속에서 중
대한 변화를 보이기 시작한다. 식민지로의 전락으로 말미암아 1900
년대식 국가-개인의 무매개적 일치에 의한 근대화나 동원 전략은 무
모하고 무의미한 것[34]으로 인식된다. 하지만 여전히'부로'(父老) 세
대와 완전히 단절되면서 변화된 사회의 근대적 재구성에 있어 새로
운 주체로서 '청년'의 역할은 유지되었다. 이런 시각 하에 근대적 '개
인'의 내면세계가 이광수, 현상윤 같은 남성작가들의 작품에 나타나
지만 독립적이고 자율적인 형태로 재현되지 못하고 근대국가 건설
이라는 시대적 상황과 연계되어 그려진다. 당시 근대문학을 창작하
던 남성작가들은 근대적 개인[35]의 문제를 근대국가 건설에 주체적 역
할을 담당할 수 있는 젊은이들 즉 청년만의 문제로 인식하였던 것이
다. 이런 인식은 근대적 자질과 관련하여 근대적 '개인'의 개념에서
'청년-녀자'를 계몽이나 해방의 문제에서만 동일시하고 여성의 개인
적 욕망은 배제시켰던 것과 같은 맥락이라 하겠다. 또한 근대적 개인
의 기의 중 '신(新)', '幼(유)'의 개념 과대립적 자질을 형성하고 있던

'노년'의 내면도 이런 논리 선상에서 배제되었다. 다시 말해 1910년대 남성작가들의 작품 속 노년은 근대적 연령 구분에 의해 '성숙', '성장', '발전', '진보'의 기의와 변별되는 소외된 존재로서 개인의 욕망을 매개로 한 근대인의 내면세계가 드러나지 않는다.

앞서 살펴본 신여성의 시선에 포착된 노년의 모습 역시 근대사회에 부합하는 노년의 모습으로 개조시켜야 할 대상이었다. 즉 「경희」에는 근대적 담론을 실천해 나가는 여성의 경험 특히 신여성의 주체 형성 과정에 당대 노년 현실이 대상화 되었다. 그런데 이 과정에서 작가의 의도와는 상관없이 가족과 사회 안에서 소외되어 있는 노년 개인의 내면 목소리가 감지된다. 노년 인물 스스로가 근대적 개인으로서 자각 과정의 단초를 제공하며 자신의 정체성 문제에 고민한다. 물론 논자에 따라 작품 속 노년의 모습을 보고 노년의 자아인식 과정으로 보기 어렵다는 평가를 할 수 있으나, 주체의 자기인식은 자아와 객체의 직접적 실천을 통해서만 가능하지 않다. 주체를 둘러싼 현실 변화를 간접적으로 경험하면서도 자기성찰을 통해 얼마든지 자신의 정체성을 재정립해 나갈 수 있기 때문이다.

1910년대 식민지 근대사회는 남성 중심의 가부장적 이데올로기가 작용하고 있어 전통적 삶의 방식에 의존해 살아오던 중·노년층의 여성들이 주체적으로 근대적 개인의식을 갖기가 쉽지 않았다. 특히 노년 여성의 경우 남성 중심의 가부장제 사회에서 타자화 된 여성의 삶을 살아왔을 뿐만 아니라 늙음에서 오는 타자성이 보태지면서[36] 이중의 질곡을 경험하였다. 이 장에서는 노년들이 변화된 근대 사회 속에서 신여성과 같은 젊은 세대 여성의 주체 형성 과정을 지켜보면서 자신들의 노년기 정체성에 회의하고 갈등하며 자기 성찰의 면모를 보여주는 데 주목하고자 한다.

앞에서도 작가가 「이상적 부인」이란 글을 통해 주체적 인간으로서 여성의 자각을 강조한 바있다고 말하였다. 여기서 나혜석은 여성이 가족이라는 공동사회에서 주체적 개인의 목소리를 높이며 개별적 자율성을 가질 것을 주장하였다. 이런 작가의 근대의식은 「경희」에 등장하는 노년 개인[37]에게 투사되면서 전통 사회와는 달리 집단적 질서와 분리된 자아의 자율성과 독립성에 눈뜨게 한다. 작품 속 노년들은 노년기를 살아가며 변화된 근대 사회 안에서 '나'란 누구이고 어떠해야 하는가라는 질문을 스스로에게 물으며 자신의 정체성을 되묻고 있다. 전통적 대가족제도 안에서 아내와 어머니라는 신분만으로 존재감을 인정받았던 노년 여성들은 이런 집단적 정체성이 아닌 개별적 주체로서의 능력과 자질을 내포한 '개인'[38]에 눈뜨기 시작한다. 이들은 '경희'와 같이 근대사회에서 주체적으로 삶을 꾸려가는 신여성의 삶을 지켜보면서 내적 동요를 일으킨다. 과거의 삶을 지배해온 전근대적 가치관과 삶의 원리들이 노년기에 새롭게 목격하고 경험한 근대적 삶의 형태와 충돌하며 그동안 유지되어 오던 정체성에 회의하는 모습이다. 노년은 전근대 사회가 부여한 집단적 정체성에 영향을 받으며 살아왔다. 하지만 새롭게 전개되는 근대화론은 가족 제도에도 영향을 주면서 핵가족화 되거나 대가족 제도 안에서 전통적 가치관들이 붕괴되기 시작한다. 특히 노년 여성들이 그동안 집안의 안주인으로서 유지하고 있던 정체성에 균열을 만들게 된다. 작품 속 노년 여성들은 '경희'와 같은 근대 지식인을 가족 구성원으로 두고 있던 그렇지 않던 간에 변화된 사회에서 자신들의 신분이나 지위가 예전과 같지 않다는 인식을 분명히 하고 있다.

근대 사회의 여러 요소들이 이질적 문화와 사회적 조건으로 작용하면서 이들에게 소외와 단절감, 이질감, 열등감을 갖게 하고 정체성[39]의 위기를 가져온 것이다.

에릭슨의 견해에 따르면 '정체성'은 그 사람이 포함되어 있는 사회의 문화, 이데올로기, 자신에 대한 사회의 기대 등을 고려하여 형성되며, 그렇게 형성된 정체성은 타당성과 적절성을 끊임없이 성찰하면서 사회와 개인의 통합을 가능[40]케 한다. 특히 에릭슨은 정체성 형성에서 가장 중요한 시기로 청소년기와 함께 노년기를 중요한 시기로 보았다. 노년기는 삶의 최종 단계로서 신체적, 사회적 후퇴로 인해 상실의 상처를 어떻게든 치유하며 적응해 나가는 시기이기 때문이다. 이런 노년의 심리적 위기는 '자아통합 대 절망'의 대결로 설명할 수있는데, 통합은 한인간이 인생의 법칙을 수용하고 죽음에 대한 별 두려움 없이 직면할 수있는 능력을 의미하며 현재의 상황과 과거의 경험을 통합하고 그 결과에 만족하는 능력이다. 그런데 이를 이루지 못할 경우 절망하게 되고 죽음에 두려움을 느끼고 무의미하게 노년기를 살아갈 수밖에 없다.

「경희」에 등장하는 노년 인물들에게선 근대화가 진행되고 있는 현재 상황과 과거 전통 사회의 경험을 통합하지 못하고 절망하는 정체성의 혼돈이 확인된다. 「경희」가 발표되던 1910년대 후반만 해도 근대의 연령주의적 사고가 팽배해지면서 청년의 개념에서 소년이 분리되고 과거 어른의 개념에 포함되어 있던 노년은 청·장년 중심의 성숙과 발전의 개념에서 멀어져 갔다. 특히 가족 제도 안에서 노년들은 소외와 차별의 대상으로 전락하여 궁핍과 외로움을 느끼게 된다.

이에 「경희」에 나타난 1910년대 노년의 정체성 연구는 당시 노년의 사회와 가족 안에서의 위치와 상황을 보다 역동적이고 실질적으로 살펴볼 수 있으리라 생각한다. 그동안 가부장적 가족구조와 긴밀한 친족 관계는 노후의 지위를 더욱 강화시켰다. 물론 근대 이전 전통 사회에서 노년이 가정과 사회에서 권위와 존경을 누렸다는 주장이 신화에 불과하단 견해도 있다.[41]

주인공 '경희'의 집안은 표면적으로는 농경사회에서 주를 이루던 대가족 제도를 근대화가 진행되는 상황에서도 그대로 유지하고 있다. 하지만 '경희'의 노부모의 지위는 예전의 가족 안에서의 절대적 권위가 아니고 점차 흔들리기 시작한다. 가족의 가부장이자 집안의 어른으로서의 노인의 역할과 지위는 자녀들의 신학문 수용으로 신·구세대의 갈등을 겪게 하고, 신체적으로는 노화가 진행되면서 소외, 좌절, 무력감을 느끼며 점점 위축되어 간다. 이과정에서 노년기를 맞은 등장인물들은 자신의 목소리를 내며 정체성의 혼란을 드러낸다. 특히 이 과정에서 주인공 '경희'의 주변의 노년 인물들이 정체성의 혼란을 극복하는데 있어 신여성 '경희'의 주체적 실천 모습이 영향을 끼치게 된다. 이들은 과거 가정생활과 가족관계에 의해서만 존재했던 자기 자신의 삶을 되돌아보며 현재의 삶을 진단하며 노년의 삶을 새롭게 해석하고 모색해 나간다. 이는 변화된 근대 사회를 수용하고 적응해 나가며 근대인으로서 삶을 새롭게 구성해 나가고자 하는 의지로 볼 수 있다.

작품 속 '김 부인'의 경우가 그러한 노년 인물 중 대표적이라 할 수있다. 딸 '경희'의 결혼 문제를 두고 겉으로 볼 때 남편의 뜻과 크게 다르지 않은 것처럼 보이지만 좀 더 깊숙이 '김 부인'의 내면을 들여다 보면 소극적이지만 가부장적 남편의 태도와 대립하는 양상을 보인다.

> 김 부인은 자기도 남부럽지 않게 이제껏 부귀하게 살아왔으나
> 자기 남편이 젊었을 때 방탕하여서 속이 상하던 일과 철원군수
> (鐵原郡守)로 갔을 때도 첩이 두셋씩 되어 남몰래 속이 썩던 생
> 각을 하고 경희가 이런 말을 할 때마다 말은 아니 하나 속으로 딴
> 은 네 말이 옳다 한 적이 많았다. (31쪽)

전통적 결혼 제도가 여성에게 주는 폐해를 너무나 잘 알고 있었
던 '김 부인'은 딸 '경희'만큼은 그러한 전근대적 결혼 제도로 인해 불
행한 삶을 살지 않길 바라며 남편의 결혼 강요에 적극적 동조를 하지
않는다. 딸 '경희'가 주장하는 애정의 자율적 관계에 바탕을 둔 자유
연애 사상에 소극적이지만 지지하는 노년의 내면을 보여준다. 이는
'김 부인'에게서 맹아적 형태지만 집단적 논리인 전근대 제도에 의해
좌우되는 삶이 아니라 개인의 자율성에 바탕을 둔 근대적 개인의식
이 생겨나고 있음이다. 이는 노년에게 집단적 정체성에서 분화된 개
인의 자아인식이 나타나고 있는 것이다. 물론 '김 부인'의 근대적 자
아 인식의 출발은 신여성인 딸 '경희'와 근대 지식인 아들의 주체적인
삶을 지켜보면서 시작된다. '김 부인'은 전근대적 사고방식으로 한 평
생 살아온 전형적인 노년 여성으로 남편 이철원이 축첩을 하면서도
아무렇지도 않게 가장의 권위를 누리고 사는 모습을 지켜보아야 했
다. 이런 내면의 상처는 현재 노년기의 삶에도 해결되지 않고 잠재의
식 속에 자리 잡고 있다. '김 부인'의 과거 삶은 한마디로 여성으로서
자신의 목소리를 쉽게 낼 수 없는 억압적 삶이었다. 가정 안에서 여성
개인으로서 삶은 몰각되고 주체성이나 자율성은 생각할 수조차 없었

다. 그런데 변화된 근대사회 안에서 딸 '경희'가 자신의 삶을 주체적으로 이끌어 가는 모습을 지켜보며 자신의 과거 삶에 대한 회의와 현재 노년의 현실을 직시하기에 이른 것이다.

> 김 부인은 이제부터는 확실히 자기 아들이 경희를 왜 일본까지 보내라고 애를 쓰던 것, 지금 세상에는 여자도 남자와 같이 많이 가르쳐야 할 것을 알았다. (중략)
> 그래도 오늘도 사돈마님 앞에서도 부지중 여기까지 말을 하는 김 부인의 태도는 조금도 주저하는 빛도 없고 그 얼굴에는 기쁨이 가득하고 그 눈에는 '나는 이러한 영광을 누리고 이러한 재미를 본다' 하는 표정이 가득하다. (20쪽)

물론 '김 부인'의 의식 변화가 처음엔 문명개화나 신문명 즉 외부 세계에 의한 자극에서 출발하였다고 하더라도 노년 여성으로서 자아 정체감의 위기에서 오는 내적 갈등도 분명히 한몫을 하고 있다. 이런 노년 여성의 모습과 대비되는 노년 여성이 '사돈 마님'이다. '사돈 마님'은 신여성에 대한 부정적 시각을 갖고 있는 인물로서 전통 사회에서 유지되던 여성의 지위와 신분 변화를 원하지 않는다. 하지만 완고하게 전근대적 가치관을 고수하려고 했던 '사돈 마님' 역시 신여성 '경희'의 근대적 여성 교육 강조의 진정성을 확인하면서 자신의 삶을 되돌아보며 자신의 정체성을 재정립 해나간다.

> 사돈 마님은 아직도 참말로는 알고 싶지 않으나 어쩐지 김 부인의 말이 거짓말 같지 아니하다. 또 벽에 걸린 수(繡)도 확실히 자기 눈으로 볼 뿐 아니라 쉴새없이 바퀴 구르는 재봉틀 소리가

당장 자기 귀에 들린다. 마님 마음은 도무지 이상하다. 무슨 큰 실패나 한 것도 같다. 양심은 스스로 자복(自服)하였다. '내가 여학생을 잘못 알아왔다. 정말 이 집 딸과 계집애도 공부를 시켜야겠다. 어서 우리 집에 가서 내외시키던 손녀딸들을 내일부터 학교에 보내야겠다.'고 꼭 결심을 했다. 눈앞이 아물아물해 오고 귀가 찡-한다. 아무 말없이 눈만 껌뻑껌뻑하고 앉았다. 뒷곁으로 불어 들어오는 시원한 바람 중에는 젊은 웃음소리가 사(沙)접시를 깨뜨릴 만치 재미스럽게 싸여 들어온다. (21쪽)

이렇게 작품 속 두 명의 노년 여성은 전근대 사회와는 다른 사회 변화의 물결, 급속한 가치관의 유동, 청년 중심의 사회담론 속에서 이전과는 다른 노년의 신분과 지위를 체험하며 일상생활 속에서 혼란스러워 하고 있다. 하지만 이들은 각자 과거 삶의 방식과 개별적 성향에 따라 근대화를 수용해 나가며 자아각성 과정을 달리 한다. 이 과정에서 근대적 개인으로서의 내면적 갈등은 외부 현실과 관련되어 나타난다.

한편, 이들과 달리 '노 과부'와 같은 노년 여성은 변화된 사회현실에 적응하지 못하고 자신의 노년 삶을 부정적으로 평가하며 절망하고 있다. 젊어서 남편과 사별하고 지극 정성으로 홀로 아들을 키워 혼인시켜 놨지만 기대에 못 미치는 며느리를 보게 되면서 고독한 노년의 삶에 한숨만 짓고 있다.

새며느리를 얻고 아들과 며느리 사이에 옥같은 손녀며 금같은 손자를 보아 집안이 떠들썩하고 재미가 퍼부울 것을 상상하며 기다리던 며느리는 과연 오늘의 이 한숨을 쉬게 하는 원수이다. 열

일곱에 시집온 후로 팔년이 되도록 시어머니 저고리 하나도 꿰매어 정다이 드려보지 못한 철천지 한을 시어머니 가슴에 안겨준 이 며느리라. 수남이 어머니는 본래 성품이 순하고 덕스러우므로 아무쪼록 이 며느리를 잘 가르치고 잘 만들려고 애도 무한히 쓰고 남모르게 복장도 많이 쳤다. (25쪽)

'노 과부'는 신여성 경희가 집안 살림을 꾸려나가는 모습을 지켜보며 자신의 며느리와 비교하면서 걱정과 설움에 휩싸인다. 작가의 여성 교육의 중요성에 대한 강조가 '노 과부'의 불행에 개입되어 서술되고 있지만 노후의 행복한 삶을 위해 자녀 세대와의 관계가 얼마나 중요한지 보여주는 대목이다. '노 과부'의 의식은 과거 전통 사회에서 노인은 자녀들과 함께 살면서 보살핌을 받는 것이 당연한 것으로 여겼는데, 현재의 노후 삶이 그렇지 못하기 때문에 불행하다고 생각한다. 하지만 '노 과부'는 근대 가정[42]을 이루기 위해 여성의 역할이 중요함을 보여주면서도 정작 자신의 과거 삶을 되돌아보며 변화된 사회현실에 아무런 대응도 해나가지 않는다. 노년의 불행한 삶의 원인을 먼저 과거 자신의 삶을 성찰하며 현재의 삶과 대비를 통해 진정한 자아를 모색하는 근대적 자아인식 과정에서 찾으려 하지 않는다. 이는 전통적 가부장제 하에서 어머니와 아내라는 고정된 성역할로 구성된 기존의 정체성을 재정립하여 근대적 개인으로서 개별적 주체성을 획득하는 데 실패하고 있다. 정체성은 개인이 소유하고 있는 사회적 지위(social position)에서 부분적으로 구성되며, 개인의 역할이나 역할 정체성을 통해서 구체적으로 표현[43]된다. 이렇게 「경희」에 등장하는 노년 여성들의 자아인식 과정은 전통 사회의 집단적 정체성과 근대적 사고에 바탕을 둔 개인적 정체성이 착종된 상태를 보여준다.

한편 가부장적 권위와 함께 전통적 남녀 성역할 관념을 고수하며 살아온 '경희'의 아버지 이철원은 유학 생활을 하고 있는 '자기 딸이 일하는 것을 날마다 보고' '속으로는 기특하게 여기'며 근대 교육의 중요성을 깨닫는다. 그는 지금까지 한 집안의 가장이고 관직을 맡아 사회적 지위를 갖고 있던 노년 남성으로서 전통 사회의 성역할을 누구보다 충실히 실천하며 살아왔다. 그러나 아들의 권유로 딸 '경희'를 일본으로 유학시킨 후부터는 자신이 지금까지 믿고 지켜왔던 과거의 관념들에 조금씩 회의하며 심적 동요를 일으킨다. 하지만 이런 동요와 갈등이 정신적 각성을 통해 성숙의 단계로까지 나아가지 않는다.

특히 딸 '경희'의 결혼 문제 앞에서 나이 든 딸에게 혼처가 생기지 않을까봐 걱정하고 염려하며 가부장적 아버지의 억압적 태도를 보인다. 결국 이철원은 결혼 문제를 두고 딸 '경희'와 극단적 대립을 하게 되자 강압적으로 '계집애라는 것은 시집가서 아들딸 낳고 시부모 섬기고 남편을 공경하면 그만'이라며 몰아부친다. 딸 '경희'가 근대 교육을 받고 구여성들과는 달리 부지런하게 실천해 나가자 '지금은 계집애도 사람'이라는 근대담론에 동조하는 모습을 보이기도 하지만 전통적 성역할과 대립되는 행동 즉 '난 체를 하다든지 공부한 위세로 사내같이 앉아서 먹자든지'하는 모습엔 강하게 대립한다. 이는 근대 사회의 주체 형성 과정을 남성 중심적 태도로 수용해 나가는 모습이라 할 수 있다. 청년담론에서 보였던 젠더화된 시각을 이철원 같은 노년 남성의 노년기 정체성 형성 과정에서도 확인할 수 있다. 신여

성 '딸' 경희가 아버지인 자신에게 결혼 문제를 두고 '계집애도 사람'
이라며 강하게 자신의 생각을 피력하자, 이철원은 가장의 권위를 내
세워 고압적 태도로 억압한다.

> "뭐 어쩌고 어째, 네까짓 계집애가 하긴 무얼해. 일본 가서 하
> 라는 공부는 아니 하고 귀한 돈 없애고 그까짓 엉뚱한 소리만 배
> 워가지고 왔어?" (38쪽)

이렇게 「경희」에 등장하는 노년들은 기존의 노년 연구자들이
'노인들은 스스로 주체를 형성하지 못하고 타자에 의해 정체성이 부
여되며 타자가 정의하는 이미지를 수동적으로 받아'들이는 존재라
는 시각에서 벗어나 있다. 이전의 개화기 문학이나 근대 초기 남성
작가의 작품에는 노년이 그들 스스로의 관점에서 설득력 있게 만들
어지는 것이 아니라 타자의 관점에서 능력과 의욕이 떨어진 정물화
로 대상화되어 있었기 때문이다. 아래 인용은 「경희」가 발표된 같은
달에 이광수가 청년의 번민에 대해 이야기하며 노년을 대상화한 내
용이다.

> "구습에 복종하면 아무 번민도 업고 갈등도 업는 것이니 그럼
> 으로 노인들은 자기네의 청네 자제가 자기네의 지켜오던 도덕 습
> 관 사상을 묵수하기를 바라건마는 그래서야 사회에 무슨 진보가
> 있으리오 '나는 내다'하는 생각과 '내가 이러케 생각하닛간 이러
> 케 행한다'하는 자각이 업스면 그 사회에는 번민이나 갈등도 없
> 는 대신에 진보도 향상도 업슬 것이다"[44]

이와 같이 노년은 기존 근대문학 안에서 수동적, 의존적, 주변적

존재로서 취급당하며 변화된 근대사회 현실에 대응해 나가는 모습을 보여주지 않고 있다. 그러나 「경희」에 등장하는 1910년대 후반의 노년은 앞 시기 노년들에 비해 변화된 사회 현실을 삶의 방식에 반영하며 주체적 목소리를 조금씩 내고 새롭게 노년기 정체성을 모색해 나갔다. 그런데 주인공 '경희'의 노부모가 당시로서는 일반적이지 않게 자식들을 일본 유학까지 보낼 정도의 경제적 지위를 유지하고 있었다는 점은 당시 평범한 노년들의 지위에 비추어 볼 때 간과해선 안 될 것이다. 즉 작품 속 노년들은 '늙어감'에 대한 인식에 있어서도, 노령화 경험에 있어서도 성별, 신분 등 자신의 현재 삶의 방식에 따라 다양성을 보여주었다. 여기에 성격과 주변 환경 등 여러 요인들이 노령화에 대한 개인적 견해에 영향을 미치고 있다.

결국 「경희」에 나타난 1910년대 후반 노년들은 개인적으로는 노화라는 신체적 변화를 느끼며 근대 초기 청년담론이 지배적인 상황에서 서구의 근대 문화 유입과 전통 문화 사이에서 혼란스러워 하고 있다. 노년의 정체성 문제는 사회적으로 구성된 노년 담론과 함께 분석[45]되어야 함을 감안해 볼 때, 작품에 드러난 1910년대 노년들의 정체성 역시 사회역사적, 문화적 맥락을 떠나 독립적으로 형성되는 것이 아님을 알 수 있었다. 이들은 근대 사회로의 이행기에 서구문화에 유입에 따른 전통문화와의 갈등, 근대교육을 받은 자녀 세대들과의 가치관 대립, 노년기라는 새로운 생애주기에 따른 혼란 등 복잡한 의식 작용을 거치며 자신들의 존재론적 안정에 의문을 제기하였다. 이 과정에서 근대 사회의 주체인 청년과는 대립적 자질을 가진 존재로서 대상화되며 부정적으로 표상화 되던 노년 개인의 내면이 그들 스스로의 목소리를 통해 드러나고 있다. 작품 속 노년 인물들은 정도의 차이가 있지만 거의 모두 이런 사회문화적 맥락에 놓이며 새롭게 자아를 인식하고 있다. 이는 노년 인물들에게 '근대'에 대한 자각과 '개인'의 주체 형성에 대한 인식이 움터나기 시작했음을 의미한다.

4. 맺음말

흔히 나혜석의 삶을 이야기 할 때 자신의 시대와 관계 맺음의 기록이라고 말한다. 이런 작가가 근대 지식인으로서 소설 「경희」를 통해 남성 중심적 근대 담론과 동일시되는 신여성의 시선으로 또 청년 중심적 근대 담론에서 배제 대상이었던 노년 스스로의 시각을 통해 당대 노년의 모습을 형상화 하였다. 근대인으로서 계몽적 시선을 통해 노년의 전근대적 모습을 개조하고 각성하게 하는 태도를 보이는가 하면 작가의 의도와는 상관없이 노년 개인의 목소리를 통해 근대적 자아인식 과정을 노년기 정체성의 모색 과정에서 보여주고 있다.

소설 「경희」는 표면적으로는 신여성의 주체 형성 과정 속에 나타난 실천적 삶에 주목하고 있지만 다른 한편에선 당대 노년들이 사회와 가정 안에서 근대[46]적 사유 방식을 통해 서서히 변모되고 있음을 보여주었다. 작가는 당대 노년의 삶을 바라봄에 있어 근대 기획자로서의 시각을 여실히 드러내고 있지만 노년 스스로의 관점을 통해 변화된 새로운 사회에 적응해 나가려는 다양한 노년의 모습에 깊은 관심을 표명하고 있다. 특히 노년 인물들은 그들의 생애 주기를 거치면서 살아온 삶을 바탕으로 긍정적으로 자아성찰을 이루기도 하고 부정적으로 노년 현실에 절망하며 노년기 정체성을 모색해 나갔다.

청년담론이 지배적인 사회 현실 속에서 근대적 개인으로서 노년의 근대적 자아인식 과정이 단초 형태로 드러나고 있는 점은 의미가 있다. 이 과정에 노년기 주변의 환경적 요인(빈곤, 고독, 노쇠, 무위(無爲))과 노년 개인의 성격적 요인도 중요하게 작용하고 있다.

결국 소설 「경희」는 1910년대 후반 신여성 작가가 사회문화적 가치들의 관계망 속에서 청년담론을 통해 포착하지 못했던 노년의 모습을 문학적 서사로 재구성하였다. 즉 작가 개인의 사적 체험이 사회적 보편과 만나면서 신여성 개인의 주체 형성 과정에서 노년에 대한 인식과 태도가 함축되어 나타났다. 하지만 여전히 작품 곳곳에 근대 계몽기 초기부터 '청년'담론에서 배제되어 있던 노년의 체험과 사회적 편견들에 대한 부정적 시각도 노출되고 있다. 그러나 노년의 지위 하락과 인습에 얽매인 모습을 집중적으로 묘사했던 당시 남성작가들의 문학적 경향과는 달리 노년들 스스로 근대 사회 안에서 변화된 현실에 내적 갈등을 일으키며 정체성의 혼란을 경험하는 모습에 주목하였다는 점은 의의가 있다.

참고문헌

김경수, 「널길 위의 존재들」, 『작가세계』 통권 제61호, 여름호 2004.

김보민, 『한국현대소설연구』, 인제대학교 박사논문, 2012.

김정현, 「나혜석 초기 텍스트에 나타나는 예술가적 주체의 수사학」, 『한국 현대 문학연구』 41집, 2013.

김지영, 2011, 「식민지 대중문화와 '청춘' 표상」, 『정신문화연구』 제34권 제3호, 가을호.

김지혜, 「고령화 사회의 '노년담론'과 '노인의 정체성'에 관한 연구」, 이대 석사논문, 2003.

김형필, 「나혜석의 삶과 문학」, 『외국문학연구』 제9호, 2001.

김혜연, 「나혜석 「경희」에 나타난 신여성상 연구」, 인하대 석사논문, 2011.

나혜석, 「이상적 부인」, 『학지광』 3호, 1914.

박숙자, 『근대문학에 나타난 개인의 형성 과정 연구』, 서강대 박사논문, 2005.

박죽심, 「근대 여성 작가의 자기 표현 방식」, 중앙대 『어문논집』 32집, 2004.

서은경, 『1910년대 유학생 잡지와 근대소설의 전개과정-『학지광』·『여 자계』·『삼광』을 중심으로』, 연세대 박사논문, 2011.

서정자 엮음, 『한국여성소설선 Ⅰ』, 갑인출판사, 1991.

신선희, 「노인에 대한 비판적 담론 분석」, 서울시립대 석사논문 2011.

손은정, 「중년기 여성의 사회적 정체성 위기에 관한 연구」, 동아대 석사논문, 1995.

안병직, 「노년의 역사: 연구동향, 성과, 과제」, 『서양사연구』 제47집, 2013.

안숙원, 「나혜석의 소설 「경희」의 담화론적 연구」1권, 『여성문학연구』, 1999.

양미영, 「학습된 근대 개념과 현실의 차이에서 오는 내적 갈등-나혜석의 「경희」를 중심으로」, 『문예시학』 26집, 2012.

윤인경, 「나혜석 문학의 여성의식 연구-「경희」를 중심으로」, 동국대 석사논문, 2004.

이기훈, 「청년, 근대의 표상-1920년대 '청년' 담론의 형성과 변화」, 『문화와 과학』37, 2004.

이미화, 「나혜석의 탈식민주의 페미니즘 연구-「경희」를 중심으로」, 부경대 석사논문, 2003.

이상경, 『나는 인간으로 살고 싶다』, 한길사, 2009.

전봉관, 『경성고민상담소』, 민음사, 2014.

정미숙, 「나혜석 소설의 "여성"과 "젠더 수사학"-「경희」, 「원한」, 「현숙」을 중심으로」, 『현대문학이론연구』 46집, 2011.

최상민, 「근대/여성에 대한 인식과 재현」, 『한민족어문학』 제46집, 2005.

최인숙, 「한 · 중 여성 계몽서사에 나타난 신여성의 표상」, 『한국문학연구』 35집, 2008.

최지원, 「나혜석 문학 연구-「경희」를 중심으로」, 연세대 석사논문, 1997.

팔봉선인, 「소위 신여성 내음새」, 『신여성』, 8월호. 1924.

팻 테인 외, 『노년의 역사』, 글항아리, 2012.

에릭슨 외, 한성열 편, 『노년기 의미와 즐거움』, 학지사, 2000.

주

* 「나혜석의 「경희」를 통해 본 1910년대 노년의 모습」, 『한국문학과 예술』 16집, 2015.9.

1 '청년-녀자'라는 기호는 남녀 역할 분리를 통해 근대 국가 건설을 도모해야 했던 젠더화된 내셔널리즘의 문제가 반영되어 있음(박숙자, 『근대문학에 나 타난 개인의 형성 과정 연구』, 서강대 박사논문, 2005, 5쪽).

2 '연령주의 혹은 연령화(Ageism)'라는 용어는 근대적인 개인이 연령에 따라 아동과 어른을 구별하게 됨을 일컬음, 즉 관례(통과의례)의 유무로 미성년/성년을 가르지 않고 연령에 따라 아동과 어른을 구분한다는 의미임. 연령에 따라 사람들에게 고정관념을 갖거나 차별하는 사상의 표현이나 과정을 말함. 특히 노인들에 대하여 행해지는 행동들에 적용됨. 그러나 어떤 사람에 대해 단순히 연령에 의해 야기되는 불합리한 고정관념이나 차별주의를 언급 할 때 사용되기도 함(고영복, 『사회학사전』, 사회문화연구소, 2000).

3 본고에서는 분석 대상으로 삼고자 하는 텍스트는 서정자 엮음, 『한국여성소설 선Ⅰ』, 갑인출판사, 1991에 실린 작품임.

4 1917년 7월 우리나라 최초의 여성잡지 『여자계』가 발행되면서 여성들이 주도하고 근대적 여성의식을 드러내는 글들이 발표됨.

5 근대미술사적으로 볼 때 나혜석은 조선 사람으로서 본격적인 유화를 공부한 최초 여성 화가임. 매우 이른 시기에 유화를 공부했다는 선구자로서의 의식은 뒤에 서울에서 최초로 유화 개인전을 열고 1922년부터 개최된 '조선미술전 회'에 지속적으로 출품하게 됨. 서양화가이자 여성해방론자이며 근대작가로서의 나혜석의 전모를 살피는 데 있어 특히 소설, 시, 수필(시론) 등 기본적인 문헌 자료들을 바탕으로 나혜석의 삶을 재구성하고 있는 대표적 연구자로는 이상경, 『나는 인간으로 살고 싶다』, 한길사, 2009 가 있음.

6   1917년『여자계』창간호에 나혜석이 소설을 발표하였다고 하나 아직 발견되지 않고 있음. 우리나라 최초의 여성 서양화가이고 최초의 여성 근대소설 작가이며 여성해방론자로서 나혜석은 일상적 삶 속에서 선각자로서 실천적 면모를 보여주었음.

7   국제노년학회에서는 '노인(노년:세대적 · 집단적 개념)'을 "인간의 노화과정에서 나타나는 생리적 · 심리적 · 환경적 행동의 변화가 상호작용하는 복합형태의 과정에 있는 사람"이라고 정의함, 개화기 문학부터 근대문학 초기에는 구세대 인물로서 노인(노년)을 근대 논리에 대립되는 부정적 인물로 대상화시켜 나갔음.

8   나혜석의 작품「경희」에 대한 기존 연구는 대체로 근대 초기 신여성상 연구와 여성의식(페미니즘)에 집중되어 있음. 김혜연,「나혜석「경희」에 나타난 신여성상 연구」, 인하대 석사논문, 2010, 윤인경,「나혜석 문학의 여성의식 연구-「경희」를 중심으로」, 동국대 석사논문, 2004, 최지원,「나혜석 문학 연구-「경희」를 중심으로」, 연세대, 석사논문, 1997, 서은경,「1910년대 유학생 잡지와 근대소설의 전개과정-『학지광』 · 『여자계』 · 『삼광』을 중심으로」, 연세대 박사논문, 2011, 양미영,「학습된 근대 개념과 현실의 차이에서 오는 내적 갈등-나혜석의「경희」를 중심으로」,『문예시학』 26집, 2012, 이미화,「나혜석의 탈식민주의 페미니즘 연구-「경희」를 중심으로」, 부경대 석사논문, 2003 등, 한편으로는 근대 초기 여성의 글쓰기 방식에 주목하는 안숙원,「나혜석의 소설「경희」의 담화론적 연구」,『여성문학연구』 1권, 1999, 정미숙,「나혜석 소설의 "여성"과 "젠더 수사학"-「경희」,「원한」,「현숙」을 중심으로」,『현대문학이론연구』46집, 2011, 김정현,「나혜석 초기 텍스트에 나타나는 예술가적 주체의 수사학」,『한국현대문학연구』41집, 2013 등이 있음.

9   「경희」에 등장하는 노년 인물을 개별적 의미에서는 '노인'으로 세대적 · 집단적 의미에서 '노년'(특정연령대와 그 연령대에 속한 사람들)이란 용어를 사용해 분석하고자 함. 노인의 범주나 노년의 시점이 역사적으로 가변적이기 때문에 한마디로 정의하기 쉽지 않지만 주7의 내용을 근거로「경희」에 등장하는 '경희'의 부모와 그 주변 인물 몇 명은 노년으로 파악됨.

10   우리나라의 경우 근대 이전 청춘이나 소년과 같은 표현은 사용하기는
      했으나 특정한 집단으로 묶어 인식된 사례는 확인하기 어렵고, 18,19세
      기에도 독자적인 연소자 문화나 집단을 찾아보기란 쉽지 않음. 근대(19
      세기 말엽부터)에 들어와서부터 특정한 집단의 개념으로 '청년'이란 말
      을 사용하였음. '청년'이란 말이 본격적으로 확산되는 것은 1905년 애
      국계몽운동 시기부터임. 근대 교육제도가 도입되면서 유년, 소년, 청년,
      장년이라는 나이 구분 인식이 서서히 싹트기 시작했음(이기훈, 「청년,
      근대의 표상-1920년대 '청년담론'의 형성과 변화」, 『문화와 과학』 37,
      2004, 212-213쪽).

11   김지영, 「식민지 대중문화와 '청춘'표상」, 『정신문화연구』 제34권 3호,
      2011 가을호, 155-156 쪽.

12   1910년대 이후에는 근대적 연령 구분의 개념이 확실해지면서 청년과
      소년에는 아동/어른이라는 기의가 작용하고 청년은 어른 없는 시대에
      과도기적 어른의 역할을 담당하였고, 노년은 긍정적 기표였던 '新'의 자
      질에 대한 대립적 자질인 '舊'의 의미인 부정적 기표로서 극복되어야 할
      과거의 개념으로 사용되었음.

13   당시 《매일신보》에서는 일본 유학생들의 동정에 대해 자주 지면을 할애
      하여 기사화 하였는데, 이는 당대 교육열을 반영하는 것으로서 조선 사
      회에서 지도층으로 성장하게 될 청년 유학생들을 미리 감싸두려는 정
      책적 배려로 볼 수 있음. 이렇게 대부분의 근대담론에는 청년 세대에 대
      한 열망이 자리 잡고 있음.

14   박숙자, 앞의 논문, 103쪽.

15   근대화론자들에 따르면 산술 연령에 대한 인식은 근대화의 산물음. 전
      통사회에서는 사람들이 자신의 나이를 잘 몰랐고 정확한 연령에 대해
      별관심이 없었으며, 오늘날에 비해 일반적으로 훨씬 이른 나이에 늙은
      이 취급을 받았음(안병직, 「노년의 역사: 연구동향, 성과, 과제」, 『서양
      사연구』 제47집, 2013, 184쪽).

16   당시의 신문이나 잡지에서는 옷을 수선하는 방법이나 육아법 위생을
      위해서 생활을 개선시킬 것을 강조하는 글들을 쉽게 발견할 수 있음(박
      죽심, 「근대 여성 작가의 자기표현 방식」, 『어문논집』 32집, 333쪽).

17　김경수, 「널길 위의 존재들」, 『작가세계』 통권 제61호, 2004 여름호, 352-353쪽. "개화기 이래 정치 사회적 격변 속에서 어렵사리 형성되어 온 소설의 전개 과정에서 노년의 삶에 대한 천착이 드물었던 것"으로 보았음.

18　대표적으로 일본 유학생 기관지였던 『학지광』이나 여자 유학생들의 잡지인 『여자계』를 통해 근대 지식인으로서 면모를 보여주었음. 특히 동경 유학 시절 「이상적 부인」(『학지광』 3호, 1914)을 통해 세계 여러 나라의 이상적 여성상을 거론하며, 조선 사회에서 여성에게만 강요되고 있는 '현모양처'의 부당성을 적극 주장하였음. 나혜석은 어머니와 자식의 관계에 대해서도 터놓고 이야기 하고 남녀 관계는 평등해야 한다는 선각자적 안목을 보여주었음.

19　팔봉선인, 「소위 신여성 내음새」, 『신여성』, 1924. 8.

20　박죽심, 앞의 글, 322-324쪽.

21　「경희」 이후에 발표한 여성 계몽적 소설들은 다음과 같음. 「회생한 손녀에게」(1918), 「규원」(1921), 「원한」(1926), 「현숙」(1936), 「어머니와 딸」(1937) 등이 있음.

22　근대문학 속에서 '청년'이란 정의는 특정한 '개인'을 형상일 뿐만 아니라 다른 인물상이 처한 지위와 위치를 설정할 수 있는 준거점이 됨(박숙자, 앞의 글, 5-6쪽).

23　나혜석은 「경희」보다 앞서 발표한 「이상적 부인」(1914)을 통해 자신이 이상적으로 생각하는 여성상을 소개하면서 동시대 일본 여성작가 두 명을 이야기함. 먼저 히라쓰카라이쵸우(平塚雷鳥·1886-1971)와 요사노 아키코(擧謝野晶子,1878-1942)가 그들임. 라이쵸우는 1911년 몇 명의 동지들과 함께 여성잡지 『세이토』를 만들어 여성 해방의 담론을 일본 역사상 최초로 펴냈음. 아키코는 11명의 자녀를 성공적으로 키우며 『세이토』의 동인으로 라이쵸와 '모성보호 논쟁'을 하였음. 나혜석은 요사노아키코를 '원만한 가정의 이상'을 가진 부인으로 꼽으면서 그의 자유주의자, 자유연애주의자 그리고 여성해방주의적 면모를 수용하면서 가부장적 제도를 반대하고 남녀평등주의를 주장하였음(김형필, 「나혜석의 삶과 문학」, 『외국문학연구』 제9호, 2001, 96쪽, 양미영, 「학

습된 근대 개념과 현실의 차이에서 오는 내적 갈등-나혜석의 「경희」를 중심으로」, 『문예시학』26집, 2012, 142쪽).

24 나혜석이 재동경조선유학생회 기관지였던 『학지광』에 실었던 세 편(「이상적 부인」, 「잡감」, 「잡감-K언니에게 여함」)의 글 모두 여성문제를 논하고 있음. 그런데 이 글들에 나타난 나혜석의 조선 여성에 대한 현실인식은 구체적 경험을 토대로 한 것이 아닌 계몽적 지식인의 머리에서 나온 관념성을 지닌다는 점에서 한계가 있음.

25 소설 「경희」는 당시 조선의 여자 유학생들 역시 여성 담론에서 '가정'의 장을 쉽게 벗어날 수 없었음을 보여주는 작품이라 할 수 있음(양미영, 앞의 글, 144쪽).

26 당시는 17~18세에 결혼하는 것이 보통이었던 시기로 30대 중반에도 손자를 보았음. 노년기 연령을 어떻게 정하느냐는 주관적 요소에 의해 결정되는 경우가 많음. 오늘날 유엔이 정한 65세 이후를 노년기라고 보는 것과는 차이가 날 수밖에 없음. 평균 수명이 짧았던 약 100년 전의 사회 안에서 노년은 심리적, 사회적, 신체적 변화를 통화 노화를 훨씬 일찍 경험하게 됨.

27 당시 자유연애와 같은 사적 영역의 문제들은 젠더화된 시각으로 당대 담론 안에서 부정적으로 언급된다.

28 "전근대적 윤리와 근대적 윤리가 착종하던 1930년대 남녀문제와 가정문제를 풀어내고 있는데, 가혹한 시집살이와 고부갈등에 대해서도 이야기하고 있음"(전봉관, 『경성고민상담소』, 민음사, 2014 참조).

29 펫 테인 엮음, 안병직 옮김, 『노년의 역사』, 글항아리, 2012, 42-52쪽.

30 양미영, 앞의 글, 146쪽.

31 나혜석, 「잡감」, 『학지광』, 1917.4.

32 이상경, 앞의 책, 174쪽.

33 근대 계몽기 초기에는 근대적 '개인'이란 개념에 '청년'이라는 기표와 함께 '새로움', '국민', '주체' 등과 같은 여러 기의들이 함축되어 있었음. 근대국가 성립 과정에서 출현하고 있는 '소년', '청년', '청년 여자', '어린이'에만 주목하고 있음. 1910년대 중반 이후에는 '청년'의 형상에 '자율적이고 독립적인 내면을 가진 개인'의 개념이 맹아적 형태로 등장함

(박숙자, 앞의 논문, 24쪽).

34 이기훈, 「청년, 근대의 표상-1920년대 '청년'담론의 형성과 변화」, 『문화와 과학』 37, 2004, 214쪽.

35 근대적 개인은 '인종, 민족, 정당, 가족 혹은 결사 그 무엇에도 개의치 않는' 집단으로 환원되지 않는 자아이며 '자율성과 독립성'을 그 내포로 함(박숙자, 위의 논문, 1쪽).

36 김보민, 『한국현대소설연구』, 인제대학교 박사논문, 2012, 24쪽.

37 '개인'의 기표가 수용되는 시점은 1900년대부터이고 '개인'의 기의가 정착되는 시기는 1920년대로 볼 수 있음. 1918년에 발표된 나혜석의 「경희」에는 신여성은 물론 노년 인물들에게서 근대적 '개인'의 문제가 근대의식의 자각과 함께 맹아적 형태로 드러나고 있음.

38 레이몬드 윌리엄스와 알랭로랑은 개인을 가리켜 '분리할 수 없고 서로 환원되지 않으며 실제로 홀로 느끼고 행동하며 생각하는 인간'으로 정의함(알랭로랑, 김용민 역, 『개인주의의 역사』, 한길사, 2001, 11쪽).

39 에릭슨은 정체성을 개인의 동일성에 대한 '의식적 감각(conscious sense of individual identity)'으로 정의한다(에릭슨, 『자아정체감: 젊은이와 위기 Youth and Crisis』, 1968 참조).

40 김지혜, 「고령화 사회의 '노년담론'과 '노인의 정체성'에 관한 연구」, 이화여대 석사논문, 2003, 32쪽.

41 팻 테인의 『노년의 역사』에서 '전통사회의 노인상은 그동안 많은 부분 고정관념과 편견에 지배'되었다고 주장함.

42 최인숙, 「한·중 여성 계몽서사에 나타난 신여성의 표상」, 『한국문학연구』 35집, 2008.12, 368쪽에서 구가정의 불행과 신가정 즉 근대 가정의 행복을 위해 여성 역할의 중요성을 한국소설 「경희」를 통해 분석하고 있음.

43 Peggy A. Thoist(1986), Muliple Identity Examing Gender and Marital status Differences in Distress, ASR, Vol.51, pp.259~272, 손은정, 「중년기 여성의 사회적 정체성 위기에 관한 연구」, 동아대 석사논문, 1995.

44 이광수, 『청춘』 12호, 1918. 3.

45 김지혜, 앞의 논문, 27쪽.

46 　'근대'란 인간 이성을 기초로 하여 세계에 대한 인식을 수행하며 그것
　을 조절 할 수 있는 시대(최상민,「근대/여성에 대한 인식과 재현」,『한
　민족어문학』제46집, 2005, 434쪽).

2부
노년의 외로움과 삶의 마무리
―고독의 품안에서 죽음을 마주하다

죽음 앞에서의 두려움, 죽음을 맞이함:*
─오정희의 「동경」, 「얼굴」

1. 머리말

오정희는 작품 활동 초기부터 지속적으로 인간의 근원적 존재론 즉 자아에 대한 끊임없는 질문을 의식의 내면세계를 통해 집중적으로 탐색해 나갔다. 작가는 인간 실존의 문제를 집요하게 추적하는 과정에서 '죽음 모티프'를 사용하여 죽음에 관한 인식을 드러내었다. 이 글에서 살펴볼 두 작품에 나타난 노년의 죽음 문제 역시 작가의 '죽음 모티프'가 다양하게 변주되고 변화하는 과정에서 다루어지고 있다. 게다가 이 두 작품 외에도 등단 초기부터 노년 문제에 깊은 관심을 보이며 「관계」, 「적요」 등과 같은 일련의 노년소설을 창작해 왔다. 이런 오정희의 작가적 이력을 감안해 볼 때 노년소설을 통해 죽음 문제를 작품의 주제로 삼고 있는 것은 자연스러운 모습이라 할 수 있다.

기존의 몇몇 연구자들 의해 오정희 작품 속에 나타난 노년의 죽음 문제가 연구[1]되었지만 대부분 작품에 나타난 이미지와 상징 해석을 바탕으로 인간 실존의 한계상황만을 살펴보는 데 국한되었다. 이

논의들은 주로 작가가 보여준 소설 미학적 성취와 함께 시공을 초월한 인간의 보편적 문제로 죽음을 연구한 것들로서 노년의 죽음 문제를 둘러싼 다양한 함의를 이끌어내는 데 부족하다. 한 예로 현대 사회의 죽음 문제[2]를 오정희의 노년 소설에 나타난 죽음 문제와 연관시켜 논의한 연구가 거의 없다는 점이다. 물론 오정희 작품을 논하면서 미학적 성과 부분을 간과할 수 없지만, 이런 미학적 장치들을 통해 인간에 대한 탐색을 꾸준히 모색해 나갔던 작가의식을 현대사회의 죽음 특히 노년의 죽음 문제를 통해 다양하게 조명해 보는 작업은 의미 있으리라 생각한다.

그동안 우리 사회에서 노년의 죽음은 사회적 기능에 큰 타격을 주지 않아 늘 중요한 문제로 부각되지 않았다. 구체적으로 오늘날 인간과 사회는 죽음 현실을 우리의 의식 속에서 사라지게 하고 있다. 인간은 죽음을 정면으로 부딪치지 않으려고 의식적 또는 무의식적으로 피하는 양상을 보인다. 죽음이란 단어를 꺼려하며 상대적으로 불안 · 공포 · 혐오 등을 증가시키는 것은 미지에 대한, 고독에 대한, 애도에 대한, 가족과 친지를 떠나는 데에 대한, 몸이 없어짐에 대한, 자아 통제 또는 능력 상실에 대한, 아픔과 고통에 대한 그리고 퇴행 등과 같은 수많은 두려움과 불안 때문이다.[3]

그러다 보니 현대사회는 죽음을 금기하는 주제로 여기며 일상생활에서 죽음의 개념을 분리해 놓는다.[4] 죽음을 피하려고만 하기 때문에 죽음에 대한 불안과 두려움은 상대적으로 더 커져만 간다. 게다가 노년기는 성장일변도의 사고가 지배적인 현대 사회구조 안에서 생산성이 떨어지는 시기로서 사회적 가치가 낮게 평가되고 있다. 이렇게 죽음과 노년에 관한 현대 사회의 관념들은 노년의 죽음 문제에 노년과 죽음을 둘러싼 이중적 부정 의식을 내포하게 한다.

　이런 현대사회의 노년과 죽음에 관련된 의식들을 바탕으로 본고는 오정희의 노년 소설에 나타난 죽음 문제를 노화가 진행되는 과정 속에서 또한 삶의 끝인 죽음에 가까워지는 문턱에서 죽음에 대해 생각하는 노년의 모습들 속에서 살펴보고자 한다. 특히 오정희의 「동경」(1982)과 「얼굴」(1999)은 작가가 스스로도 '병마로 노년의 일상생활 속에서 고통받으며 죽음을 향한 고독한 삶을 살았던 부모님의 기억'에서 출발한다고 말하고 있듯이, 작가가 실제 부모님의 노화 과정과 죽음을 목격하면서 노년의 일상적 삶과 죽음 문제에 대해 남다른 작가적 관심을 보인 작품이라 할 수 있다. 17년 동안 직접 부모님의 노화 과정과 죽음을 지켜보았던 가족으로서 또한 창작자로서 노년의 죽음 문제를 작품으로 형상화해 나간 것은 개인적 기억을 창작적 계기로 삼았음을 의미한다. 이 두 작품에 나타난 죽음 문제는 노년의 삶 전체에 영향을 미치고 있으며, 삶과 죽음은 분리된 것이 아니라는 기존의 작가 의식의 연장선상에 놓여 있다. 그런 가운데 작가는 노년 삶의 진실한 모습에 다가서기 위해 무엇보다 노년의 죽음 문제에 집중하고 탐색하면서 현대사회 죽음의 특성들을 여실히 드러낸다.

　이에 본고는 오정희의 두 작품을 통해 노부부의 일상적 삶 속에서 죽음에 대한 인식이 개인화된 사회라는 현대사회의 특성과 함께 고독, 질병, 노화의 측면에서 어떻게 나타나는지 살펴보고자 한다. 더불어 작품 속에서 죽음의 기억 이미지와 상징과 같은 형식적 요소들이 작품 속에서 노년 인물들이 죽음 문제를 수용해 나가는 과정에서 어떻게 작용하고 있는지 알아보고자 한다.

2. 노쇠, 고독 그리고 죽음: 「동경」

　　노인은 자신이 죽을 것이라는 사실을 잘 알고 있다. 죽음은 우리의 삶 속에서 늘 공존하지만 노년의 죽음은 추상적으로 다가오는 것이 아니라 삶 속에 깊숙이 그리고 가까이 다가와 있다. 오정희의 「동경」(1982)에는 노년의 삶 속에서 가까이 있는 죽음과 그로인해 불안의식 속에 살아가는 노부부가 등장한다. 이 작품에는 노부부에게 경험되는 노화의 체험이 노쇠 현상과 죽음의 이미지로 부각되며 여러 상징물을 통해 그려진다. 노화(육체적 징후)는 살아있는 유기체의 보편적인 특성으로 인간 역시 결국 노화의 결과로 죽음을 맞는다. 하지만 사람들은 자신에게는 일어나지 않지만 일상인들에게는 일어나는 문제로 죽음을 바라본다. 그러나 노년기에 지속되는 질병과 노화를 경험하면서 죽음은 현실로 다가오고 그로 인해 복잡한 심경에 빠진다.

　　작가 오정희 역시 노년에 홀로 남겨진 부모님의 모습을 지켜보면서 노년 삶의 사회적 측면, 즉 타인과의 관계가 노인(죽어가는 사람)에게 각별한 의미를 지닌다는 사실을 보여준다. 물론 죽음은 통제 불가능한 자연 과정이지만 이런 상황에 처한 노년들에게 인간적 유대가 얼마나 필요한지 깨닫고 있었던 것으로 보인다.

　　　아버지의 모습에서 동기를 얻었다. **수년 사이 많은 자식들이 저마다 가정을 꾸며 떠나고 늙은 부모님들만 빈 둥지처럼 휑하게 낡아가는 집을 지키고 계셨다. 어머니와 아버지의 노년의 삶을 보고, 노년의 고독이 미구의 죽음이 마음에 사무쳤다.** 그 뜰과 햇빛과 소멸해 가는 모든 것들, 피어남 속이 죽음이 주제가 되었다.[5](인용문

굵은 글씨, 인용자)

대부분의 사람들은 이렇게 다가오는 노년의 죽음 현실을 부정하거나 수용하는 두 가지 태도를 보이는데, 이런 양면적 태도는 인간이 죽음에 대한 보편성을 인식하지만 자신들의 죽음을 상상하거나 이해할 수 없다는 죽음을 둘러싼 기본적인 역설을 반영하는 것이다.

「동경」에는 노년 초기에 노화와 죽음에 대한 불안감으로 정체성의 혼란을 겪고 있는 노년 남성 '그'가 등장한다. '그'는 의식적으로든 무의식적으로든 자신이 늙고 죽을 것이라는 관념을 극구 부정하고 이에 저항한다. '그'는 사회생활에서 매우 규칙적이고 규범적인 삶을 살아온 인물로서 자신의 노화에 저항하고 억압해 나가는 과정을 보이는데, 이런 과정은 상대적으로 덜 발전된 사회보다 발전된 사회에서 두드러지게 나타난다.[6]

작품 속에서 노부부가 노년의 일상 속에서 죽음을 자각하며 발생하는 불안감, 두려움, 공포의 양상은 차이를 나타낸다. 먼저 '그'의 경우, 정년퇴직 후 변화된 사회적 지위와 함께 급속도로 쇠락해가는 자신의 신체적 변화를 경험하면서 깊은 상실감에 빠진다. '그'의 정년 이전의 삶의 방식을 살펴보면, 시청의 하급관리로서 서기일을 하면서 '오자'나 '약자'를 쓰지 않는 한평생 원칙대로 살아왔다. 공무원이라는 직업적 성격과 함께 그의 삶은 원칙에서 벗어나지 않으려는 태도로 살아왔음을 알 수 있다. 그런 '그'가 정년퇴직 후 한꺼번에 일어나는 노화 현상에 강한 거부감을 보이며 죽음으로 향하는 자신의 현실을 부정하고 싶어하는 태도는 노년기에 들어서는 남성들의 보편적 특징이기도 하다. 노후의 쇠락하는 삶과 죽음으로 향하는 노년의 현실에 심한 배반감과 노여움을 갖는다. 한 평생 게으르지 않고 성실하게 살아온 자신이 그렇지 못했던 사람들과 똑같이 노후의 삶을 살 수밖에 없다는 현실은 그토록 믿고 살아왔던 삶에 대한 가치에 회의하고 절망하게 만든다. 노년의 삶 속에 스며 있는 죽음은 '그'에게 체현된 자아와 세상에 대해 진실 되고 의미 있는 것으로 생각했던 것들을 의심하게 한다.

남성 노인들의 경우 평생을 직장에 매달려 살아오다가 하루아침에 일손을 놓게 되면 허탈감으로 육체도 긴장과 균형을 잃어 노화가 급속도로 진행된다. 작품 속에서 '그'에게 찾아온 정년병도 이런 이유들 때문이다. '그'가 정년 후 하게 된 '틀니'처럼 노년의 삶은 이물감과 저항감만을 불러오며 삶에 대해 분노감만 가져다준다. 심지어 세상과 소통하는 최소한의 말도 자신이 하는 것이 아니라 '틀니'가 하고 있다는 착각에 빠진다. 노년의 삶이 외부 세계와 진정한 관계를 맺지 못하고 철저하게 폐쇄적임을 알 수 있다.

또한 '그'는 죽음 의식에 사로잡혀 죽음을 거부하는 여러 가지 방어적 자세를 보이는데, 먼저 머리 염색하기와 기능이 약화된 위장을 위해 식사 전 산책하기 등이 그것이다. 그러나 이러한 대응에도 불구하고 무너지는 잇몸으로 인해 '틀니'를 할 수밖에 없게 되고 산책 역시 지팡이를 짚고 서야만 가능하다. '그'는 자신의 쇠락해 가는 모습에 점점 깊게 절망한다. 정년으로 인해 사회적 자아도 상실되고 또한 신체적 노쇠로 죽음은 더욱 가까이 다가오고 있음을 온 몸으로 체험해 나간다. '그'의 일상적 삶은 공포에 가까운 무의미함 속에 빠져있다.

또 다른 측면에서 '그'는 죽음으로 향해 가는 노년 현실에 맞서 생명에의 강한 집착을 보인다. 이웃집 계집아이에 대한 관심이 그것이다.

이웃집 계집아이의 일거수일투족을 살피면서 아내의 반대에도 불구하고 자신의 집에 들락거리는 것을 허락한다. 계집아이의 행동을 유심히 관찰하며 그것을 따라 흉내내본다. 자신의 무력한 삶에서 유일한 탈출구로 삼는다. 그러나 아이의 만화경을 훔쳐 아이와 같이 만화경을 들여다보지만 "만화경 속의 조화는 현란하지도 신기하지도 않았다." 만화경 놀이를 통해 세상의 모든 것을 보고자 하는 욕망을 품지만 '빠른 속도로 분열하고 번식해 가는 병원균'으로 인식되며, 소멸해 가는 자신의 현실에 더욱 좌절할 뿐이다. 이제 일상의 모든 것들은 '그'에게 더 이상 아무런 삶의 자극도 되지 않는다.

이에 반해 이웃집 계집아이의 일상은 '생명'과 '생성'의 기쁨 그리고 더 나아가 생명의 무모함이나 폭력성까지 보여준다. 아이는 어려서 받아야 할 부모로부터의 사랑을 받지 못하고 있지만 넘치는 생명의 에너지를 뿜어대는 존재이다. 특히 아이의 골목안 자전거 타기와 같은 행동들은 세상을 향해 자신의 존재를 알리고 소통해 나가는 행위로 볼 수 있다. 이런 모습과는 대조적으로 '그'의 골목 안 산책은 세상과의 단절감을 더욱 절실히 느끼게 한다. 아이의 도발적인 자전거 경적 소리와 자신을 둘러싼 집의 정적은 이러한 차이를 선명하게 보여준다. '그'와 '아내'의 일상적 삶은 무료함과 무기력으로 사회에서 배제되고 고립되어 있다. '그'의 의식은 온통 죽음에 대한 지각으로 일상 속에서 모든 것에 예민하게 반응한다. 한 예로 '그'는 아내의 교회 교인들 심방이 취소되자 그들의 점심으로 반죽해 놓은 밀가루로 만든 칼국수가 간이 맞지 않자 노여워한다. 아내는 노화로 인해 미각 기능이 손상돼 음식의 맛을 제대로 맞출 수 없고, 자신은 '틀니'로 인해 맛에 대한 감각이 더욱 예민해져 식생활조차 예전 같지 않기 때문이다. '틀니'로 인해 맛이 주는 일상적 즐거움을 느끼지 못하자 우울감에 빠지고 만다. 작품 속에서 '틀니'는 노화의 결과로서 소멸해 가는 노년의 삶 즉 죽어가는 것의 상징물로 볼 수 있다.

또한 '그'는 점심 식사 후 노년에 반복적으로 해온 낮잠의 가수 상태에서 유사 죽음 체험을 하게 되고, 죽은 아들 기억이 '한 조각의 거울'로 표상되며 '그'의 죽음 의식은 불안감과 두려움으로 혼란한 상태에 빠져든다. 잠은 가수 상태로서 죽음을 상징한다. '그'는 가수 상태에서 의식과 무의식을 오가며 죽음의 징후들을 보여준다. 잠에서 '그'는 죽음으로 향한 어둑한 긴 회랑을 걸어가는 느낌을 갖게 되고, 몸은 움직일 수 없고 의식만이 생생한 가운데 아내의 죽음 공포를 해결해 주지 못하는 죽음 체험을 경험한다. '그'의 환상 속에서 드러나는 과거 아들의 죽음 기억을 살펴보더라도, 아내가 죽은 아들의 기억을 가지고 평생을 살면서 죽음에 한 발짝 더 가까이 서서 죽음과 공존하는 수용적 태도를 보이는 모습과 사뭇 다르다.

머리맡에 맥을 세워두고. 어쩌면 그에게 최면을 걸 듯 느릿느릿 낮게 읊조리는 아내의 말소리에 손을 잡혀 그는, 더러는 어슴푸레 떠오르는 시간 속을 자꾸 걸어간다. 그것은 마치 감광제가 고루 발리지 않은 필름과도 같다. 어느 부분은 저 홀로 발광체인 듯 환히 빛나며 뚜렷이 떠오르고 어느 부분은 아주 깜깜해서 아무것도 보이지 않는다. 그러나 그는 굳이 잊혀진 것을 되살리고자 안타까워하지 않는다. 기억하고 싶은 것만 기억하는 것은 늙은이에게 주어진 보잘 것 없는 특권인 것이다. 그러나 지금 주춤거리고 섰는 이곳은 어디인가. 언젠가 가보았던 박물관의 전시실 같기도 했다.

그곳은 토우(土偶)나 동경(銅鏡) 따위 죽은 사람들의 부장품들만 진열한 방이었다. 땅속에 묻혀 천 년 세월을 산, 이제는 말끔히 녹을 닦아낸 구리거울을 보자 그는 자신이 아주 오래전에 죽은 옛사람인 듯 느껴졌었다. 관람객이 한 명도 없이 텅 빈 전시실에는 두꺼운 양탄자가 깔려 있어 자신의 발소리조차 들리지 않았었기 때문이라고, 어둡고 눅눅한 회랑을 걸어 나오며 그는 잠깐 스쳐 간 괴이한 기분에 변명하였다.

영로를 묻었을 때 그는 그가 묻고 돌아선 것이, 미쳐가는 봄빛을 이기지 못해 성급히 부패하기 시작한 시체가 아니라 한 조각 거울이었다고 생각했었다. (91-92쪽)[7]

이 작품에는 다양한 거울이 등장하는데, '생명' 혹은 '생성'의 의미로 유년의 만화경이, 반면에 죽음이나 죽음 기억의 이미지로 '한 조각 거울' 즉 '동경'이 그것이다.[8] 만화경의 유리 거울과 죽은 이의 기억을 불러일으키는 구리거울은 삶과 죽음의 의식이 투시되어 있는 상징물로 볼 수 있다. 그런데 '그'가 만화경을 통해 아무런 느낌을 받지 못했다는 사실은 삶과 죽음을 분리된 시각으로 인식하고 있음을 의미한다. '동경'은 옛사람들의 무덤 속에 넣었던 부장품 중의 하나이다. '그'가 박물관 매장문 화재 전시실에서 본 시신의 부장품인 구리거울인 '동경'이 가수 상태에 서 환영으로 나타나며 '그'에게 죽음 의식만을 강하게 불러일으킨다.

거울은 다양한 상징적 의미를 가진 사물이다.[9] 이 작품에서는 먼저 죽음의 상징 의미로 사용되고 있고, 다음으로는 거짓이 아닌 실상 또는 진실의 의미로 사용되고 있다. 거울은 노쇠한 '그'와 아내의 신체를 비춰주고 자각하게 하는 매개 구실을 하며 노년의 진실을 보여준다. 이것은 인간 본연의 진실 즉 인간 존재의 본래적 의미인 삶과 죽음에 관한 진실을 의미한다. 거울은 바로 인간의 존재론적 성찰과 자각을 상징한다. '한 조각의 거울'로 각인된 아들 영로는 죽음이란 의미에선 '동경'의 이미지를 지니지만, 노부부의 기억 속에서 새롭게 살아나 자신들을 비추는 거울 이미지로 기능[10]한다. 이렇게 거울 상징을 통해 작가는 삶과 죽음을 단절된 것이 아니라 연장선상에 있음을 드러낸다.

거울 상징 외에도 '그'와 아내가 거주하는 집과 뜰에 대한 공간 묘사는 노년에게 다가오는 죽음의 그림자가 얼마나 강렬한 것인지 깨닫게 한다.

> 땅속에 갇힌 아우성을 들으려는 시늉으로 수긋이 귀를 기울이며 나무를 바라보는 사이 무성한 나뭇잎은 편편이 떨어져 내리고 메마른 가지만 섬유질로 남아 파랗게 인(燐)처럼 타오르며 자랑스럽게 가지 뻗었던 자리는 이윽고 냉혹한 죽음만이 떠도는 공간이 된다. (79쪽)

'그'는 노년기에 들어서서 하루하루 노화로 인해 변해가는 자신의 모습과 죽음에 대한 생각들로 점점 세상에 대한 깊은 회의와 우울감에 빠져든다. 노년기 죽음의 전망은 인간이 자신의 몸과 세계와 맺고 있는 관계의 토대를 이루는 가장 근본적인 가정들조차 믿을 수 없는 것으로 의심케 하여 현실감각을 급격히 손상시킨다.

이렇게 '그'에게 노년기의 죽음은 사회적 문제로서 "사람들이 체현(體現)된 자아와 세상에 대해 진실 되고 있는 것으로 생각했던 것을 의심하게"[11] 만든다. 그리하여 '그'는 노년의 일상 속에서 삶과 죽음의 문제를 아직까지 자아를 돌아보고 이전의 삶과 통합해 나가는 모습[12]으로 발전시켜 나가지 못한다. '그'는 현재 경험되는 노년의 무기력과 죽음에 대한 불안의식으로 소극적이고 부정적 자세만 견지할 뿐이다. '그'가 이웃집 계집아이에게 보인 관심 역시 진정한 세상과의 소통이 아닌 죽음에 대한 방어적 행동으로서 진정한 인간적 유대와 거리가 있다.

하지만 작품 속에서 '그'의 이러한 모습과 달리 '아내'는 노년의 삶을 죽음과 밀접한 관계 맺으며 살아간다. '아내'는 과거의 죽음 기억을 떠올리며 현재 자신에게 다가오는 죽음을 수용해 나간다. 20년 전 죽은 아들 영로의 기억과 죽음을 앞두고 악몽에 시달리다 무덤에 '맥'을 넣어달라고 유언을 했던 조부의 기억을 떠올리며 일상의 시간을 소비해 간다.

> "참 이상하죠. 난 요즘 자주 죽은 사람들 생각을 한다우. 꼭 아직도 살아 있는 것처럼 그 사람들 생전의 일이 환히 떠오르는 거예요. 그러면서 정작 우리가 살아온 세월은 기억이 나지 않아요. 아무리 애를 써도 기억나지 않는 희미한 꿈 같아요. 당신은 쉰 살 때, 마흔 살 때를 기억하세요? 난 통 그때의 당신의 모습이 떠오르지 않아요. 난 아무래도 너무 오래 살고 있다는 생각이 자주 들어요. 뜰 손질도 이제 힘이 들어요. 하지만 하루만 내버려둬도 아귀처럼 자라니…… 요즘 같은 계절엔 더 그래요." (97쪽)

사람은 자신의 죽음을 경험할 수 없다. 가까운 사람의 죽음조차도 자신의 죽음에 대하여 유추되고 상상되는 죽음의 가능성일 뿐이다. 모든 존재에게 죽음은 언제나 타인의 죽음뿐인 것이다. 그렇기 때문에 죽음을 앞에 둔 노년이 할 수 있는 일은 과거로 돌아가는 일이다.

'아내'는 이미 20년 전 사랑하는 아들 영로의 죽음으로 간접 죽음의 체험을 했다. 아내의 죽음에 대한 인식은 한국 노인들이 생각하는 '좋은 죽음'[13]이란 인식과는 멀다. '청대 같은 아들' 영로가 죽었기 때문이다. 죽음을 연구하는 이들도 죽음 수용에 있어 연령보다는 한 개인의 죽음과 관련된 과거의 경험 요인이 더 크게 작용한다고 말한다. 이런 의미로 보면 '아내'는 과거 아들의 죽음 기억 속에서 살아가며, 남편인 '그'에 비해 죽음에 대한 강한 부정이나 절망감을 드러내지 않고 있다. 일상생활에서 죽음을 수용하고 준비해 나가는 과정을 보인다. 그러면서도 순간순간 뜰에 피어 있는 작은 꽃이나 사소한 것들에 강한 애정과 집착을 보이는 이중적 태도를 드러낸다. 또한 '아내'는 남편과 달리 노년의 일상 속에서 세상과 진심을 다해 소통해 나가려 노력한다. 하지만 그런 행위들 바탕에는 과거 아들의 죽음 기억이 늘 연결되어 있다. 수도검침원 청년에게 관심을 보인다든지, 교회 교인들과의 교류도 신앙심이 있어서라기보다는 죽음에 대한 이야기를 나누기 위해서이다. 즉 아내의 세상과 소통 행위는 과거 죽음 기억의 연장선상으로 볼 수 있다. 아내의 노년 삶 속에서 20년 전 죽은 아들의 기억이나 죽음에 임박해 나쁜 꿈으로 괴로워했던 조부의 죽음 기억은 그 어떤 과거 기억보다 생생하게 떠오르며 노년의 삶과 죽음의 공존 양상을 보여준다.

이런 과거의 죽음 기억과는 대조적으로 아내의 일상 속에서 한평생을 같이 살아온 남편의 과거는 잘 기억나지 않고 그 세월이 꿈처럼 느껴진다. 아내는 현재 자신에게 중요한 감정적 의미가 큰 '죽음'에 대한 기억만을 되새김질하고 있다. 쓸모없게 된 밀가루 반죽으로 나쁜 꿈을 모조리 잡아먹는다는 '맥'을 무의식적으로 만들며 죽음에 대한 관념을 드러내는 행위가 이를 대변한다. 밀가루 반죽은 제 역할을 할 수 없게 된 노년을 상징하는 것으로서 이제는 무덤에 들어가는 '맥'으로 죽음의 상징물로 변화될 수밖에 없다. 이처럼 작가는 노년에게 점점 다가오는 죽음의 모습을 일상생활을 통해 실감나게 표현한다.

'아내'는 신체적 노화 현상의 하나인 '호호백발'도 남편처럼 염색하지 않고 그대로 받아들인다. 결국 아내의 노년의 삶은 남편인 '그'와는 달리 만성적인 삶과 죽음의 단계에 이르러 있다고 볼 수 있다. 이 단계의 노년들은 죽음의 두려움에 직접적으로 직면에 있다. 그리하여 때로는 외로움, 고통, 사랑하는 사람과의 이별, 그리고 모든 것에 대한 두려움을 종종 표면화 시킬 때가 있다. '아내' 역시 그동안 비교적 죽음을 잘 수용해 나갔던 모습과 달리 작품 말미에 가면 죽음에 대한 두려움을 공포감으로 분출한다. 이웃집 계집아이와의 극한 대립이 그것이다. 이웃집 계집아이는 아내가 그토록 하지 말라고 말해도 거울 장난을 통해 노년의 일상 속에 억눌려 있던 죽음에의 강박을 표출하게 만든다. 아이는 거침없고 저돌적인 행동을 해나가며 생명력의 무모함을 드러낸다.[14] 이런 모습을 보며 아내는 죽음의 공포 앞에 울부짖는다. 아내의 죽음 의식에는 20년 전 아들의 생명이 권력을 가진 자들의 폭력[15]에 의해 빼앗겼다는 관념이 깔려 있다. 이런 아내에게 아이의 도발적 행동은 죽음에 대한 공포를 불러일으키기에 충분하다.

결국 아내의 죽음 수용 자세는 노년기 자아통합의 단계에서 나타나는 긍정적 심리적 상태에서 비롯된 것이 아니라 어쩔 수 없이 받아들여야 하는 삶의 포기에서 비롯된 것임을 알 수 있다. 아내에게 거울은 자신의 초라한 노년을 반추하게 하고 죽음 불안을 강화시키는 사물인 것이다. 아내의 죽음 불안의식은 일상생활에서 쉽게 표현되지 않지만, 어느 순간 자신이 애정을 갖고 보살피던 뜰에 핀 꽃을 함부로 꺾거나 거울 장난으로 자신의 호기심을 즐기는 생명의 폭력성 앞에선 과거 죽음의 기억들과 만나 공포감으로 표출된다.

이렇게 노부부의 일상 속에서 이웃집 계집아이를 남편은 생명감으로 충만한 아이를 호기심 있게 관찰하며 죽음에 대한 방어적 기제로, 아내는 자신의 삶에 소중한 것들을 무참하게 짓밟는 행동에 노골적인 적대감으로 대응해 나간다. 이러한 태도의 차이는 그들의 죽음에 대한 인식과 수용 자세로 이어져 나타났다. 하지만 여름날 늦은 오후 아이의 거울 장난을 통해 이런 죽음에 대한 양면적 태도는 두려움과 공포감으로 합일되기에 이른다. 아이의 거울 장난은 생명의 에너지를 분출하는 즐거움과 호기심의 놀이이지만 일상을 소멸의 시간으로 채워가고 있는 노부부에겐 죽음으로 치닫는 행위로 보이는 것이다. 아이가 하는 거울 장난의 빛을 '땅 속에 묻힌 거울 빛의 반사'로 인식하고 있는 것만 보아도 알 수 있다. 인간이 아무리 죽음에 저항하고 두려움으로 거부해도 궁극적으로 노년의 삶에 깊이 각인되어 있는 죽음은 어쩔 수 없음을 보여준다.

결국 작가 오정희는 아이와 노부부의 삶을 강렬한 대비를 통해 노년의 일상적 삶이 죽어가는 과정으로 정적만이 맴도는 변화나 역동성에서 멀어진 사회적으로 고립된 상황임을 강조하고 있다. 노부부의 노화와 죽어가는 과정은 한 평생 부부로 살아왔음에도 불구하고 개인적 성격과 인생에 대한 철학, 특정한 병, 사회적 환경에 따라 죽음에 대한 인식 형성의 차이를 보여준다. 그러다 보니 죽음에 대처하는 방법 즉 수용하는 자세도 일상적 삶을 통해 다르게 재현되고 있다.[16] 죽음에 대한 관념도 그로 인한 두려움도 개인의 과거 경험들과 함께 차이점을 보여준다. 하지만 작품 결미에선 작중인물들이 노년의 죽음이라는 문제를 인간 실존의 보편적 한계상황으로 '죽음'은 불가피한 것, 공포스럽지만 맞닥뜨려야 할 죽음과의 동화[17]로 그려진 측면이 더욱 강하다.

　이처럼 오정희의 「동경」에는 노년의 죽음에 대한 불안의식과 두려움을 기존의 작품들에서 '죽음'을 형상화하며 보인 인간의 실존적 차원으로 그리고 있지만, 이런 차원들과 함께 작품 전반에 현대 사회에서 고립된 채 노화와 죽어가는 과정을 홀로 견뎌내고 있는 노년들의 고독한 모습이 죽음과 생명의 선명한 대립적 이미지와 상징물들을 통해 부각되고 있다. 또한 현대 사회가 노년에게 늙음과 죽음을 정태적 상태로 평가하며 변화와 성숙의 한 과정으로서 인식하지 못하고 있음도 작품 속 노년의 삶과 죽음에 대한 인식 태도에 반영되어 있다. 그리하여 작품 속 노부부는 노화가 진행되는 상황에서 죽음을 포함한 노년의 삶을 세상과 진정으로 소통해 나가지 못하고, 죽음에 대한 생각을 억압하거나 회피하면서 수동적 자세로 정립해 나갈 뿐이다. 이는 산업화된 현대사회에서 노년의 죽음을 개별적 주체의 문제로 규정하며 개인화된 죽음으로 인식하고 있음을 반증하는 것이다. 즉 노화와 노년의 죽음 문제가 주변 즉 사회 안에서 누구와도 공유할 수 없는 노년만의 고독감과 죽음에 대한 자의식으로 표출되고 있는 것이다.

3. 죽음의 문턱에서 고립된 노년: 「얼굴」

노년에게 죽음이란 갑작스런 사건이라기보다는 삶의 한 과정이다. 노년기의 죽음이란 노년기 이전의 어떤 다른 시기보다 삶의 전 영역에서 큰 영향력을 미친다. 노년은 자녀가 독립하고, 노화가 진행되면서 또한 가족과 친구의 죽음을 지켜보면서 자연스럽게 자신을 죽음을 생각하는 '죽음에 대해 사회화되는 과정'[18]을 거친다. 노년들에게 죽음은 더 이상 추상적이고 일반적인 운명이 아니다. 곧 자신이 죽으리라는 것을 알고있다. 하지만 실제 노년 현실에서 자신의 죽음을 받아들이는 일은 결코 쉬운 일은 아니다.

이 장에서는 앞의 「동경」에서보다 「얼굴」에 이르면 사회적 상황이 죽음과 노년의 삶에 더욱 영향을 미치고 있음을 살펴보고자 한다. 현대 사회의 여러 독특한 특수성[19] 가운데 개인화된 사회의 소외된 노년과 그들의 고립된 죽음의 양상이 「얼굴」에는 죽음 이미지와 상징, 그리고 죽음을 수용해 나가는 자세에 더욱 강렬하게 반영되어 있다. 현대 사회는 생을 마감하고 죽음을 맞이하는 노년들에게 주변적인 관심 밖에는 없다. 또한 전통 사회에서는 죽음이 공개적이었으며, 개인적이지 않고 사회적이었다. 일상에서 죽음의 장면은 친숙했고 죽음과 관련된 의례와 장소도 일상으로부터 멀지 않았다. 하지만 근대화된 현대 사회에서 죽음은 동일한 모습을 띠지 않으며, 노인과 같이 죽어가는 자들은 공동체적 삶으로부터 철저하게 격리되고 있다. 이렇게 현대 사회의 노년들은 타인들이 자신을 보는 관점을 취하여 늙는다는 것을 알듯이 자신이 죽는다는 것을 안다.[20] 이는 후기 산업사회로 갈수록 노화와 죽음에 대해 타자화된 시각이 더욱 견고해지고 있음을 의미한다.

물론 여기엔 죽음이 우리의 신체를 파괴하면서 이 세상에서 우리의 존재를 없애 버린다는 초역사적인(생물학적) 요소가 전제되어 있다.

「얼굴」(1999)에는 「동경」의 노부부의 노화 과정이 십여 년에 걸친 노년기를 거치며 만성적 질병으로 변하고 죽음의 단계에 더욱 가까이 서있으며, 이들의 모습은 철저하게 사회로부터 고립된 상태로 그려진다. 작품 속에서 노부부의 죽음에 대한 예견 방식과 죽어가는 실제 상황에서의 행동들이 이런 현대 사회의 특성과 밀접하게 연관을 맺고 있다. 「동경」의 '그'가 「얼굴」의 '그'에 오면 지속되는 노화로 질병을 얻어 쓰러진 후 오랜 투병 생활을 하며 죽음을 맞게 되는 시간의 연속성이 확인된다. 그야말로 「얼굴」의 '그'와 '아내'는 죽음에 임박해 있는 상태이다. 작가가 「동경」에서 노년 초기를 살아가는 부모님 모습에 중점을 두어 형상화 했다면, 「얼굴」은 오랜 투병 생활을 하다 결국은 죽음에 이르는 아버지 모습을 그려내며 노년의 삶과 죽음의 문제에 한층 밀도 깊게 다가선다. 여기서 작가는 노년의 아버지에 대한 개인적 기억을 문학적 기억으로 형상화 하면서 '회상기억'을 주로 서술 기법으로 사용한다.

> 뇌졸중으로 쓰러지신 후 근 십 년 이상을 누워 지내셨던 아버지는 만년에 이르러 자주 누군가 문밖에 와 있다는 말씀을 하시며 두려워하는 표정을 지으셨다. 우리의 눈에는 보이지 않는 어떤 존재를 분명히 감지하고 계신 것 같았다. 아버지가 돌아가신 후 나는 짐짓 아버지가 오랫동안 누워 계시던 자리에 누워 아버지의 눈으로, 아버지의 마음으로 창을 통해 하늘이며 나무며 날아가는 새들을 보았고 오래된 집의 삭아가는 소리, 바다 위의 유

령선처럼 음산하게 떠도는 소리를 들었다. 그 누운 자리를 지나갔던 십여 년의 세월을 보고 느꼈다. 이 소설은 몸을 움직이지 못하는 아버지를 홀로 두고 외출했던 어머니가 어떤 불가피한 사정으로 밤이 될 때까지 돌아오지 못하셨을 때의 악몽 같은 상황이 모티프가 되었다.[21]

위의 인용에서 보듯 작가의 개인적 기억 속에서 죽음의 이미지는 그 사회에 만연되어 있는 자기 자신의 이미지나 인간 존재에 대한 이미지와 관련을 맺고 있다. 즉 작가가 우리 사회에서 바라보는 노년과 죽음의 이미지에 기대어 죽어가는 노년을 그려내고 있다. 오정희 역시 현대사회의 사람들이 자기 자신을 기본적으로 독립적이고 개별적인 존재로 인식하고 있듯이, 자신의 내부 세계가 타인들 즉 외부세계로부터 단절되어 있다고 여긴다. 인간은 존재론적으로 외로움과 고립감을 가질 수밖에 없다고 보는 것이다. 그리하여 현대 사회의 외로움과 고립감 같은 정서가 죽어가는 사람의 인성 속에서 드러남을 「얼굴」의 '그'의 모습을 통해 보여준다. '그'의 죽음은 철저히 개인적인 문제로 주변의 다른 사람들과의 관계에서 배제되어 있다. 노년의 죽음은 "아무도 모르게 생을 마감할지도 모르고, 그래서 자신의 죽음조차도 남들의 무관심 속에 방치될지도 모른다는 두려움"[22]으로 그려진다. '그'의 고립된 죽음 양상은 현대 사회가 살아있는 몸만을 중요시 하며 몸의 소멸을 의미하는 죽음을 상징적 가치의 하락으로 보는 데에 연유한다. 그러다 보니 노령화 사회를 살아가는 노년들에게 죽음이란 자아의 완성이 아니라 궁극적 종말로서 불안의식과 공포감을 갖게 한다.

「얼굴」에 나타난 노부부의 일상적 삶은 거의 모든 인간적 · 사회적 관계들로부터 차단되어 암울하고 고독하기 그지없다. 죽어가는 자들의 고독감은 과거 죽음의 기억 이미지를 통해 더욱 절실하게 재현된다. '그'는 오랜 기간 동안 뇌혈관이 터져 반은 살아있고 반은 이미 죽음 상태나 마찬가지이다. 신체 기관 중 제대로 작동하는 것은 겨우 한 손뿐이다. 그야말로 죽음을 살아있는 상태의 종결로서 죽어가는 과정이 끝나는 것으로 볼 때, '그'는 죽음의 문턱에 서 있는 인물이다. '그'는 다시 삶을 회복할 수 있는 가능성이 희박하고 자신이 곧 죽으리라는 걸 잘 알고 있다. 그나마 '아내'가 신체적으로나 정신적으로나 온전하지 않은 '그'의 일상생활을 가능하게 해주고 있다. '그'는 아내가 아니면 일상 세계와 소통이 불가능하며 모든 관계로부터 단절되어 곧 죽음에 이를 것이다. 아내는 노년의 배우자가 다른 관계의 타인들보다도 노년의 삶을 살아가는 데 중요하다는 걸 여실히 보여준다.

또한 이 작품의 공간적 배경인 집과 방의 묘사에서도 무너져가는 '그'의 육체와 죽어가는 자의 고립감을 섬뜩할 만큼 그로테스크하게 표현한다. 두 공간은 일상의 정적과 함께 '그'의 노쇠한 육체 그리고 무기력하고 마비된 노년의 삶을 죽음의 이미지로 그려낸다.

아내는 비행기 소리 때문에 집이 흔들리고 균열이 간다고, 자꾸 주저앉는 것 같다고 말했다. 그때마다 그는 집이 낡아가는 것은, 우리가 늙어가고 있기 때문이라고 속으로 대꾸하곤 했다. 그의 집과 같은 집장수의 손으로 지어진 옆집을 헐 때 망치질 몇 번에 지붕이 그대로 내려앉더라고, 아무리 그래도 사람들이 몇 십년 몸담아 살아온 곳인데 그렇게 맥이 없을 수가 있겠느냐고, 그

게 다 비행기소리에 멍들고 삭아서 그런 거라는 말도 영 틀린 말은
아닐 것이다. (93쪽)[23]

　작품 속에서 공간은 인물이 세계에 대해 갖는 관심의 정도를 알
수 있고 인물이 대결하는 세계의 실체로서 그것을 통해 독자는 자아와
세계의 관계를 추적할 수 있다. 하지만 여기서 집과 방안은 생동적인
가족 공간이 아니라 암울하고 절망적이며 사회와 소통할 수 없는 차단
된 공간으로 묘사된다. 단조로운 일상과 무료함이 존재하는 질식할 것
같은 공간이다. 노년의 삶은 낡아가는 집에 비유되고, '부엌과 천장, 벽
틈에서 유난히 쥐들이 끓는' 공간에서 작품 속 노부부는 유폐된 삶과
고독한 죽음을 기다린다.

　'그'에게 이즈음 찾아오는 일상의 변화란 만성적 질병으로 인한
신체적 고통과 유년시절 죽음의 체험에서 망각(은폐)되었다가 꿈을
통해 반복적으로 재현되는 죽음의 '회상기억'이 전부이다. 어렸을 적
저수지에서 연날리기 놀이를 하다 실제 체험했던 죽음 기억이 '회상
기억'으로 상상과 결합되어 '얼음 밑의 얼굴' 환영으로 재구성된다. 또
한 어렸을 때 '그'가 좋아했던 삼촌에 대한 기억도 '그'의 '회상기억' 속
에서 되살아난다. 삼촌은 서출로 태어났지만 자유로운 영혼을 지녔으
며 손재주가 남달라 '그'에게는 선망의 대상이었다. 죽음에 임박해 있는
'그'에게 이러한 '회상기억'들은 그의 내면세계를 심하게 동요시킨다.
과거 얼음판에서 체험했던 유사 죽음의 기억과 자신이 좋아했지만 집
에서 환영받지 못해 가출했던 삼촌을 '이 세상 사람이 아닌지 오랠 것'
이라고 인식하며 '그'의 기억 속에서 존재의 흔적으로 다시 되살린다.

　보통 노년은 과거 기억 중 떠올릴 수 있는 이미지들을 가지고 그

시간 속에 빠져든다. 그들은 자신들에게 중요한 감정적인 의미가 있는 몇몇 주제들을 되씹는다. '그' 역시 죽음의 문턱에서 과거 유년시절 경험했던 죽음 기억과 삼촌과의 추억을 반추하며 죽음의 두려움에서 출구를 찾으려 한다. 하지만 죽음의 '회상기억'들은 '은폐된 기억'[24]으로서 생의 마지막, 죽음에 이르는 단계에서 죽음에 대한 불안 의식을 반영한다. 현재의 '그'는 죽음을 앞두고 있어 유년시절의 죽음 기억이나 삼촌에 대한 기억을 그의 심리적 상황에 의해 왜곡하고 변질시킬 가능성이 크다. 기억 속에 나중의 느낌이나 생각이 들어가고 상징이나 은유적 관계를 형성한다.[25] '그'의 꿈 속에서 재현되는 죽음의 기억들은 현재 자신의 죽음에 대한 이미지와 자신의 삶에 대한 이미지 그리고 그 삶의 본질과 연결되어 있다. '얼음 밑의 얼굴'로 기억되는 죽음은 두려움과 공포의 이미지로 자유로운 영혼의 소유자였던 삼촌에 대한 기억은 자신이 살아온 삶에 대한 이미지로 해석될 수 있다.

'그'가 자신의 생애 과정 속에서 은폐되었던 기억을 꿈속에서 자주 되살리는 것도 무의식 공간에서 죽음의 불안으로부터 벗어나고자 하는 욕망으로 볼 수 있다. 프로이트도 인간의 인지와 인식이 사건이 끝나고 난 후 그것을 회상하는 과정에서 가능하고, 회상을 하면서 그 사건의 의미가 만들어진다고 말한 바 있다.[26] 이렇게 과거 어린 시절의 경험과 환상은 한 인간이 죽음에 근접해 있을 때 그 사실에 대처하는 방식에 영향을 미친다고 볼 수 있다. 어떤 사람들은 죽음을 평온하게 기다리지 만 다른 이들은 죽음에 대해 강하고도 지속적인 공포를 가진다. 하지만 이런 환상도 죽음에 아주 근접해 있을 때에는 약해지며 죽음에 대한 공포가 의식 속에 적나라한 상태로 들어오고 그것은 그들에게 견디기 힘든 것이 된다. 병마와 노쇠로 인해 인간 존재의 유한성을 직접 경험하면서 살아가는 노년들에게서 자주 발견된다.

작품 속 '그'의 시야에 들어오는 주변의 모든 사물들 역시 죽음의 불안감과 두려움이 투영되어 비춰진다. 질병과 노쇠는 이런 불안감을 더욱 강화시켜 삶을 무력하게 만든다. '그'는 노년기에 들어와 20년 가까이 생리적 현상 하나 스스로 해결하지 못한 채 불구적 신체로 아내에게 의존해 살아왔다. 오랜 투병 생활에서 '그'의 성격은 지독히 고립적으로 변해 갔으며, 아내를 제외한 그 누구와도 일상적 생활에서 관계를 맺고 있지 못하다. '그'와 '아내'의 노년의 삶은 죽음과 공존한 상태에서 주변 사람들의 관심 밖에 있을 뿐이다.

또한 「동경」과 같이 이 작품에도 노년의 죽음과 관련해 여러 상징물이 등장한다. 먼저 가장 중요한 '개'의 상징을 들 수 있다. 아내가 며칠 전 시장에 갔다 오면서 따라온 검은 개는 죽음과 관련된 상징물이다. 개는 대체로 이승과 저승을 연결하는 매개의 기능을 수행하는 동물로 인식된다.[27] 개가 인간의 영혼을 저승으로 인도한다는 사유 형태의 한 변형에서 의미가 생성되었다.

집에 들어온 검은 개는 땅을 파기 시작하고 땅을 파면 초상이 난다는 속설 때문에 '그'는 검은 개를 두려워한다. 아내가 외출하자 검은 개는 방 안으로 들어와 장롱 틈에서 죽은 쥐를 찾아내 물어뜯는다. 죽어서 부패해 버린 쥐 형상은 '그'가 반신불수로 거동조차 하지 못하는 자신을 표상하며, 개의 그런 모습은 죽음이 임박했음을 의미하는 것으로서 극도의 공포감을 갖게 한다. '쥐' 역시 죽음을 상징하고 있는데, 쥐의 사체가 방안에서 심하게 악취를 내는 것은 죽음의 냄새이기도 하다. 노년 문학에서 노인에 대한 부정적 시각을 형성하는데 주요하게 다루고 있는 것 중 하나가 냄새이다.[28] 노년들에게서 나는 냄새를 현대 사회는 위생적 잣대로 비정상성으로 간주한다.

> 그것이 바로 그의 얼굴 옆에 떨어졌을 때 그는 으윽 비명을 질렀다. 쥐였다. 죽은 지 오래지 않은 듯 완전히 굳지 않은 몸이 방바닥에 패대기쳐질 때마다 둔탁하고 탄력 있는 울음을 내었다. 그는 쥐를 물고 달아나는 개를 향해 손에 잡히는 대로 리모컨을 들어 내던졌다. 재빨리 몸을 피한 개는 방 가운데에 앉아 쥐를 물고 뜯었다. 비로소 개는 조용해지고 씹는 일에 몰두한다. 악취의 진원지는 사라졌다. (100쪽)

인간 유기체의 부패, 즉 우리가 죽어가는 것이라고 부르는 과정은 종종 나쁜 냄새를 풍길 수밖에 없다. 이런 냄새들을 현대 사회는 그 구성원들에게 냄새에 대한 고도의 민감성을 주입해 놓아 노년의 죽음 과정을 사회 안에서 격리시켜 놓는 근거로 삼고 있다. 이 작품에서도 '쥐'에게서 뿜어 나오는 악취는 거동하지 못하고 방안에서 죽음을 기다리는 '그'에게서 풍기는 냄새로 연결된다. 이는 작품 속에서 "사물이 만들고 있는 분위기와 이미지를 통해서 삶의 분장된 죽음의 모습을 철저하게 묘사해"낸 것으로서, "삶 속에 은밀하게 비집고 들어와 생성되는 죽음의 모습으로서 삶과 죽음의 동시성 내지는 공존"[29]을 나타낸다. 죽음의 문턱에서 있던 '그'가 아내가 외출하여 돌아오지 않자 극도의 불안감과 공포감을 보이며 외롭게 죽음의 순간을 맞게 됨을 상징적으로 보여준 것이다.

보통 죽음에 대한 반응은 병의 종류, 성격, 성, 문화와 생활환경 등 개인에 따라 다르며, 죽음의 과정에 보편적인 단계나 양식이 존재하지 않는다. 죽음은 하나의 사건이 아니라 다양한 환경에서 경험하는 일련의 과정이기 때문이다.[30] 이 작품에서 '아내'는 자신의 환경과 경험으로 인해 '그'와는 대조적으로 노년의 삶 속에서 죽음을 긍정적으로 수용해 나간다. 아내의 죽음에 대한 인식은 어려서 헤어졌던 생모와 과거 어느 날 생모를 만나기 위해 집을 나섰던 기억에서 찾을 수 있다. 또한 무슨 이유에서인지 나이 마흔에 양잿물을 마셔 자살을 기도했다가 목소리를 잃어버렸던 실제 자신의 죽음 체험에서도 발견할 수 있다. '아내'의 이런 경험들은 남편에 비해 죽음을 비교적 인생 주기의 통합적 관점으로 담담히 수용해 나가게 한다. 아내 역시 신체적 노화로 인해 난청을 가지고 있고, 성대도 온전치 않은 상태로 살아가고 있다. 더욱 심각한 것은 자주 가는 시장에서 집까지 돌아오는 길을 찾지 못해 몇 시간 동안 헤매는 등 노인성 건망증을 가지고 있다는 점이다. 그러나 이런 온전치 못한 노년의 몸을 가지고 20년 간 반신불수의 남편을 돌보는 일에 충실했고, 남편마저 목소리를 잃게 되자 '거센 바람 소리, 목쉰 거위 울음' 같은 목소리로 남편과 소통하기 위해 적극적으로 노력한다.

죽음의 문턱에서 '아내'는 남편인 '그'에 비해 질병의 정도는 덜하지만, 오래 전 죽었다던 수양 언니가 살아있다는 소식에 불완전한 정신을 가지고 외출을 감행해 죽음의 위기에 처하게 된다. 40년 동안 죽은 존재로 알고 있던 아내의 수양 언니가 생존해 있다는 이야기는 사실인지 작품 속에서 정확하게 서술되어 있지 않다. 그것이 실제 상황인지 아내의 환상 속에서 이루어진 상황인지는 알 수 없다. 사회적 관계로부터 철저하게 고립된 노부부의 일상적 삶에는 아내의 불안한 외출을 제지할만한 주변 사람이 아무도 등장하지 않는다.

또한 아래 인용에서 보듯 늙어가는 아내의 모습을 '왕성한 식욕과 건망증'으로 표현하고, 젊은이들과 같은 육체가 정상적이고 '세월의 흔적을 각인'한 노인의 육체는 혐오스러운 것으로 표현하고 있다. 이는 '젊음'과 '성장'만을 강조하는 현대 사회에서 '늙음·추함', '소멸'의 모습으로 인식되는 노년에 대한 부정적 인식을 그대로 보여준다. 특히 두 번째 인용문도 자세히 들여다보면 노년에 대한 진정한 이해에서 비롯된 연민의 시각이라기보다는 노년의 육체를 타자화한 서술자의 시각임을 알 수 있다.

늘 가는 동네 시장 통에서 집으로 오는 길을 잃어 서너 시간을 헤맨 적도 있었다. 방안에도 치우기를 잊어버린 먹다 남긴 과일이나 과자부스러기가 널려 있다. 깊은 밤에 눈을 뜨면 흐린 형광등 불빛 아래 혼자 앉아 튀긴 강냉이를 와삭와삭 먹어대거나 날무 따위를 벗겨 먹는 데 열중한 모습은, 고독하고 둥글게 살진 몸은 슬퍼보였다. (94쪽)

된 밀가루 반죽처럼 어깨로부터 무겁게 흘러내린 살이 기이하게 굵은 허리와 엉덩이를 지나 용암이 흘러내린 흔적처럼 겹겹이 다리 위에 늘어져 있다. 오십 년에 걸친 일상적인 노동과 생산, 태어나면서부터 이제까지 쉬지 않고 충실히 천천히 진행되어 온 것들이 각인한 세월의 흔적이다. (96쪽)

결국 이 작품에서 보듯 노년 각 개인은 전체적인 자신의 상황과 그 이전에 선택한 삶의 내용에 따라 죽음과 자신과의 관계를 선택한다. 부르디외 역시 근대 사회에서 죽음에 직면하는 방식이 개인의 아비투스에 따라 다를 수 있음[31]을 이야기 한 바 있다. 작품 속 노부부가 죽어가는 과정 속에서도 개인화된 사회의 죽음 이미지가 분명히 드러내며 외롭고 고독한 죽음의 극단적 모습이 재현되고 있다. 이런 모습 속에는 서구 사회에서 몸을 개인과 개인 그리고 개인과 외부 세계를 분리시켜 인식하는 '몸의 개별화 현상'[32]이 목격되며, 죽음에 직면해 몸을 홀로 감당해야 하는 것으로 파악하는 모습이 발견된다.

결미 부분에 이르면 '그'가 죽음으로 들어서는 과정에 '그'의 곁에는 아무도 없고 '그'의 죽음은 홀로 비극적 상황에 놓인다. 이런 노년의 죽음 이미지는 작품 속에서 낡아가는 집, 동물 상징들, 사물 묘사 등으로 어둡고, 우울하고, 섬뜩한 분위기를 창출하며 죽음의 현대 사회적 상황들을 나타낸다. 또한 노부부 사이엔 간헐적인 몸짓 언어 외엔 죽어가는 자들의 고독감을 해결할 수 있는 소통의 기본적 대화도 부재하다. 남편은 말을 하지 못하고 아내가 손상된 성대로 남편에게 하는 말조차도 홀로 넋두리하는 모습으로 그려진다. 이들 노부부의 일상적 삶은 죽음의 기운으로 정적만 맴돌 뿐이다. 그들은 노년의 일상 속에 서서히 스며드는 죽음을 고독하게 맞는 현대 사회의 노년의 모습을 그대로 담지하고 있다.

4. 맺음말

현대 사회에서 인간 삶의 동물적 측면인 죽음은 공적인 사회생활에 부적합한 것으로 인식되며 사회적으로 배제되고 있는데, 이는 개인의 죽음에 대한 태도에도 영향을 미친다. 오정희의 「동경」과 「얼굴」에 나타난 노년의 죽음 문제에도 현대 사회 이전에 발견되는 공동체적이고 집합적인 상징들과 의식으로 둘러싸인 죽음의 양상은 발견되지 않는다.

작품 속 노년들은 죽음의 단계에 이르러 그 과정을 거치면서 인간의 삶과 죽음 문제에 개인적 고립 정서를 표출하며 고독하게 죽어간다. 이들은 현대 사회에서 개인이 다른 존재들로부터 분리되고 고립되는 경험을 인간의 보편적 한계 상황으로 여기며, 은폐된 개인적 경험으로서 죽음을 인식해 나간다.

작품 속에서 노년들은 견디기 힘든 무료한 일상에 숨어 있는 죽음의 그림자를 의식하며 자신들과 맺고 있는 모든 사회적 관계들로부터 단절된 모습으로 등장한다. 이들은 노년의 일상적 삶 속에서 다양한 형태의 관계를 형성하며 상호의존성을 보이지 않고 죽음을 직시해 나가지 못함으로써 불안의식만을 강하게 표출한다. 이런 노년의 모습들은 오늘날 산업화 사회가 나이가 들고 허약해진 노년을 사회로부터, 나아가 자신들의 가족과 친지로부터 더욱 격리시키고 있는 것과도 무관하지 않다. 또한 작품 속 노년들의 죽음에 대한 태도는 개인들의 노화 정도나 질병, 성별, 과거의 죽음 경험에 따라 긍정 혹은 부정적 자세로 드러난다. 이들은 대부분 죽음이라는 사건과 죽어가는 과정에 대해 불안, 혐오감, 파멸감, 거부, 부정 등의 복합적인 감정을 보여준다. 반면에 자신의 삶 전반을 아우르는 통합적 관점으로 죽음의 불가피함을 받아들이고 삶을 의미 있고 생산적으로 사용하며 그들 자신과 진정으로 타협해 나가지 못한다. 그러나 「얼굴」에 등장하는 '아내'의 경우는 살아온 환경과 과거의 죽음 경험을 바탕으로 노년기 삶 속에서 죽음 문제를 비교적 담담하게 수용해 나가는 모습을 보인다.

결국 두 작품에 나타난 노년들 모습 속에서 노년의 삶이 죽음으로 완성되며 죽음을 통해 삶의 의미를 얻게 된다는 인식은 단초적으로만 보이고 있다. 그러나 이 두 작품은 작품 전반에 걸쳐 작가 오정희가 부모님에 대한 노년의 죽음 기억을 문학적 기억으로 하여 노년의 죽어가는 과정을 개인적 실존 문제뿐만 아니라, 현대 사회의 소외된 노년과 고독한 죽음의 문제를 강하게 환기시켜 나갔다는 점에 의미를 둘 수 있다.

참고문헌

김경수, 「널길 위의 존재들 – 오정희 소설의 노인들」, 『시각』 61, 2004.

김수영 외, 『노년사회학』, 학지사, 2009.

김인옥, 「죽음과 재생의 미학 – 오정희론」, 『숙명어문논집』 3, 2000.

박혜경, 『오정희 문학 연구』, 푸른사상, 2011.

변학수, 『문학적 기억의 탄생』, 열린책들, 2008.

서혜경, 『노인죽음학개론』, 경춘사, 2009.

성현자, 「오정희 소설의 공간성과 죽음」, 『인문학지』 4, 1989.

심재호, 「하이데거 철학으로 본 오정희의 「동경」 연구」, 『국어국문학』, 2011.

오정희, 「얼굴」, 『작가세계』, 세계사, 1999.

윤애경, 「오정희 소설에 나타나는 죽음의 의미 연구」, 『한국문학이론과비평』
        11-2, 2007.

우찬제 엮음, 『오정희 깊이 읽기』, 문학과 지성사, 2007.

이인복, 『한국문학에 나타난 죽음』, 예림기획, 2002.

이지영·이가옥, 「노인의 죽음에 대한 인식」, 『한국노년학』 24-2, 2004.

장소진, 「내처진 노년, 떨칠 수 없는 노년」, 『현대문학이론과 비평』 37, 2007.

전흥남, 『한국현대노년소설연구』, 집문당, 2011.

정경희·한경혜·김정석, 「노인문화의 현황과 정책적 함의」, 한국보건사회연
        구원, 2006.

조영미, 「오정희 소설에 나타난 비극적 인식의 담론」, 『우리문학연구』 26, 2006.

최원식 외 엮음, 『20세기 한국소설 – 오정희 〈동경〉』, 창작과 비평사, 2007.

한국문화상징사전편관위원회, 『한국문화상징사전1』, 두산동아, 2006.

노베르트 엘리아스, 김수정 옮김, 『죽어가는 자의 고독』, 문학동네, 2011.

에릭슨 외, 한성열 편역, 『노년기의 의미와 즐거움』, 학지사, 2000.

시몬느 드 보부아르, 홍상희·박혜영 옮김, 『노년1.2』, 책세상, 1994.

지그문트 프로이드, 『끝이 있는 분석과 끝이 없는 분석』, 열린책들, 2005.

크리스 쉴링, 임인숙 역, 『몸의 사회학』, 나남출판사, 1999.

주

*   「오정희의 「동경」, 「얼굴」에 나타난 노년의 죽음 문제」, 『인문과학연구』 31집, 2013. 2.

1   오정희 노년 소설에 나타난 죽음의 문제를 연구한 기존 연구로는 김경수, 「널길 위의 존재들」, 『시각』 61호, 2004, 김인옥, 「죽음과 재생의 미학 - 오정희론」, 『숙명어문 논집』 제3권, 2000, 박혜경, 『오정희 문학 연구』, 푸른사상, 2011, 성현자, 「오정희 소설의 공간성과 죽음」, 『인문학지』 4집 1989, 윤애경, 「오정희 소설에 나타나는 죽음의 의미 연구」, 『한국문학이론과비평』 11권 2호, 2007, 조영미, 「오정희 소설에 나타난 비극적 인식의 담론」, 『우리문학연구』 26집, 2006 등이 있다. 김경수의 논의를 제외하면 대부분의 기존 연구들은 죽음의 실존 상황과 작품의 미학적 측면을 연결시켜 논의를 진행하고 있음. 김경수는 오정희의 노년 소설에 나타난 죽음이 "자신의 죽음조차 남들에게 인지될 수 없을 거라는 노인들의 두려움"과 같이 재현되며, 노인들의 삶은 이미 남들로부터 고립되어 있고 노인들은 주변의 타인들과 관계 맺기를 시도하고 있다고 보았음. 그러나 김경수의 시각은 이러한 노년의 삶 저변에 흐르는 현대사회 노년의 죽음에 대한 고립적이며 개별화된 시각을 밝혀내는 데 까지 나아가지 못함.

2   엘리아스, 부르디외, 크리스 쉴링은 "죽음을 인간의 보편적 문제로서"만 인식하지 않음. "체현의 근대적 양식으로 인해 죽음은 오늘날 사람들에게 특별한 실존적 문제"로서, 이는 몸의 개별화와 합리화가 후기 근대사회에서 조직되는 죽음에 두드러지게 나타나기 때문이라고 말함. 크리스 쉴링, 임인숙 역, 『The Body and Social Theory』, 『몸의 사회학』, 나남출판사, 2003, 제8장 참조.

3   서혜경, 『노인죽음학개론』, 경춘사, 2009, 30-31쪽.

4   임춘식, 김근홍 외, 『노인복지학개론』, 학현사, 2007 (죽음에 관한 태도

는 여러가지 사회문화적 변화와 함께 변화해 왔음. 현대인들은 과거에 비해 죽음이나 임종에 익숙하지 못한데, 죽음 장소(병원이나 의료시설)의 변화는 이러한 이유를 설명해주는 요인이 되기도 함).

5   오정희, 「나의 소설, 나의 삶」, 『작가세계』 제25호, 1995. 5, 156쪽. 이후 인용은 쪽수만 표기.

6   노베르트 엘리아스, 김수정 옮김, 『죽어가는 자의 고독』, 문학동네, 2011, 89쪽.

7   최원식 외 엮음, 『20세기 한국소설 - 오정희 「동경」』, 창작과 비평사, 2007을 텍스트로 삼음.

8   이재선, 『한국문학주제론』, 서강대학교 출판부, 1989, 94쪽.

9   한국문화상징사전편찬위원회, 『한국문화상징사전』, 두산동아, 2006, 43 -48쪽.

10 이병순, 「죽음의식을 통해 「동경」 다시 읽기」, 『한국문학에 나타난 죽음』, 예림기획, 2002, 230쪽.

11 크리스 쉴링, 앞의 책, 254쪽.

12 이제껏 살아온 자신의 인생에 최종적인 정리가 이루어져서 자신의 인생을 수용하고 죽음을 두려움 없이 직면하게 되면 자아통합을 이루어야 함 (에릭슨 외, 한성열 편역, 『노년기의 의미와 즐거움』, 학지사, 2000 참조).

13 김미혜 · 권금주 · 임연옥, 「노인이 인지하는 '좋은 죽음' 의미 연구」『한국사회 복지학』제56권 제2호, 2004, 195쪽, ('좋은 죽음'에는 '부모를 앞선 자녀가 없는 죽음', '부모 노릇 다하고 맞는 죽음', '고통 없는 죽음', '천수를 다한 죽음', '준비된 죽음' 등이 해당됨).

14 장소진, 「내처진 노년, 떨칠 수 없는 노년」, 『한국문학이론과 비평』제37집, 2007, 343-344쪽.

15 작품 창작 시기로부터 20년 전 봄 아들이 대학에 들어가 '여드름이나 짤나이에 세상을 바꾸어 뒤바꾸어 놓을 수 있다고 생각'이란 문구를 보면, 4.19 혁명 때 폭력에 의해 희생당한 것으로 추측됨.

16 노베르트 엘리아스, 앞의 책, 78-79쪽을 보면 톨스토이의 소설 「주인과 종」에 나타난 두 인물의 죽음의 방식에 대해 논하고 있음. 사람이 살아가는 방식과 죽는 방식 간의 연관을 분명하게 설명하고 있음. 조금은 도식

적이지만 작품 속에 나오는 상인처럼 「동경」의 '그' 역시 삶, 생존은 중요한 의미와 가치를 가진 것으로 죽어가는 과정에서도 적극적으로 생존하고자 하는 태도를 보이고, '아내'는 작품 속의 하인처럼 일찍이 아들의 죽음을 가슴에 안고 살아왔으며, 삶이 고통과 괴로움, 억압이었기에 묵묵히 죽음을 수용하며 과거 사랑했던 이들의 죽음 기억에 기대어 죽음을 준비함.

17   심재호, 「하이데거 철학으로 본 오정의 「동경」연구」, 『국어문학』50집, 2011, 107쪽.

18   김수영 외, 『노년사회학』, 학지사, 2009, 235쪽.

19   노베르트 엘리아스, 앞의 책, 61-75쪽 (현대사회에서 죽음에 대해 사람들이 가지고 있는 특수성을 설명하면서, 네 번째로 이 사회가 고도로 그리고 특수한 유형으로 개인화된 사회라는 점을 듦).

20   시몬느 드 보부아르, 홍상희 역, 『노년2』, 책세상, 1994, 223쪽.

21   오정희, 「자술 연보」, 『오정희 깊이 읽기』, 문학과 지성사, 2007, 521-522쪽.

22   김경수, 앞의 글, 354쪽.

23   오정희, 「얼굴」, 『작가세계』, 세계사, 1999. 이하 인용은 같은 텍스트로 함.

24   작품에 나타난 회상기억들은 '은폐 기억'으로서 작가 자신이 체험했던 죽음을 앞둔 노부모님에 대한 개인 기억을 가지고 문학적 기억으로 형상화하는 과정에서 사용한 문학적 장치들임. 프로이트는 문학적 기억들은 대부분 작가의 무의식에 억압되어 있던 것들과 관련이 있다고 말함(변학수, 『문학적 기억의 탄생』, 열린책들, 2008, 95쪽).

25   지그문트 프로이드, 임진수 역, 『끝이 있는 분석과 끝이 없는 분석』, 열린책들, 2005, 544쪽.

26   작가 오정희는 병마와 고독으로 노년의 삶과 죽음에 직면하며 살았던 부모님을 회상하는 과정에서 죽음 특히 노년의 죽음의 의미를 인식해 나갔던 것임.

27   한국문화상징사전편판위원회, 앞의 책, 27쪽.

28   대표적으로 문순태, 「늙으신 어머니의 향기」, 문학사상사, 2004가 있음.

29 성현자, 「오정희 소설의 공간성과 죽음」, 『인문학지』 제4집, 1989, 80 쪽.

30 Corr, C., and Balk, D. 1996, Handbook of adolescent death and bereavement.(New York: Springer Publish Company)(김수영 외, 앞의 책, 239쪽 재인용).

31 크리스 쉴링, 앞의 책, 265쪽.

32 현대 사회에서 죽음은 살아있는 몸과 죽어가는 몸 사이의 경계를 강화하고 '몸의 개별화'를 강조하면서 조직되어 있다. 그리하여 죽음은 개인적 사건으로 축소되고 사회에서 격리되고 있음.

죽음에 대한 또 다른 자세들:*
―김기창의『모나코』와 한승원의『피플붓다』

1. 들어가는 말

전통사회에서 노인은 존경의 대상이었으나, 산업화, 도시화, 핵가족화가 진행되면서 점차 경로효친 사상은 쇠퇴하게 된다. 여기에 자본주의 근대사회는 노인을 사회적 생산 능력이 떨어지는 의존성 높은 존재로 인식하며 노인의 지위는 심각하게 하락한다. 특히 고도의 경제성장은 사회적 가치관과 가족 구조에 변화를 초래하고 전통적 윤리관이 붕괴되면서 노인들의 생활과 의식 그리고 행동에 여러 가지 문제점을 노출하게 된다.

이런 여러 상황 속에서 현 노년 세대는 정치적으로 혼란하고 경제적으로 궁핍했던 시기에 가족과 사회를 위해 희생해 온 세대로서 정작 자신들의 노후에 대해서는 아무런 대책도 세우지 못하였다. 노인들은 부양, 건강, 경제력, 고독과 소외 등[1]을 경험하면서 급기야는 노인 자살이라는 극단적 선택을 하기에 이른다. 노년들은 가족 내 역할이 축소 혹은 상실되면서 좌절감에 빠지고 인간으로서의 자아존중감, 정체성을 제대로 획득하지 못해 삶의 의욕과 의미를 잃어간다. 또한 고령사회에서 홀로 사는 노인 인구의 수가 증가하면서 사회 안에서 존경과 보호를 받으며 건강하고 안정된 노후 생활을 유지할 수 없어진다. 더군다나 노년기 찾아오는 소외와 고독감은 정서적 고립과 단절 상태에서 초래된 것으로서 이후 죽음에 대응해 나가는 인식에도 상당한 영향을 미친다. 또한 고령자의 학력, 소득 수준, 자기실현의 욕구 표출 등도 노인 개개인들의 일상생활과 죽음 의식에 다양한 대응 방식으로 나타나게 한다.

그동안 우리 문학은 노인을 보는 부정적 시각[2]으로 육체적으로 나약하고 경제활동을 상실하여 젊은 세대의 돌봄 대상이란 점과 연륜과 경험을 토대로 한 인격적 초월자라는 점을 '타자화된 시선'으로 그려왔다. 하지만 이제 인구의 고령화가 급속도로 진전되는 상황에서 노인들의 가치관과 사고방식을 좀 더 세밀하게 들여다볼 필요성이 제기된다. 이글에서 살펴볼 김기창의 『모나코』와 한승원의 『피플붓다』는 노년 고독과 죽음에 대한 인식을 분명히 드러내고 있어 선정하게 되었다. 또 두 작가는 연령(세대)적 차이뿐만 아니라 세계관, 인생관 차이에서 오는 변별되는 노년의 주체적 시각을 주인공 노인들의 형상을 통해 보여주고 있다. 본고에서는 이를 통해 현 사회 안에서 노년의 고독과 죽음[3]을 둘러싼 다양한 시각이 존재함을 드러내게 될 것이다.

먼저 급증하는 노인의 문제 중 고독과 소외문제를 자의식 과잉과 자아 존중감이란 시각으로 두 작가의 작품을 통해 비교해 보고자 한다. 다음으로는 두 작가의 작품을 통해 노인의 죽음 인식과 '좋은 죽음'의 의미에 대해 파악해 보고자 한다. 신체적, 정신적 노화가 진행됨에 따라 생을 마감해야 한다는 사실에 적극적으로 개인적 성향을 드러내면서도 불안과 좌절을 떨쳐 내지 못하는 노인과 여러 환경 변화에 보다 적극적 자세로 지역사회 공동체를 형성하고 노년의 삶을 긍정적으로 실천해 나가는 노인으로 나누어 살펴보고자 한다.

2. 노년의 고독을 대하는 태도

인구의 고령화는 사회 경제 활동이나 가족 내에 크나큰 변화를 가져온다. 무엇보다 전통적 가족 구조의 해체는 노인에 대한 부양의식을 쇠퇴하게 만들면서 노년의 삶이 사회와 가족 안에서 소외되고 배제되는 양상을 낳는다. 이런 변화들로 인해 대다수 노인들의 사회·심리적 고립과 외로움 그리고 무가치함 등의 문제가 더욱 노골적으로 드러난다. 세대 간 교육 수준 및 가치관의 차이, 가족 내 노인의 지위 저하 그리고 핵가족화로 인해 노인들은 가족들로부터 소외감과 고독감을 경험하게 될뿐만 아니라 노인 유기 및 학대까지 경험하기도 한다.[4] 이런 변화들은 노년 주체의 가치관과 노후에 대한 인식에도 이전 시기와는 다른 차별적 모습을 가져온다. 이에 노인을 중심으로 한 생활문화와 공통된 행동양식에 관심을 가질 때라 생각한다.

먼저, 노년기 사회생활에서 은퇴하고 배우자와의 사별 이후 평생을 같이 살아온 가족과 단절된 채 고립되어 진심으로 소통할 수 있는 질적 인간관계를 맺지 못하고 고독감에 휩싸이는 모습에 주목하고자 한다. 노년에게 삶의 질적 가치가 저하되고 삶의 정체성마저 상실시키는 주요 원인 중 하나가 바로 외로움이기 때문이다. 노년의 고독감은 정신 병리적 측면과 사회 심리적 고독감을 의미한다.[5] 근대사회 이후 팽배해 있는 개인주의적 성향은 자의식이 강한 노인들에게 독거라는 주거방식을 스스로 선택하고, 대인관계의 형성과 지속적인 교류에 부정적으로 대응하게 한다. 이는 노년기 역할 없는 역할에 사로잡히는 시간이 되어 오늘날 산업사회의 많은 노인이 고령의 축복 속에서 무엇을 하며 지내야 할 것인지, 어떻게 하면 시간을 잘 보낼 수 있을지[6]를 묻는 작업이 될 것이다.

다음으로 노년기는 인생의 어느 주기보다 사회적 역할 상실에 의한 자존감이 저하되고 외로움과 소외감을 느끼며 삶의 질이 저하 되는데, 이에 맞서 타인과의 적극적 접촉으로 사회적 관계망을 유지하고자 노력하며 고독감을 극복해 나가는 모습을 살펴보고자 한다. 비록 노년기 이전에 비해 사회적 활동은 위축되어 사회적 소외 현상을 불러오고 신체적 기능까지 퇴화하면서 우울감이 깊어지는 상황이지만 "각 개인이 속해 있는 문화권과 가치의 기준선 안에서 자신의 목표, 기대, 규범, 관심과 관련된 자신의 상태에 대한 개인의 지각"[7]으로 삶의 질을 높이고 있는 노인의 모습에 주목할 것이다. 그리하여 노년에 찾아오는 사회적, 가족 내 역할 상실 그리고 배우자 사망 등으로 경험하게 되는 노년의 고독감에 대해 각 개인의 가치관과 문화권 속에서 어떻게 대응해 나가는지 알 수 있으리라 본다. 이는 노년 삶의 가치를 재인식하고 보다 아름다운 노년 생활의 영위에 미치는 영향을 드러내는 일이 될 것이다.

1) 노년 고독에 대한 다른 시각

현재 우리나라의 경우, 준비된 노후를 맞이하지 못하는 노인들이 신체적 노화에 수반되는 각종 노인성 질환과 이에 따른 고독과 소외

및 갈등, 사회적 지위 상실에 수반되는 무력감이나 여가 선용의 어려움 그리고 노후의 삶을 유지하기 위한 경제적 어려움으로 고통[8] 받고 있다. 여기에 노인 개인들의 배우자와의 사별, 황혼 이혼 등과 같은 요소가 더해져 홀로 가족과도 단절된 상태에서[9] 신체적, 정서적, 사회적으로 어려움을 겪는 경우가 많다. 특히 고독의 문제는 홀로 살아가는 노인에게 가장 큰 위협이 되고 있다. 지속적인 고독감이 해소되지 않으면 자살과 고독사 같은 극단적 사회문제로 이어질 수 있기 때문이다. 노인 1인 가구는 일상적, 심리적, 재정적 측면에서 친지나 이웃 등으로부터 지원받을 가능성이 상대적으로 취약해 사회적으로 고립될 위험에 놓인다.

이 장에서 살펴볼 김기창의 『모나코』(2014)에는 이런 독거노인[10]의 고립과 단절로 인해 고독감이 일상생활 속에 깊게 배어있는 모습이 그대로 나타난다. 비슷한 시기에 방영된 텔레비전 드라마에서도 개별 가족 구성 형태 중, 노인 부부가구 경우가 6.4% 비중을 차지하고, 노인 독거 가구는 12.5%로 나타난다. 즉 노인 부부의 가구 구성 형태보다 노인 독거의 가구 구성 형태[11]가 노년의 고독감을 상징적으로 보여주고 있다.

『모나코』의 주인공 노인은 대도시 서울에서도 가장 부유한 계층이 살고 있는 성북동에서 경제력을 갖춘 노인으로 혼자서 돌봄 노동을 해주는 여성 한 명을 제외하면 가족, 이웃, 사회와 거의 교류가 없다. 고립적 생활에서 대화 상대는 오직 고양이 2마리와 가사도우미 '덕'이 있을 뿐이다. 주인공은 대도시 지역에 거주하는 남성 독거노인으로서 아내와 사별 후 독거 기간이 긴 경우에 해당한다.[12] 홀로 거주하는 거처의 문제가 고독의 문제와 관계 깊다는 것은 많은 연구자들의 공통된 주장이다. 더군다나 그에게 찾아오는 사람은 거의 없다. 노인의 무료하고 허무하게 반복되는 일상은 "어제와 같은 아침이 시작되었다", "어제와 똑같은 세계가 똑같은 방식으로 부활했다"라는 표현으로 드러난다.

그는 어쩌다 찾아온 신문 보급소 사장과 싸움을 벌이고 길거리에서 만난 동네 사람들과는 대화를 나누지 않는 등 동네 사람들에게 괴팍한 노인으로 불린다. 하지만 주인공 노인은 가사도우미 '덕'이를 대하는 태도나 동네 말썽꾸러기들과 도둑들, 동네 캐리어 노인에게 무관심한 것처럼 보이지만 눈에 띄지 않게 배려한다. 노인의 괴팍하고 특이한 행동, 결벽주의적인 면모는 우리가 주변에서 흔히 볼 수 있는 노인들의 관용적이고 윤리적 형상과는 다르다. 주인공 노인은 그동안 우리 문학이나 여러 문화 매체에서 그려지고 있는 일반적 노인의 모습과는 여러 면에서 차이가 난다. 주변인들의 시선으로 볼 때는 그저 까다롭기만 하고 냉소적이며, 도덕적이거나 지혜 있는 노인의 모습과도 구별된다. 그는 젊어서 쌓아온 재력을 바탕으로 요리, 인테리어, 미술, 음악에 높은 식견을 갖고 있으며 독거 생활을 스스로 선택했다. 이런 자신만의 자질과 능력을 바탕으로 긴 노년 생활을 향유하는 것처럼 보인다. 일반적인 독거노인이 경제적 빈곤을 겪으며 초라한 노후 생활을 하고 있는 현실과는 비교된다. 은퇴한 재력가의 면모를 지닌 주인공 '노인'의 말투에는 욕망과 사유의 모습이 자주 발견된다.

어느 날 노년의 무료한 일상에서 만난 젊은 미혼모 여성 '진'의 등장은 억눌려 있던 자신의 욕망을 분출하는 계기가 된다. 그는 잠시이지만 그녀에게서 젊음을 느끼고 흥분하며 생기를 갖는다. 노인의 신체적 노화와 반복적 일상으로 희망 없이 고독감에 사로잡혀 있던 삶에 강한 호기심을 불러일으킨다. 주인공 노인에게 젊은 여성 '진'은 새로운 삶의 활력소로 작용한다. 이런 노인의 모습은 성적 호기심과 이성에 대한 감정이 젊은이와 별반다르지 않음을 보여준다. 황혼의 설렘은 죽어 있던 노년 삶에 대한 감각을 깨우며 그의 생 역시 예민하고 격렬할 수있음을 보여준다. 하지만 노인은 욕망하지만 욕망을 실현하는 데는 무심하고 이런 마음의 움직임 자체를 즐길 뿐이다. 젊은 여성에 대한 주도면밀한 관찰로 그녀와의 산책 기회를 만드는가 하면 혹시라도 '진'과 마주칠까 해서 가사도우미 '덕'이 필요한 것을 사다 주는데도 마트에 자주 들른다. 노인 스스로도 이런 자신의 행동을 이해할 수 없지만 그 이유를 굳이 알고 싶어 하지 않는다. 이유라는 것은 '미래가 있는 사람에게나 필요한 것'이고, 자신의 행동이 '노망이 난 거라면 그것도 그것대로 괜찮다고 생각'한다. 노년의 고독한 삶을 '신의 분노'라고 여기고 있고, 좋은 일은 '잔광처럼 희미'하고, '늘 우울'한 그에게 '좋은 일이란 곧 사라질 무엇에 불과'하기 때문이다.

한편으로 노인으로서 자신의 모습을 현실적으로 체감하는 기회도 된다. 사회가 노인의 노화를 바라보는 시선, 즉 노인을 성적 불구성으로 인식하여 '진'을 향해 있는 감정을 획일적이고 부정적으로 바라보고 있는 것이다. 그 예로 노인의 아들은 노인을 미행하고 재산 상속자로서의 탐욕을 드러내며 아버지의 젊은 여성에 대한 관심을 노년의 추한 욕망으로 본다. 당사자인 젊은 여성 '진'도 노인의 행동을 보고 이해할 수 없다는 반응이다. 여기에 동네 '캐리어 할멈'이 "적당히 살다가. 욕심 부리지 말고" 라는 것은 같은 노인의 시선에도 부정적으로 비춰지고 있음이다. 그러나 주인공 노인은 "화끈하게 살 날도 얼마 없는데 왜 그래야 해?"라며 반감을 보인다. 이렇게 동네 사람들이 보내는 따가운 시선에도 아랑곳하지 않고, 오히려 사회에서 이야기하는 노인의 모습으로 돌아가든 돌아가지 않든 남은 시간이 길지 않다는 뻔한 결말이 그를 주저하게 만든다. "자신은 가고 '진'은 또 혼자 남는다"는 것이 현실이다.

또한 주인공 노인은 지금까지 쓴 돈보다 더 많은 돈이 아직 남아 있지만 늘어난 기대 수명은 결코 축복이 아니다란 생각을 갖고 있다. 그는 노년 현실을 직시하며 고립적 삶 속에서도 자의식이 강한 인물로서, 노인을 관리와 연민의 대상으로 타자화하는 시각에 대항해 스스로의 목소리를 당당히 낸다. 그러나 막상 노년기 개인의 정체성을 재구성해야 할 상황에서 자아와의 불화를 계속 겪으며 노년의 변화된 상황을 안정감 있게 수용하지 못한다. 그는 예전과 같지 않은 몸의 변화가 낯설고, 예민하게 감지되는 변화들에 불안감과 분노를 떨쳐 내지 못한다. 노년기는 원래 자신이 가지고 있던 역할을 잃고 새로운 역할을 수행하며 삶의 변화에 적응해 나가야 하는 시기[13]이다. 정체성 역시 사회 · 역사적, 문화적 맥락을 떠나 독립적으로 형성되는 것이 아니라 사회적 과정에 뿌리를 둔다. 하지만 자의식이 강한 그의 사고에는 사회적으로 팽배해 있는 노인에 대한 부정적 시선이 늘 따라다니고, 노인의 변화된 사회적 위치와 상황에 늘 자유롭지 못한 고독한 일상만 존재한다. 동네 신문 배급소 소장의 노인 폄하 발언과 노인 폭력이 야말로 우리 사회 노인에 대한 대표적인 부정적 시각이다. 이런 사람들의 행동이나 시각이 주인공 노인에게 참을 수 없는 수치심을 유발하여 사회로부터 자발적 고립을 선택하게 한 것이다. 그런데 주인공 노인은 노인에 대한 부정적 시각에 냉소하면서 한편으로는 자신도 주변의 노인들에 대해 부정적 시선을 노출할 때가 있다. 이런 태도는 사회에서 너무나 빈번히 일어나는 노인의 권리 침해나 언어적, 감정적, 정신적 학대에 대해 자조적으로 비판하는 태도이다.

> "세상이 늙은이들을 밀어내는 게 아니라 스스로 세계의 변방으로 돌진하는 거야. 단순하지 않은 것은 아무것도 없는 세계로 말이야 늙은 철학자들의 말이 다 왜 개소리인지 알아? 인과관계 말고는 어떤 관계도 생각하지 못해서 그래. 세상의 절반도 설명하지 못하고 나머지 절반 역시 오해 아니면 곡해라고!" (72쪽)

작품 곳곳에서 주인공 노인은 재력 있고 교육 수준이 높은 지적 인물로서의 면모를 보인다. 특히 사회에서 '혼자 외로이 있는 노인을 불쌍하게 보는 시선을 촌스럽'다고 말한다. 오직 자신의 현재 삶은 '자신의 선택'으로 이루어진 독거생활이란 점을 강조한다. 젊은 사람들 중에도 관계의 시달림보다 외로움을 택하는 사람이 있듯이 노인 역시 스스로의 선택에 의해 홀로 거주할 수 있다는 것이다.

이렇게 그는 현재 팽배해 있는 노년에 대한 부정적 이미지와 자신을 계속해서 '구별짓기'[14] 하려는 의지를 보여준다. 무력하고 노쇠하고 의존적인 기존의 이미지로 자신의 노년이 평가되는 것을 거부한다. 이를 뒷받침할 근거들은 건강하고 활동적인 노년을 보내기 위해 책장을 가득 채운 영양제와 약품들 그리고 수영과 같은 운동에 집착하는 모습에서 찾을 수 있다. 그는 여러 취미 생활과 건강관리를 하면서 장년기 삶만을 유지하려 하고 변화된 노년의 삶에 저항한다. 이것은 '노인 되기'의 부정이나 '지연'의 한 모습이기도 하다. 과거 노인의 부정적 노인 이미지와 끊임없이 구별 짓기, 그리고 그 차이를 강화시켜 나가는 차별화를 지속하는 양상[15]으로 보인다. 하지만 그는 끝내 과거 노년의 정체성과 차별화된 새로운 정체성을 형성해 나가는 데는 실패한다. 주인공 노인의 모습은 결코 개인적 차원의 정체성 문제가 아닌 사회적 이슈가 되어 사회구성원의 통합과 갈등 해결 의 중요한 구성 요소[16]로 인식할 필요가 있다.

주인공 노인은 지속적으로 과거 사회에서 요구하는 노년의 정체성과 자신을 구별 지으려고 할 때마다 위기감을 느낀다. 그리하여 정서적 상실감, 신체적 노화를 받아들이며 새로운 노년 정체성을 구성하는 데 적극적 태도를 보이지 않는다. 과거 그는 '습관적 의식과 관행화된 문화적 틀, 타인의 시선에 대한 종합적 고려'를 하며 정체성을 형성해 왔다. 하지만 노년기로 접어들어 타인으로부터 부정적 평가, 문화적 틀과 신체의 변화 등이 급격히 진행되자 정체성의 혼돈을 겪으며 소외와 고독감만 경험할 뿐이다.

아래 인용에는 이런 노인의 고립적 삶 속에서 혼란스러운 감정의 굴곡이 적나라하게 드러나고 있다.

> 세계의 멸망과 부활, 진절머리와 발기, 절망과 그리고 헛된 희망, 노인은 아침나절에만 감정의 천년 역사를 썼다. 노인이 세상을 바라보는 태도에는 법칙도, 도덕도, 일관성도 없었다. 죽음도, 여자도, 심지어 자신을 대할 때도 마찬가지였다. 일관된 생각이라곤 위에서 내려다보면 무엇 하나 없는 낙천주의자, 쾌락 없는 쾌락주의자, 절망 없는 비극주의자, 사는 것이 시작이고 끝이며 전부였다. (32쪽)

주인공 노인의 정체성의 위기에서 오는 고독감과 좌절감은 기든스 '현대성과 정체성'의 개념으로 설명할 수 있다. 기든스는 후기 현대

사회의 불안과 변화들이 개인의 정체성을 위협하고 있다고 말한다. 특히 신체의 관행적 통제는 주체 행위에 필수적인 본질이자 타인에게 유능하다고 신뢰받는 데 필수적이라고 한다. 그러면서 노인이 경험하는 '노화'와 그것에 대한 담론이 제시하는 신체에 대한 다양한 전문적 처방이 과거와는 다른 노인의 정체성을 요구[17]하게 된다고 주장한다. 주인공 노인은 노년기에 요구되는 정체성을 재구성하지 못하다 보니 의미 있는 노년기를 살지 못하고 있는 것이다. 이런 노인의 모습을 두고 새로운 사회 변화 속에서 긍정적 표현으로는 '정체성의 다원화'로, 부정적 표현으로는 '정체성의 위기와 혼란'[18]으로 표현할 수 있다.

이렇게 Young(1982)[19]이 말한 것처럼 주인공 노인은 고독감으로 인해 만족스러운 사회적 관계가 부재하고, 정신적 고통을 겪는다. 다만 경제력을 바탕으로 자립적 부양체계를 구축해서 그림, 음악, 요리, 인테리어와 같은 여가 생활에 탐닉해 보지만 그것도 만족스럽지 못하다. 그의 고독과 우울한 감정은 인간의 실존적 한계 상황에서 비롯된 것이기도 하고, 사회적으로 역할 상실과 주변인들과의 단절 상태에서 온 것이도 하다. 기존 독거노인들의 고독감이 전통적으로 가족 보호 체계 안에서 보호받지 못한 상황에서 발생한 것과는 비교된다. 결국 그는 이런 고독감 속에서 발생하는 죽음에 대한 공포를 떨쳐 내지 못하고 죽음에 대한 예비를 한다.

특히 그가 살고 있는 지역은 '으리으리한 집, 부서진 집, 모던한 집, 부서지기 직전의 집, 조금 낡은 집, 많이 낡은 집, 다시 으리으리한 집'들이 있는 곳으로 눈이 오면 쌓이기 바쁜 동네이다. 간혹 할 일 없는 노인네들이 자신의 집 앞만 비질을 할 뿐이다. 이런 노인들을 보고 주인공 노인은 "그들은 눈을 치우지 않을 때도 고독했는데 눈을 치우면서 더 고독해졌다"라고 말한다. 그러다 눈을 치우던 노인들이 점점 사라지면 죽은 것이다. 그에게서 혼자 살아가는 노인의 외롭고 적막한 시선은 주변의 자연물에 투사하는 태도에서도 자주 발견된다.

> 해가 뜨기 전, 산은 이미 깨어나 부산스럽게 움직였다. 까치와 까마귀가 울며 나무를 옮겨 다녔고, 작은 새들이 눈밭을 폴짝폴짝 뛰어다녔다. 오랫동안 듣지 못한 산비둘기 소리도 났다. 산비둘기의 울음은 새로운 징조처럼 느꼈다. 산 것도 죽은 것도 아닌 상태로 영원히 홀로 남겨지리라는. 눈에 보이는, 귀에 들리는, 피부에 와닿는 모든 것이 신호이자 징조였다. 고대의 예언자가 썼던 연필을 손에 쥔 것 같았다. (144쪽)

또한 그와 자식들과의 관계에서도 친밀한 소통이나 교류보다는 금전적 계약관계만이 남아 있다. 아들은 미혼모 '진'에게 집착하는 아버지에게 사람을 붙이고, 오랜만에 아버지와 만나서도 서로를 밀어내는 대화만 한다. 노인 역시 아들의 욕심을 뻔히 알고 있기에 회사를 위해서라고 말하는 아들에게 "주식이랑 부동산의 행방이 더 신경 쓰이겠지"라며 비아냥거린다. 여기에 더해 평소 자신의 안부조차 묻지 않던 아들이 '진'과의 관계를 캐묻자 분노하고, 가사도우미 '덕'이의 행방을 묻는 아들에게 "효심이 깊어 자기 어머니 모시고 병원에 갔지"라며 비꼰다. 게다가 젊은 여성 '진'마저 돈에 대한 이야기를 하자, "너한테 돈을 주는 건 용납이 안 돼.", "돈으로 못 사는 게 없는데, 굳이 사람까지 사고 싶지 않아"라며 모처럼 찾아온 대화 상대에게 돈이 개입되는 것을 거부한다. 그는 자본주의 사회에서 금전으로 맺어지는 관계를 거부하며, 이는 생산력이 떨어져 금전적 가치에서 멀어져 있는 노인들의 지위가 더욱 낮아지는 사회 현실을 우회적으로 비판한 것이다.

죽음을 일상에 가까이 두고 있는 주인공 노인에게 이미 고독감 외에도 우울감은 삶 전반에 걸쳐 드러난다. 주인공 노인처럼 여러 가지 상실을 겪고 있는 노인들은 고독감과 함께 우울감에 취약할 수밖에 없다. 우울은 슬픔과 외로움, 무관심과 같은 기분들의 변화이며 자기 비난과 자기 책망과 연관된 자기 개념이며, 도망가고 싶거나 숨고 싶고, 죽고 싶다는 것과 같은 퇴행적이고 자신을 처벌하려는 욕구를 표현하는 것을 포함한다.[20] 주인공 노인은 '기약 없는 날'로 노년의 시간을 비유하는 등, 그의 비관적 사고에 우울감이 그대로 노출된다. 단적인 예로 죽은 아내와 휴대폰으로 통화하거 나 반려동물들과 이야기를 나누는 장면에서 알 수 있다. 점차 시간이 지날수록 "속으로 해야 했던 말을 모두 꺼내 놓는 것은 혼자 살면서 얻게 된 가학적 증상"으로서 죽은 아내와 통화하는 비정상적 행동을 한다. 혼잣말 통화 외에도 동서양 요리에 탐닉해 직접 요리하고 역사를 알아가고, 하루도 거르지 않고 철봉에 매달리면서 몸 관리에 집중한다. 오래 살려는 의지가 아니라 그것은 반세기 견뎌낸 몸의 습관이라고 합리화해 본다. 그렇지만 이런 자신의 습관이 언제부턴가 사는 것도 습관처럼 여기게 된다. '먹고, 자고, 걷고, 먹고, 걷고, 또 걷고' 하면서 사는 이유를 생각한다. 어느 순간에 오면서 사는 이유가 중요하지 않고 먹는 것의, 사는 것의 의미가 부질없다는 걸 느낀다.

냉장고에서 잣죽을 꺼내 전자레인지에 데웠다. 먹는 것외에 할 수 있는 일이 아무것도 없어서 먹었다. 사실 먹는 것이 일상의 전부였다는 것을 노인은 오래 전부터 알고 있었다. 점심에는 과일을 먹고 저녁에는 된장찌개와 두부조림을 먹었다. (147쪽)

여러 연구자들은 홀로 거주한 기간이 길어질수록 고독감에 미치는 영향이 크다고 한다. 마침내 그는 더이상 노년의 고독한 시간을 지속하지 않고 포기하는 결정을 한다. 이런 주인공 노인을 보면, 사회 안에서 노인은 동일한 집단의 구성원이 아니라 다양한 구성원이 모여 구성된 집단이란 걸 여실히 보여준다. 연령, 건강 상태 ,경제 상태, 교육수준 및 가족의 유형에 따라, 사회적 지원 정도와 정신 건강에 따라서도 차이[21]가 있다. 주인공 노인의 모습은 고령사회에서 현재의 노인들이 과거 노인들의 삶과는 다른 새롭고 다원화된 자아정체성을 구성해나가야 할 때임을 알려준다.

결국 『모나코』의 주인공 노인은 가족과 세상으로부터 단절되고 고립적인 생활을 오랜 시간 하게 되면서 삶의 목적과 의지를 상실한다. 그의 세계로부터의 고립감은 이전의 자아와 동일시되지 못하는 노년의 모습이고, 삶의 어떠한 상황에 직면하더라도 적절하게 대응하고, 현명하게 처신 할 것이라는 믿음이 노년에 대한 맹목적 기대일 뿐[22]이라는 걸 보여주었다. 그는 노년 삶의 불안정성을 극복하지 못하고 자신의 현재적 삶에 배신감과 좌절감을 느끼며 노년기 새롭게 자아정체성을 획득하지 못했다. 노인 스스로에 대한 긍정적 사고와 통합성을 갖는 데도 실패했다. 하지만 현 고령사회에서 과거 존재해 왔던 노인에 대한 이중적 가치와 조건 하에서 노년과 노인에 대한 사회적 관심을 다양한 시각으로 바라보아야 할 필요성을 제기하였다. 노인 개개인의 객체성과 차이들이 '노인'이라는 사회적 가치 범주에 함몰되어 개별적 노인의 생애에서 획득해 왔던 나름의 경험과 특성들을 일반적 노인에 대한 부정적 인식으로 인해 평가절하[23]하는 시각에 문제점을 지적하였다. 작가는 산업화 과정에서의 경험과 개인주의적 가치관의 유입 등을 거치며 노년기를 맞은 '젊은 노인' 개개인들에게 사회가 요구하는 노년의 정체성과 자신의 고유성 사이에서 엄청난 괴리가 존재함을 보여주었다. 현재 노년은 후기 근대 산업사회의 도시화 현상으로 생활양식의 전환이 이루어지면서 공동체의 틀이 와해 되고, 사회의 유대관계에서 개인이 해방되어 프라이버시와 사적 자유가 확립[24]된 틀에 존재하고 있기 때문이다. 그렇기에 노년의 고독감을 과거의 잣대인 '노년의 고통'이란 시각에서 평가하기보다 인간의 실존적 차원에서 개인이 선택한 능동적 고립이란 측면에서 바라볼 필요가 있다. 물론 이런 시각에 대해 논자 중에는 경제적으로 안정된 수준의 노인 삶이 현재 노년의 현실을 왜곡하고 있다는 부정적 평가[25]를 한다. 하지만 이런 시각은 경제적 능력이 없고 질병으로 고통받으며 사회활동과는 무관하게 살아가는 노인들만이 '진짜 노인'이라고 주장하는 것으로 읽힐 수 있다.

2) 노년 고독과 자아존중감

자아존중감은 자신에 대한 감정, 느낌, 인지, 가치관, 동기 등이 개인의 심리 속에서 수용되고 조직화 되어 전인격적 의미로 자기를 지향하는 하나의 평가적 개념[26]이다. 자아존중감은 자기 자신을 긍정적으로 인식하는 개념으로 다른 사람에게 수용되어지고 인정되어지는 것으로부터 형성된다.[27] 그렇기에 노년의 자아존중감은 긍정적인 자기인식의 힘의 원천이 되어 삶에 대한 태도를 변화시키고 성공적으로 적응할 수 있도록 스스로를 돕는 잠재력을 강화시킬 수 있다.[28]

이 장에서는 노년의 자아를 긍정하고 과거와의 연속 선상에서 통합하며 정체성을 자연스럽게 재구성하는 모습에 주목하고자 한다. 특히 여기서는 현 사회가 개인주의, 성취지향성을 강조하는 사회이지만 아직까지 집합주의적 생각이나 가족주의 등 전통적 가치가 공존하는 상황에서, 서구적 '성공적 노화'의 개념을 지양하고 노인과 노년 자체를 인정하는 긍정적 문화 형성에 있어 근본적인 인식의 변화[29]를 살펴보게 될 것이다.

한승원의『피플붓다』(2010) 주인공 안인호 교장은 노년기 자아존중감이 노년의 일상적 삶에 얼마나 영향을 미치는지 보여준다. 안 교장은 평생을 몸담아 온 학교라는 직장에서 은퇴한 후 공적인 사회적 역할을 상실한 노인이다. 그도 노년기에 찾아오는 고독감을 절실하게 느끼지만 이에 맞서 새로운 역할을 만들어가며 주체적으로 대응해 나간다. 그의 사회적 역할 상실과 배우자와의 사별, 자식과의 단절된 관계는 다분히 정서적으로 우울한 상태에 빠질 수 있다. 그런데 고독한 노년 생활에서 안 교장은 핏줄로 연결되어 있지 않지만 손자 상호를 돌보며 부양책임자의 역할을 감내하고 있다. 그는 장애를 갖고 혼혈로 태어난 상호가 사회에서 자립적으로 성장해 건강한 사회인이 될 수 있도록 최선의 조력자 역할을 한다. 이런 행동들은 노년의 정체성을 구성하고 유지하기 위해 노년의 자아상을 고정시킬 수 있는 경험적 계기들이다. 안 교장은 노년의 의미를 제대로 인식하고 이전의 정체성을 새로운 생애주기에 맞춰 자연스럽게 발전시키고 적응 변화[30]해 나간다. 즉 나이가 들수록 정체성을 지속하며 유지하려는 실천적 태도가 긍정적 노년의 형상임을 보여준다.

　작품 곳곳에서 안 교장의 노년기 정체성의 근간을 이루고 있는 자아존중감과 주체적 의지를 확인할 수 있다. 물론 안 교장은 교육 수준이 높고 불교 사상에 바탕을 둔 세계관을 가진 노인이다. 그는 젊어서 교직 생활을 할 때부터 남에 대한 배려와 자비의 마음이 몸에 배어있는 인물이다. 그의 인간적 자질은 노년기에도 지속적으로 진행되며 노년의 삶 속에 녹아있다. 자신의 일생을 되돌아보며 노년의 무료함과 무기력함 대신 지역사회에서 외롭게 살고 있는 노인들의 마지막 죽음 과정에 함께 하는 일을 한다. 이런 그의 실천적 행동은 전 생애를 아우르는 자아통합[31]의 과정을 밟아가는 모습이다. 또한 학교에서 혼혈과 장애로 괴롭힘을 당하는 손자 상호에게 자아존중감의 중요성을 역설한다. "너를 구해줄 수 있는 사람은 너밖에 없다"며 강한 정신력을 강조하고, '세상은 참으로 잔인하고 혹독'하기 때문에 이 세상에서 어느 누구도 "나 스스로처럼 사랑하고 아끼면서 도와주지 않는다"고 말한다. 이렇게 가족 내 노인들의 역할 상실 및 세대 간의 소통 단절과 갈등 해소를 위해 대화와 이해의 장을 마련하는데 적극적이다.

> "울지말고, 내 말을 잘 들어라. 사람은 어느 누구든지 다 자기의 출신 내력……깊은 뿌리를 제대로 알아야 굳세고 올바르게 잘 살아갈 수 있는 것이다. 세상은 참으로 잔인하고 혹독하다. 이 세상에서는 어느 누구도 '나'라는 존재를, 나 스스로처럼 사랑하고 아끼면서 도와주지 않는다. 나를 참으로 나답게 건설할 사람은 오직 나뿐이야." (45쪽)

"상호, 네가 생래적으로 어찌할 수 없이 지니고 있는 약간 검은 피부색, 다른 사람에 비하여 왜소한 듯싶은 체구, 새까만 눈썹, 남다르게 잘 돌아가는 영리한 머리는 네 운명이다. 그 운명을, 너 대신 짊어지고 나아가 줄 사람은 아무도 없다. 그것은 너 혼자서 짊어지고, 바위 덩이를 굴리고 올라가는 시시포스처럼 가파른 가시밭길을 혼자서 올라가야 하는 것이다." (46쪽)

이런 안 교장의 모습에서 전통사회와는 다른 젊은 세대의 친구 같은 노인의 역할도 발견할 수 있고, 사회구성원으로서 노인의 역할을 다하고자 하는 의지도 보인다. 전통사회에서 노인은 가부장적 사고를 바탕으로 권위주의적 자세로 가족 구성원을 통솔해 나갔다면, 안 교장은 손자 상호를 통제하거나 자신의 사고를 주입하지 않는다. 젊은 상호와 노인 안 교장의 상호 교류는 서로에 대한 지식과 이해를 바탕으로 긍정적 태도로 소통하면서 변화를 초래하고, 이런 경험은 노인의 자존감을 높이는데도 기여한다. 노인은 자신의 지혜를 젊은 세대에게 전수할 기회를 가질 필요가 있고, 젊은이는 지혜를 얻기 위해 노인에게 노출될 필요가 있음을 보여준다.[32] 그리하여 손자 상호는 자신의 가치체계 구축을 위해 역할 모델로 할아버지를 생각한다.

또 안 교장은 '사는 것이 곧 투병인' 송미녀와 같이 '죽어가는 노인들의 존재 이유는 무엇일까'라며, 젊은 날부터 살아온 그들의 삶을 재조명하고 그 의미와 가치를 증명하는 데 힘을 보탠다.

안 교장이 말했다.

"늙바탕에 들어선 사람이 자기 인생은 다 끝났다는 식으로, 자기 존재의미를 부정적으로 생각해 버리는 것은 자기를 빨리 죽어가게 하는 거야. 자기 삶에 의미와 가치를 부여하고 희망을 가지고, 하하하 하고 웃고 즐기면 엔돌핀이 나와서 건강이 더빨리 회복되네. 송미녀가 자기 젊은 시절의 삶을 자네에게 말하면서 환희할 수 있도록 자네가 멋진 역할을 좀 해주소. 물론 송미녀 이야기를 소설로 써 보소." (206쪽)

위의 인용에는 송미녀가 퇴행성 질병으로 고통스러워 삶을 포기하려고 하자 남은 생에 대한 의미를 알게 해주려는 안 교장의 의지가 담겨있다. 그 역시 늙음에 대한 저항을 '늙었다, 그러나 늙지 않았다' 라는 말을 통해 드러낸다. 그는 미래의 시간을 갖지 않은 노년을 정확히 인식하고 있고, 소멸로 가는 시간을 허무하게 만들지 않으려고 남아 있는 미래의 시간을 가치있게 사용하고 있다. 그는 지역사회 주민들과 친밀하게 소통하며 봉사하는 실천적 삶을 산다. 이런 행위들은 원만한 사회생활을 영위함과 동시에 진취적이고 활력 있는 삶을 전개하여 자신의 능력을 긍정적으로 평가, 문제 해결에 자신감을 갖게 해 심리적 손상을 줄어들게 한다.[33] 안 교장은 공동체 내에서 교감의 중요성을 체험과 의사소통 측면에서 유감없이 보여주며, 삶의 지혜나 진정한 조언을 주변인들과 서로 나누는 노년 삶을 살고 있다. 그가 농촌사회에서 하고 있는 일들은 젊은 층이 모두 도시로 나가 노인들이 제대로 된 부양과 보호를 받지 못하는 상황을 그대로 보여준다. 농촌사회 노인들은 젊어서부터 해온 고단한 노동으로 인해 심각한 질병에 시달리고 있고, 도시로 나간 가족들과는 자주 만날 수 없어 고독감과 상실감[34]을 끼고 산다. 안 교장이 그들을 돌보는 행위는 노노개호(老老介護)[35]인 것이다. 더 나아가 농촌사회 취약계층 노인들의 외로운 주검을 수습하면서 스스로가 칭하듯 '우주의 청소부' 역할을 하고 있다. 그는 "그 일을 하늘의 명령에 따라 하는 것이고, 그것은 내 운명이고, 소명"이라 여긴다. 이렇게 사람들이 꺼리는 일을 하면서 얻은 적은 돈을 가지고 손자 상호와 외로운 노인들을 돌보는 데 사용한다.

안 교장처럼 자아존중감이 높은 노인은 심리적으로 어려운 상황에 처하게 되면 스스로를 보호하는 능력이 발산되어 스트레스 사건에 덜 취약하고 회복력을 가진다.[36] 이런 자아존중감은 그가 가정이나 지역사회에서 노년기 자신의 역할 전환을 성공적으로 이루는 밑바탕이 된다. 노인이 된다는 것은 일생동안 발생하는 역할 전환 중 가장 복합적인 하강이동이다.[37] 그도 교장이란 역할을 수행하던 때보다 사회적 가치가 하강한 일들을 하며 물질적, 정신적 측면에서 노년기에 적응하고 있다. 그는 평생 지녀온 심리적 특성을 '관용과 지혜'라는 노년의 특성과 함께 아우르며 일관성을 보인다.이는 안 교장이 동네에서 '자비와 의기'의 상징으로 불리는 '억불바위'를 자신의 삶의 근간으로 삼고 있는 것과 맥락을 같이한다.

안 교장은 입을 굳게 다물고 눈을 내리깔고 있었다.

도량 속의 통유리 액자 속에 억불을 담아 놓는다면 그것은 하나의 우상이 되는 것이다. 억불은 우상이 되어서는 안된다. 내속의 그림자나 바람 한 줄기로 들어와 있으면 되는 것이다.

안 교장의 표정을 살피던 박정식이 무언가를 알아차렸다는 듯 말했다.

"아아,네에!"

'박 거사, 저는 규격품처럼 사는 것이 싫습니다. 어떤 신앙의 세계 속으로 들어가 그 신앙을 있게 한절대자의 품에 안기는 것을 싫어합니다. 죄송합니다. 저 억 불은 어느 누구의 소유가 되어서는 안됩니다. 저는 성자를 싫어합니다. 성자란 무엇입니까. 어떤 신앙과 그 신앙의 율법에 따라 사는 규격품 같은 인간이 결합하면 성자가 되는 것입니다. 성자의 흉내를 내지 마십시오.'

안 교장은 그 말을 뱉어내지 않고 몸을 일으켰다. (94-95쪽)

안 교장에게 억불바위의 의미는 '박 거사'라고 불리는 박정식이란 인물과 이야기를 나누는 장면에서 더 명확해진다. 그는 '억불'바위의 고귀한 뜻을 신앙으로만 여기고, 그 뜻을 '실천'하지 않는 것은 억불의 진정한 의미를 제대로 이해하지 못하는 것이라 여긴다. 그는 동학군의 후손으로서 "순수하고 자비로운 정신과 자기를 이유 없이 학대하고 박해하는 대상을 자기의 힘으로 이겨내려는 의기"를 '억불'바위의 정신이라고 말한다. 더 나아가 "풀어 놓기도 해야 한다"고 하는 것은 자비로운 억불의 뜻을 실천하라는 의미이다. 그에게 노년은 특정한 시기적 범주가 아니며, 지속적인 시간과 삶의 연장 속에서 구성되는 자아의 새로운 양상[38]인 것이다. 자신의 늙음을 인정하고 이후의 삶을 여분으로서가 아닌, 주체적이고 능동적이며 적극적인 삶으로, 지속과 연장으로서의 삶으로 인지[39]하고 있다.

반면에 안 교장의 긍정적 노년상과는 달리 현 사회에서 노인을 어떻게 보는지는 문시흠의 입을 통해 드러난다. 문시흠은 "길거리에서 차에 치어 죽을지라도 겨우 개 값 정도를 받을 수 있을 뿐인 늙은 것"이란 말로 자신 역시 노인이면서 노인 폄하를 서슴없이 한다. 문시흠은 노년기 모든 삶의 이치를 다 아는 것처럼 행동하며 주변 사람들과도 소통하지 못하고 고답적 태도로 과거의 것들을 미화하고 고집스럽게 주장한다. 문시흠의 노년 삶은 자신의 아집을 지켜내는 시간으로, 새롭게 주어진 삶으로서 적극적 생의 의지를 갖지 못한다.

안 교장은 문시흠 같이 과거에 얽매여 '자라지 않는 나무'로서 현실감 없는 고집불통의 노인도 아니고, 또 '억불'바위를 신앙과 숭배의 대상으로만 삼고 우상화하는 '박정식'의 관념적 노인에도 동의하지 않는다. 오직 삶 속에 '억불의 그림자나 바람 한 줄기'로 들어와 그 정신을 실천하는 노인이다. 이런 그에게도 순간순간 노년의 외로움이 찾아온다. 그는 "시간은 참말로 잔인한 것이여. 시간 앞에서 영원한 것은 아무것도 없어. 탄력을 잃고 밭아지고 시들어지고 말라지고 바삭바삭해지고, 가뭇없이 사라져가고, 까마득하게 잊혀지고"라며 노쇠해 가는 육체를 보고 허무함을 느낀다. 하지만 그때마다 자신의 위치와 역할을 재정립하며 주체적 태도로 극복하려 노력한다.

> "나라고 안 외로운 줄 아는가! …… 세상 사람들은 어느 누구든지 무거운 자기 외로움 한 점씩을 다 짊어지고 살아가는 것이여…….
> 우리 외로운 사람끼리 남은 생, 서로를 위해주면서 살아가세."
> 그는 두손바닥으로 치맛자락에 가려진 배꼽과 허리를 애무하듯이 훑어 내리고 엉덩이를 힘껏 압박해주었다. 이마와 코와 입술과 한쪽 볼로 그녀의 배꼽과 연꽃 부위를 가리고 있는 치맛자락 위를 쓸어내렸다. 죽은 듯이 누워 있는 그녀의 숨결이 빨라지고 있었다.
> "성경에 나타난 대로 한다면……." 하고 그가 말했다. (162-163쪽)

앞의 인용에서도 인간의 실존적 고독이나 노년의 고독감이 절실하게 드러나고 있다. 그는 고독감을 극복하기 위해 '외로운 사람끼리 남은 생, 서로를 위해' 주는 공동체(자조 모임)구성에 적극적이다. 젊어서부터 기생 일을 해온 '송미녀'에게 죽어가는 과정에 정서적 지지와 돌봄 행위를 해줌으로써 만성화된 고립감과 우울감을 조금이나마 덜어준다. 농촌사회에서 연고가 없거나 가족 관계의 회복이 어려워 단절된 채 살아가는 독거노인은 대도시의 독거노인의 고립감과는 다른 양상을 나타낸다. 그들은 오랜 시간 같은 지역사회에서 함께 교류해왔던 친분있는 노인들과 '서로의 안부를 묻고 신체적, 정서적으로 지지될 수 있는' 유대감을 형성하기 쉽기 때문이다.

선우길이 무엇인가를 단단히 각오한 듯 말했다.

"제가 지금 드리는 이말씀을 오해 없이 들어주시고 거기에 대하여 솔직한 대답을 해주시기 바랍니다. 오래 전부터 생각해오던 것인데요 ……. 저는 팔십을 내일 모레 글피로 바라보는 안인호 교장 선생님의 진짜 깊은 마음을 읽을 수가 없어요. 아드님의 사업으로 인해 빈털터리가 되어버린 다음부터, 이 마을 저 마을 돌아다니면서, 고독하게 살다가 죽은 송장이 나, 영안실에서 맡겨주는 시신을 땀 뻘뻘 흘리면서 염해준다든지, 독거노인들의 삭신에 침놓고 뜸을 떠준다든지, 또 조손(祖孫)가정을 돌아다니면서 학비를 은밀하게 보태준다든지, 노인당에 다니면서 노인들하고 어울려 농악 놀이를 한다든지 …… 그러는 교장 선생님의 순수성이랄까, 진실성이라랄까, 의지랄까 …… 뭐 그런 것을 확실하게 파악할 수 없다는 것입니다."

안 교장은 픽하고 웃고 나서 말했다.

"아이고! 나한테 뭐 순수성이랄까, 진실성이랄까, 의지랄까……
그런 것 없어. 나는 그냥 한 사람의 늙은 염꾼 노릇을 하면서, 손자
놈하나 있는 것 키우고 가르치면서 마음 가는 대로 살아가고 있는
거야." (174쪽)

하지만 후배 문인 선우길의 '타자화하는 시선'으로 보면, 노년기
경제적 파탄 속에서 염꾼 노릇, 독거노인 돌봄, 조손가정 돌봄, 지역사
회 노인들과의 여가 활동 등에 참여하는 안 교장의 순수성, 진실성, 의
지를 제대로 파악하기 힘들다. 반면 안 교장의 '주체화된 시선'[40]으로
보면 노년기 진지한 성찰의 자세로 삶을 실천하고 있다. 그의 노년기
삶은 이전 시기와 분리되지 않는 생애발달 주기의 한 단계로서 '바람
직하게 늙어가기'[41]를 체현하는 것이다.

이렇게 그는 세대 차이가 많이 나는 손자 상호와도, 직업의 귀천
을 따지지 않고 기생 출신 송미녀와도, 자신의 종교와 다른 집단과도,
남녀 간의 애정에 있어서도 노년의 자아통합적 시각으로 열린 마음, 열
린 사고방식, 열린 자세[42]를 갖고 있다. 안 교장처럼 가족과 사회에서
활동적으로 참여하는 태도는 노년기 찾아오는 불안과 무가치함, 고독
감을 해소하고 긍정적 정서 상태를 유지하는 데 매우 유효[43]하다. 결
국 그는 젊은 시절부터 갖춰온 인간적 자질을 바탕으로 노년기 불리
한 삶의 조건 하에서도 강인한 정신적 의지와 삶에 대한 신념을 보여
주었다. 그는 무력하고 노쇠한 노년에 함몰되어 고립적인 삶을 선택하
기보다 변화된 상황을 적극적 자세로 노화와 노년을 자연스럽게 받아
들였다. 이런 모습이야말로 노년의 자아정체감을 새롭게 형성[44]해 나

간 태도라 하겠다. 처음에는 지역사회에서 그를 부정적 시각으로 바라보던 지인들이나 제자들도 존경의 마음을 표하고, 노년의 지혜와 관용을 실천해 나가는 인물로 평가한다. 작가는 노인이 가족과 경제 활동 그리고 사회에서 자신의 개별적 특성을 살려 참여한다면, 노인들이 보호받아야 할 대상에서 온 생애를 통해 얻은 지식과 경험을 나누며 보람찬 여생을 보내[45]고, 노인의 지위 향상에 기여할 수 있다는 걸 보여주었다.

3. 노년 죽음에 대한 인식의 차이

현대사회는 물질과 외양 및 젊음을 일방적으로 강조하며 죽음과 인생의 유한성에 대한 실존적 특성을 망각하고 있거나 회피하려는 경향이 강하다. 우리의 일상적 삶에서 죽음은 더욱 철저하게 부정되고, 고립된 채 개인화되는 양상을 보여준다. 죽음은 보편적인 생물학적 현상이지만 인간사회에서의 죽음문화와 연령층, 건강, 인지능력, 개인의 발달과정과 생활환경 등에 따라 다르다. 노년의 경우는 노화 과정에서 생물학적, 심리적, 사회적 어려움에 직면하고 주변 사람들의 죽음을 접하면서 불가피하게 자신의 죽음에 대해 생각[46]한다. 노년기에는 다양한 역할 상실을 경험하면서 지나온 삶을 회고하고 정리하며 죽음을 자연스러운 과정으로 받아들이며 순응하려고 한다. 하지만 죽음의 보편성을 인정하면서도 의식, 무의식적으로 자신의 죽음만은 회피 또는 부정하거나 이를 초월해 보려는 상반된 태도도 나타난다.[47]

이 장에서 살펴볼 두 작품은 경제성장과 과학의 발달로 생활이 개선되고, 공중보건 및 위생시설의 보급 등으로 평균 수명연장과 사망률이 저하되는 상황에서 노년 죽음을 다양하게 살펴볼 필요성을 제기한다. 노년기로 들어서면 노인은 죽음이 삶의 한 과정이란 것을 더욱 실감한다. 그들은 시간이 갈수록 자신의 죽음을 예감하는 상황에 자주 처하게 되고, 남아 있는 삶과 다가올 죽음을 생각하며 살아갈 수밖에 없다. 특히 두 작품 속 주인공 노인들은 배우자와 사별 후 슬픔과 우울, 스트레스를 어떻게 회복해 나가느냐에 따라 죽음의 대응 방식에도 차이를 보인다. 이는 노년기 정체성과 관련하여 인격적 성장의 한 모습도 확인케 한다. 여기에 근대자본주의 사회에서 개인주의 성향으로 죽음의 문제 역시 개인의 실존적 상황에 기반한 개인화가 두드러지게 보인다. 더불어 노년 스스로가 죽음에 대한 올바른 지식과 태도를 가지고 인간으로서의 존엄성과 선택권에 대해 이야기한다. 노년의 죽음에 대한 반응은 병의 종류, 성격, 성, 문화와 생활환경 등 개인에 따라 다를 수 있고, 죽음의 과정에서 보편적인 단계나 양식이 존재하는 것이 아님[48]을 보여주고 있다.

카스텐바움(Kastenbaum, 1975)도 개인마다 다른 반응과 형태를 나타내면서 죽어가기 때문에 죽어가는 과정에 대해서 일반적이고 보편적인 양식을 제시하는 것은 타당하지 못하다[49]고 주장한다. 그렇다면 노년기 '좋은 죽음'[50]이란 개인의 특성, 문화적 맥락에 따라 다를 수 있다. 김기창의『모나코』와 한승원의『피플붓다』속 주인공 노인도 죽어가는 노년 현실과 죽음의 중요성을 명확하게 자각하고 있는 인물들이다. 하지만 두 노인의 죽음 인식은 차이를 보이며 죽음의 방식에 대해서도 견해를 달리한다. 두 노인의 죽음 인식을 통해 현 사회에서 노년 주체들의 죽음에 대한 시각에 변화가 일어나고 있음을 확인할 수 있을 것이다.

1) 고독한 죽음 선택의 의미

노인을 둘러싼 사회 환경에 여러 변화가 생기면서 노인 및 그들의 죽음에 대한 가치관도 다양화되고 있다. 앞 장에서 언급한 것처럼 독거노인의 거주 및 생활환경의 특성상 타인 및 사회와의 교류가 원활하지 않을 경우 고독사라는 사회문제로 이어질 수 있다. 통계적으로도 2012년에서 2016년까지 65세 이상의 무연고 사망자 중 1,496명의 독거노인들이 홀로 '고독사'[51] 형태의 죽음을 맞고 있다.

여기서는 독거노인의 죽음에 대한 사회의 일반적 시각이 아니라 또 다른 시각으로 독거노인의 죽음을 살펴보려고 한다. 『모나코』의 주인공 노인은 자신의 삶에 민감하고 높은 자의식을 가진 노인으로서, 죽음에 대해서도 주체적 목소리를 당당히 낸다. 반면에 그는 '희망 없는 낙천주의자, 쾌락 없는 쾌락주의자, 절망 없는 비극주의자' 면모도 동시에 드러낸다. 작품 속 노인의 죽음은 표면적으로는 '고독사'라는 형태를 띤다. 하지만 노인의 죽음을 세밀하게 들여다보면 '죽음의 개인화'[52]라는 문제와 오늘날 죽음이 인간의 선택 내지 결정의 문제로 다가오고 있음[53]을 보여준다. 더 나아가 죽음 방식의 선택을 둘러싼 '좋은 죽음'의 의미를 생각하게 한다. 주인공 노인은 죽음을 자연적 현상이자 마지막 삶의 과정으로 인식하면서도 죽음에 이르는 과정에서 신체적 고통과 두려움, 후회와 절망감 등 죽음을 편안히 받아들이지 못한다. 우리 시대의 역설은 바로 주인공 노인처럼 노인들이 과거보다 더 건강이 좋다는 것이다. 노인들은 오래 '젊음'을 유지하고 그래서 '무위(無爲)'는 노인들을 한층 더 무겁게 짓누른다. 좋은 건강 상태로 마지막 20년을 산다는 것, 그러나 아무 쓸모 없는 행위로 산다는 것, 그것은 심리적으로 사회적으로 불가능하다고 모든 노년 학자들이 말하고 있기 때문에 '동물적 생존' 그것은 죽음보다 못하다.[54]

이런 이유들로 주인공 노인은 일상생활에서 죽음의 의미를 지속적으로 묻는다. 노인은 자신의 죽음과 관련해 실존적 불안을 혼란스러운 사고로 드러내며 자신만의 죽음 방식을 생각한다. 그리고 '자기 자신이 스스로'의 의사결정으로 죽음 선택을 결행한다. 이 영역에는 이 시대 존엄한 죽음에 대한 개념을 어떻게 볼 것인가의 문제가 남는다.

"익숙한 곳이 순식간에 낯선 곳으로 변할 수도 있어."
"아이 때문에 새벽에 깨실 거예요."
"영원히 눈을 못 뜨는 것보다는 나아."
"내일 죽을 것처럼 말하지 좀 마요."
"알았어. 모래 죽을 거야."
"밀어내는 거예요. 동정받고 싶은 거예요?" (156쪽)

주인공 노인의 일상 속에는 '산 것도 죽은 것도 아닌 상태로 영원히 홀로 남겨지지라'는 것과 '영원히 눈을 못 뜨는 것' 등 죽음을 주저 없이 농담 섞인 어투로 조롱하며 늘 죽음을 옆에 두고 사는 자의 모습을 볼 수 있다. 그의 죽음과 관련된 사고 속에는 과거에 죽음을 운명의 문제로 인식하던 것과 현 사회에서 수명연장과 관련해 죽음의 선택이란 문제가 혼재되어 있다.

해가 산등성이 너머로 제모습을 완전히 드러내면 노인은 한없이 무기력해졌다. 증오도 들끓었다. 자신이 죽은 이후에도 멀쩡할 세계는 폭탄 세일이 막끝난 백화점 같았다. 쓸모없었다. 나는 죽고 세계는 남는다. 이 태고의 진리가 이해되지 않는 순간이 찾아와 남은 기력마저 앗아갔다.

노인의 가까운 친구들은 모두 죽었다. 곁에서 그들의 죽음을 다지켜보았다. 간암에 걸려 죽고, 폐렴으로 죽고,계단에서 굴러 떨어져 죽었다. 노인에게 두 마리의 검은 고양이를 맡긴 친구는 3년 전에 뇌졸중으로 죽었다. 노인이 마지막 친구였다.가족들은 노인이 떠나왔다. 물론 아내는 아니었다. 아내는 스스로 떠났다. 노인은 이러나저러나 혼자인 세계의 멸망을 바라왔다. 세계의 멸망이 곧 나의 죽음이 되었으면 했다. (23-24쪽)

그는 20년 동안 독거생활을 해오며 가족과 친구들의 죽음을 목격하고, 늘 자신에게 찾아올 죽음을 생각하고 있다. 그러다 보니 주인공은 이미 초고령 사회로 진입한 '일본'과 '모나코'의 기대 수명 90세를 비판하며, 현대 사회에서 노인의 수명연장은 축복이 아니라고 말한다. 노인은 일상에 침투해 있는 죽음의 그림자를 떨쳐내지 못하는 삶보다 인간의 죽음 불안을 솔직히 수용하면서 죽음을 주체적으로 선택하는 것이 낫다고 생각한다. 즉 죽음 방식에 대한 자기 결정권을 행사하기로 한다. 현대사회가 무기력한 노인의 죽음에 대해 무감각하다는 것을 잘 알고 있는 그이기에 주변 사람 들과 소통하기보다 차라리 쓸쓸한 죽음을 선택한다. 죽음을 '인간의 자기 결정권'[55]의 대상으로 인식하고 실천에 옮긴 것이다.

이런 주인공 노인의 죽음 인식을 두고 한 평자는 '부르주아 영감의 푸념으로서 삶과 죽음을 마음 놓고 냉소할 수 있는 노인의 풍요로움으로 인해 늙음의 진리를 밝히는 데 한계'[56]가 있다고 비판한다. 하지만 부유한 계층의 노인에게도 인간 실존의 한계 상황인 죽음의 과정은 두려움과 공포를 불러일으키며 남은 삶을 무가치하게 할 수 있다. 주인공 노인의 죽음 인식은 후지와라 신야의 '메멘토리: 죽음을 기억하라'로서 그 자체로서 좋은 삶을 사는 한 가지 방법일 수 있다. 그의 죽음은 노년기 죽음에 대한 주체적 인식을 바탕으로 인간의 존엄성을 지키면서 '품위 있게' 죽고 싶은 의지를 실현한 것이다. 죽음 주체가 선택하고 결정을 내린 죽음을 존중한다는 의미[57]에서 존엄한 죽음의 관념과도 맞닿아 있다. 존엄사 개념을 세분하면 '존엄사'와 '존엄하게 죽을 권리'로 구분할 수 있는데, "인간이 자신이 원하는 시기에 스스로 존엄하다고 생각하는 방식으로 자신의 죽음을 맞이할 수 있는 권리"는 개인주의가 팽배한 근대사회에서 죽음의 주체인 개인의 선택으로서 존중해야 함을 의미한다.

인간이 개인으로서 정체성과 고유한 가치를 가지는 것은 개개 인간이 스스로 가지는 윤리적 가치에 따라 스스로 판단하고 결정할 수 있는 주체성이 있기 때문이다. 인간의 존엄과 가치는 그 스스로의 결정[58]에서 시작되기 때문이다. 그렇기에 죽음 문제 또한 개개인들의 개별적 의사결정을 인간의 존엄성으로서 존중하여야 한다.

아래 인용은 주인공 노인이 일상 속에서 죽음에 대한 인식을 구체적으로 드러내는 대목이다. 그가 자신의 죽음을 결정하기까지의 고뇌 과정을 살펴볼 수 있다.

노인은 60대 이상 노인들의 설문 조사를 바탕으로 쓴, 좋은 죽음에 관한 논문을 읽은 적이 있었다. 설문 조사 대상 중 노인보다 나이 많은 사람은 몇 퍼센트 되지 않았다. 노인은 60대 노인들에게 철없는 놈들이라고 욕할 때 가장 기분이 좋았다. 언제든 계속하고 싶은 말이었다. 노인이 보기에 그 논문은 철없는 놈들의 생각이 담긴 것이었다.

60퍼센트 이상이 편안한 모습으로 죽은 것을 꼽았다. 걱정 없이, 아픔 없이, 자다가 죽은 것, 노인은 걱정이 없었고, 아픈 데도 없었다. 노인은 욕조 옆 탁상에 있던 메모지에 "반신욕하다 죽는 것"이라고 썼다. 노인의 메모지는 사생펜의 수첩처럼 빽빽했다.

두번째 좋은 죽음은 주변 사람을 배려하는 죽음이었다. 배우자와 비슷한 시기에, 폐끼치지 않고, 좋은 사람으로 기억되며 죽은 죽음을 말했다. 폐는 자식들이 자신에게 끼치고 있었다. 첫째는 물려준 회사를 말아먹고 있었고, 둘째는 옆에서 같이 말아먹고 있었으며, 막내는 그들에게 치여 말아먹는 시능밖에 못했다. 누구에게나 좋은 사람으로 기억되고 싶은 마음 역시 노인에게는 없었다. 자식들도 그 누군가에 속해 있었다. 다시 메모했다. "미학적 죽음." 죽음은 회피한다고 될 일이 아니라는 것을 노인도 알고 있었다. 이 문제를 재정립해야 했다. 질문을 바꾸는 것이다. 언제 어떻게 죽느냐가 아니라 남은 생을 어떻게 사느냐로. 남은 날이 있다는 전제에서나 가능한 질문이었다. 노인은 머리를 절레절레 흔들었다. (33-34쪽)

먼저, 집에 진열된 약책장은 육체적 소멸과 질병으로 인한 고통을 상징하는 사물들로서 이를 통해 그의 죽음 인식을 살펴볼 수 있다. 그는 책장 속 약들을 '노인의 남은 인생을 지탱해 주는 설계도'로 여기고, 일상생활에서 항상 '아픔 없는 죽음을 꿈꾸고', '반신욕 하다 죽는 것'을 소망한다. 하지만 동시에 "오래 산 게 창피한 순간이 온다면 목숨을 끊을 수 있을까? 못할 것 같았다"라며 책장 속 폐렴에 먹는 약들을 바라보고, "기분이 썩 유쾌하지 않았지만 약을 입에 다 털어 넣고 싶은 정도는 아니다"라며 스스로 선택하는 죽음을 부정한다. 그러나 "죽음은 회피한다고 될 일이 아니라는 것"을 너무 잘 알고 있기에 다가오는 죽음을 수동적으로 받아들일 수밖에 없는 현실에 절망한다. Kalish (1976)도 "죽음을 수용한다는 것이 반드시 죽음을 꼭 원한다는 의미는 아니다"[59] 라고 말한다.

　노년기에 경제적 수준이 높을수록 건강 보호를 받을 수 있는 여건이 좋은데, 주인공 노인의 건강관리 모습에서 이런 사실을 알 수 있다. 그는 노화가 진행되는 가운데 의료적 치료와 수영과 같은 운동을 하면서 건강을 유지하고 노화 속도를 지연시키는 등 빈곤한 환경에 처한 노인들보다 비교적 체계적인 노화 관리를 한다. 하지만 이런 노력들도 결국 다가오는 죽음을 막을 수 없기에, '좋은 죽음'으로서 아픔 없고 주변 사람을 배려하는 죽음, '미학적 죽음'을 꿈꾼다. 그리하여 현재의 삶을 '지금이 늘 최대치고 한계'라는 인식으로 죽음에 대한 사유를 지속적으로 할 수밖에 없다.

　　"얼마나 사실 수 있어요?"
　　"내일 아침에 죽을 거야."
　　노인이 담배를 다시 진에게 건넸다.
　　"그럼 안되죠. 안돼요, 그럼."

담배는 필터 끝까지 타들어 가 더 피울 수도 없었다.

진은 담배에 붙은 불꽃이 사그라지는 모습을 지켜보았다.

"내일 아침에 내가 살아 있으면 그때 가서 고민해도 안 늦어. 그리고 또 하루가 갈 거야. 나는 그다음 날 또 살아 있을지도 모르지. 그다음 날도. 또 그그다음 날도. 그그그 다음 날도." (111쪽)

다음으로 치명적 질환은 없지만 노인성 질환으로 일상생활에서 '덕'이의 돌봄을 받는 늙고 지친 존재로서, 다가오는 죽음을 '인간은 결국 패배라는 존재'로 인식한다. 그의 말투에는 죽음을 수용하는 것처럼 보이지만, 죽음에 민감하고 불안감에 사로잡혀 강박증을 보인다. 골목 안에서 만난 불량 청소년들에게 시가를 주며 "나처럼 오래 살지 말라"고 하고 좋은 음식과 좋은 약을 먹으면서도 조만간 찾아올 죽음에 대한 두려움을 역설적으로 표현한다. 그가 "기대 수명이 점점 늘어나는 것은 노인에게 축복이 아니라 저주"라고 말하는 것은 자신의 삶이 연명의 나날로 느껴지기 때문이다. 사회적으로 노인이 설 자리란 이른 아침을 만드는 '택시 기사', '환경미화원' 같은 주변부 역할자로서만 존재한다는 사실도 그를 더욱 절망하게 한다. 이런 상황에서 그는 일상에서 자신이 한번도 느껴 보지 못한 감정들을 생각한다. 그동안 자신이 얕잡아 본 감정들, 그 구질구질함 때문에 경멸하며 살아왔다. 그런데 자신의 노년 일상이 이런 감정들을 끊임없이 분출하며 반복되고 있다. 이전에는 한 번도 해보지 않던 이상한 행동을 하는 자신을 발견하며, 이제는 '갈 때가 되었다는' 의식을 더욱 굳힌다. "그렇게 이야기가 끝나지 않으면 제일 슬퍼할 사람이 바로 자신"인 것이다. 노인은 곧 봄이 오겠지만 자신은 이곳에서 봄을 맞지는 않을 것 같다는 예감이 든다. 이는 자연적인 죽음을 의미하기보다 자신의 생명 단절에 대한 의지로 읽힌다.

> 지구와 달의 회전은 인간의 삶 전체를 관장했다. 노인은 이미 태어날 때부터 주어진,무를 수도 없는, 빼도 박도 못할 진실은 진리가 될 수 없다고 생각했다. 진리는 주어진 것이 아니라 구성하는 것 아닌가? 느닷없는 덧없음, 슬픔, 분노가 머리를 때렸고 가슴에 숨이 차올랐다. (145쪽)

위에서 주인공 노인이 말하는 '빼도 박도 못할 진실'은 '죽음'을 의미하며, 그것은 진리가 될 수 없고 "진리는 주어진 것이 아니라 구성하는 것이 아닌가?"라며 앞으로 선택[60]하게 될 죽음 방식을 암시한다. 노베르트 엘리아스는 "한 인간의 죽음의 방식은 죽어가는 삶이 자신의 삶을 얼마나 충만하고 의미 있었던 것(또는 부질없고 의미 없는 것)으로 느끼느냐에 달려있다"[61]고 말한다. 주인공 노인은 남아 있는 삶이 아무런 의미가 없다고 느끼는 상황에서 진정 외로운 죽음의 방식을 선택한다. 이는 개인주의가 팽배한 고령사회에서 노인들이 '혼자 살아가고 혼자서 죽는다'는 사실에 익숙해질 수밖에 없음을 보여준다.

게다가 그는 '덕'이 치매에 걸린 그녀의 노모를 다른 도우미를 통해 돌보고 있는 현실을 보면서 죽음의 방식을 더욱 구체적으로 계획한다. 다른 도우미가 '덕'이의 노모를 돌보는 행위는 돌봄 고용이 고령사회에서 나올 수밖에 없는 '보살핌의 사슬'[62]로서 '덕'이와 주인공 노인이 연결되어 있다. 마침내 그는 자신을 극진히 돌봐주고 치매 노모를 보살펴 왔던 '덕'이를 위해 여행을 준비해 보내고 혼자만의 준비된 죽음을 실행에 옮긴다. 노년의 생명 유지를 위해 해왔던 일상적 습관 즉 약 먹기 같은 습관을 버리면서 자연스럽게 육체의 소멸을 받아들인다.

> 덕이 여행을 간동안 노인은 지금껏 해왔던 습관을 하나씩 버렸다. 한층 심해진 우울증이 노인을 짓눌렀다. 노인은 급격히 쪼그라들었다. 덕이 여행에서 돌아왔을 때 노인은 그 집에 없었다. 덕이 여행을 떠난 그다음 주 월요일 아침, 노인은 거실 창가에 앉아 일출을 보다 심장마비로 죽었다. 노인의 죽음은 어느 누구도 원망할 것 없는 죽음이었고 놀랄 것도 없는 죽음이었다. 그 역시 놀라지 않았을 것이다. 마무리를 잘했다고 여겼기 때문이었다. 다른 모습으로 죽는 것은 상상하기 어려웠다. (191쪽)

그는 어느 날 아침 '어느 누구도 원망할 것' 없고, '놀랄 것도 없는' 죽음을 거실에서 홀로 맞는다. 그의 죽음은 집에서 아무도 모르게 죽어간 '고독사'[63]로 밖에 비춰질 것이다. 하지만 주인공 노인 스스로 거부할 수 없는 그의 표현으로 하면 '미학적 죽음'인 것이다. 즉 죽음의 주체로서 노인이 '나'에 의해 표현되고, 구성되고, 결정되어야 한다는 죽음 인식을 실천한 행위이다. 그는 죽음 불안을 극복하며 남은 삶을 적극적으로 살아내기보다 인간의 죽음 불안을 철저히 죽음의 개인화로 옮겼다.

이렇게 세상의 시각으로 보면, 노인의 죽음은 '고독한' 죽음이지만 노인 스스로 죽음을 준비하고 죽음의 방식을 선택했다는 점에서 '좋은 죽음'[64]이란 무엇인가에 대해 질문할 수 있다. 그가 선택한 죽음은 그렇게 슬프고 쓸쓸하지도 않고, 비정하게 다가오지도 않는다. 그럼에도 불구하고 '타자의 시선'으로 보면 노인이 죽음에 이르는 과정에서 어느 누구의 보살핌도 못 받고, 지켜보는 이가 없는 상황에서 숨을 거두었다는 점, 또 그의 주검이 상당 기간 방치되었다는 점에서 비참한 죽음 즉 전형적 '고독사'로 여겨질 것이다. 그의 주검은 '노인이 죽은 지 정확히 한 달하고 이틀이 지난 날' 노인의 집에 들어온 도둑 두 명에게 먼저 발견된다. 도둑들의 눈에 비친 노인의 죽음은 "아무 걱정 없는 사람처럼 보였는데 저렇게 죽네"라는 말을 통해 홀로 외롭고 쓸쓸하게 죽어간 안타까운 모습으로 비춰진다. 그러나 막상 세상에 노인의 죽음이 알려진 것은 두 달 만이다. 노베르트 엘리야스가 "오늘날의 사람들처럼 조용하게, 위생적으로, 고독감을 조장하는 사회적 조건 속에서 죽게 되는 건 역사상 유래 없는 일이다"[65]라고 한 말에 부합하는 죽음이다.

하지만 현대사회에서 고독사를 떠올릴 때 가장 먼저 "인간 유기체의 부패, 즉 우리가 죽어가는 것이라고 부르는 과정은 종종 나쁜 냄새를 풍길 수밖에 없다"[66]는 부정적 이미지에만 국한시켜 부각된다. 이제 노년 고독사는 노인 1인 가구 증가로 홀로 생활하는 모든 계층의 노인에게서 발생할 수 있다. 특히 주인공 노인처럼 경제적 여유와 높은 교육 수준을 지닌 노인의 경우 개인주의적 성향이 강하기 때문에 충분히 예상되는 죽음의 형태로 보인다. 그들은 자신의 죽음을 선택하고 그 방식을 결정함에 있어 죽음의 개인화 경향을 뚜렷이 나타낼 수 있기 때문이다. 이런 이유로 기존에 노년 고독사를 바라보던 관점에서 좀 더 나아가야 할 필요성이 제기된다. 단순히 혼자 자택에서 죽었다는 이유로 노인의 죽음을 일반적 고독사의 시각으로만 바라보기보다 그 죽음에 이르기까지의 전 과정을 아우르는 시각이 필요하다. 아직까지 우리 사회는 고독사에 대한 합의된 개념 정의나 고독사의 원인 및 발생 실태

등에 대한 정확한 연구 자료나 정책 자료[67]도 많지 않다. 초고령 사회인 일본의 경우 노인의 고독사를 누구에게나 일어날 수 있는 사회문제로 인식하고 있고, 그들의 유품 처리와 관련된 직업도 성행하고 있다. 한국의 경우는 고독사를 홀로 외롭게 지켜보는 이 없이 죽음을 맞는다는 의미로만 국한시켜 가족이나 이웃과 단절되어 외롭게 죽어가도 아무도 이를 인식하지 못하는 죽음[68]으로만 정의한다.

이제 주인공 노인의 죽음처럼 생전의 생활 상황과 전(全) 인생을 바탕으로 한 죽음 주체의 선택과 존엄하게 죽을 권리를 행사하는 것을 어떻게 바라볼 것인가 하는 문제에 대해 심각하게 살펴볼 때이다. 왜냐하면 '노인의 죽음은 어느 누구도 원망할 것 없는 죽음', '마무리를 잘했다고 여겼기'때문에 노년의 부정적 현실을 견디지 못해 이루어진 노인 자살[69]과는 차이가 있다. 주인공 노인의 경우, 무의미한 생명 연장을 위한 반복적 습관을 버리고 자연스럽게 생명의 소멸을 받아들인 주체의 의지에서 나온 행동이다.

2) 좋은 죽음의 준비와 죽음 교육

이 장에서는 전통사회 질서가 아직 잔존하고 있는 농촌사회에서 급격한 사회변동으로 인해 가치관의 갈등과 혼란을 겪으며 가족의 부양체계 하에 있지 않은 노인들의 죽음에 주목하고자 한다. 주인공 노인을 통해 삶의 마지막 과정의 중요한 과업인 죽음의 수용과 죽음 준비의 문제를 살펴 볼 것이다. 죽음은 보편적 생물학적인 현상이지만 정신적, 심리적으로 노인 개개인의 삶의 태도와 죽음에 대한 이해는 노년기를 보내는 삶의 태도와 질에 중대한 영향[70]을 미친다. 죽음에 대한 태도는 문화와 종교의 영향을 받는데, 작가 한승원에게도 농촌사회, 불교적 세계관, 가족 환경, 사회적 역할, 심리적 특성이 작용하고 있다.

『피플붓다』속 주인공 노인의 죽음에 대한 인식과 실천의 모습을 살펴보면, 근대사회 이전부터 많은 노인이 생각하는 '좋은 죽음'[71]의 요소 중 '죽음에 대한 완벽한 준비'와 같은 맥락이다. 주인공 노인은 죽음을 일상적 삶 속에서 늘 같이하며 과거 자신의 삶의 궤적을 반추하며 살고 있다. 다가오는 죽음을 준비하면서 죽음의 공포에서 벗어나려는 해탈의 시간을 보낸다. 그는 죽음의 불가피성에 직면하여 생전에 끝내지 못한 일을 마무리 짓고 개인적 문제를 해결하며 장례나 유증, 사후의 문제 등을 미리 준비한다. '좋은 죽음'을 맞기 위해 준비를 하는 것은 노년기 삶의 질을 높이고 삶의 마지막 단계를 최선을 다해 마무리한다는 점에서 의미가 있다.[72] 이런 점을 누구보다 잘 알고 있어 주변 노인들의 죽음에 함께 하면서 죽음 준비[73]의 필요성을 실천하고, 한편으로는 후손을 위한 죽음 교육까지 성실히 하고 있다. 이는 노년의 지혜와 전 생애를 아우르는 자아통합의 자세로 죽음을 받아들이는 모습이다.

주인공 안 교장도 시간이 갈수록 자신의 죽음을 예감하면서, '죽음에 대해 사회화되는 과정'[74]을 거친다. 자신의 건강이 점점 나빠지는 것을 체감하고 비슷한 나이의 노인들이 죽어가는 것을 목격하고 있기 때문이다. 그럴수록 더욱 주변인들의 주검을 처리해주는 일 즉 '우주의 청소부'일에 자부심을 갖는다.

할아버지는 상호에게 도움이 되기는커녕 오히려 멸시의 빌미를 주는 존재였다. 고된 노동자로 인해 몸이 상한 노인들에게 침을 놓고, 뜸을 떠주거나, 이병원 저병원, 이마을 저마을의 염장이 노릇을 하고 다님으로써 반 아이들이 상호를 궂긴 냄새나는 더러운 존재로 인식하게까지 하는 것이었다. (24쪽)

처음에는 손자 상호와 주변인들 모두 안 교장의 일에 못마땅한 내색을 보이며 만류한다. 젊은 손자 상호에겐 주검은 더럽고 무서운 일이다. "그것은 어떻게 다가갈 수 없는 드높은 검은 성벽 같은 세계 속에 있었다." 제자들도 사회적으로 멸시당하는 일을 하는 스승을 설득하고자 집에 찾아온다. 경제적 도움을 주어 그만두게 하려고 하자 안 교장은 제자의 돈 앞에서 자존심을 내세우지 않고 고맙게 받는다. 하지만 '위선자'라는 세상 시선에 오히려 자신이 하고 있는 일을 '소명'이라고 말한다. 제자는 안 교장의 말에서 '알 수 없는 위험과 두려움'을 느끼고 돌아간다. 손자에게도 노년의 죽어가는 과정과 죽음을 경험하는 일이 인생의 가치가 젊고 건강한 모습에만 있는 것이 아니라는 것을 알게 해주려는 것이다. 생의 마무리 과정에 존재하는 노화와 질병, 죽음을 향해 가는 존재의 한계성도 의미 있기 때문이다.

상호는 훌쩍훌쩍 울면서 할아버지의 소맷자락을 잡아 흔들며 목소리로 말했다.
"할아버지. 할머니 좀 어떻게 해줘요."
할아버지가 그의 손을 이끌고 밖으로 나와서, 깊이 가라앉은 목소리로 말했다.
"저 일은 오직 네 할머니 혼자서 해야 한다. 어느 누구도 도와줄 수가 없다. 하느님도 부처님도 도와주지 못한다."
'저일'이란 죽어가는 일이다. 어떤 사람이 죽어가는 일을 도와

줄 수 있는 사람은 아무도 없다. 신도 부처님도 도와줄 수 없다.

상호는 산 위의 억불을 향해 돌아서면서 눈물 훔쳤다. (39쪽)

"너를 오라고 한 것은, 너에게 사람의 죽음에 대하여 가르치려는 것이다. 죽음을 알아야 허무를 알고, 허무를 알아야 오만하지 않고, 탐욕 부리지 않고, 분수에 알맞게 착하게 살아가는 법이다. 사람이 삶에 입학하여 살아간다는 것은 결국 그 삶의 졸업, 즉 죽음을 향해 가는 것이고, 자기 삶을 열심히 착하게 사는 것은 가치 있는 죽음을 잘 맞이하려는 것이다. 살아가는 우리들은 모두 생명력이 왕성해야 하는데, 그 생명력은 허무를 맛보아야만 더 자유롭게 거침없이 헌걸차게 커나가는 것이다."

상호는 고개를 떨어뜨리고만 있었다. (321쪽)

첫 번째 인용은 상호가 자신의 역할 모델인 할아버지로부터 할머니가 죽어가는 과정에서 고통받는 모습을 지켜보는 모습이고, 두 번째 인용은 안 교장이 그동안 돌봐왔던 송미녀가 죽음에 이르자 손자 상호를 불러 지켜보게 하는 모습이다. 그는 손자 상호 앞에서 송미녀의 염을 '하나의 의식처럼 숭엄하게 치르'며 인간의 죽음 의미를 알려준다. 먼저 '죽어가는 일'은 홀로 외롭게 해 나갈 수밖에 없는 개인의 실존적 문제임을 보여준다. 그리하여 죽어가는 과정에서 겪는 고통 역시 그 누구와도 나눌 수 있는 것이 아니다라고 말한다. 이런 그의 생각들은 죽음에 직면하여 불안감을 갖게 하지만 오히려 삶의 의미를 일깨워주며 '좋은 죽음'을 실현시켜 나가려는 의지를 갖게 한다. 그는 손자에게 "한 생명이 태어나서 죽기까지 자기 삶의 의미를 스스로 포착하고 영혼의 울림을 감지하며 자기 본성을 즐거이 살아내도록 하는"[75] 인성 교육을 하고 있는 것이다. 태어나면 반드시 죽는다는 의식은 앞으로 상호의 삶의 태도에 변화를 줄 것이란 믿음을 갖고 있다. 죽음의 체감은 온전한 삶의 이해를 도우며, 삶과 죽음을 하나로 받아들이는 것은 정신 성장에 있어 자아의 실존적 전환을 가져올 수 있[76]기 때문이다.

이런 할아버지의 진심을 느끼면서 손자 상호는 할아버지의 깊은 뜻에 공감하고 죽음의 의미를 생각한다. 손자 상호는 점점 할아버지의 모습이 '순수하고 자비로운 정신'의 '억불바위'[77]와 닮았다고 느낀다. 안 교장 역시 거친 세상에서 자신이 죽고 홀로 남겨질 손자에게 '억불바위'처럼 자비와 의기를 갖고 살아가길 바란다. 이런 모습은 노년 세대가 젊은 세대에게 일방적으로 진행하는 죽음 교육이 아니라, 노년 스스로가 실천적 행동을 함으로써 세대 간에 교감하며 인간의 보편적 죽음 문제에 소통하는 모습이다.

다음으로 그의 죽음 인식에는 불교 사상이 깊게 반영되어 있다. 다른 종교의 죽음관을 바라보는 시각에서도 죽음에 대한 사유를 발견할 수 있다.

> 안 교장은 천국이라는 말을 입속에 머금었다. 이 끝에 놓고 잘근잘근 씹다가 꿀꺽 삼켰다. 그래 천국은 있다. 그 천국은 하느님이 다스린다. 착하게 살다가 죽은 사람들이 그곳엘 간다. 거기에는 행복한 삶을 사는 사람들만 존재한다. 이승에서는 박해와 따돌림을 받고 살았지만 저승에 가서는 좋은 삶을 받아 살아야 한다. 보람되고 향기로운 좋은 일을 한사람들이 별 하나씩을 차지하게 된다는 말도 사실일지 모른다. 아니다. 인간들이 천국을 만

들었다. 이승에서의 아픔과 슬픔으로 인한 불행을 뛰어넘어 행복을 꿈꾸며 살아가려고. 아니, 그것도 아니다. 천국은 우주의 한 순환 율동 속에 들어있다. 그것은 내 속에도 들어있다. (62-63쪽)

　　그는 사후의 세계가 있고 '우주의 순환 율동' 속에서 행복을 꿈꾸는 불교의 윤회 사상적 세계관[78]을 갖고 있다. 그는 죽음을 '이승에서의 삶의 졸업'이라고 표현하며, 자신이 시신을 깨끗하게 씻어주는 일은 깨끗한 몸으로 떠나가게 하려는 의식이라고 말한다. 이런 그의 불교적 죽음관에는 노년의 생명과 죽음에 이르는 과정이 모두 소중한 가치가 있다는 걸 보여준다. 이런 그의 죽음 인식은 일제강점기부터 전쟁 이후 혼란한 사회에서 '기생' 일을 해왔던 '송미녀'를 돌봐주고 죽음에 함께 하는 모습 속에서 더욱 구체적으로 드러난다. 송미녀는 젊어서부터 사회에서 천한 일로 여겼던 기생 일을 하며 친척과 주변 사람들의 궁핍한 삶을 보살폈다. 하지만 막상 노년에 깊은 병이 들자 그들로부터 소외당한 채 외롭고 고통스럽게 죽음을 기다리고 있다.

　　그녀가 간드러진 한숨을 섞어 아니리 뱉어내듯 타령조로 말했다.
　　"안 교장, 이렇게 무정하고도 박정한 놈의 세상……하룻밤 사이에 까맣게 잊어버리고 구름같이 저멀고먼 세상으로 훨훨 날아가버릴 약좀 구해다 주소."
　　송미녀가 자살을 하도록 도와달라는 것이다. 이 여자로 하여금 자살할 마음을 먹지 않게 하려면 어찌해야 할까. (중략)
　　안 교장은 송미녀에게 사랑을 일깨워주어야 한다고 생각했다. 이 여자를 구제할 수 있는 것은 사랑이다. 사랑이 불씨이고 희망이다.
　　그녀가 말을 이었다.

"앞으로 노인들이 점점 많아지는 우리나라에서는, 환자에 따라서 필요한 경우에, 안락사 시켜주는 법을 만들어야 해. 안락사, 그것, 간병해 줄 사람도 없이 백년 고질병을 앓고 있는 불쌍한 독거노인을 참말로 위해 주는거야." (159-160쪽)

송미녀의 일생을 잘 알고 있는 안 교장은 세상의 따가운 시선에도 아랑곳하지 않고 '송미녀'의 집을 들락거린다. 그녀의 자살 충동을 억제하는가 하면 안락사를 부탁하는 그녀에게 삶에 의지를 불어넣는다. 이런 모습은 그가 삶의 모순과 세계와의 갈등에서 여전히 분투하는 주체이며 그 과정에서 스스로 해답을 찾아가는 문제적 개인[79]임을 알 수 있다.

그는 송미녀 외에도 지역사회에서 그 누구도 돌보지 않는 독거노인들의 생활 형편과 병상에 자신이 할 수 있는 최선의 도움을 준다. 농촌사회 독거노인들의 죽음이 철저하게 배제되지 않게 하려는 노력이다. 여기에 작가는 '억불바위'와 같은 고향의 공간적 배경 설화를 차용해 소박한 민중의 삶과 예지를 통해 공동체 의식을 불러일으키고[80] 있다. 이런 공동체 의식 이야말로 과학적이고 합리적인 사고를 추구하는 현대사회에서 노인들의 삶과 죽음의 문제를 긍정적으로 해결할 수 있는 전통적 가치라고 생각한다. 물론 이 과정에서 작가는 공동체 문화가 아직 존재하는 농촌사회도 죽음의 환경이 점점 고립적이고 기계적으로 변화하는 것을 우회적으로 비판한다. 작가는 주인공 통해 인간의 존엄은 죽어가는 과정에서도 지켜져야 그 삶이 온전하게 마무리되며 존엄을 잃지 않는다고 주장한다. 즉 살아 있는 사람은 죽어가는 자와 함께 할 수 있어야 인간 삶의 공동체가 완성된다고 본다. 안 교장이 추구하는 개인의 신성 즉 '억불바위'의 형상에서 미륵부처의 가치와 공동체적 삶의 추구가 발견되는 이유이기도 하다.

이렇게 안 교장의 생활방식이나 죽음 인식에는 '세상의 모든 현상은 '상호의존성'의 원리에 따라 끊임없이 변화해 가면서 성립'[81]한다는 불교사상이 깔려 있다. 또 인간과 자연이 유기적으로 연관되어 있고, 생명의 공동체이기 때문에 인간의 삶만큼이나 죽음 또한 자연의 일부로 받아들이는 불교적 생태의식도 찾을 수 있다. 대표적으로 안락사를 부탁하는 송미녀에게 후배 문인을 소개해 자신의 일생을 이야기로 만들어보라고 권유하거나, 지역의 복지사와 함께 공연장에서 북장구치며 신명나게 참여할 수 있게 하는 모습에서 발견된다.

> 한 여자를 외롭게 방치하는 것은 그 사회와 역사의 책임이다. 송미녀의 고독을 안 교장이 책임지고 있다. 바야흐로 세상에는 독거 노인에게 쓸쓸한 고독과 죽음이 흑사병의 균처럼 닥쳐오고들 있었다. 안 교장은 '흑사병'의 주인공 리외처럼 그 병균을 치유하고 있었다. 각박하고 쓸쓸한 세상을 치유하는 것은 사랑과 희망과 자유이다. (190-191쪽)

또한 그는 송미녀의 시신을 염하면서도 '생명체가 살아 있을 동안의 존귀함을 생각'하며 '예법에 따라 숭엄하게 처리'해 준다. '이승을 확실히 졸업'하고 '죽음 세상의 신입생'이 된 송미녀가 '저기 어디 높은 곳으로 날아가고 있을지도 모르고, 바야흐로 태어난 어느 생명체의 속으로 들어갔는지도' 모른다고 생각하는 모습에서 죽음 이후 영원의 세계와 환생이라는 불교사상이 분명히 드러난다. 한 평자는 작가가 '더러운 세속 속 참된 길'[82]을 찾으려 한다고 말한다. 안 교장이 평소에 지인이나 손자에게 '자신의 삶을 열심히 착하게 사는 것은 가치 있는 죽음을 잘 맞이하려는 것'이라고 말하는 것은 삶에 대한 성찰적 태도로 참된 삶의 길을 찾아가는 불교적 구도 자세와 닮아있다.

이 작품에는 고령사회에서 죽음에 이른 노인의 연명치료에 대한 시각을 문시흠의 죽음을 통해 살펴볼 수 있다. 문시흠의 가족들은 아버지의 심각한 질병에 냉담한 반응을 보이며, 부양 책임자로서의 임무를 거부하고 거의 유기에 가까운 상태로 아버지를 방치한다. 더 나아가 죽음에 이르고있는 부모를 두고 가족 간의 갈등도 표출한다. 그 결과 문시흠은 철저하게 외로운 죽음을 맞는다. 이를 본 안 교장은 '차가운 배반감과 뜨거운 울화'가 치밀어 오른다. 문시흠이 늦둥이 아들을 어떻게 키웠는지 잘 알고 있기 때문이다. 현대사회의 부모와 자식 관계에서 전통사회의 '효' 사상과는 거리가 먼 이기주의적 특성이 그대로 드러난다. 그동안 가족은 동서양을 막론하고 노인 부양에 있어 핵심적인 역할을 담당해 왔다.[83] 하지만 이제는 더 이상 가족에 의한 노인 부양을 기대할 수 없음을 보여준다.[84] 가족의 강한 유대관계와 이타주의적 온정주의로 노부모를 희생적으로 부양하던 전통적 부양 태도는 찾아보기 힘들다. 문시흠의 죽음과 가족의 모습을 본 안 교장은 손자 상호에게 다음과 같은 이야기를 한다.

안 교장이 말을 이었다.

"네 할아버지도 언제인가는 죽을 것이다. 이 할아버지는 내 손자 상호가 손수 염을 하고 입관하여 화장장으로 싣고 가서 훨훨 날려주기를 바라면서 산다. 모든 살아 있는 사람은 존귀한 것인데, 시체는 처리하기 골치아픈 흉물스럽고 더럽고 무서운 폐기물이다. 그렇지만 그 생명체가 살아있을 동안의 존귀함을 생각하면서, 그폐기물을 예법에 따라 숭엄하게 처리해 주어야 하는 것이다." (321쪽)

그는 손자가 자신을 염하고 입관해 화장장으로 싣고 가 훨훨 날려주기를 당부한다. 이는 그가 생각하는 '품위 있는 죽음'의 행위로서 삶을 잘 마무리하려는 의지이다. 손자 상호를 염하는 자리에 데리고 다닌 이유도 "삶과 죽음의 갈림길에서 느끼는 인류의 보편적 정서인 이별과 상실에 대한 슬픔"을 알려주고 싶어서였다. 죽음 이후 남은 사람들에게 삶의 의미를 일깨워주며 그들에게 의미 있는 죽음으로 기억되길 바란 것이다. 손자 상호가 "죽음을 눈앞에 둔 사람들은 우리가 삶에서 놓치지 말아야 할 가장 중요한 배움을 일깨워주는 스승"[85]임을 깨닫길 바란다. "삶이 더욱 분명하게 보이는 것은 죽음의 강으로 내몰린 순간이며, 또한 삶의 종착점에 이르렀을 때에야 삶을 가장 분명하게 볼 수 있다"고 생각한다. 이렇게 그는 '죽음을 향해 나아가는 존재'로 인간으로서 '실존의 본래성'을 받아들일 때 '좋은 죽음'을 맞이할 수 있음을 보여준다.[86]

리처드 스미스는 '좋은 죽음'을 위해 죽음에 임박해 있는 사람들에게 갖추어야 할 몇 가지 조건[87]이 있다고 말한다. 안 교장이 생각하는 죽어가는 과정과 죽음을 맞는 모습은 이런 조건들에 부합한다. 주변의 노인들이 죽어가는 과정에 그들 옆에서 인간의 존엄성을 지켜주려고 한 점, 특히 노인들의 질병이 악화되자 완화 의료적 측면에서 돌봄 행위를 하며 죽음 앞에서 겪는 외로움에 정서적으로 후원하는 일은 '좋은 죽음'에 대한 인식을 보여준다. 또 그가 '좋은 죽어가는 과정'을 자신의 삶의 내적 가치를 충분히 실현하는 삶의 과정이라고 보는 점이다.

4. 맺음말

이 글은 현 고령사회에서 이전보다 노인의 지위와 역할이 심각하게 하락되는 상황에서 노년 주체들이 급격한 가치관의 변화와 함께 노년의 고독과 죽음 문제를 어떻게 대응하고 있는지 살펴보았다. 먼저 두 작품 속 노인들은 그들의 개인적 정서의 다름과 실제 생활 및 상황이 모두 다르므로 노년의 고독감에 대응하는 방식 또한 여러 요인에 의해 달랐다. 노년 개인의 자아에 대한 관념을 어떻게 유지해나가느냐에 따라 노년의 정체성 구성 양상도 달라졌다. 여기에 최근 노령기에 처한 노년 개개인에게 현대사회의 산업화, 도시화, 핵가족화와 같은 복잡한 변화 상황도 영향을 미치고 있었다.『모나코』의 주인공 노인은 강한 자의식으로 인해 고립적 삶을 스스로 선택하며 노년의 고독이란 심리적 위기를 자발적으로 겪었다. 그러다 보니 노년의 정체성을 새롭게 구성하는 과정에서 자아통합을 이루지 못하였다. 오직 과거 노인들의 모습과 자신을 꾸준히 구별 짓고 차별화하고자 했고, 이전의 장년기 정체성을 연장시키려고만 했다. 반면『피플붓다』의 안 교장은 한 인간의 인생 법칙을 수용하고 현재의 상황과 과거의 경험을 통합하면서 자아존중감을 바탕으로 안정된 노년의 정체성을 재구성해 나갔다. 안 교장 역시 자의식이 강한 노인이지만 일생의 전 과정에 걸쳐 불교적 세계관을 바탕으로 자비와 포용의 자세로 살아왔다. 노년기 찾아온 불행한 삶의 조건에 적극적으로 대응하며 손자와 주변 노인들을 돌봐주고, 그들의 주검까지 수습하는 등 노년의 새로운 정체성을 정립해 나갔다. 이런 안 교장은 노년기 자아통합을 이룬 성공적 노화[88]의 한 모습이고 할 수 있다.

이런 두 작품 속 주인공 노인들은 죽음의 인식 면에서도 차이를 보이는데, 『모나코』의 주인공 노인은 남은 노년의 삶에서 의미를 찾기보다 스스로 삶을 단절시키고 죽음에의 소멸을 선택하였다. 물론 오랜 시간 고립적 생활로 우울감이 극대화된 상태에서 이루어진 결정이지만 한 주체적 개인의 실존적 선택으로 죽음을 수용한 행위로 볼 수 있다. 『피플붓다』의 안 교장은 주변의 죽어가는 노인들의 곁을 외롭지 않게 지켜주고 그들의 시신을 염하면서 죽음에의 불안을 극복해 나갔다. 그에게 '좋은 죽음'의 의미는 삶의 내적 가치를 실현시키고 자연에 순응하며 생을 마무리 하는 것이다. 그는 '우주의 청소부'로서 한 생명의 아름다운 졸업의 중요성을 강조하며 손자 상호에게 인간의 존엄성이란 시각에서 죽음 교육을 해 나갔다.

결국 두 작품 속 주인공 노인들은 현대사회의 개인주의 성향과 종교적 신념에 따른 다양한 개인적 사고 구조와 방식에 따라 노년의 삶과 죽음에 대응해 나갔음을 알 수 있었다. 또한 『모나코』의 캐리어 할멈이나 『피플붓다』의 문시흠처럼 등장하는 노인들 대부분이 변화된 가치관으로 가족들과 분리되어 외롭고 고립적인 노년의 시간을 보냈고, 죽어가는 과정에서 죽음의 개인화 양상을 보여주었다. 물론 안 교장 같은 주인공 노인은 작가의 이상화된 노년상으로서, 현실성 측면에서 한계점이 있을 수 있다. 하지만 노년의 공동체적 삶의 추구로 사회에서 주변부적 지위로 전락한 노년의 삶과 죽음 문제를 긍정적으로 해결할 수 있는 대안으로 그려졌다는 점에 주목할 필요가 있다.

참고문헌

권중돈,「고독사 예방을 위한 노인돌봄서비스 강화방안」,『노인고독사 막을 수 없나 토론회 자료』, 2010.

권혁남,「고령자의 사회적 고립 극복을 위한 윤리적 성찰 - 폴 리쾨르의 견해를 중심으로」,『인문과학연구논총』 36, 2013.8, 245-277쪽.

권혁남,「고령화시대 노인 고독사에 대한 윤리적 반성」,『인문과학연구논총』 35, 2013.2, 245-277쪽.

김경희,『발달심리학』, 학문사, 2009.

김기창,『모나코』, 민음사, 2014.

김명숙,「'좋은 죽음'과 유학의 죽음관」,『사회사상과 문화』 19, 2009.5, 165-198쪽.

김상대,「노인의 활동성 여가참여가 사회적 역할 상실감 및 삶의 질적 가치 인식에 미치는 영향」,『한국여가레크리에션학회지』 제33권 제3호, 2009.9, 69-83쪽.

김수영 외,『노년 사회학』, 학지사, 2000.

김유자 외,「노인의 가정 내역할과 가정 밖역할 수행이 타인 수용과 자기수용에 미치는 영향」,『노인의료복지연구』 4권 2호, 2012, 13-21쪽.

김윤정,「박완서 소설에 나타난 노년기 정체성의 위기와 문학적 대응」,『한국문학이론과 비평』 제66집, 2015.3, 5-25쪽.

김정희, 김귀분,「입원 노인과 재가 노인의 지각된 건강상태, 자아존중감, 우울 및 생활만족도 비교」,『노인간호학지』 10권 2호, 2008, 182-192쪽.

김춘규,「한승원 소설에 나타난 생태학적 양상 고찰」,『문학과 환경』 12권2호, 2013.12, 27-42쪽.

김호식 외,「고령화 사회의 노인문제에 대한 세대간 해결방안」,『한국정책과학학회보』 제9권 제1호, 2005.3, 373-93쪽.

류시화 역,『인생수업』, 이레, 2006.

박선애 · 김정석, 「문학 텍스트 속의 노년 죽음과 돌봄: 조경란 소설을 중심으로」, 『한국노년학』 36권 3호, 2016.8, 785-808쪽.

박영례 외, 「노인의 자아존중감 자기 효능과 삶의 질에 관한 연구」, 『노인복지 연구』 제9권, 2005.

박정은, 「한승원 중,단편소설의 구술적 특성 연구」, 『국어국문학』 48권, 문창어문학회, 2011, 265-288쪽.

박주연, 김숙, 「텔레비전 드라마에 나타난 노인의 가족 내 역할과 지위에 관한 연구」, 『한국언론학보』 57권 2호, 2013.4, 185-206쪽.

안재효, 「고령사회 진입 대비 독거노인 고독 방지를 위한 사회적 안전망 구축방안-독거노인 고독사를 중심으로」, 서울시립대 석사논문, 2014.

양보경, 「한승원 신화관의 동양적 특질 연구-불교의 화엄사상과 노장철학의 관계를 중심으로-」, 『현대문학이론연구』 제61집, 2015, 275-299쪽.

양진오, 「고향의 시간과 성찰」, 세계일보, 2004.4.14.

오준심, 『한국문학 작품에 나타난 노인 문제』, 백석대학교 박사논문, 2008.

이수천 외, 「독거노인의 자아존중감, 사회적 지지, 영성이 고독감에 미치는 영향」, 『한국가족복지학』 6, 2014.

이은지, 「늙음이라는 젊음에 관하여」, 『문장 웹진』, 2015. 7.

이정숙, 「현대소설에 나타난 노인들 삶의 변화 양상」, 『현대소설연구』 41호, 2009.8, 247-279쪽.

이택영 외, 「작업 모델(Model of Human Occupation)을 중심으로 한 노인의 활동 수준과 삶의 질」, 『대한작업치료학회지』 제17권 제1호, 2009.3, 1-15쪽.

이혜원, 『노인복지론』, 유풍출판사, 1996.

장서영, 「독거노인의 고독감에 영향을 미치는 요인에 관한 연구」, 숭실대 석사논문, 2014.

정경희 외, 『노인문화의 현황과 정책적 함의』, 한국보건사회연구원, 2006.

정순둘 · 임효연, 「노인 고독사의 황과 과제: 일본과 한국의 비교」, 『노인 고독사 막을 수 없나 토론회 자료』, 2010.

정혜경, 「불교적 시각의 성장문학과 인성교육-한승원의 「초의」를 중심으로」, 148 한국문학과 예술 제35집 『교육사학연구』 제25집 제1호, 2015, 135-

161쪽.

천선영, 『죽음을 살다』, 나남, 2012.

최인영, 「독거노인의 고독감 및 우울과 자살 생각 간의 관계에서 영성의 매개 효과 연구」, 부산대 석사논문, 2014.

최정혜, 「도시와 농촌지역 노인들의 성인자녀와의 갈등 비교」, 『한국노년학』 2 권 1호, 1993, 55-63쪽.

한경숙, 「고령화 사회의 노인의 정체성에 관한 연구」, 『문화교류연구』 1권 2 호, 2012.8, 153-177쪽.

한경혜, 「만성질환 노인의 부양체계로서의 가족의 역할: 21세기 변화 전망치 지원책 모색」, 『한국노년학』 제18권 1호, 1998, 46-58쪽.

한승원, 『피플 붓다』, 랜덤 하우스, 2010.

허원구 외, 「고령화 사회의 노인역할 프로그램에 관한 연구」, 『복지행정논총』 제14집, 2004, 53-79쪽.

황도수, 「죽을 권리와 죽일 권능」, 『세계헌법연구』 19권 2호, 2013.8, 113-146 쪽.

노베르트 엘리아스, 김수정 옮김, 『죽어가는 자의 고독』, 문학동네, 2011.

삐에르 부르드외, 최종철 역, 『구별짓기』 상·하, 새물결, 2005.

시몬느 드 보부아르, 홍상희, 박혜영 옮김, 『노년』, 책세상, 1994.

Erikson, 한성열 역, 『노년기의 의미와 즐거움』, 학지사, 2000.

주

*   「노년의 고독과 좋은 죽음에 관한 두 시선 – 김기창의 「모나코」와 한승원의 「피플붓다」를 중심으로 」,『한국문학과 예술』35집, 2020.9.

1   김호식 외, 「고령화 사회의 노인문제에 대한 세대간 해결방안」, 『한국정책과학 회보』 제9권 제1호, 2005.3, 74쪽.

2   이정숙, 「현대소설에 나타난 노인들의 삶의 변화 양상-"긍정적으로 늙어가기"의 관점에서」, 『현대소설연구』41집, 2009.8, 249-250쪽.
박선애 · 김정석, 「문학 텍스트 속의 노년 죽음과 돌봄: 조경란 소설을 중심으로」, 『한국노년학』 36권 3호, 2016.8 참조.

3   전흥남, 「노년소설의 가능성과 문학적 함의(2)-"노인상"과 현실대응력을 중심으로」, 『현대문학이론연구』44집, 2011에서 '노년의 고독과 죽음의식:오정희의 경우'가 대표적 연구성과임.

4   이혜원, 『노인복지론』, 유풍출판사, 1996, 73쪽.

5   장서영, 「독거노인의 고독감에 영향을 미치는 요인에 관한 연구」, 숭실대 석사논문, 2014, 9쪽.

6   김호식 외, 앞의 논문, 81쪽.

7   이택영 외, 「작업 모델 (Model of Human Occupation)을 중심으로 한 노인의 활동 수준과 삶의 질」, 『대한작업치료학회지』 제17권 제1호, 2009.3, 2쪽에서 국제보건기구(World Health Organization,1993)가 정의한 것을 재인용.

8   안재효, 「고령사회 진입 대비 독거노인 고독 방지를 위한 사회적 안전망 구축 방안-독거노인 고독사를 중심으로」, 서울시립대 석사논문, 2014, 3쪽.

9   통계청 2018년 자료를 보면, 65세 이상 가구에서 부부 가구가 차지하는 구성비는 2015년 33.1%, 2016년은 33.0%으로 나타나 전년 대비 감소했지만, 2017년에는 33.4%로 다시 증가하였고, 노인 1인 가구의 구성비는

2015년 32.9%, 2016년 33.5%, 2017년 33.7로 나타나 매년 증가 추세임.

10   독거노인은 1인 단독가구라는 의미로 정의되며 독거노인이라고 해서 혈연적 관계가 없는 노인을 의미하지 않음. 『모나코』의 노인 역시 아들들을 두고 있으나 거의 소통하지 않고 홀로 거주하고 있음.

11   박주연 · 김숙, 「텔레비전 드라마에 나타난 노인의 가족 내 역할과 지위에 관한 연구」, 『한국언론학보』 57권 2호, 2013.4, 195쪽.

12   장서영은 앞의 논문에서 대도시 지역 거주, 남성 독거노인, 연령이 낮을수록, 독거 기간이 길수록 고독감에 영향을 미치는 것을 알 수 있다고 주장함.

13   김윤정, 「박완서 소설에 나타난 노년기 정체성의 위기와 문학적 대응」, 『한국 문학이론과 비평』 제 66집, 2015.3, 7쪽.

14   삐에르 부르디외의 '구별짓기' 개념은 한 사회의 각기 다양한 계층과 계급, 집단들은 각기 다양한 취향과 습관을 통해서 다른 계층과 계급, 집단들과 차별화된 모습을 갖게 된다는 것임(삐에르 부르디외, 최종철 역, 『구별짓기』 상 · 하, 새물결, 2005).

15   한경숙, 「고령화 사회의 노인의 정체성에 관한 연구」, 『문화교류연구』 1권 2호, 2012.8, 158쪽.

16   한경숙, 앞의 논문, 168쪽.

17   한경숙, 앞의 논문, 161쪽.

18   한경숙, 앞의 논문, 166쪽.

19   최인영, 「독거노인의 고독감 및 우울과 자살 생각 간의 관계에서 영성의 매개 효과 연구」, 부산대 석사논문, 2014, 15쪽에서 재인용 함.

20   장서영, 앞의 논문, 10쪽.

21   장서영, 앞의 논문, 11-12쪽.

22   김윤정, 앞의 논문, 12쪽.

23   한경숙, 앞의 논문, 170-171쪽.

24   권혁남, 「고령자의 사회적 고립 극복을 위한 윤리적 성찰 – 폴 리쾨르의 견해를 중심으로」, 『인문과학연구논총』 36, 2013.8, 290쪽.

25   현실과 동떨어진 부르주아 영감의 푸념, 삶과 죽음을 마음 놓고 냉소할

수 있는 노인의 풍요로움은 늙음의 진리를 밝히는 데 한계가 있다고 평함 (이은지, 「늙음이라는 젊음에 관하여」, 『문장 웹진』, 2015.7).

26 Rosenberg & Simmons, 1971(이수천 외, 「독거노인의 자아존중감, 사회적 지지, 영성이 고독감에 미치는 영향」, 『한국가족복지학』 6, 2014, 139-161쪽에서 재인용 함.

27 박영례 외, 「노인의 자아존중감 자기 효능과 삶의 질에 관한 연구」, 『노인복지 연구』 제9권, 2005, 237-258쪽.

28 장서영, 앞의 논문, 12쪽.

29 정경희 외, 『노인문화의 현황과 정책적 함의』, 한국보건사회연구원, 2006, 29쪽.

30 한경숙, 앞의 논문, 170쪽.

31 에릭슨은 '지혜'로 노년기는 인간이 지금까지의 자신의 노력과 성취에 대해서 반성하는 시기, 성취해야 할 긍정적인 과업은 자아통합이라고 함 (Erikson, 한성열 역, 『노년기의 의미와 즐거움』, 학지사, 2000 참조).

32 허원구 외, 「고령화 사회의 노인역할 프로그램에 관한 연구」, 『복지행정 논총』 제14집, 2004, 73쪽.

33 김정희, 김귀분, 「입원 노인과 재가 노인의 지각된 건강상태, 자아존중감, 우울 및 생활만족도 비교」, 『노인간호학지』 10권 2호, 2008, 182-192쪽.

34 김호식 외, 「고령화 사회의 노인문제에 대한 세대간 해결방안」, 『한국정책과학회보』 제9권 제1호, 2005.3, 77쪽.

35 노노개호(老老介護)란 말은 노인이 노인을 수발하고 돌본다는 일본에서 시작된 말임.

36 최정혜, 「도시와 농촌지역 노인들의 성인자녀와의 갈등 비교」, 『한국노년학』 2권 1호, 1993, 55-63쪽.

37 허원구 외, 앞의 논문, 57쪽.

38 김윤정, 앞의 논문, 5쪽.

39 김윤정, 앞의 논문, 18쪽.

40 이정숙, 「현대소설에 나타난 노인들 삶의 변화 양상」, 『현대소설연구』 41호, 2009.8, 251쪽 소설에서 '주체화된 시선'으로 보는 것은 바람직하게 늙어가는 인물들에게 나타나는 현상임.

41 이정숙, 위의 논문, 268-273쪽. 「아주 느린 시간」에서 작가 최일남은 노인들에 대한 세상의 부정적 시각은 '타자화하는 시선'으로 자의식이 강한 노인 스스로를 '주체화하는 시선'으로 그리고 있음. 한승원 역시 『피플 붓다』에서 손자 상호를 비롯한 주변인들의 시각은 '타자화된 시각'으로, 안인호 교장은 '주체화된 시선'으로 보여줌.

42 이정숙, 위의 논문, 272쪽.

43 김상대, 「노인의 활동성 여가 참여가 사회적 역할 상실감 및 삶의 질적 가치 인식에 미치는 영향」, 『한국 여가레크리에션학회지』 제33권 제3호, 2009.9, 77쪽.

44 김윤정, 앞의 논문, 7쪽.

45 허원구 외, 앞의 논문, 76쪽.

46 김수영 외, 『노년 사회학』, 학지사, 2000, 234-235쪽.

47 김수영 외, 위의 책, 239쪽.

48 Corr, 1995(김수영 외, 위의 책, 238쪽 재인용).

49 김경희, 『발달심리학』, 학문사, 2009, 325-326쪽.

50 미국 케어 의학연구소에서 정의한 바에 의하면 좋은 죽음은 피하고 싶은 스트레스, 본인과 가족 및 돌봄 제공자가 고통에서 자유로울 것, 본인과 가족의 바람과 일치할 것, 의학적, 문화적, 윤리적 기준과 합리적으로 일치할 것 등으로 정의함(김수영, 앞의 책, 241쪽).

51 고독사는 홀로 살다가 아무도 모르게 죽음에 이르러 오랫동안 시신이 방치된 경우를 말하는 용어, 고독사 역시 공식적인 법률, 행정 용어는 아니고 사회통념적으로 쓰이는 말. 국내외에서 이 같은 고독사가 증가하는 이유로는 고령화와 1인 증가로 꼽음(중앙일보, 2017. 10.5).

52 천선영, 『죽음을 살다』, 나남, 2012 참조.

53 황도수, 「죽을 권리와 죽일 권능」, 『세계헌법연구』 19권 2호, 2013.8, 113쪽.

54 시몬느 드 보부아르, 홍상희, 박혜영 옮김, 『노년』, 책세상, 1994, 369쪽.

55 황도수, 앞의 논문, 116쪽.

56 이은지, 「늙음이라는 젊음에 관하여-김기창 『모나코』」, 『문장웹진』, 2015. 7.

57 존엄사에서 인간의 존엄성 개념을 어떻게 이해할 것인가를 이야기 할 때, '자연적인 죽음'에서 찾는 견해, '고통으로부터 해방'에서 찾는 견해, '품위 있는 죽음' 즉 죽음의 방식에서 찾는 견해, '사망자 자신의 주체적인 결정'에서 찾는 견해, '안락사와의 비교'를 통해서 찾는 견해 등이 있음(황동수, 앞의 논문, 121쪽).

58 황도수, 앞의 논문, 128쪽에서 죽을 권리는 논리적으로 '자기 자신이 스스로'의 의사결정에 의하여 죽음을 선택하는 것을 의미함.

59 김경희, 『발달심리학』, 학문사, 2009, 325-326쪽 재인용.

60 존엄과 가치를 지닌 인간은 '자신이 스스로 선택한 인생관, 세계관을 바탕으로 사회공동체 안에서 각자의 생활을 자신의 책임 아래 스스로 결정하고 형성하는 성숙한 민주시민'을 의미한다는 시대적 가치를 읽을 수 있음.

61 노베르트 엘리아스, 김수정 옮김, 『죽어가는 자의 고독』, 문학동네, 2011, 80쪽.

62 일본의 '노노개호(老老介護)' 의미는 노인이 노인을 돌본다는 뜻. 65세 이상의 자녀가 80-90, 100세 넘는 부모를 돌보거나 노인 부부가 서로를 돌보는 상황을 말함.

63 '고독사'는 사회적 문제로서 매스컴의 관심 사항으로만 취급되고, 노인에 관련된 학술연구나 실천현장에서 문제의 심각성에 대해 아직 인식하지 못하고 있는 실정임, 고독사에 대한 합의된 개념 정의조차 존재하지 않지만, 자택에서 혼자 아무도 돌봐주는 사람 없이 사망하고 아무에게도 알려지지 않고 수일이 지난 후 발견되는 경우를 말함(권혁남, 「고령화시대 노인 고독사에 대한 윤리적 반성」, 『인문과학연구논총』 35, 2013.2, 247-248쪽).

64 2017년 10월 23일부터 존엄사법 시범 시행되었고, 임종 단계에 있는 환자가 생명을 연장하는 연명치료를 중단하고 자연적 죽음을 받아들이는 것(죽음의 자기 결정권), 죽음을 무조건 어둡고 두렵다고 인식하지 말고 서로 죽음에 대해 이야기하는 사회 분위기가 형성되어야 할 것임.

65 노베르트 엘리아스, 앞의 책, 107쪽.

66 노베르트 엘리아스, 앞의 책, 112쪽.

67	권중돈, 「고독사 예방을 위한 노인돌봄서비스 강화방안」, 『노인 고독사 막을 수 없나 토론회 자료』, 2010, 51-69쪽.
68	정순둘·임효연, 「노인 고독사의 황과 과제: 일본과 한국의 비교」, 『노인 고독사 막을 수 없나 토론회 자료』, 2010, 21-47쪽.
69	안재효, 앞의 논문, 12쪽에서 독거노인이 고독을 견디다 못해 자살 후에 며칠 후 발견되는 것은 노인 자살로, 독거노인이 혼자 생활하다 지병으로 쓰러진 후 빠른 시간 안에 다른 누군가의 도움을 받았으면 살 수 있는 가능성이 있었음에도 불구하고 아무런 도움을 받지 못해 사망에 이르러 수일 후 발견되면 고독사로 봄.
70	김수영 외, 앞의 책, 239쪽.
71	우리나라 노인들이 소망하는 죽음은 편안한 죽음, 적절한 시기의 죽음, 사후 처리, 죽음에 대한 완벽한 준비 등이 좋은 죽음과 관련됨.
72	김수영 외, 앞의 책, 241쪽.
73	카리쉬 (Richard A. Kalish and David K. Reynolds, Death and ethnicity : a psychocultural study ,Farmingdale, N.Y. : Baywood Pub. Co. c1981, 1976 printing)는 노인이 제한적인 기간 동안 삶을 살면서 죽음에 직면한다는 점과 노인이 주위에서 죽음과 관련된 불안감을 체험하면서 동시에 자신의 죽음에 대해 준비할 수 있기 때문에 노년기에 죽음의 의미를 직시하고 죽음에 임박해 닥쳐올 여러 가지 변화에 적극적이고 효율적으로 대처하는 것이 매우 중요하다고 지적함(김경희, 앞의 책, 재인용).
74	Thorson, 2000, 278쪽(김수영 외, 앞의 책, 235쪽 재인용).
75	정혜경, 「불교적 시각의 성장문학과 인성교육-한승원의 「초의」를 중심으로」, 『교육사학연구』제25집 제1호, 2015, 137쪽.
76	정혜경, 앞의 논문, 148쪽.
77	한승원 소설의 공간적 배경들은 작가의 의도나 형식미를 추구하기 위한 공간보다는 자신의 이야기가 핍진성 있게 들리는가를 더 염두하고 설정함, 이 작품에서도 작가의 고향인 장흥에 전해 내려오는 억불바위 전설을 통해 불교적 세계관에 바탕을 둔 노년의 관용과 지혜를 바탕으로 삶을 상징적으로 보여줌.

78 한승원의 소설 속에는 자주 노인과 아이가 등장함, 이는 소멸과 생성의 윤회 관계를 설명하는 부분이고, 아이를 통해 노인의 존재 가치를 확인하고 이로써 아이는 미래를 여는 희망으로 자라남을 보여줌.

79 김윤정, 앞의 논문, 17쪽.

80 박정은, 「한승원 중·단편소설의 구술적 특성 연구」, 『국어국문학』 48권, 문창어문학회, 2011, 287쪽.

81 김춘규, 「한승원 소설에 나타난 생태학적 양상 고찰」, 『문학과 환경』 12 권2호, 2013.12, 32쪽.

82 양진오, 「고향의 시간과 성찰」, 세계일보, 2004.4.14.

83 오준심, 『한국문학 작품에 나타난 노인 문제』, 백석대학교 박사논문, 2008, 153쪽.

84 한경혜, 「만성질환 노인의 부양체계로서의 가족의 역할: 21세기 변화 전망치 지원책 모색」, 『한국노년학』 제18권 1호, 1998, 46-58쪽.

85 엘리자베스 퀴블러 로스·데이비드 케슬러, 류시화 역, 『인생수업』, 이레, 2006, 266쪽.

86 김명숙, 「'좋은 죽음'과 유학의 죽음관」, 『사회사상과 문화』 19, 2009.5, 174쪽.

87 첫째 죽음이 다가오고 있다는 것과 무엇을 기대할 수 있는가에 대해 알아야함, 둘째 일어나는 일들을 합리적으로 통제할 수 있어야 함, 셋째 존엄성과 개인성을 보장받아야 함, 넷째 고통 완화와 다른 여러 증상에 대해 적절한 통제를 할 수 있어야 함, 다섯째 어디서 죽음 맞이할 것인가에 대해 선택할 수 있어야 함, 여섯째 (자신의 상태에 대한) 정보나 전문가의 의견이 어떤 종류이건 접할 수 있어야 함, 일곱째 영적인 후원이나 정서적인 후원이 필요할 때 그것에 접근할 수 있어야 함, 여덟째 어디에 있든 호스피스나 완화 의료적인 돌봄에 접근할 수 있어야 함, 아홉째 옆에 누가 있어야 하고 마지막을 누구와 함께 하고 싶은지에 대해 발언권이 있어야함, 열 번째 자신이 원하는 바가 존중된 사전 의료지시서(혹은 유언장)를 만들 수 있어야 함, 열한 번째 마지막 작별 인사를 할 시간을 가져야 함, 열두 번째 (이 세상을) 떠날 시간이 되었을 때 임종을 맞을 수 있어야 하고 삶을 공연히 연장시키지 않을 수 있어야 함(Richard Smith, 2000,

"A Good Death", British medical Journal) 김명숙, 위의 글, 178쪽 재인용).

88　2000년대부터 본격적으로 자주 등장하고 있는 "성공적 노화란 과거와 현재를 수용하고 가까이 닥친 죽음을 받아들이며 동시에 삶의 의미나 목적을 잃지 않고 정신적으로 성숙해가는 심리적인 발달과정이며 또한 정신, 신체상의 질병이 없어 기능적이며, 사회관계도 유지하며 살아가는 것"(김유자 외, 「노인의가정 내역할과 가정 밖역할 수행이 타인 수용과 자기수용에 미치는 영향」, 『노인의료복지연구』4권 2호, 2012, 31쪽).

3부
노후의 돌봄, 받기와 주기
─노인을 돌보다, 노인이 돌보다

돌봄과 보냄의 경험이 남기는 것들:*
―조경란의 「내사랑 클레멘타인」, 「밤이 깊었네」 등

1. 머리말

21세기 들어와 한국 사회의 노령인구 급증은 사회의 여러 방면에 다양한 방식으로 영향을 미치고 있다. 한국 사회는 압축적 경제성장을 이룬 것처럼 고령화 사회로의 진입 역시 빠른 속도를 보여주는 '압축적 노령화'의 면모를 보여준다. 이런 한국사회 현실에 대응하여 노년 삶의 질에 초점을 맞춘 연구 성과들이 발표되고 있다. 특히 사회과학 분야에서는 시대적으로 이슈가 될 만한 다양한 노년에 대한 연구가 진행되고 있다. 하지만 노년에 관한 연구가 사회복지 및 관련 제도나 정책 등에 국한되어 왔고, 노년의 일상생활에서 사회적 의미를 파악하고 노화 현상을 이해하기 위한 다양한 학문적 접근은 미흡한 상태이다. 무엇보다 노년의 일상에서 중요한 사건은 '죽음'이라할 수 있고, 특히 문학 텍스트 속 노년 죽음 관련 문제들을 심층적으로 다루고 있는 연구는 그리 많지 않다.

고령화 사회로 진입한 현 시점에서 노년기 죽음과 관련된 일상적 삶을 구체적으로 들여다보는 작업은 인간 삶 전반을 아우르는 연구에 있어서도 중요한 주제가 아닐 수 없다. 또한 현 문단 안에서 노년층 작가와 젊은 작가들이 노년의 등장인물을 중심으로 작품화에 열의를 보이는 것은 고령사회에 대한 문제의식으로 볼 수 있다. 최근 문학작품 속 노년의 형상은 가족관계의 핵화 및 가족환경의 급격한 변화로 나타나는 노년의 무력감, 고독감, 가출과 자살 등 다양한 측면에서 표상화 되고 있다. 이에 본 연구는 노년 죽음과 관련하여 노년 스스로의 죽음 준비 모습과 주변인들의 돌봄 의미 및 가치를 조경란 소설들 속에서 파악하고 다가올 고령사회 노년 죽음에 대한 인식을 새롭게 정립해 나가고자 한다.

1970년대 이후부터 2000년대 초반까지만 해도 한국문학 속에서 '노년'은 사회 문제적 시각 하에서 조명되었다. 2000년대로 들어오면서 노년의 고유한 심리와 의식에 천착해 인생에 대한 심오한 성찰과 이해를 보여주는 작품들이 등장한다. 이런 변화된 문학적 현실은 사회 안에서 노년을 의존적 존재로 바라보던 논리에서 벗어나 노인과 노화(정상적 노화와 병리적 노화 포함) 그리고 죽음 문제에 다양한 시각들이 시도되고 있는 증거이다. 특히 문학작품에 나타난 노년 질환과 죽음[1]은 개별적 존재의 실존적 한계상황을 표상하는 차원을 넘어 노년의 죽음이 사회 구성원들의 삶에 미치는 영향력까지 구체적으로 보여준다. 소설에 등장하는 '죽어가는 자들'의 죽음에 대한 인식과 주변인들의 죽음에 대한 진지한 성찰은 그들의 삶의 태도와 행위 양식에 영향을 준다.

본 연구는 기존 연구자들의 노년층 작가 중심의 작품 연구에서 벗어나 젊은 작가인 조경란의 시선을 통해 노년 죽음에 대한 인식과 표상화 과정 그리고 현재 우리 사회 노년 죽음의 사회 문화적 맥락을 짚어보고자 한다. 작가 조경란은 노년 죽음을 둘러싼 노년 주체의 모습에도 관심을 보이지만 주변인들의 시선에 더욱 집중해 작품화한 작가라 할 수 있다. 그는 노년 주체들에겐 죽음은 인간이 어떠한 대응을 하더라도 궁극적으로 수용되고 포용될 수밖에 없는 인간 삶의 한계이며 질곡이자 '주체로서의 개인의 완성'이란 시각을, 젊은 세대들에겐 죽음에 대한 강박적 의식에 따른 공포와 두려움, 불안 증세를 극복하고 자기정체성의 정립 문제로 접근에 들어간다.

이 글은 두 가지 측면에서 조경란 소설에 나타난 노년 죽음의 문제를 살펴볼 것이다. 먼저, 심각한 노년 중증 질환인 치매와 파킨슨 같은 질병을 앓고 있는 노인을 돌보는 이들의 돌봄 행위에 대한 의미 및 가치를 짚어볼 것이다. 다음으로 노년 스스로가 죽음을 준비해 나가는 모습과 이를 지켜보는 젊은 세대들의 삶과 죽음에 대한 인식 변화를 진지한 자아성찰적 자세에서 찾아볼 것이다.

2. 선행 연구 및 이론적 배경

1) 선행 연구 검토

노년의 죽음 문제와 죽어가는 노인을 돌보는 행위를 담고 있는 소설 작품 연구는 주로 '노년문학'의 하위 항목으로 다루면서 잠깐 언급하고 있는 것과 개별 소설 작품론에서 주제론적으로 접근한 연구들이 있다.

먼저, 노년의 삶을 그린 소설 작품 연구 가운데 노년 죽음의 문제를 연구한 이들로는 김보민(2013), 전흥남(2011), 김지혜(2013), 김성희(2008)가 대표적이다. 또한 개별 작가들의 작품론을 통해 노년의 죽음 문제를 연구하고 있는 것들로는 공종구(2008), 최명숙(2014), 이진희(2011), 박선애 김정석(2013), 김혜경(2015)이 있다. 전자의 연구들은 주로 노년의 죽음 문제를 노년기 중요한 주제로 다루면서 노년들의 죽음인식과 대응 방식에 주목한다. 후자의 연구들은 개별 작가들의 작품 속에서 노년의 죽음의식을 구체적으로 조명하고 있다. 하지만 주로 연구 대상으로 삼고 있는 문학 텍스트들이 노년층 작가들의 것으로 국한되어 우리 사회 노년 죽음에 대한 다양한 세대의 시각을 분석하지 못한 한계가 있다. 이번 연구는 기존 연구에서 미흡했던 젊은 세대들의 노년 죽음에 대한 인식을 노년 주체의 죽음 준비 과정과 병든 노년을 돌보며 겪게 되는 내적 갈등을 통해 살펴보게 될 것이다.

둘째, 문학 작품을 통해 노년 돌봄 문제를 해석하며 사회과학적으로 의미화 하고 있는 연구들로는 간호옥(2001)과 오준심 김승용(2009)이 있다. 이런 연구들은 과거 그 어느 시기보다 시의성을 띠는 사회과학적 연구주제이지만 양적으로 미흡한 실정이다. 두 연구 모두 박완서의 단편소설들을 분석 대상 텍스트로 삼고 있다. 특히 오준심, 김승용의 경우는 1970년대부터 2006년까지 단편소설 92편을 분석 대상으로 하여 노인의 가족 부양문제를 분석하였다. 박완서 소설에 나타난 노인의 가족부양 문제를 언급하며 사회의식 속에서 부양 인식이 어떤 형태로 나타나는지 분석하였다. 이번 연구는 노(老)작가 박완서에 의해 그려진 노년 부양의 문제가 아닌 젊은 작가 조경란의 시선을 통해 노년의 죽음을 둘러싼 주변인들(젊은 세대)의 돌봄 문제를 분석하는 작업이다. 박완서 작품들이 주로 80,90년대 병든 노인을 둘러싼 가족들의 부양갈등 양상에 주목하였다면, 조경란의 경우는 주로 2000년대 이후 발표된 작품들 속에서 병들어 죽어가는 노년들의 모습과 그를 보살피고 있는 주변인들의 돌봄 갈등과 자아성찰적 태도를 보여준다.

마지막으로 이번 연구의 이론적 배경인 생태여성주의적 관점을 노년의 삶과 죽음 문제에 적용해 해석한 문학 연구는 주로 시 장르에 치우쳐 있다. 박지연(2013), 이유정(2012), 이상철(2012), 윤혜옥(2010), 허은숙(2007), 오한나(2006)의 연구들은 시 작품 연구에서 생태여성주의 시각을 견지하였다. 대부분 여성 시인들의 작품 연구 방법론으로 활용되며 생태사상과 페미니즘적 사유를 바탕으로 여성과 남성의 대립적 구도 및 그 극복방안으로서 여성과 자연의 가치를 논의하였다. 남성 중심적이고 이성 중심적인 현실 세계의 문제점들을 보다 명확히 인식하고 생태 위기를 극복하기 위한 실천적 방향을 모색해 나갔다. 1990년대 이후 소설작품 연구에서 생태주의와 페미니즘이론을 각각 적용한 연구들은 상당수 등장하지만 본격적으로 생태여성주의적 시각으로 연구된 소설 연구는 그리 많지 않다(황선애, 2005). 김지은(2013)와 박은희(2016)가 있는데, 박완서와 한강의 작품을 통해 생태여성주의적 특성을 발견하며 억압적 현실 속에서 여성과 자연의 가치들을 토대로 세계의 폭력성을 포용하며 조화롭게 상생하는 대안적 윤리로 주장하였다. 특히 박완서 작품에 나타난 '돌봄'의 윤리를 이 시대의 위기를 극복하는 하는 중요한 가치로 보았다(김지은, 2013).

2) 이론적 배경

(1) 분석틀

이번 연구에서 사용될 분석틀은 질적 연구방법 중 소설 텍스트의 내용분석이다. 질적 연구는 인간 행위와 경험 간의 복잡한 의미 관계를 이해하고 해석하는 방법론이다(오준심, 2008). 본 연구에서 소설의 내용 분석을 분석틀로 삼은 이유는 노년의 죽음 준비 과정과 주변인의 돌봄 행위에 따른 갈등과 상호작용을 살펴보는 데 있어 수량화된 연구방법보다 정서적 공감을 가져올 수 있는 방법론이라 여겼기 때문이다.

이번 연구에서 분석대상 텍스트로 삼은 조경란의 단편 소설 6편에는 젊은 세대의 시선에 비친 죽음을 준비해 나가는 노년과 심각한 노환으로 죽음에 이른 노년을 돌보는 젊은 세대의 내적 모습을 살펴볼 수 있기 때문이다. 무엇보다 기존 노년층 작가들의 시선과는 변별되는 젊은 작가의 시각을 살펴볼 수 있다는 점에서 연구 대상 텍스트로 삼았다.

작가 조경란은 그동안 꾸준히 인간의 죽음 문제와 같은 철학적 사유를 바탕으로 한 작품 활동을 해온 작가이고, 여러 작품들 속에서 노년의 죽음에 대한 깊은 관심을 표명해 왔다. 여기서는 죽어가는 노년의 모습뿐만 아니라 그들을 지켜보고 돌봐주는 가족원을 포함한 주변인들의 복잡한 심리 묘사가 아주 리얼하게 그려져 있다는 점에서 연구 주제에 부합하고 있다.

먼저 조경란 소설 텍스트 분석에서 노년 주체의 죽음에 대한 느낌이나 깨달음, 인식과 같은 문제에 주목하여 그 의미와 가치를 찾아볼 것이다. 또한 등장인물 가운데 노년기 인물이 아닌 제 3자의 젊은 세대가 어떻게 노년 죽음을 인식하고, 병들어 죽어가는 노년을 돌보는 경험들을 어떠한 시각으로 재현하고 있는지 작가의 서술 전략(젊은 화자의 시선)을 통해 살펴보고자 한다.

기존 노령층 작가의 문학텍스트 분석에서 노년의 부양 문제를 둘러싼 가족 구성원 간의 갈등 및 노년의 외로움과 고립 등에 초점을 두고 부정적 의미 추출에 그쳤다면, 이번 연구는 극심한 질병으로 죽음에 이른 노년들의 죽음 준비 모습과 그것을 지켜보며 돌보는 이들의 정서적 교감 및 자아성찰적 자세에 주목하게 될 것이다. 젊은 작가로 대변되는 서술자의 시선 속에서 노년 죽음에 대한 사회적 인식을 확인하고, 다가올 고령사회에서 노년 문제를 긍정적으로 해결해 나갈 대안적 시각을 발견하고 의미화 시켜 나갈 것이다.

(2) 생태여성주의적 시각

생태여성주의(Ecofeminism)는 인간이 자연에게 영향을 끼치듯 인간도 자연을 영향을 받으며 살아가는 존재이므로 우월과 열등이라는 이분법적 사고를 탈피해 생태위기를 극복할 수 있다는 견해이다.

생태여성주의는 궁극적으로 치유와 조화, 균형의 세계를 추구하는 즉 파괴된 자연의 상처를 치유하고 인간과 자연 혹은 인간과 인간의 조화를 통해 균형있는 생태세계를 지향한다. 생태여성주의란 용어는 프랑스의 프랑수아즈 도본느가 처음으로 사용하였다. 그는 1974년 『페미니즘인가 아니면 죽음인가』라는 저서에서 사회적 문제와 환경 문제를 연결한다(이귀우, 2001). 생태여성주의자들은 자연과 여성이 모두 가부장제 역사 속에서 남성 주체의 타자로서 객체화되고 지배되어 왔다고 주장한다.[2] 자연과 여성은 남성 중심적 지배구

조에 의해 파괴되어 왔고, 현대사회의 위기들을 극복하기 위해선 여성성과 자연의 회복을 통해 조화로운 삶을 추구해야 한다는 것이다. 이렇게 생태여성주의가 남성 중심적, 이성적 중심적, 문명(도시) 중심적 사고에 비판적 시각을 견지하고 있는 점은 다른 생태주의적 관점들과 같지만 대안적 가치들을 통해 성찰자세를 강조한다는 점은 차이가 있다(김지은, 2013). 즉 여성과 자연의 유사성을 생명의 탄생, 양육, 보살핌 등과 같이 생물적, 심리적 차원에서 이해하고, 특히 '보살핌'의 가치를 여성에게만 요구되는 것이 아니라 모든 사람이 갖추어야 할 필수적 자질로 본다. 이런 시각은 생태 여성주의가 여성의 지배와 자연의 착취에만 관심을 기울이지 않고 모든 형태의 지배 착취 불평등 억압에 문제의식을 갖고 있음을 보여준다. 모든 생명체들이 평등과 조화 속에서 살아가는 사회를 위해선 필요한 덕목이라 할 수 있다. 이를 위해 자신의 가치를 인정하듯 상대방의 가치를 받아들이는 태도가 중요하며, 특히 그동안 여성 특유의 원리들로 인식 되어 왔던 것들을 바탕으로 현대사회의 문제들에 접근할 필요가 있다.

이런 생태여성주의 이론 중 특히 돌봄(caring)의 윤리[3]는 고령사회에서 노년 죽음을 둘러싼 현실의 비정성에 대응해 나갈 수 있는 여성적 원리이다(강혜경, 2008). 조경란의 소설 텍스트 분석에서도 생태 여성주의의 '돌봄'의 윤리란 시각을 적용하여 인간 삶의 방식을 포함한 현 고령사회의 문제점을 바라보고 치유해 나갈 수 있는 대안적 담론의 가능성을 제시해 보고자 한다.

3. 죽음에 이른 노년의 돌봄 의미 및 가치

전 세계적으로 20세기 이후 노령 인구의 증가는 다른 세대들에게 노령의, 소위 의존적인 사람의 늘어나는 수가 늘어나는 것을 의미한다. 이는 젊은 인구에 부과하게 될 '부담'에 대한 걱정과 비관주의를 함께 수반한다(펫테인 외, 2012). 고령화 시대에 죽음에 이른 노년들의 돌봄 문제가 가족이나 사회 안에서 가장 시급한 주제로 부상하며 세대 간의 충돌과 바람직한 죽음 문화에 대한 사회적 관심으로 대두되고 있다. 특히 노년 만성질환자를 돌보는 가족들은 돌봄 기간이 점차 장기화 되면서 한국사회의 전통적 생활 정서와 현대사회의 개인적 욕망 추구 사이에서 심각한 갈등을 경험한다.

이 장에서는 현 사회 노년 죽음을 둘러싼 주변인들의 돌봄[4] 문제를 조경란의 소설을 통해 분석하고자 한다(김미경, 2000). 작가는 죽어가는 노년을 누가 부양해야 하는가에 대한 문제 제기와 돌보는 이들의 고통 및 일상적 삶의 파괴, 더 나아가 가족 해체의 위기까지 그려낸다. 조경란의 작품들 속에서 죽어가는 노년을 돌보는 행위 주체들은 아내와 딸인 여성들이다. 동서양을 막론하고 병든 노인을 돌보는 이들은 대부분 여성들이다. 그것은 가정 내에서 환자와 감정적 친밀감을 형성할 수 있기 때문이다. 더군다나 전통적 성 이데올로기가 문화적 전통으로 강하게 자리 잡고 있는 한국사회에서 죽어가는 노년을 돌보는 이들은 배우자, 딸, 며느리이다. 물론 최근엔 현실적으로 병든 노년을 돌보는 문제가 가족만의 문제에서 벗어나 사회적 문제[5]로 부각되고 있지만, 여전히 돌봄의 행위 주체로 가족원 중 여성들의 고통은 심각한 상태이다(이봉숙 김춘미 이명선, 2004). 작가는 여성의 관점에서 죽어가는 이들과 그들을 돌보는 여성의 경험을 심도 있게 그려 낸다. 무엇보다 노년을 돌보는 여성들의 심신의 고통과 경제적 고통이 작품 속에서 고스란히 드러나고 있다.

본 연구자는 조경란 소설에 재현된 노년 죽음을 둘러싼 현대사회의 돌봄 문제를 생태여성주의 시각으로 분석하고자 한다. 인간 역시 자연의 일부로서 나이가 들어가며 질병과 같은 신체적 쇠약을 동반하며 활동하는데 어려움을 경험하게 된다. 이런 시기가 오면 인간의 '자유'는 제한되고 사회적으로는 노년들을 위한 보살핌의 문제가 발생한다. 죽음에 임박해 신체적 자유를 누릴 수 없는 노년의 경우, 이를 지켜보는 이들과 함께 죽음에 대한 고통뿐만 아니라 여러 문제를 경험하며 피폐한 삶을 살아간다. 이 과정에서 죽음에 이른 노년과 주변 사람들은 죽음을 공유하며 죽음에 대응해 나간다. 물론 죽음의 문제는 나이가 적든지 많든지 상관없이 언제든지 누구에게나 찾아올 수 있다(장영란, 2009).

이렇게 현 단계 노년의 죽음 문제가 가족과 사회의 문제로 부상하고 있는 상황에서 조경란 소설들은 그 대안적 관점을 제공한다. 먼저 그의 작품들 속 노년을 돌보고 있는 가족 구성원들의 갈등과 의사소통 단절 그리고 가족 해체의 위기는 현 고령화 사회에서 문제적일 수밖에 없다.

한편, 현대사회에서 의학 및 과학 기술의 발달에도 불구하고 노인성 질환(알츠하이머 같은)[6]의 발병률이 증가하고, 이런 상황에서 죽음에 이르는 노인성 만성질환자들을 돌보는 젊은 세대(주변인들)의 삶의 질은 형편없이 하락된다. 죽어가는 노년을 지켜보는 가족원들 그리고 그 가족원이 여성일 경우 외로움과 고립감 같은 정서적 문제뿐만 아니라 육체적, 경제적 부담으로 인해 돌봄의 고통을 감내하고 있다.

먼저, 조경란의 「내사랑 클레멘타인」(1997)에서 치매 환자인 아버지를 돌보는 가족 구성원들의 대응 양상에 주목하면 다음과 같다. 치매 노인들은 고도의 뇌 피질 기능의 다발성 장애라 할 수 있으나 의식은 흐려지지 않는 것이 특징이다. 그러므로 치매로 인한 식사, 세면, 개인위생, 배뇨 및 배변 등과 망상 환각으로 인한 행동의 장애로부터 의심증, 심한 충동적 행동으로 인한 사고의 위험성도 있으므로 잠시도 치매노인에게서 눈을 뗄 수 없다(이애숙 김한곤, 2003). 이런 병에 걸린 아버지를 큰딸 '나'는 피아노 교습 강사를 하며 가족 경제를 책임지고 어머니와 함께 돌보고 있다. 하지만 장시간 죽어가는 아버지를 지켜보며 경제적, 정서적 부담으로 내면의 심각한 갈등을 겪고 있다. 가족원들 중 큰 딸 '나'는 다른 가족원들에 비해 병든 아버지의 돌봄 행위를 가장 적극적으로 한다. 물론 가장 근거리에서 아버지를 돌보고 있는 사람은 어머니이다. 하지만 큰딸 '나'는 물심양면으로 아버지를 돌보며 결혼과 일, 대인관계에서 자기희생과 여성적 억압을 경험한다(이봉숙 김춘미 이명선, 2004).[7] 이런 그녀의 돌봄 행위를 전통적 '효' 개념에서만 비롯되었다고 보기엔 무리가 있다. 또 전통적으로 가정에서 돌봄 행위를 담당했던 배우자인 어머니와 두 동생의 경우, 역할 변화가 일어나고 있지 않지만 큰딸 '나'는 죽어가는 아버지를 대신해 실질적 가장으로서 모든 책임을 짊어지는 삶의 변화가 일어난다. 큰딸'나'의 돌봄 행위는 가족 내에서 '맏이'라는 유교적 질서에 의해 당연한 것으로 여겨지면서 심리적, 육체적 피로와 버거움이 '나'의 일상에 그대로 표출된다. 큰딸 '나'의 돌봄 행위는 다른 가족원들에게 너무나 당연한 것으로 받아들여진다. 돌봄 초기 단계에서 큰딸 '나'는 여성 속 내면화된 가부장적 이데올로기의 행위 규범들을 그대로 실행하는 차원에서 아버지를 돌봤다. 하지만 긴 돌봄 과정에서 '나'는 가족원들 모두가 아버지를 돌보는 고통에서 벗어나기 위해 동반자살을 상상하고 아버지를 길거리에 유기하려는 생각까지 한다. 하지만 이런 상상은 현실 속에서 실천에 옮겨지지 못한다. 가부장 체계 안에서 한 집안의 맏딸 '나'가 병든 아버지를 돌보는 것은 여성으로서의 도리임과 동시에 가족 간의 관계 유지를 위한 행위로 여겨진다. 그녀에겐 다른 가족원들처럼 자신의 삶을 챙기며 돌봄 행위를 피하려는 사고는 보이지 않고 돌봄 행위에 지친 버거움과 고달픔의 흔적들만 나타난다. 고령화 사회에서 만성질환자인 노년을 돌보는 문제는 사회적 이슈이면서 여성의 이슈라는 사실을 잘 보여준다.

큰딸 '나'는 결혼 상대자로부터 일방적 이별 통보를 받고서도 분노감조차 표현하지 못한 채 아픈 아버지의 병원비와 생활비를 감당하기 위해 생계형 피아노 교습을 반복한다. 그러다 보니 큰딸의 일상은 하루하루 세상과 단절된 채 유폐적 삶을 되풀이 한다. '나'에게 독립적 객체로서의 존재 의미는 더 이상 찾아볼 수 없고 병들어 죽어가는 아버지를 돌보는 상황에서 '큰딸'이라는 관계적 존재만이 드러난다. 한 개별적 존재로서 가치를 망각하고 무력한 존재로 표출된다.

'나'의 무기력한 모습은 전통적 여성 역할로서 배우자를 돌보고 있는 어머니에게서도 찾아 볼 수 있다. 어머니 역시 '다리를 절며 나날이 살이 찌고'늘 무표정하게 한숨만 쉬고 있는 노년 여성의 모습을 보인다. 어머니의 돌봄 행위는 전통적 여성 역할로서 운명이라는 틀 속에서 출발한 희생과 사명감의 표출이다. 어머니 자신도 노화로 인한 신체적 변화를 겪고 있기 때문에 돌봄 부담감[8]을 크게 느낀다. 보통 노인 배우자가 돌보는 경우 가족 갈등으로 확산되는 것을 차단하려는 부모 마음이 돌봄 동기로 작용하기 때문에 다른 가족 돌봄 형태보다 훨씬 더 고립적이고 비가시적으로 돌봄이 이루어진다(김정은·최해경, 2015). 그러나 이 작품 속 어머니는 병든 남편을 물리적으로 돌보는 것 말고는 정신적, 물질적으로 큰딸에게 모든 걸 기대고 있어, 남편이 실질적으로 부재한 상황에서 가족원들의 이기심을 통제하지 못해 우왕좌왕한다.

여동생의 경우, 죽어가는 아버지로 인해 가정이 암울하게 변해가는 상황을 버텨내기 힘들어 하며 언제든 집에서 탈출할 생각만 한다. 늦은 귀가 시간과 집에 있을 때도 자신의 방에서 나오지 않고 치매로 이상 행동을 하는 아버지에 대한 분노를 직접적으로 표출한다. 심지어 치매 걸린 아버지를 시설로 보낼 것을 강력히 요구한다. 중국으로 유학 간 막내 남동생의 경우는 더욱 극단적 이기심을 보여준다. 병든 아버지가 있는 집으로는 돌아오지 않겠다는 것이다. 남동생은 아버지 돌보는 일은 어머니를 비롯한 누나들의 몫이라는 성역할 규범을 갖고 있는 인물로, 자신의 독자적 삶을 살아가겠다는 이기적 태도를 표출한다. 이렇게 병든 노년을 돌보는 가족원들의 돌봄 행위 안에는 부모와 자녀 세대간, 남성과 여성의 성역할 규범, 가족 내 같은 여성들 사이에서 관계적 서열 등 시각적 차이가 존재한다(이봉숙·김춘미·이명선, 2004).

이렇게 아버지가 일생 동안 수위 생활을 하며 정성껏 지었던 집이 '비'에 의해 '허술하게 무너지고 있는'것처럼 치매 걸린 아버지로 인해 가족원들 모두 진정한 소통 없이 파편화된 채 살아간다. 큰딸 '나' 외에는 병들어 죽어가는 아버지와 그런 아버지와 씨름하고 있는 어머니를 돌보며 가족 간의 유대를 이어갈 사람이 없다. 병들어 죽음을 기다리는 노년을 둔 가정의 일상에는 가족원들의 고통 소리와 '죽음의 냄새'가 가득할 뿐이다. '나'는 가끔 "노란 물탱크 뚜껑을 열고 아무거나 집어넣고 싶은 충동을 느낄 때"가 있다. 또 "강한 효과를 지닌 수면제나 토끼표 본드 같은 것"들을 떠올리며 살의를 느끼기도 한다. 오랜 기간 병든 노년을 돌보는 이들에게서는 허탈감, 노인 혐오감, 노인 학대 충동 같은 정서적 반응이 일어나는데 큰딸 '나'의 경우도 예외는 아니다. 이제 '나'의 가정은 화목이 넘치는 공간이 아니라 묵묵히 아버지의 죽음 시간을 감내하는 공간이 되었다.

> 그녀는 아버지의 굽은 어깨를 내려다본다. 마음은 점점 더 차가워지고 있다. 어떤 연민도 끓어오르지 않는다. 그냥 덥석 아버지를 안아 방에 내던지고 싶은 따름이다. 방문에다 두껍고 단단한 합판을 대고 망치질을 하고 싶다. 다시는 못 나오게, 다시는 가방을 꾸리지 않게. 통곡에 가까운 어머니의 울음소리가 가슴을 때린다. 먹을 매거나 동맥을 자르는 법, 가스를 틀어놓는 법, 옥상에서 떨어지는 법, 방법은 많다. 아버지에게 그런 것들을 설명해주고 싶다. 아버지는 왜 자살도 못하는가, (38쪽)

위의 인용에는 온 가족 구성원이 아버지를 돌보는 고통에 허우적거리며 하지 말아야 할 상상까지 한다. 치매 환자를 돌보는 가족들의 삶이란 같이 파멸로 치닫는 경우가 많고 가족구성원 중 누구 한 사람의 절대적 희생이 요구된다. 가족원들의 돌봄 고통에 아랑곳하지 않는 치매 걸린 아버지의 가출과 비정상적 행동은 가족의 일상생활을 불안하게 만든다. 큰딸 '나' 역시 언제부터인지 모르지만 아버지의 죽음을 기다리며 '꿈' 속에서나마 집을 탈출한다. 새로운 생을 위해 자신이 태어난 껍질을 모두 뜯어먹는 무당벌레처럼 집을 떠나고 싶지만 일상의 유일한 피난처인 '옥탑방'에서 웅크리고 있을 뿐이다. 유일한 피난처인 옥탑방에서 얼굴도 모르는 여자와 잘못 걸려온 통화를 이어가며 세상과 소통하고 있을 뿐이다. 전화 너머의 여자는 이미 죽은 친구를 찾고 있고, '나'는 가족끼리 김밥을 싸서 소풍을 갔다 왔단 거짓말을 하며 가족의 평화를 가장한다. 이들은 무기력하고 자폐적 일상 속에서 의미 없는 대화이지만 현재의 상황을 버텨내고 있다. 즉 아버지에게 드리워진 죽음의 그림자로 질식할 것 같은 일상적 삶에서 얼굴도 모르는 여자와 통화하며 외로움과 고립감에서 벗어나려 한다. 젊은 여성 '나'가 돌봄의 고통에서 벗어나려는 무의식적 욕망의 표출을 하고 있는 것이다. 가족원들 모두는 자신들의 방식으로 병든 아버지의 곁을 떠나려는 가족 해체의 과정을 보여준다. 이들에게 나타나는 돌봄의 부담감은 아버지를 향한 어떠한 연민도 남아있지 않는 냉랭한 상태를 만든다. 가족원들이 아버지를 전문시설에 보내 돌봄 전문가의 도움을 받고자 하여도 노인 복지원 같은 시설은 생활보호대상자나 무의탁 노인만 해당되고, 제대로 된 치료시설은 경제적 여유가 없어 포기할 수밖에 없다. 작품 속에서 이 가족에게 경제적 여유가 있었다면 주인공 '나'의 심리적 부담감[9]은 덜 할 수도 있다(이애숙 김한곤, 2003). 하지만 '나'의 가정 형편은 주인공의 피아노 강습료에 전적으로 기대어 생활하고 있는 실정이다. "서른한 살에 그녀는 이미 자신이 손 쓸 수도 없이 늙어가고 있다는 사실을 발견한다."

그녀는 가끔 웅크리고 잠든 아버지를 볼 때마다 그런 생각을 하곤 한다. 그러나 신장이 줄어든다는 것보다 더 치명적인 사실은 아버지는 그 병을 통해 인간이 가진 존엄성을 상실했다는 것일 터이다. 어쩌면 아버지는 더 이상 인간이 아닐지도 모른다. 가족말고는 그 누구도 도와줄 사람이 없다. 그러나 가족도 인내하는 것 외에는 할 수 있는 게 아무 것도 없다. 지금 우리에게 아직 인내심이 남아 있는 사람은 누구일까. 어머니? 해연이? 아니면 나? ……그녀는 고개를 젓는다. 오년이란 세월은 짧지 않다. (16쪽)[10]

속옷 차림인 아버지는 피아노 다리 밑에 몸을 웅크린 채 숨어 있다. 송곳을 삼킨 느낌이 이럴까. 그녀는 두 손을 꽉 그러잡는다. 아버지의 몸은 피아노 의자에 가려져 있다. 이쪽을 보지 않겠다는 듯 고개를 푹 수그리고 있다. 잠들어 있는 게 아니다. 아버지는 숨어 있는 것이다…… "아버지." 탄식을 하듯 그녀는 아버지를 부른다. (중략)

아버지의 머리채를 잡아 흔든다. "얼른 가시라구요, 저를 말려 죽일셈이세요. 가 가란 말이야 가!" 눈앞이 아뜩해진다. "으으, 으 으 으흐윽." 아버지가 거칠게 그녀를 밀어낸다. 그녀는 바닥에 주저앉는다. 손가락 사이에 아버지의 머리칼이 한 움큼 묻어나 있다. 그녀는 아버지를 노려본다. (59-60쪽)

특히 돌봄 행위로 지쳐있던 젊은 여성 '나'는 급기야 분노와 버거움을 터뜨린다. 결국엔 아버지를 고향 행 열차에 태워 유기하려고 집을 나서지만 끝내 실현시키지 못한다. 그러던 어느 날 대문에 달지 못한 아버지의 '문패'를 발견하면서 죽어가는 아버지의 지나온 삶을 깊이 이해하고, 그동안 품어왔던 분노와 좌절감보다는 연민과 사랑의 감정을 갖고 아버지를 보살피는 행위에 의미부여를 하게 된다. 이는 가족 돌봄이 돌봄 제공자에게 스트레스와 부담을 주지만 만족감을 주거나 인간으로 성장하는 긍정적 경험을 제공함을 의미한다(김정은 최해경, 2015). 그리하여 클레멘타인은 늙은 아비를 홀로 두고 영영 어디로 가버리지만 큰딸 '나'는 아버지의 죽음이 있기까지 계속될 삶의 고통을 감내하겠단 의지를 다진다.

> 텔레비전을 켜둔 채로 아버지는 깊이 잠들어 있다. 그녀는 텔레비전을 끄고 이불을 덮어준다. 아버지는 신음소리를 내며 돌아눕는다. 돌아누워도 여전히 둥글게 몸을 만 채다. 자궁 속에 웅크리고 있는 태아 같다. 흘러내린 이불을 가슴까지 올려 꼭꼭 여며준다. 선풍기 타이머를 삼십 분으로 맞춰놓는다. 아버지의 머리맡에는 가방이 놓여 있다. 그녀는 방을 나가려다 말고 가방을 집어 든다. 아주 가볍다. 옷장을 열고 가방을 집어넣는다. 옷장 문을 닫는다. 옷장 맞은편 벽에는 커다란 가족사진이 붙어 있다. 흰색 와이셔츠를 입은 아버지를 둘러싸고 어머니와 해연, 그리고 석준과 그녀가 서있다. 그녀는 손을 뻗어 액자를 만져본다. 어둠 속에서도 손닿는 자리가 금방 말끔해지는 게 보인다.(71쪽)

이제 큰딸 '나'는 치매 걸려 죽어가는 아버지를 더 이상 외면하고 싶은 부담스러운 현실로 받아들이지 않고 보듬고 이해하며 인내하고 보호해야 할 대상으로 인식한다. 전통적 가치관으로 인해 '가족이라는 운명론적 공간'을 묵묵히 견뎌내고 있던 여성이 인간 존재의 한계 상황 앞에서 돌봄 행위를 통해 진정한 자기성찰과 자아성숙의 면모를 드러낸다. 큰딸 '나'의 돌봄 행위의 의미는 어머니와 같이 유교 문화적 맥락에서 배태된 전통적 여성 역할에서 비롯된 것도, 후기 산업사회의 개인주의적 성향에서 비롯된 것도 아니다. 객체로서의 한 인간이란 의식을 바탕으로 죽어가는 노년을 향한 인간적 연민과 사랑을 품고 보살피고 있다는 점에서 조화와 공존의 삶을 주장하는 생태여성주의자들이 주장과 맥락을 같이 한다. 이는 현 고령화 사회에서 '보살핌'을 둘러싼 여성 역할의 중요성을 강조하는 작가의식에서 비롯되었다고 볼 수 있다.

병들어 죽어가는 노년과 그러한 노년을 돌보는 이의 내적 갈등을 통해 인간의 삶과 죽음에 대한 진지한 성찰과 돌봄의 의미를 그려나간 작품으로 「밤이 깊었네」(2008)도 있다. 특히 「밤이 깊었네」에는 죽어가는 어머니를 홀로 돌보고 있는 젊은 여성 '나'가 자신의 삶을 지키기 위해 고군분투하고 있다.[11] 어머니의 길고 긴 투병생활을 돌보고 있는 젊은 여성 '나'는 죽음에 대한 인식을 글쓰기 행위를 통해 보여준다. 죽음에 이른 노년을 돌보면서 '나'는 점차 죽음이란 노년에게만 일어나는 사건이 아니며 삶과 가까이 있음을 느끼며 산다. 그리하여 자신이 쓴 희곡 때문에 알게 된 'B'의 독특한 죽음의식에 빠져들며 연인관계가 된다. 'B'는 유난히 '밤'을 좋아했고 밤의 이미지에서 비롯된 죽음의 충동을 갖고 살아가는 인물이다. 그는 "밤은 나를 죽음으로 걸어가도록 설득하"며 "생동적이고 매혹적인 것은 싫다"고 말한다. 이런 'B'의 모습 속에서 '나'는 죽음에 대한 유사한 의식을 발견하고 끌린다. '나'는 'B'에서 발견되는 죽음의 그림자를 지켜보며 죽음을 더 이상 추상적인 것으로 인식하지 않는다.

오랜 시간 파킨슨과 치매로 누워 있는 어머니와 같은 노년들에게는 삶의 활력을 찾을 수 없고 모든 초월의 가능성과 자유로운 삶의 기회들이 박탈되고, 그런 상황을 지켜보며 돌보고 있는 주변인들의 삶에도 기대감과 계획들이 사라져 간다. 죽어가는 노년들만큼이나 삶의 희망과 의미를 상실한다. 죽음에 이른 어머니를 돌보는 젊은 여성 '나'는 오래 시간 동안 외부와 단절된 삶을 살아가고, 간신히 자신의 정체감을 글 쓰는 행위에서 찾고 있다. 어머니를 돌보는 초기엔 그녀 역시 자신에게 내려진 운명처럼 돌봄 행위를 받아들인다. 이런 '나'의 태도는 「클레멘타인」의 큰딸의 돌봄 초기 모습과 크게 다르지 않다. 우리 사회에서 여성 스스로의 의식 속에 돌봄 행위에 대한 내면화된 모습을 보여주는 것이다. 그동안 우리 사회에서 여성에게 주어진 사회적 규범과 맥락을 같이 한다. 돌봄 초기 주인공 '나' 역시 어머니의 병수발을 체념적 태도로 합리화 하며 수용한다. 그러다 보니 '나'의 정서와 일상적 삶에는 질병을 앓고 있는 노년을 돌보는 이의 고립감과 죽음의 어두운 그늘이 드리워져 있다.

> 나는 언젠가 젊은 날의 엄마가 그랬던 것처럼 내가 한쪽 다리를 질질 끌면서 걷게 될까 봐 두렵다. 얼굴 표정이 딱딱해지고 잠꼬대를 심하게 하면서 헛손질하게 될까 봐. 걸을수록 속도가 빨라져 앞으로 고꾸라질까 봐, 그래서 다시는 일어나지 못 할까 봐. 나는 걷는다. 검은 스커트가 바람에 휘날린다. 나는 빨리, 잘 걷는 것 같다. 그러나 지금은 이 검은 옷이 허벅지부터 나를 휘감아 버릴까 봐 겁난다. (157쪽)

'나'는 자신의 응모 당선작에 등장하는 딸처럼 스무 살 때부터 서른 중반까지 병든 어머니와 함께 오랜 시간을 보냈다. 그러나 어머니를 돌보는 시간이 길어질수록 '나'를 위한 시간은 점차 감소되고 다른 역할과의 갈등 등 개인과 가정 사정에 부정적인 영향이 드러난다 (김정은·최해경, 2015). "집에만 너무 오래 있으면 퇴행하고 있다는 느낌"이 들고, "어떤 웅대한 열망도 기대도 없는 사람이" 되어간다. 사회로부터 단절과 고립은 더해지고, 지켜보는 자신조차 질병의 고통과 공포감을 느끼며 삶이 더욱 위축되어 간다. '나'의 의식에는 죽어가는 어머니로 인한 고통과 슬픔이 항상 내재되어 있고, 다가올 자신의 미래에 대한 불안감만 팽배하다.

반면에 '나'는 죽음에 대한 공포감을 느끼지만 죽음을 늘 가까이 지켜보며 자연스럽게 수용하는 모습도 보인다. 인간은 타인의 죽음을 바라보고 경험하며 모두 '죽어야 할 운명'임을 깨닫는다. 죽음을 피할 수 없다는 것을 잘 알게 되지만 언제 어떤 모습으로 죽을 것인지 내가 선택할 수 없기에 죽음이란 말을 회피할 뿐이다. 이런 무기력한 날이 지속되던 중 연인이었던 'B'가 교통사고라는 방법을 통해 죽음을 선택했다는 소식을 듣는다. 7년 동안 'B'와 연인관계를 유지하며 그의 추상적인 죽음에의 욕망에 사로잡히기도 했지만, 죽음의 문턱까지 와 있는 어머니를 돌보는 과정에서 역설적으로 '살아있는 시간'의 소중함을 깨닫고 그와의 관계를 정리했던 것이다. 과거에 'B'를 만나며 'B'의 죽음에의 욕망에 이끌리기도 했지만, 어느 날 'B' 친구 집에서 스나이퍼 건을 갖고 놀다가 '나'의 내면에 삶에 대한 욕망과 열망이 있음을 발견하고 자연스럽게 이별에 이른다. '나'는 사람이 가장 아름다울 때는 빛과 뒤섞여 있을 때라 자각하며 삶의 욕구를 표출한다.

누구나 어떤 사람을 만나고 또 헤어지기도 한다. 나는 B라는 한

남자를 만난 적이 있었다. 만약 초상화를 그린다면 꼭 흰 와이셔츠를 입고 있는 모습이어야 할 남자. 그의 죽음은 나에게 머뭇거리다 포기하게 한 것들을 떠올리게 했다. 어떤 사람은 아내가 되고 어떤 사람은 부모가 되고 배우가 되고 죽기도 하고 또 어떤 사람은 글을 쓰기도 한다. 중요한 일을 겪고 났을 때 사람들은 글을 쓰고 싶다는 생각을 하게 된다. 어쩌면 나의 체념은 그를 잃음으로써 완성된 것인지도 모른다. 새 희곡을 한편 쓰기로 했다.(176쪽)

이렇게 병들어 죽어가는 어머니를 돌보는 과정에서 젊은 여성 '나'는 일상화된 죽음의식을 바탕으로 불확실한 미래이지만 삶의 욕구를 갖는다. 그리하여 그동안 유일하게 세상과 소통하는 방식으로 글쓰기를 해왔던 것을 본격적으로 실행에 옮기려 계획을 세운다. '나'는 인간에게 발생하는 질병과 죽음은 저편 다른 문의 '삶'의 이면으로서 누구에게나 찾아올 수 있는 것들로 인식하며 현재 살아있음으로해서 할 수 있는 일들을 해 나가려 한다.

작품 속 '나'와 같이 홀로 돌봄 행위를 하며 다른 가족원들의 도움을 받을 수 없을 경우 사회적 지지가 절실하다. 오랜 기간 돌봄 행위로 지쳐있기 때문에 돌봄 대상자로부터 벗어나 자신의 삶을 돌아볼 수 있는 공간과 시간이 필요하다. 여기에 사회적 부양의 필요성이 제기된다.

그날 이후 병원 갈 때를 제외하고는 버스를 타고 열한 정거장 이상 가본 적이 거의 없다. 열한 정거장. 그건 엄마가 잠든 사이 내가 왕복으로 걸어갔다 걸어올 수 있는 거리였다. 엄마가 누워 있는 옆방에서 종이접기를 하거나 내가 하고 싶은 말들, 내가 만나고 싶은 사람을 앞에 둔 것처럼 상상하면서 말들, 그들의 대화를 끼적거리고는 했다. 대화로 이루어진 문학 장르가 있다는 것은 훨씬 뒤에 알게 되었다. 그렇게 집에만 있으면 퇴행하고 있다는 기분이 들지 않았나? 언젠가 B가 물은 적이 있다. 그런 질문은, 역시 나 같은 사람한테는 하지 않는 게 좋았을 텐데. (155-156쪽)

'나'는 홀로 돌봄의 고통을 감당하며 일상생활을 유지하기 위해 "가끔은 엄마에게 수면유도제 같은 걸 먹일 때"도 있지만 "더 치명적인 짓은 하지 않는다. 어차피 언젠가 엄마는 죽게 될 것"이다. '나'는 마치 아이를 다루듯 퇴행하고 있는 어머니를 돌보며 외부와 차단된 채 '문' 안의 삶을 살면서 스스로 퇴행하고 있단 생각을 지울 수 없다. 어머니의 파킨슨 진단 이후 '나'는 일상생활에서 병원에 갈 때를 제외하고는 버스를 타고 열한 정거장 이상 가본 적이 없다. 열한 정거장은 엄마가 잠든 사이에 내가 왕복으로 걸어갔다가 올 수 있는 거리이다. 어머니의 질병이 더 이상 회복될 수 없는 죽음의 상황에 이르자 이를 지켜보며 '나'의 육체와 정신세계는 점점 피폐해진다. '나'는 "어떤 웅대한 열망도 기대도 없는 사람"으로 전락해 간다. "엄마의 병이 속수무책으로 깊어지"면서 "한밤중 거실에서 무표정한 얼굴로 지폐를 세듯 반복적으로 손가락을 움직이고 있는 걸 발견했을 때의 두려움"은 더 이상 아무런 심적 동요를 일으키지 않는다. 오직 '나'의 일상은 엄마가 누워 있는 옆방에서 종이접기를 하거나 내가 하고 싶은 말들, 내가 만나고 싶은 사람을 앞에 둔 것처럼 희곡 창작에 몰두하는 것뿐이다.

　　나는 내가 어렸을 때 체험하고 배운 모든 것에서 문을 보았다.

그 문은 밖을 차단하지만, 열린 통로처럼 내부와 외부를 연결시켜주기도 한다는 걸 잊고 있었던 것 같다. 삐걱거리는 오래된 문을 절반쯤 연 느낌이다. 그 틈새로 두 개의 세상이 보이는 듯하다. B가 말한 절대적인 어둠의 세계, 그리고 그 너머에 있을 눈부신 빛의 세계. (175-176쪽)

이제 '문'의 두 개의 면 중에서 열린 통로를 따라 다른 면으로 나아갈 때라 생각한다. 그리하여 '나'는 'B'의 장례식장에 다녀온 후 수십 년 동안 엄마와 함께 살아온 집을 처분해서 엄마를 노인 전문 요양원에 모셔다 놓고 '나'의 새로운 삶을 위해 새 희곡 한편을 써야겠단 결심을 한다. 이제 '나'의 어머니는 오랜 투병생활 끝에 현대사회에서 중증질환의 노년이 자신의 주검이 처리될 공간으로 이동된다. 하지만 '나'가 집을 처분해 어머니를 전문시설로 옮기고 새로운 삶의 실천해 나가는 과정에도 어머니를 돌보는 경제적 부담은 남는다.

이 작품에서 작가는 인간의 본질적 비극성인 죽음에 대한 인식을 주인공 '나'와 그의 남자 친구 'B'의 사유를 통해 비교한다. 그것은 모든 인간이 극복할 수 없는 죽음 앞에서 죽음의 선택이라는 방법을 통해 두려움을 극복하고자 했던 'B'와 죽어가는 어머니를 지키며 죽음을 담담하게 받아들이는 '나'의 모습은 남아 있는 삶의 소중함에 대한 인식의 차이를 극명히 보여준다. 'B'는 극단적 방법으로 죽음에 이르지만, '나'는 진정한 자아를 찾아 남아 있는 삶을 충실히 살기로 결정한다. 죽음은 인간의 생물학적 현상이지만 인간 사회에서 죽음의 모습은 문화와 연령층, 건강, 개인의 발달과정과 생활환경에 따라 달라질 수 있다. 특히 작품 속 죽어가는 어머니의 모습은 미국 케어 의학 연구소에서 정의한 바에 의하면 좋은 죽음이라 할 수 없다. 그 이유는 자신을 돌보는 딸의 삶이 고통에서 자유롭지 못하기 때문이다. 게다가 작품 속에서 주인공 '나'와 함께 병든 어머니를 돌보는 데 참여할 수 있는 가족원은 등장하지 않는다. 그렇기 때문에 죽음에 이른 어머니를 전문 시설로 보내겠다고 결심하는 이면에는 그동안 간신히 유지되어 왔던 나'의 가족이 해체되는 것을 의미한다.

반면에 '나'는 청춘시절부터 오랜 시간 동안 병든 어머니를 돌보며 삶과 죽음 사이에서 극심한 자아 정체감의 혼란을 겪으며 고통스러웠던 날을 보냈지만, 그 과정에서 인격적 성장을 이루며 글쓰기라는 새로운 삶의 출구를 발견하며 성숙된 면모를 보여준다.

이렇게 조경란의 「내사랑 클레멘타인」과 「밤이 깊었네」을 통해 노년 죽음을 둘러싼 가족 돌봄과 그 의미를 분석해 보았다. 두 작품들에는 인지기능을 상실한 치매 노인 환자를 돌보는 가족 간의 갈등과 고통의 부담이 다른 질병에 걸린 노년보다 더욱 심각하게 드러나 있었다. 심지어 돌봄의 고통 속에서 가족원들이 불화를 겪으며 가족 해체의 양상까지 드러났다. 또한 병든 노년을 둔 가정에서는 가족구성원 중 여성이 대표적인 돌봄 희생자가 되어 자신들의 삶을 제대로 꾸려나가지 못하고 있다. 그러나 인지기능을 상실한 돌봄 대상인 노부모들과 상호작용을 할 수 없지만 노부모의 지나온 삶을 이해하게 되면서 돌봄 부담감에서 벗어나 긍정적 자아성숙의 면모를 보여주었다. 이 작품들은 죽음에 이른 노년을 돌보는 여성들에 대한 인식과 가치 부여 측면에서 현 사회의 노년 죽음과 관련하여 돌봄 행위의 의미를 파악할 수 있게 하였다. 돌봄 행위자인 딸(여성)들은 병든 노부모 옆을 지키며 신체적, 정서적, 경제적 부담감을 보이기도 하지만 오랜 돌봄 경험을 통해 존재의 가치감이나 자아성숙의 토대를 마련하는 계기가 되었다. 이는 생태여성주의자들이 고령사회에서 여성들의 노년 돌봄 행위가 조화로운 상생의 삶을 살아가는데 긍정적 가치를 제공해 줄 수 있다는 주장과 부합한다. 즉 조경란의 위 두 작품은 여성의 돌봄 행위를 유교 문화적 맥락 하의 성역할 규범의 내면화로 파악하기보다 현대사회 도구적 이성의 팽배와 죽음의 개인화 현상 속에서 죽어가는 노년을 돌보며 그들의 삶과 죽음을 공유해 나간 행위로 파악할 수 있다. 또한 우리 사회가 전통적으로 병든 노년의 돌봄 문제를 가족 내에서 부담하던 형태에서 사회 부양의 형태로 변화되고 있음을 의미한다. 이제 노년을 돌보는 문제는 사회문제로서 그 사회가 노년을 보호해야 하는 대상으로 부각될 수밖에 없는 상황이 된 것이다.

그동안 박완서를 비롯한 노년 작가들이 돌봄 대상자인 노년의 목소리에 집중하며 부정적 정서를 표출하였다면, 조경란은 죽어가는 노년을 돌보는 이들의 문제를 물리적, 정서적, 실존적 시각으로 접근하며 궁극적으로 세대 간 소통과 화합, 공존의 삶을 지향하는 태도를 보여주었다.

4. 노년의 죽음 준비와 주변인의 내면 성찰

노령 인구의 증가는 신체적, 정신적 쇠약 중 적어도 하나를 겪는 슬픈 상태에서 생을 마감하게 한다. 그리하여 의식하든 의식하지 않든 죽음 앞에서 언제나 불안감을 표현한다. 이 과정에서 노년들은 죽음을 준비하며 해탈의 시간으로 보내기도 하고 죽음에 대한 두려움을 보이는 것이 보편적 현상이다.

이 장에서는 실존주의 철학자 폴 루이 란트스베르흐가 말한 "죽음의 수용이 죽음을 변화시킨다"(폴 투르니에, 강주헌 옮김, 2015)란 말의 의미를 잘 보여주는 조경란의 소설 「불란서 안경원」(1996), 「달팽이에게」(2004), 「달걀」(2005), 「버지니아 울프를 만났다」(2006)을 분석하고자 한다. 늙음과 죽음은 모든 인간에게 나타나는 자연적 현상이다. 늙어간다는 것은 죽음에 점차 가까이 가고 있다는 것이고, 죽음은 삶의 과정이 끝나는 지점으로 소멸로 귀결된다. 그러나 죽어가는 노년의 죽음 준비 과정을 지켜보는 주변인들에겐 삶에 대한 인식을 새롭게 정립해 나갈 수 있는 기회가 된다.

먼저, 조경란은 초기작 「불란서 안경원」(1996)에 서부터 생의 의지를 상실한 채 자폐적인 삶을 살고있는 한 젊은 여성의 삶 속에서 노년 여성의 죽음을 그린다. 젊은 여성 '나'는 하루하루를 안경원 밖 세상과는 소통하지 않고 무의미한 일생을 보내고 있다. 이런 '나'에게 손님으로 찾아오는 소나무 집 할머니의 노년 삶과 죽음의 준비 과정은 사라져가는 생의 의지를 불러일으킨다. 이 작품 이후 작가는 꾸준히 늙음과 죽음이 삶의 윤리적 계기가 될 수 있는 가장 중요한 근거라는 사실을 보여주게 된다. 즉 인간은 자신의 한계 상황인 죽음에 대한 반성적 통찰을 통해 자기 자신에 대한 인식과 자기 자신을 돌봄으로써 스스로 삶의 원칙과 규칙을 만들어 가는 윤리적 주체로 기능할 수 있다는 것이다(장영란, 2009).

세상을 12자, 8자 통유리로 들여다보고 이해하기까지…… 지나치게 많은 시간들이 필요했다. 그것은 어쩌면 삶과의 전의(戰意)

를 포기하지 않으면 불가능한 일인지도 모른다. 나는 단 한 번도 내 일생을 통해 거사를 꿈꾼 적이 없었기 때문에 그렇게 적응하고 있다고 생각한다. 내가 아직 무엇 때문에 죽음을 생각하지 않고 있는지 나는 명확히 알지 못한다. 그러나 죽음을 떠올리는 순간, 시간은 고집을 부리며 내 옷소매를 잡아당길 게 분명하다. 아직 견뎌야 하는, 내 나이는 그런 나이다. 나에게 삶이란 단지 오늘을 견디는 것, 바로 그것뿐이다. 아직 더 견뎌야 했다. 그런 아직 아무도 내게 삶을 견디는 방법을 가르쳐준 사람은 없다. (304쪽)

주인공 '나'는 12자, 8자의 통유리 안에서 세상을 부정적으로 바라보며 단절된 삶을 산다. 사랑하는 사람과도 이별하고 일상의 지루함을 견디며 시간을 버텨내고 있다. 그러던 중 어느 정도 죽음이 예고되었던 소나무집 할머니의 죽음 소식이 그녀를 세상 밖으로 이끈다. 그동안 안경원의 단골손님으로서 할머니의 노년 삶을 관찰할 수 있었던 '나'는 할머니의 죽음을 그녀의 노년 삶과 연결시키며 되새겨본다. '나'는 소나무집 할머니가 노년의 허허로운 삶의 취미로 안경테를 맞추러 올 때마다 할머니의 동공에서 죽음의 그림자를 본다. 할머니에게 죽음이 다가오고 있음을 직감한다. 할머니는 사시사철 푸르른 소나무를 자신의 정원에 심으며 생명에 대한 강한 열망을 보이지만 오히려 그 가운데 초라하게 죽어가는 '악송'의 모습에서 자신을 발견한다. '나'는 할머니가 안경테를 맞추러 올 때마다 '할머니가 세상에서 쓰고 가는 마지막 안경'이라 생각한다. '나'는 할머니의 장례식장을 찾기보다 할머니 집 정원의 '악송'을 찾아 그 뿌리 밑에 할머니가 좋아할만한 안경을 묻는다.

소나무가 있는 정원을 어슬렁거리다가 나는 가장 늙고 오래되어 보이는 소나무를 찾아 그 앞에 섰다. 거칠고 야윈 몸통의 소나무는 정원 가장 낮은 자리 가장 구석진 자리에 있었다. 나는 젊은 소나무들의 뿌리를 밟고 언젠가 할머니가 말한 악송일 듯한 그 나무 앞에 서서 치마 주머니에 손을 넣었다.

소나무집 할머니의 파일을 삭제하고 나는 어제 새로 들여놓은 부드러운 곡선을 한 나비 모양의 안경테를 진열장에서 꺼내었다. …… 치마 주머니에서 안경곽을 꺼내 움푹 파인 땅에 묻었다. 파낸 황토를 덮어 슬리퍼로 꾹꾹 눌렀다. 허물어지지 않기를 바라는 두꺼비집을 만들 듯 손바닥으로 한참 동안 다독거렸다. 다독이면서 나는 문득 나의 행위가 죽음을 위로하는 것이 아니라 어쩌면 죽음의 혼귀들을 부르고 있는지도 모른다는 생각을 했다. …… 참고 있었다는 듯 굵은 빗방울이 후득후득 떨어지기 시작했다. (323-324쪽)

'나'는 유리 안의 자폐와 유리를 깨뜨리려는 갈등 속에서 늘 죽음을 생각하고 있는 인물이다. '나'는 안경원에서 유리창 바깥세상의 폭력성에 대응이라도 하듯 일 년에 한 번씩 똑같은 소재로 다섯 벌씩 흰색 블라우스만 맞춰 입고 목 윗부분까지 단추를 채우며 세상에 대한 적의를 표출한다. "문을 꽉 닫아버리면, 빗장을 지르고 나면 슬픔이나 고통 따위가 들어오지 못할지도 모른다"고 여긴다. 그런데 소나무집 할머니는 이런 '나'의 삶에 들어와 옷차림을 바꿀 것을 조언하고 세상과 소통해 나갈 것을 이야기해 준 사람이다. 소나무집 할머니는 노년의 허전함을 귀한 소나무 키우는 것으로 달래고, 멋내는 것을 좋아해

립스틱 색깔을 바꿔가며 바르고, 안경테가 새로 나오면 곧바로 맞추어 쓰고, 칠순의 나이에도 책을 들고 다니던 노년 여성이다. 이런 할머니가 유폐된 '나'의 삶¹²에 문을 두드리고 빗장을 들어 올릴 수 있는 계기가 된 것이다. "나에게 삶이란 단지 오늘을 견디는 것, 바로 그것뿐"이었는데, 할머니의 노년 삶과 죽음을 지켜보며 '나'는 무기력한 일상에서 벗어나 자신을 돌아본다.

　어떤 논자는 이를 두고 '죽음을 위로하는 것이 아니라 어쩌면 죽음을 부르고 있는' 것이라고 본다. 하지만 소나무집 할머니가 비록 자신을 죽음의 힘에 뒤틀린 생명인 '악송'에 비유했지만 남은 시간을 소중히 여기며 죽음 준비를 해나갔던 노인임을 잘 알고 있었기에, '나'는 악송 뿌리에서 느껴지는 생명에의 흔적들에 주목하게 된다(이광호, 1997). 또 '나'가 할머니의 죽음 소식을 듣고 할머니의 신상명세서 파일을 삭제하며 검은 화면 속에서 기존의 자신과는 다른 낯선 '나'를 발견하는 점도 이를 입증한다. 할머니의 분신과도 같은 안경을 늙음과 죽음의 표상이라 할 수 있는 '악송' 뿌리 밑에 묻는 행위는 할머니의 죽음 의미를 되새기는 제의적 행위라 하겠다. 그동안 존재론적 회의감에 휩싸여 있던 '나'에게 '잘 자라지 못한 쓸모없는 소나무'도 존재 이유가 있음을 깨닫게 한다.

　신체적 노화로 고통을 겪는 노년의 삶 역시 무기력하고 무가치하지 않다는 것이다. 특히 작품 결미에 이르면 어둡고 음울하고 답답하던 작품의 전체의 분위기가 "갑자기 수천 마리 물고기 떼의 비늘이 햇빛을 받아 반짝이는 듯 눈앞이 새하얘"지는 "은빛 자전거를 탄 아이들이 물고기 떼 사이를 가로지르며 쌩쌩 달려가는 것"같은 생명 표상의 환상들로 채워진다. 이렇듯 주인공 '나'는 소나무집 할머니의 노년의 삶과 죽음에 임하는 태도를 지켜보며 자신의 내면적 상처를 치유하고 세상의 타자들과 관계 맺기에 나선다. 세상을 향한 회의적이고 부정적 시선에서 벗어나 새롭게 자아정체성을 확립해 나간다. 이후 「달팽이에게」(2004), 「버지니아 울프를 만났다」(2006), 「달걀」(2005) 속에서도 젊은 화자 특히 젊은 가족원들의 시선에 비친 노년 죽음을 볼 수 있다. 이 작품들의 공통된 특징은 등장하는 노년들이 주체적으로 죽음을 준비하고 죽음을 맞이한다는 점이다. 작품 속 노년들은 자신들의 질병 혹은 직감에 의해 다가오는 죽음을 감지하고 있다. 그들은 삶의 종착지인 죽음을 인생 여정의 끝으로 생각하며 죽음에 대한 주체적 수용의 자세를 보인다. 또 적극적으로 죽음 준비를 해나가는 노년들 옆에서 젊은 주인공들은 죽음의 교훈을 깨달으며 그동안의 정체성 혼란에서 벗어나 진정한 자아를 발견한다. 이 작품들은 젊은 세대들이 죽음을 어떻게 인식하는가 혹은 어떠한 의미를 부여하는가에 따라 그들의 삶의 방식이 달라질 수 있다는 것을 보여준다. 죽음관은 삶에서 형성되고 그 죽음관이 그 개인의 삶과 상호작용함을 의미한다. 먼저, 「달팽이에게」에는 죽은 아버지의 환갑이 넘은 두 여동생인 하지, 요지 고모와 함께 사는 젊은 화자 '나'가 등장한다. 현재 '나'는 자신의 연애와 결혼 문제에 나이든 고모들과 함께 살고 있는 자신의 처지로 인해 갈등한다. 죽은 아버지를 대신해 자신을 키워준 하지 고모는 현재 알츠하이머(치매)에 걸려 죽음에 가까이 있고, 장애를 가진 요지 고모는 그 곁을 지키며 같이 살고 있다. 주인공 '나'는 열한 살에 아버지의 죽음을 목격한 후 죽음을 생각해도 전혀 움츠러들지 않는다고 생각해 왔다. 하지만 어려서 겪었던 아버지 죽음은 '나'에게 내면의 심각한 상처로 자리 잡아 '나'의 삶 전체를 지배해 왔던 것이다. '나'는 하지 고모의 투병과 요지 고모의 간병 그리고 두 고모의 죽음을 목격하며 점액질로 나아가는 달팽이처럼 두 고모의 자웅동체적 삶과 죽음의 의미를 생각한다. 하지 고모는 정상적 결혼 생활을 하며 장애로 인해 고통스런 삶을 살았던 요지 고모를 보살펴 왔고, 늙어 병들어 보살핌이 필요한 상황이 되자 동생 요지 고모는 끝까지 지극 정성으로 언니를 보살핀다. 그러다 하지 고모가 먼저 세상을 떠나자 요지 고모는 언니와 추억이 있는 고향을 다녀온 후 홀로 남을 조카 '나'의 삶 주변을 정리해 주며 자신의 죽음을 직접 준비한 후 삶을 마무리 한다. 요지 고모 역시 하지 고모와 같이 사랑하는 사람들 속에 둘러싸여 죽음을 맞고 싶었던 것이다. 요지 고모는 자신의 '죽음의 때'를 직감적으로 알고 있었다. 이렇게 하지 고모와 요지 고모의 '자매애'[13]는 노년의 질병과 죽음이란 고통을 아름답게 승화시킨다(하정남, 2001). 주인공 '나'는 두 고모의 조카를 향한 깊은 사랑과 자매애에 바탕을 둔 '죽음의 연대'를 지켜보며 그동안 삶 속에서 불안정하고 모호한 것들이 해결되는 느낌이다. '나'는 두 고모를 보면서 한 여자의 몸속에 각각 두 개의 다른 인격과 사랑이 존재하는 것이라 생각한다. 애초에 한 몸에서 분화된 이들은 삶의 마지막, 죽음을 사랑으로 준비해 나가며 정리한 것이다.

큰고모인 하지 고모가 알츠하이머에 걸린 것은 우리가 함께 살기 시작한 지 삼 년이 채 못 되어서다. 태어날 때부터 한 몸이었던 것처럼 요지 고모가 큰 고모로 곁을 한시도 떠나지 않게 된 것도. 죽음이란 것은 결코 계획할 수 없다는 것을, 언제나 우리의 예상을 뒤엎으며 찾아온다는 것을 잘 알지만 그래도 만약 선택이라는 걸 할 수 있다며 나는 짧고 순간적이면서도 고통스럽지 않은

죽음을 맞고 싶다는 생각을 하지 고모를 보면서 하곤 했다. (61-62쪽)[14]

병을 앓고 있는 사람은 하지 고모였지만 가장 불행해진 사람은 하지 고모가 아니라 그 고모를 간병하는 요지 고모였다. 나는 가족이기는 했으나 고통을 느낄 만큼 하지 고모와 오랜 시간을 보내지는 않았으니까. 그런데도 불구하고 나는 환자에 대한 미움이 놀라울 정도로 커지는 것을 느꼈다. 그 병을 극복하는 방법은 결국 죽음을 기다리는 것뿐이었다. 나는 요지 고모도 그럴 거라고 생각했다. (70쪽) (중략)

그런, 한 평생 남들에게 덜 떨어졌다는 소리를 듣고 산 요지 고모는 그런데 나와는 전혀 다른 태도를 보였다. 그것은 태도라기보다는 일종의 신념 같은 것이었다. 회복할 수 있다는 확고부동한 믿음 말이다. 그 요지부동 앞에서 나는 쩔쩔매고 있었다. (71쪽)

두 고모의 죽음을 목격하며 '나' 역시 지금껏 알아보지 못한 또 다른 사람이 내 안에 있었음을 느낀다. 잠자듯 그저 죽고 싶어 하는 사람이 아니라 생에 대한 끈을 놓지 않고 있는 사람, 그가 바로 '나'인 것이다. 세 식구가 기르던 두 달팽이는 두 고모가 죽는 동안 교미하고 알을 낳는다. '나'는 고모들이 자웅동체인 달팽이들과 같이 '나'를 낳은 건 아닐까 생각한다. 달팽이들은 대부분 알에서 깨어난 바로 그 장소에서 평생 크게 벗어나지 않는다. 그러나 '나'는 어떤 달팽이들은 꼬물꼬물 기어 먼 바다를 건너가기도 한다는 걸 알고 있다. 희고 둥근 달팽이 알, 그것은 지금 내 눈에 고인 이 눈물을 닮은 것 같다. 고모들이 내 손바닥 안에 쥐여 주고 간 것, 고모들의 삶과 죽음을 경험한 '나'는 진정한 자아와 만난다. 부모의 빈자리를 깊은 사랑으로 채워 주고 간 두 고모의 삶과 죽음을 진지하게 성찰하며 지금과는 다른 새로운 삶을 계획한다. 또 "내 안에 나 아닌 다른 사람들이 살고 있다는 느낌"은 변하지 않았지만 죽음에 대한 인식은 변한다. 어려서 경험한 아버지의 죽음이 '나'의 내면에서 억압되어 '나'의 삶을 부정적으로 지배해 왔다면 고모들의 죽음은 과거의 죽음 관념에서 해방되게 한다. "지금껏 알아보지 못한 또 다른 사람"을 내 안에서 발견한다. 그리하여 '나'는 그동안 위태롭게 유지해 오던 유부녀와의 사랑을 정리하고 보다 성숙해진 자아를 발견한다.

무엇보다 젊은 세대 '나'는 '치매'라는 불가역적 질환으로 나날이 피폐해져가는 하지 고모의 곁을 한 시도 떠나지 않고 극진히 돌보던 요지 고모를 보며 죽음에 대한 두려움에서 벗어난다. 모든 인지 기능이 마비되어 가는 하지 고모의 곁을 지키는 요지 고모의 모습은 죽음에 대한 의연함 그 자체였다. 보통 죽어가는 이들에게서 흔하게 찾아볼 수 있는 삶의 회한 역시 두 고모들에게선 찾아보기 힘들다. 두 고모의 삶과 죽음은 서로에 대한 사랑과 믿음으로 이루어져 있기 때문이다. '나'는 어린 시절 아버지의 익사체를 목격하고 죽음에 대해 부정적으로 인식해 왔던 것과 달리 두 고 모의 아름다운 생의 마무리를 지켜보며 죽음의 공포를 극복한다.

비 오는 날이다. 그리고 밤이다... 달팽이들이 가장 좋아하는 시간이었다. 땅이나 나무가 젖어 있어 아무리 먼 데라도 달팽이들이 쉽게 갈 수 있는 시간이었다. 하지 고모 숨이 위태롭게 끊어졌

다 이어지고 있었다... 가장자리부터 차츰 하지 고모는 희미해지고 있었다.(78쪽)

　끝으로 요지 고모는 외치듯 내 이름을 크게 한 번 부르곤 눈을 감았다. 하지 고모가 세상을 떠난 지 꼭 한 달 만이었다. 입술을 요지 고모 귀에 가까이 대고 나는 작별 인사 대신 고맙다는 말을 했다. 그것은 진심이었다. 타인의 죽음이었지만 거기서 나는 희망이 있는, 존엄성이 존재하는 죽음을 보았던 것이다. 그리고 나는 이해하게 되었다. 죽음에는 수만 개의 다른 출구가 있다는 사실을. 이제는 아버지의 죽음이 아니라 고모들의 죽음이 나의 일부를 형성할 것이다. 고모들이 내 생의 타인들이었다고 말할 수는 없을 것 같다. (83-84쪽)

　젊은 세대 '나'가 지켜본 노년 죽음은 "하나도 변한 게 없는데 서서히 윤곽이 희미해지는 것"이다. 사랑하는 사람들에 둘러싸인 채 평화롭게 눈을 감고 있는 하지 고모와 이를 지켜보는 요지 고모의 사이엔 "죽어가는 자와 남아 있는 자 사이의 긴밀한 신뢰감"이 나타난다. 두 고모의 죽음은 현대사회 노년들이 남은 삶 속에서 죽음을 인식하며 과도한 의료 처치를 거부하고 죽음에 능동적으로 참여한 모습이다. 두 노년 여성은 삶과 죽음을 연결시키고 산자와 죽은 자를 화해시키고 중재한다. 더 나아가 인간이 자연으로 돌아가는 것을 받아들임으로써 인간이 자연보다 우위에 서려는 태도를 지양한다(이동옥, 2012). 즉 달팽이처럼 느릿느릿 하지만 우리가알지 못한다고 해도 끄떡없이 어디론가 움직이고야 마는 것이 사랑과 죽음의 모습이다. 두 고모의 삶은 평생 가족과 타인에 대한 보살핌을 해오다 죽음에 이른 현 사회 노년 여성의 보편적 죽음이다.

과학 및 의학 기술의 발달로 인해 '죽음의 때'가 통제 영역으로 들어오며 죽음의 물화 현상이 심각한 현대사회에서 두 고모의 자연스러운 생의 마무리는 우리에게 '좋은 죽음'을 떠올리게 한다. 두 고모는 죽음에 이르는 과정에서 조카를 향한 사랑과 자신들의 생애에 드리워졌던 삶의 질곡들을 죽음의 준비과정을 통해 주체적으로 포용한다.

이렇게 노년 죽음이 한 사람의 성장과 맞물리는 모습은 「버지니아 울프를 만났다」에서도 볼 수 있다. 주인공 '나'는 유년기 아버지의 자살로 할머니의 보살핌을 받으며 성장했다. 하지만 '나'는 세상 사람들과 소통하며 살기 보다는 책 속의 죽음과 더욱 친밀한 관계를 형성하며 비정상적인 삶을 살고 있다. 유년시절 아버지의 죽음은 '나'의 제한적 인간관계와 세상과 단절된 삶을 살아가는 계기가 된다. '나'와 유일하게 소통 관계를 유지하고 있던 할머니는 자신에게 다가올 죽음을 인지하고 가능한 손녀를 자신에게서 멀리 떨어뜨리며 죽음을 홀로 준비한다.

뇌에 물이 차오르는 병을 알아차린 순간부터 할머니는 서서히 나를 가능한 가장 멀리 나를 떼어놓고 싶었던 것일까. 자신의 죽음으로부터, 나를. 할머니의 부음을 듣는 순간 가장 먼저 든 생각은 나는 이제 고아가 되었다라는 것이었다. 오후 여섯 시 오 분 전이었고 나는 창가에 서서 성모 마리아 교회탑 뒤로 해가 막 넘어가는 걸 지켜보고 있었다. 나는 우리가 마지막으로 나눈 대화를 생각해내려고 애써보았지만 차가운 할머니 이마의 감촉만 선명하게 되살아날 뿐이었다. 어쩌면 이제 더 이상 할머니에 관한 것은 기억해낼 수 없을지도 몰랐다. (141쪽)

할머니의 죽음 소식이 날아들자 '나'는 '나의 진정하고 유일한 결속'이었던 할머니가 마지막 순간 자신을 독일 땅 먼 곳으로 밀어낸 이유를 깨닫는다. '나'는 할머니를 닮아 "지나치게 사색적이고 몽환적이며 현실과 환상을 구분하지 못할"때가 많다. 그리고 어려서부터 죽음에 대해 남다른 의식을 소유하고 있다. 책을 통해 만난 죽은 사람들을 좋아하고 죽은 사람들로부터 목소리를 듣고 "죽음이 나 자신에 대해 가장 확실하게 깨달을 수 있는 장소"라 여긴다. 심지어 유서를 남기고 몇 번의 자살 시도를 하며 죽음에 가까이 가고자 했다. 이런 '나'를 지켜보며 할머니는 자신에게 억압되어 있던 아들의 죽음 상처를 겉으로 드러낸다. "너는 부모를 잃었지만 난 스무 살 때 낳은 첫아들을 잃어버린 거야. 그리고 그건 벌써 이십 년 전이다"라는 엄격한 목소리로 손녀의 자살 충동을 억누른다. '나'에게 '아버지의 자살'은 바닷물을 끌어들이는 달의 인력처럼 따라다녔고 할머니에게도 마찬가지였던 것이다. 하지만 할머니와 '나' 사이엔 "서로가 들을 수 없는 어떤 말이 존재"하고 있었다. '나'에게 '아버지의 자살'은 치유 불가능한 원죄처럼 삶을 지배해 왔기에 긴 시간 동안 할머니가 보여준 희생과 사랑을 의식적으로 외면하였던 것이다. 그러나 할머니의 죽음 이후 할머니를 향한 사랑과 머나먼 이국땅에서 자신을 믿어준 '소녀'와의 소통은 이전과는 다른 새로운 삶의 의지를 갖게 한다.

그리고 처음에 그렸던 동그라미 옆에 나란히 제각각 크기가 다른 세 개의 원을 더 그렸다. 두 번째 원은 노란색 크레파스로 칠했고 세 번째 원은 마블 느낌이 나도록 초록색과 보라색을 뒤섞여 칠했다. 마지막 원에는 중간에 둥근 띠를 그렸다. 그리고 나는 할머니에게 말했다. 자, 봐 할머니. 나를 지구라고 치자. 나는 맨 처음에 연필로 그린 원을 손가락으로 가리켰다. 이게 나야. 그 옆에 이 노란색은 화성이겠지. 그 옆은 목성일 테고, 그 옆에 띠를 두른 건 토성. 지구랑 가장 가깝게 붙어 있는이 노란색 화성이 바로 할머니야. 나는 모처럼 내 생각을 제대로 표현한 것 같아 약간 우쭐해지기까지 했다. ……화성 안으로 눈물 한 방울이 툭 떨어졌다. 지금은, 우는 할머니도 볼 수가 없다.

　나는 플리니의 방바닥에 그려져 있는 여러 개의 원을 색칠했다. 떠나는데 아무것도 줄게 없어서 동그라미 하나를 유독 진하게 색칠하고는 너는 나의 토성이야 소냐, 라고 혼잣말을 했다. 그럴싸하게 띠를 그려 넣는 것도 잊지 않았다. (중략) 내가 만약 아무것도 쓰지 않는다면 내 인생은 그냥 빈 종이로만 남을 것이다. 이제 원하는 게 생겼으니 늦어도 내일은 집으로 돌아가야겠다. 나는 나의 지난 여름과 할머니와 소냐, 그리고 버지니아 울프에게 작별 인사를 할 요량으로 창밖을 향해 목을 길게 빼곤 아우우, 아우우, 짐짓 구슬피 우는 시늉을 해본다. (145-146쪽)

　자기 안에 갇혀 세상과 소통하지 않고 죽은 자들만을 좋아하던 '나'를 할머니는 다가오는 죽음 준비를 위해 낯선 타국으로 보내어 세상 사람들과 소통하며 살게 한다. 손녀가 자신의 죽음 이후 홀로서기를 통해 새로운 사람들과 어울리며 살아가길 바란 것이다. 할머니의 바람대로 '나'는 차츰 과거와 화해할 수 없을 것 같았던 감정에서 벗어나 할머니뿐만 아니라 인간에 대한 그리움과 사랑의 감정을 느낀다. 작품 속 할머니는 아들의 자살로 인해 심각한 내면의 상처를 가지고 있으면서도 손녀의 비정상적 삶을 걱정하며 세상 밖으로 손녀를 이끌기 위해 '죽음의 때'에 외로운 선택을 한 것이다.

나는 그것이 할머니가 나에게 새로운 문 하나를 준 거라고 생각한다. 할머니는 나에게, 우리에게는 수없이 많은 문이 있는데 닫힌 문 하나를 너무 오랫동안 바라보느라 새로 열린 문을 보지 못하는 거라고 타이르듯 말했다. 그게 우리가 마지막으로 나눈 대화였다. 할머니가 나에게 준 것은 또 있었다.

나는 편지 한 장을 받았다. (중략)

그날 밤, 나는 다시 버지니아 울프를 만났다. 나는 지금부터 내가 해야 할 일들에 대해 생각하고 있다고 말했다. 그녀는 무엇을 하든 그것을 기록으로 남기지 전에는 아무 일도 진짜로 일어나는 게 아니라고 말했다. 글을 쓰면 고통의 원인이 줄어들고 거기에서 벗어나는 길이 하나 열리는 경험을 하게 될 거라고도 말이다. 문득 할머니의 말이 기억났다. 나는 그녀에게 내가 달라진 것 같으냐고 물어보았다. 그녀는 침묵을 지키고 있다가, 자신의 삶을 끝내는 것은 한 권의 책을 끝내는 것과 같은 일이라고 말했다. 나는 성장하려는 열망으로 부푼 소녀처럼 수줍게 나의 책, 이라고 읊조려보았다. (143-144쪽)

할머니의 보살핌과 사랑으로 '나'는 내면의 성숙을 이루며 '새로 열린 문'을 보게 된다. '나'에게 할머니란 존재는 "눈을 감고도 나를 점자처럼 손끝으로 읽어 내려갈 수 있는 사람"이었음을 깨닫는다.

「달걀」에서도 어려서 부모님을 잃고 알 수 없는 고통과 불안으로 살아온 젊은 주인공 '나'가 등장한다. 부모를 잃은 두 살 때부터 '나'를 키우기 위해 자신의 꿈을 접고 생선 장사를 하며 나를 돌봐왔던 이모가 치매에 걸려 죽음에 이른다. '나'는 병든 이모를 돌보는 과정에서 이모에 대한 부채감으로 심각한 정체성의 혼돈을 경험한다. 그동안 만나왔던 여자들과의 관계에서 반복되었던 "요구와 저항과 압박과 위협과 그리고 마침내 한 사람의 굴복"같은 것이 이모와 '나'의 관계에도 존재한다고 느낀다. 하지만 이모의 죽음 이후 그것은 "책임감과 의무를 회피하기 위해 스스로 만들어낸 두려움"이란 걸 알게 된다.

이모의 뇌 기능은 급속히 떨어졌다. 유전적인 원인 외에도 새로운 환경에 갑자기 노출된 혼란과 부재가 가장 큰 원인이라고 담당의가 말했다. 나는 그 말을 믿지 않았다. 기억력이 떨어지는 것, 자꾸만 망각하려고 하는 건 이모 자신의 의지처럼 보였기 때문이다. 이모는 이제 겨우 예순 살이 약간 넘었을 뿐이었다. 대문을 도둑맞은 집의 모든 사람들이 이런 병 따위를 앓거나 하지는 않을 것이었다. 나는 분노로 머리가 터져 나갈 것만 같았다. 이모의 의지는 물속에 검은 잉크 한 방울이 떨어지는 것처럼 서서히, 그러나 순식간에 이루어졌다. 퇴근하기가 무섭게 나는 집으로 돌아왔다. 이모, 우리집 주소가 뭐지? 전화번호는? 이모 나이는? 내가 태어난 해가 언제지? 하는 어처구니없는 질문들을 이모의 얼굴에 내 얼굴을 들이대고는 진지하게 퍼부어댔다. 그럴 때마다 나는 깜짝깜짝 놀랐다. 이토록 늙은 이모의 얼굴을 본 적이 없기

때문이었다. (270-271쪽)

치매 증상이 심해질수록 이모의 최근 기억은 사라지고 '나'의 유년시절에 집착하는 이모의 모습은 그동안 '나'가 알지 못했던 시간을 재발견하게 한다. '나'는 이모의 기억에 따라 때로 씁쓸함과 또 갚을 수 없는 부채감 때문에 가슴이 짓눌리기도 한다. 하지만 이 과정에서 치매로 무너져 가는 이모에게 시간이 얼마 남지 않았다는 걸 느끼며 '나'가 두려워하고 있는 건 정작 이모의 죽음이 아니라 죽기 전 이모가 '나'에게 보여줄 태도 혹은 '나'에게 마지막으로 남길 위협적인 비난의 말이다. 이모를 향한 '나'의 부채감은 '나'도 모르는 사이에 불가피한 원망으로 이어져 왔던 것이다. 이런 '나'의 죄책감에서 비롯된 의무감과 두려움 때문에 끝내 떠나가는 이모에게 고마웠다는 말을 하지 못하고 미안하다는 말을 한다. 그러나 이모의 사랑은 원망이니 부채니 하는 마음을 품는 것 이상의 큰 것이었다. '나'의 족쇄가 이모에 의해 채워진 것이 아니라, '나' 스스로 만든 것임을 깨닫는다(차미령, 2008).

눈을 감은 채 이모는 또 한 번 살며시 웃었다. 미안하다는 말이 아니라 그날 나는 고마웠다는 말을 했어야 했는지도 모른다. 그 말을 이모가 더 마음에 들어 하지 않았을까. 이모는 단 한 번도 나에게 '내가 그동안 너한테 어떻게 했는데,' 혹은 '니가 나한테 어떻게 이럴 수가 있니'라는 말 같은 건 한적이 없었는데 그동안 나는 왜 그토록 두려워했던 것일까. (277쪽)

'나'는 이모를 떠나보낸 후 이모가 남긴 흔적들을 바라보며 "내가 아무리 깊은 망각에 빠진다고 해도 이 흔적은 나로 하여금 영원히 이모를 떠올리게 만들 것"이다. 이모와 보냈던 시간들이 다시 돌아오지 않지만 그런 시간들이 전부 다 사라져버리는 건 아니다. 친구 B의 식당으로 보냈던 이모와의 추억이 새겨진 식탁 의자를 다시 가져오고, 베를린에서 만났던 '가비'와의 관계를 새롭게 형성하기 위해 독일로 떠난다. 그동안 이모와의 관계에서 느꼈던 것 말고도 "이 세상에는 내가 모르는 것으로 가득 찬 관계가 존재"할지 모르기 때문이다. 이제 주인공 '나'는 이모의 죽음을 통해 새로운 타인과 관계 맺기를 시도한다. '본래의 나'를 새로운 연인 '가비'에게 이야기 하고 싶은 충동이 일어난다. 작품 속 '달걀'은 어려서부터 '나'가 앓았던 아토피 질병을 비유한다. 아토피는 현재 '나'의 삶에도 계속 치유되지 않고 있는 '나'의 일부분이다. 즉 이모와 '나'와의 관계 역시 현재 자신의 존재를 있게 한 상처이면서 치유의 대상인 것이다. '나'가 자신을 돌아볼 때 언제나 직면하게 되는 존재가 이모이기 때문이다.

> 달걀. 그것은 내가 아주 어렸을 적, 이모가 나에게 준 최초의 음식이었다. 가장 강력하며 가장 침투력이 강한, 가장 근원적인 나의 두려움 말이다. 그러나 그 두려움은 어쩌면 나를 지켜나가기 위한 하나의 생존 방법 같은 것은 아니었을까. 나는 내 주머니 속에 든 가비의 달걀을 만지작거렸다. 냄새도 맡아 보고 흔들어보기도 했지만 그 달걀이 진짜 달걀인지 아니면 베를린 거리의 수많은 다른 달걀들처럼 초콜릿이나 나무로 만들어진 달걀인지 모른다. 그것을 깨보기 전까지 나는 알 수 없을 것이다. (282-283쪽)

아토피를 앓고 있는 어린 '나'에게 '달걀'은 두려움의 대상이다.

잘 나가던 탁구 선수로서 자신의 꿈을 모두 포기하고 자신의 삶을 조카의 양육을 위해 희생해 온 이모의 존재 역시 '나'에겐 억압과 두려움의 대상 즉 '달걀'인 것이다. 그러나 이모의 사랑에서 비롯된 희생적 삶과 죽음에 대한 수용 모습은 '나'가 인간관계에서 가졌던 두려움을 극복하고 치유하며 성숙한 인간으로 나아가게 한다.

이렇게 조경란의 위 작품들에는 노년 주체들이 죽음의 때를 인식하고 주변인들과의 관계를 정리하며 죽음을 긍정적으로 준비해 나간다. 작품 속 젊은 세대들은 노년들의 죽음을 지켜보며 그동안의 내면적 방황과 상처를 극복하고 진정한 내면의 문을 열고, 진정한 의미와 진정한 빛을 자신들의 삶에 전해 받는다(폴 투르니에 강주헌 옮김, 2015). 특히 작품 속 노년 여성들은 부모를 잃은 주인공들을 희생과 사랑으로 보살펴 오다가 노년기 질환으로 죽음에 임박해 있다. 작가는 평생을 타자에 대한 희생과 보살핌으로 살아온 노년 여성들이 죽음의 때에 이르러 능동적으로 죽음을 준비하고, 남아있는 자들에게는 노년의 삶과 죽음의 의미가 계승되고 있음을 보여주었다. 이 작품들에 나타난 노년 여성들의 희생과 보살핌을 통한 가정 내 재생산 가치와 의미는 그들이 죽어가는 모습과 함께 기존에 '생명의 재생산성을 수동성으로 간주하는 가부장적 카테고리'에 대한 문제 제기로 볼 수 있다. 과거 서구 가부장제 개발론이 배제시켜 온 자연과 여성적 가치에서 현 고령화 사회의 문제들에 대한 대안적 가치를 찾을 수 있다(하정남, 2001).

즉 죽음에 대해 억압적 사고를 지녔던 젊은 세대가 죽음에 이른 노년과 시간, 공간을 함께 공유하며 혹은 죽음을 준비하는 모습을 지켜보며 내면의 방황을 끝내고 성숙한 자아로 발전해 나갔다. 조경란 작품 속 노년의 죽음은 '유의미한 타자'의 죽음으로 인식되어 근대 이후 가속화되는 개인화 과정 속에서도 공동체적 연대감이나 정서적 소통이 남아 있음을 보여준다. 이는 "근대자본주의 상품사회에서 죽음은 억압될 뿐만 아니라 모든 의미부여 가능성을 박탈당했다"라는 장 지글러(Jean Ziegler)의 견해를 반박케 한다(천선영, 2012). 장 지글러는 "근대사회가 언젠가는 다가올 죽음을 이해 또는 설명할 그 어떤 사회적 기제도 제공하지 못하는 이런 사회 구조 속에서 죽음의 유의미적 통합은 거의 불가능"하다고 보았기 때문이다. "자본주의 사회는 죽음의 존재 자체를 부정"하며 "죽음을 무(無(무), Das Nichts) 그 자체"로 보고 자본주의 체계의 극복만이 죽음이라는 실존적 사건에 그 본래적 가치와 의미를 되돌려 줄 수 있다고 하였다. 하지만 작가 조경란은 노년 여성들의 평생 보살핌과 희생으로 살아온 삶과 죽음을 연결시키며 그들의 죽음에 대한 의미부여와 그 계승의 문제를 주변인들의 성찰로 재현한다. 노년의 죽음이 그 주변의 젊은 세대들에게 죽음의 의미화를 거치며 유의미적 통합을 이뤄내고 있다. 물론 이 과정에서 젊은 세대의 죽음에 대한 공포를 완전히 사라지게 할 수 없지만 죽음에 대한 긍정적 수용 자세를 기대케 한다.

현대사회에서 그동안 많은 젊은이들이 개인으로 '의미 있게 다가오는 죽음'을 대면하지 않고 성인이 되어 버린 상황에서, 작가 조경란은 젊은 세대가 노년의 죽음에 이르는 과정을 지켜보며 이후 다가올 '자신의 죽음을 받아들일 수 있는 개인'으로 성장해 나갈 가능성을 열어 놓았다. 그것은 죽음이 마치 전적으로 '노인들만의 문제'로 여겨지는 상황에서 '유의미한 타자'의 죽음을 통해 죽음의 자연스러운 수용을 보여준 것이다(천선영, 2012).

5. 맺음말

본고에서는 조경란의 작품들을 통해 노년 죽음의 준비와 돌봄의 의미 그리고 주변인들의 내면 성찰을 살펴보았다. 작가의 작품에는 먼저 돌봄 행위자인 딸(여성)들이 병들어 죽어가는 노부모 옆에서 신체적, 정서적, 경제적 부담을 떠안으며 부정적 정서들을 표출하고 있고, 한편으로는 오랜 돌봄 경험을 통해 존재의 가치감이나 자아성숙의 토대를 마련하는 긍정적 인식을 보여주었다. 이는 생태여성주의자들이 고령사회에서 여성의 돌봄 행위 가치를 긍정적으로 평가하는 맥락과 연결해 볼 수 있었다. 작품 속 젊은 여성들의 돌봄 행위를 유교 문화적 성역할 규범의 내면화로 파악하기보다 현대사회 죽음의 개인화 현상 속에서 노년의 삶과 죽음을 공유해 나간 행위로 재평가할 수 있다. 작가는 '돌봄'의 윤리를 여성에게만 국한되는 것으로 파악하기보다 고령화 사회에서 모두의 새로운 인간성 즉 대안성 담론으로 제시하고 있다.

또한 죽음의 때에 이른 노년들은 자신들의 생애에 드리워져 있던 삶의 질곡들을 죽음의 준비 과정을 통해 주체적으로 포용하며, 주변인들의 삶과 죽음 인식에 긍정적 영향을 끼치며 자아성찰의 계기가 되는 의미화를 보여주었다. 노년의 투병 생활과 죽음의 준비 과정을 지켜본 젊은 세대들은 죽음에 대한 두려움과 공포에서 벗어나 스스로에게 존재론적 물음을 던지며 유년의 상처를 치유하고 생명의 소중함을 깨달으며 진정한 자아를 발견하였다. 이렇게 작가는 노령층 작가들과는 달리 노년 주체의 죽음 준비 과정을 개인 실존적 차원의 순응 태도 외에도 주변인(타인)들과의 관계 소통 차원에서 그려나갔다는 점에서 변별되고 있다. 노년 죽음의 사회화 과정을 보여주었다.

조경란의 소설과 같이 이청준의 동화「할미꽃은 봄을 세는 술래란다」(1998)는 노화로 쇠약해지며 죽음에 이르는 노년의 돌봄 문제에 대해 가족뿐만 아니라 사회적으로 책임지고 돌봐줘야[15] 함을 아름답게 이야기한다.

> "이제 할머니는 은지가 함께 놀 수도 없는 아기가 되어 버리신 것입니다. 그리고 드디어는 정말로 세상일을 아무것도 모르는 어린애처럼 자꾸만 홀랑홀랑 옷을 벗어 팽개치고 이따금은 그렇게 옷을 벗고 누우신 채로 방 안에서 쉬아나 응아를 해 버리실 때도 있습니다. 할머니는 이제 나이를 거의다 나눠 주고 마셨으니, 키나 몸짓이나 말씨, 마음씨들이 그렇게 작아지고 어려지신 것이 당연한 일이지요."(22쪽)

이청준의 동화처럼 작가 조경란은 부모가 자식을 키울 때 투자한 시간들을 자식들이 부모의 생의 마지막 기간 동안 돌려주는 행위는 세대 간 화해와 공감을 가져오고 조화로운 공존의 삶을 지향하는 태도로 보았다.

결국 조경란은 고령화 사회에서 불가역적 노화 현상에 따른 죽음을 둘러싼 노년의 주체적 죽음 준비 과정과 주변인들의 돌봄 행위를 통해 세대 간 소통과 화합의 의미를 되새기게 하였다. 특히 젊은 세대가 노년의 질병과 죽음에 이르는 과정을 지켜보며 삶과 죽음의 윤리적 계기를 마련해 나가는 데 집중하였다.

참고문헌

간호옥,「현대소설에 나타난 노인 부양문제 해결을 위한 사회사업적 접근-박완 서 단편소설을 중심으로」,『사회과학연구』제11집, 2001.

강복희,「생태여성주의에 대한 비판적 고찰」, 제주대학교 석사논문. 2016.

강진호,「풀림과 이완의 예술에서 쉬어가기」,『문화예술』292, 2003.

강혜경,「여성주의 윤리시각에서 본 여성의 모성」,『여성학논집』25집 2호, 2008.

공종구,「노년문학으로서의 송하춘 소설」,『문예연구』23, 2008.

구미래,『존엄한 죽음의 문화사』, 도서출판 모시는 사람들, 2015.

김광일,「둥글둥글한 세상-조경란, 우리가 만난 작가들」, 현대문학북스, 2001.

김미경,『여성주의적 유토피아, 그 대안적 미래』, 책세상, 2000.

김보민,「노년소설에 나타난 죽음인식과 대응」,『인문과학논총』제32집, 2013.

김성희,「한국 노인상에 관한 비판적 담론 분석: 1960년대 이후 한국 단편소설에 나타난 노인상을 중심으로」,『지방자치연구』12권, 2008.

김양선,「여성문학-기이하고 낯선 가족과 여성 이야기-하성란, 조경란, 천운영 을 중심으로」,『여성과사회』, 2002.

김유경,「부양 환경변화에 따른 가족부양특성과 정책과제」,『한국보건사회연구 원 보고서』, 2016.

김정은 최해경,「돌봄 대상자의 기여 요인이 가족 돌봄 노인의 돌봄 부담감과 만 족감에 미치는 영향」,『사회과학연구』26(2), 2015.

김지은,「박완서 소설의 에코페미니즘 특성연구」, 교원대 석사논문, 2013.

김지혜,「노년소설의 문학 교육적 가치-박완서, 오정희, 박민규 단편을 중심으 로」, 고려대 석사논문, 2013.

김혜경,「박완서 소설에 나타난 '죽음' 문제 연구,『한국문학이론과 비평』제66 집, 2015.

노베르트 엘리아스, 김수정 옮김,『죽어가 는 자의 고독』, 문학동네, 2011.

박은희,「한강 소설 연구: 에코페미니즘과 환상성의 결합을 중심으로」, 교원대 석사논문, 2016.

박선애 김정석, 「오정희의 「동경」, 「얼굴」에 나타난 노년의 죽음 문제」, 『인문과학연구』 제31집, 2013.

박지연, 「생태의식 함양을 위한 생태여성주의 시교육방안 연구」, 이화여대 석사논문, 2013.

배철영, 「노인의학의 최신지견-총론」, 『대한의학협회지』 제36권 제12호, 1993.

손정수, 「'나'를 이야기하는 칼리그람으로서의 글쓰기-조경란론」, 뒤돌아 보지 않는 오르페우스강, 2005.

오준심, 「한국문학 작품에 나타난 노인문제 유형 연구」, 백석대 석사논문, 2008.

오준심, 김승용, 「박완서 소설에 나타난 노인에 대한 가족부양 갈등 연구」, 『한국노년학』 제29권 4호 통권 제68호, 2009.

오한나, 「강은교 시에 나타난 에코페미니즘 양상 연구」, 경기대 석사논문, 2006.

윤혜옥, 「에코페미니즘과 시적 상상력」, 조선대 석사논문, 2010.

이광호, 「죽음을 건디는 메타포」, 문학동네, 1997.

이귀우, 「생태담론과 에코페미니즘」, 『새한영어영문학』 43(1), 2001.

이동옥, 「나이듦과 죽음에 관한 여성학적 성찰」, 『한국학술정보』, 2012.

이봉숙, 김춘미, 이명선, 「여성가족간호자 의 치매노인 돌봄 경험」, 『Journal of Korean Academy of Nursing34(5)』, 2004.

이상철, 「고정희 시와 90년대 여성시의 에코페미니즘 연구」, 서강대 석사논문, 2012.

이애숙, 김한곤, 「치매노인 부양자의 부양부담 실태및 부양부담에 영향을 미치는 요인」, 『보건과 사회과학』 13집, 2003.

이유정, 「김선우 시 연구: 에코페미니즘적 특성을 중심으로」, 교원대 석사논문, 2012.

이은경, 「죽음과 노년에 대한 문학적 연구」, 드라마 연구 14권, 2012.

이진희, 「김원일 소설의 죽음의식연구」, 이화여대 석사논문, 2011.

이청준, 『할미꽃은 봄을 세는 술래란다』, 파랑새, 2015.

장영란, 「늙음과 죽음의 원리」, 서양고전학연구 35, 2009.

전흥남, 「노년소설의 가능성과 문학적 함의(2)」, 현대문학이론연구 제44권,

2011.

조경란, 『풍선을 샀어』, 문학과 지성사, 2008.

조경란, 『불란서 안경원』, 문학동네, 1997.

차미령, 『원의 현상학, 책의 존재론』, 문학과 지성사, 2008.

천선영, 「노망과 치매사이-치매에 대한 담론 형성/확산 과정의 사회적 함의」, 『한국사회학회 사회학대회 논문집』, 2001.

천선영, 「죽음을 살다」, 나남, 2012.

최명숙, 「박완서 소설에 나타난 노년의식 연구」, 『국제한인연구 제5호, 2008.

최명숙, 「최일남 노년소설에 나타난 죽음 의식 연구」, 『현대소설연구』 제55호, 2014.

키케로, 오흥식 옮김, 『노년에 관하여』, 궁리, 2002.

펫테인 외, 『노년의 역사』, 글항아리, 2012.

폴 투르니에, 강주헌 옮김, 『노년의 의미』, 포이에마. 2015.

하정남, 「생태적 삶, 에코페미니즘, 새로운 문명」, 『환경과 생명』, 2001.

한림대학교 생사학연구소, 『죽음의 풍경을 그리다』, 도서출판 모시는 사람들, 2015.

한영숙, 「자폐성향인물의 소설적 대응방식-조경란 소설 중심으로」, 충남대교육대학원 석사논문, 2005.

허은숙, 「문정희 시에 나타난 생태여성주의 사상」, 경남대 석사논문, 2007.

황선애, 「생태여성주의와 문학」, 『독일언어문학』 27, 2005.

주

* 「문학 텍스트 속의 노년 죽음과 돌봄: 조경란 소설을 중심으로」, 『한국 노년학』 36집 3호, 2016.8.

1 영국 '데일리메일' 2016년 1월 6일자에 의하면 미국 로스엔젤레스 캘 리포니아대학 론 브룩마이어 교수는 "치매는 한 번 걸리면 10년 이상 투병, 인구 고령화와 맞물려 환자 수가 폭발적으로 증가할 것이 분명 하다"며 "이들을 돌보는 데 드는 비용과 가족들의 감정적 부담까지 고 려하면 엄청난 문제"라고 경고함. 우리나라의 경우는 지난 2015년 10 월 국민건강보험공단과 건강보험심사평가원이 공동 발간한 '2014년 건강보험통계연보'에 따르면 국내 알츠하이머 치매로 입원한 환자는 총 6만 9175명으로 이들의 진료비만 8216억원에 달했음(연합뉴스, 2016.1.7.일자).

2 문화적 생태여성주의자들은 가부장제가 여성 억압과 자연 파괴에 책임 이 있다고 주장하며, 여성문화가 이 모든 문제를 해결할 수 있다고 보 고 있음.

3 캐롤 길리건은 돌봄의 윤리를 월경과 임신, 출산을 할 수 있는 여성의 생물학적 특성과 더불어 아이를 기르는 모성적 경험 및 자신의 성별 정 체성을 획득하는 과정에서 얻게 되는 심리적 자질로서의 여성성으로 제시함.

4 노인복지법에서는 노인 부양을 '선 가정부양, 후 사회부양'을 원칙으로 하고 있음. 이런 조건에서 자식들의 책임과 의무를 강조하는 전통적인 효 개념을 통해 노년 문제를 해결하려는 경향이 있음. 오히려 자식들이 효도를 다할 수 없는 현대사회의 객관적 조건을 반영하여 삶의 조건에 맞는 새로운 효 개념이 마련되어야 할 것임.

5 고령화 사회에서 병든 노인의 돌봄 문제는 가족 범위를 벗어나고 있음. 그 이유에 대해 남성 부계 중심의 가족 원리의 약화, 여성의 사회진출

증가, 교육수준 및 소득의 증대 그리고 치매와 같은 만성질환 이환율의 증가도 간과될 수 없는 중요한 사안으로 보고 있음.

6 노화란 "연령 증가와 더불어 어떤 질병이나 사고에 의한 것이 아닌 자연적으로 신체의 기능이 쇠퇴해 가는 과정"이지만, 의학적 관찰 안에서는 정상적 노화와 병리적 노화로 구분됨. 본고에서는 병리적 노화인 치매와 파킨슨병을 앓으면서 궁극적으로 사망에 이르는 노인들의 돌봄 문제에 주목하고자 함.

7 전통적으로 당연시 되어온 여성 가족 중심의 돌봄 제공 현상은 그 속에 내재되어 있는 권력 및 억압 기제를 간과하고 있음. 즉 남녀 차별을 제도화하고 가부장제를 확고히 함으로서 여성을 구조적으로 억압하는 사회 문화규범을 연관시켜 살펴보아야 함.

8 Motenko, A.K.(1989). The frustration , gratifications, and well-being of dememtia caregivers. The Gerontologist, 29(2),166-172 (김정은 최해경, 2015, 재인용).

9 경제적 여유가 있는 부양자들이 그렇지 못한 부양자들에 비해 상대적으로 심리적 부담이 적음.

10 조경란, 『불란서 안경원』, 1997, 이하 인용은 같은 책.

11 고령화 사회에서 돌봄을 제공하는 이와 돌봄의 수혜자가 대부분 여성이라는 점은 노년 죽음과 관련되 사회적 이슈가 여성의 이슈와 연결됨.

12 조경란의 작품에는 하나 같이 자폐적인 내면의 공간에 갇혀 있는 인물들이 등장함. 이들은 가족으로 인해 세상으로부터 차단되어 세상 밖으로 발 걸음을 내딛는 데 어려움을 겪음. 본고에서는 가족으로 인해 유폐적 삶을 살고 있는 인물들 중 주로 노년의 죽음과 관련해 가족원들의 해체와 돌보는 이들의 고통과 상처에 집중하고자 함.

13 두 고모의 삶과 죽음 모습에 나타난 '자매애'는 생태여성주의의 원리인 '공동체'에 대한 것과 맥락을 같이 함. 인간과 자연이 그리고 모든 존재들이 하나의 큰 몸처럼 상호 연결되어 있고 각 개체에 일어나는 일이 곧 전체에 일어나는 일이라는 것임. 이러한 생태여성주의 원리는 산업화 이후 우리 사회에 퍼져있는 몇 가지 문제들에 대안 모색에 실마리를 제공함. 본고에서 다루고 있는 현 우리 사회 노년 죽음을 둘러싼 주체적 수용과

돌봄 문제에도 시사하는 바 큼.

14   조경란, 『풍선을 샀어』, 문학과 지성사, 2008를 분석대상 텍스트로 삼고
      자 함.

15   "부모 부양은 가족 책임" 1998년 90%→2014년32%, "사회의 책임"
      인식은 2%→52% 급증, "장남이 부모 부양 책임" 22%→2% 급감(연합
      뉴스, 2016.05.24. 재인용).

갈 곳 없는 손자녀를 돌보는 삶과 그 태도:*
－박완서의 「대범한 밥상」과 한승원의 「태양의 집」 등

1. 머리말

21세기 전 세계가 고령사회로 들어서면서 20세기의 성장이나 발전을 중심축으로 하는 지배 이념에서 벗어나 생산성과는 거리가 먼 노년들에 대해 관심을 새롭게 보이기 시작하였다. 그동안 사회 안에서 노년을 배제하고 소외시키며 그들의 삶을 무가치한 것으로 규정해 왔다면, 최근에는 노년의 삶을 면밀하게 들여다보면서 노년 삶을 새롭게 인식하는 데 필요한 대안 담론을 모색하기에 이른다. 대표적으로 사회 안에 팽배한 노년을 향한 연령 차별주의나 가족 안에서 존중받지 못한 노년들에 주목하고 동시에 노년의 주체적 자각 과정을 새롭게 조명해 나가고 있다. 그리하여 현 고령사회는 노년을 생물학적 연령으로서가 아니라 사회적 나이에 따라 늙음의 개념이 긍정적인 요소로 작용할 수 있는 부분에 주목한다. 이런 시각에서 먼저 여성의 타인에 대한 관심과 배려, 유기적 성향이 자연과 인간의 관계에 대한 새로운 패러다임이 될 수 있는 에코페미니즘[1] 논의에 관심을 가질 필요가 있다.

전통적으로 노년은 돌봄의 수혜자로서만 노년을 둘러싼 논의들에서 주로 다루어져 왔다. 그러다 보니 노년의 돌봄 문제와 관련하여 돌봄 제공자들인 배우자, 며느리 딸의 문제에 집중하였다. 또 돌봄의 제공자로서 노년은 주로 할머니의 손자녀 양육 참여로서 주 양육자의 형태를 띤다. 여성 노인은 할머니로서 손자녀를 당연히 돌봐주면서 손자녀가 주는 사랑과 즐거움으로 노후에 삶의 의지 역할을 해왔다. 하지만 최근에는 전통적 가족 형태의 붕괴와 다양한 사회적 필요에 의해 남녀 노인의 손자녀 돌봄 행위가 증가하고 있다. 본고에서는 돌봄 대상자로서의 노년이 아닌 성인 자녀의 가정이 해체된 후 남겨진 아이들을 돌보는 손자녀들의 돌봄 제공자로서의 노년에 관심을 두고자 한다. 이들의 노년기 가족 형태는 손자녀 돌봄을 중심으로 이루어진 조손가족이란 새로운 가족 형태로 구성된다. 이런 가족 형태는 현대사회에서 가족구조의 소규모화, 노인들의 건강한 기대 수명의 상승과 조기 은퇴 등의 영향으로 노인들이 손자녀 양육을 주도적으로 전담하게 되는 가족이 급격히 증가[2]하는 추세와 연결된다.

이렇게 자녀 가족의 맞벌이 때문에 조력자 역할을 하는 노년의 돌봄 행위와 가족관계를 더이상 유지할 수 없는 자녀 대신에 주 양육자 역할을 하는 노년의 돌봄 행위로 나눌 수 있다. 여기서는 "단순히 전통적 가족구조에서 보호 활동 역할로서가 아니라 더 나아가 도구적, 정서적, 경제적 영역은 물론 사회생활과 생존, 삶의 유지 향상에 필요한 다양한 활동이 합쳐진 복합적이고 총체적인 활동"[3]으로서 노년의 돌봄 행위를 알아볼 것이다.

이글에서는 박완서와 한승원 두 노(老)작가의 작품 속에서 남녀 노인들이 성인 자녀의 가족해체로 인해 대리 양육자로서 손자녀를 돌보는 상황과 이 과정에서 성별에 따른 생태적 삶의 특징들을 중심으로 노년의 자아 성찰과 노년의 정체성 문제를 알아보고자 한다. 특히 노년기를 맞아 손자녀 돌봄 행위를 하고 있는 남녀 노년들에게 시간, 노력, 경제적 지원 등의 대가를 상쇄할만한 정서적 기여 측면에 대해서도 주목하고자 한다. 또한 노년의 손자녀 돌봄이 단지 가족 내 돌봄 행위라는 의미를 넘어서 사회적으로 어떤 의미망을 형성하는지 살펴보게 될 것이다. 또한 보살핌이란 여성적 원리가 두 노(老)작가의 작품 속 손자녀 돌봄 과정에서 어떻게 변별되어 나타나는지 들여다보고자 한다.

2. 노년의 새로운 가족 구성과 자아통합적 삶: 박완서 「대범한 밥상」

노년기에 접어들면 생애주기 특성상 신체적, 정신적 변화를 경험하며 불안감을 갖게 되고, 자신을 둘러싼 현실을 인식하는데 어려움을 겪게 된다. 이때 과거 자녀 양육의 담당자로서 역할을 노년기에 다시 수행하게 된다면 노년의 삶은 경제적, 신체적, 정신적 위기 상황에 직면하며 자아정체성 역시 극심한 혼돈에 빠진다. 그러기에 노년의 손자녀 돌봄 과정에서 자신에게 놓인 불합리한 상황에 대응하는 양상은 노년 주체의 인식과 태도에 따라 남은 생애에 영향을 끼칠 수밖에 없다.

이 장에서는 박완서의 「대범한 밥상」에 나타난 노년 특히 노년 여성의 돌봄 행위를 중심으로 그동안 생애 전반에 걸쳐 자각하지 못한 채 타자 의존적 삶을 살아왔던 여성의 인식 변화에 주목하고자 한다. 구체적으로 남성 중심주의적 가치관을 내면화한 채 안일한 중산층 여성으로 살아온 여성이 가부장적 질서에서 벗어나 스스로 자기 결정을 통해 노년의 주체적 삶을 살아가는 과정을 알아볼 것이다. 더불어 손자녀 돌봄 행위 속에서 손자녀와의 소통과 노년 남성과의 협력을 위해 공동 육아에서 맺는 새로운 인간관계를 들여다보고자 한다. 또한 시골의 일상에서 생태적 삶을 실천해 나가는 노년 여성의 모습과 도시의 자본주의적 속물근성을 여과 없이 드러내는 노년의 친구들을 비교해 보고자 한다.

많은 논자들은 노년의 '돌봄의 윤리'를 가부장제의 폭력성과 비인간성이 극대화된 상황에서 생명력을 지키는 여성적 원리[4]에 기반한다고 말한다. 대표적으로 캐롤 길리건은 남성들은 성인 중기에 이르러야 겨우 친밀성, 인간관계 및 보살핌이 중요하다는 것을 깨닫지만, 여성들은 처음부터 이것들이 중요하다고 인식하고 있다[5]고 보았다. 더군다나 노년기에 이르면 개인적 자아의 독립성보다는 사랑과 보살핌이 중심이 되는 상호의존적 삶에 관심이 증가한다. 이렇게 볼 때 여성의 재생산과 모성, 양육적 기질과 같은 자연성에 기반을 둔 여성만의 고유한 문화가 노년의 돌봄 행위를 통해 실현되면서 혼란스러운 노년 현실에 대응 담론으로서의 의미를 가질 수 있다.

이런 에코페미니즘의 돌봄 윤리는 전통적으로 여성적인 특징으로 받아들여지는 보살핌, 연결성, 관계성을 긍정적인 인간의 특성으로 간주[6]하고 있다. 더 나아가 노년기에 실천되는 돌봄의 윤리를 여성적 특질에 국한해 논하기보다 전체 사회를 새롭게 짜는 새로운 사회 원리로 재논의 될 시점이라고 보고 있다. 하지만 노년기를 맞아 돌봄 제공자[7] 역할을 한다는 것은 신체적으로 노화 과정에 있는 남녀 노인들에게 스트레스와 부담감을 가중하는 것도 사실이다.

이 작품에는 노년기 갑작스럽게 비행기 사고로 아들과 딸을 잃고 참척의 고통 속에서 남은 아이들을 위해 비윤리적, 비도덕적이란 사회 시선에도 불구하고 사돈끼리 결합하여 한 가족을 이루고 있다. 이들은 공동육아를 위해 협력 관계를 맺고 제2의 재생산자 역할을 수행한다. 먼저 경실과 같은 여성 노인들은 얼마 전까지만 해도 우리 사회에서 "나이든 여성들은 직접적인 재생산은 마감했지만, 다른 여성들이 재생산한 존재를 보살펴 줌으로써 끝까지 재생산과 관련된 의무를 충실히 수행"[8]해 왔다. 하지만 이 작품에 등장하는 경실은 단순히 조력자 역할로서가 아니라 불의의 사고로 자녀 가족이 해체되고, 부모 잃은 손자녀들이 분리 공포감으로 두려워하자 이들을 위해 사회의 지배 관념에 맞선다. 경실뿐만 아니라 사돈 영감도 손자녀들의 생존 앞에서 기존의 전통 윤리를 전복시키는 노년의 관계 맺기에 나선다. 그리하여 사돈 간에 협력 관계를 맺고 조손가족을 새롭게 구성하기에 이른다. 그 결과 경실과 사돈 영감은 대리 양육자 역할을 수행하면서 자식을 잃은 슬픔을 치유 받고 황폐한 노년 생활에 동력을 얻는다. 여기에 노인들과 아이들의 상호의존에는 사랑과 보살핌이 드러나며 노년의 심적 고통과 상처에 치유의 정서적 기여를 보여준다. 이렇게 경실은 극심한 심적 고통을 극복하려 노력하고 부모 잃은 아이들의 생존을 책임지는 양육자로서 어떤 외부의 시선이나 사회적 통념에 영향받지 않고 오로지 주체적 자기 결정으로 행동한다. 물론 경실의 이런 삶의 방식에는 보통의 노년들이 손자녀를 돌보는 과정에서 가장 어려움을 겪는 경제적 문제에서 비교적 자유로웠던 상황이 한몫한다. 사돈 영감도 아직 경제활동을 하고 있었고, 경실 역시 도시의 집을 세놓아 월세를 받고 있었기 때문이다. 게다가 죽은 자녀들의 비행기 사고 보상금이 손자녀들의 미래학자금으로 준비되어 있었다.

　"둘 다 유학 보내는 건 도시에서도 웬만한 부자 아니면 힘든 일
인데 영감님이 그렇게 돈이 많았나?"

　"아이들 돈이 있잖아. 즈이 어미 아비 죽으면서 받은 보상금이
거액이었을걸. 그것 가지면 두 아이 대학 졸업시킬 만하다는 건
영감님만의 주먹구구는 아니었을 거야." (중략)

　"그럼 아이들을 그만큼 기를 동안 그 돈은 축내지 않았단 소리
네."

　"쓸 일이 있어야 쓰지."

　"사교육비만 해도 적지 않았을 텐데."

　"우리 돈으로 시킬 만했으니까 시켰겠지. 다 영감님이 알아서
했어. 이 싱크대 맨 아래 서랍 있잖아. 제일 깊은 서랍, 내가 거기
다가 월말이면 서울서 월세 부쳐오는 걸 은행에서 찾아다가 현금
으로 넣어놓고 아이들이 돈 달랠 때마다 거기서 꺼내주는 걸 보
더니 영감님도 다달이 월급 타는 걸 찾아다가 거기다 넣어 두더
라. 당신 용돈이나 아이들 과외비도 일단 거기 넣었다가 그때그때
쓸 만큼 가져가대. 수북하던 현금이 거의 바닥날 만하면 또 월말
이 돌아오고. 아껴 쓰지도 해프게 쓰지도 않으니까 저절로 수입과
수출이 맞아떨어지더라. 영감님이나 나나 한 번도 돈 문제 가지고
의논한 적도 걱정한 적도 없어." (「대범한 밥상」, 228-229쪽)[9]

　그렇다고 이들의 돌봄 과정이 마냥 순탄했던 것만은 아니었다.
먼저 노년기를 가장 힘들게 하는 요인 중 하나인 노쇠한 육체에 대한
부담을 무시할 수 없다. 경실은 도시에서의 삶에서 볼 수 없었던 각

종 산나물이나 채소 등의 먹거리로 음식을 만들어 먹으면서 자연 친화적 삶으로 건강을 챙겼다. 이런 생활 태도는 심리적으로 힘들고 신체적으로 노화를 체감하는 노년에게 자신의 건강을 잘 유지하면서 아이들을 돌볼 수 있는 에너지가 된다. 그러다 경실과 사돈 영감은 아이들이 독립적 생활을 할 수 있는 신체적 정신적 상황이 되자 유학을 권유하고 과감히 떠나보낸다. 이런 결단을 위해 두 노년은 돌봄 과정을 계획적으로 실천해 나갔다. 아이들이 떠난 후 사돈 영감은 마치 자신의 책임을 다 마쳤다는 듯 어느 날 자전거 사고로 죽는다. 이런 사돈 영감의 죽음을 두고 경실은 자전거 사고사가 아닌 자연사라고 주장한다. 인생주기 마지막 단계인 노년기에 자신에게 부여된 역할을 잘 수행하고 죽은 노년의 죽음으로 본 것이다. 이런 모습에서도 인간과 자연의 조화로운 공존이란 생태적 시각을 발견할 수 있다. 경실은 시골 생활과 아이들을 돌보면서 체득한 자연으로서 인간 소멸의 의미를 수용하고 있다.

양보경은 "치명적인 슬픔, 비탄과 함께 그 긴장을 견뎌내는 일은 두 노인에게 전폭적인 에너지를 요구하는 일"[10]이라고 말한다. 이런 주장으로 보면, 남은 생애의 에너지를 모두 손자녀 돌봄에 쏟아부은 사돈 영감은 경실의 표현대로 세상에서 할 수 있는 모든 것을 다한 뒤 자연사한 것이다.

> "자전거를 타고 고개 넘다가 구르면서 낭떠러지로 떨어졌는데 발견했을 때는 이미 숨을 거둔 후였어. 남들은 사고사라고 하지만 난 자연라고 생각해"
>
> "어째서?"
>
> "그때 까만 옷을 입고 있어서 그랬던지 하도 말라 부피가 안 느

껴져서 그랬던지 낭떠러지 위에서 바라본 그 양반의 모습이 꼭 나뭇가지 위에서 떨어진 까마귀 같았어. 김현승의 시에도 그런 구절이 있잖니. 나의 영혼/ 굽이치는 바다와/ 백합의 골짜기를 지나/ 마른 나뭇가지 위에 다다른 까마귀같이, 라는."

"다다랐다고 했지 떨어졌다고는 안 했어. 총이나 맞으면 모를까 새가 어떻게 나뭇가지에서 떨어지냐?" (230쪽)

반면 몇몇 연구자들은 노년들이 자신의 신체적 노화와 역할 정체성의 불일치 속에서 심한 스트레스를 경험한다[11]고 주장한다. 이 중에 Seltzer(1976)는 '시간의 흐름에 어긋난 역할'[12]이라고 말하며, 빠른 사회 변화 속에 노년 세대의 가치관도 변화되어 노년의 여유로움을 기대했지만 어긋난 역할을 담당함으로써 심리적 부담감이 가중된다고 보았다.

경실과 사돈 영감 역시 얼마 남지 않은 자신들의 시간을 생각하며 손자녀들 옆에서 오랜 시간 함께 할 수 없다는 것을 알고 행동한다. 하지만 부모 잃은 아이들의 홀로서기를 위해 최선을 다하며 노년기 돌봄 윤리의 긍정성을 보여준다. 이 과정에서 "그 애들이 절박하게 원하는 거면 다 옳은 일이었다"라고 말하는 등 위기 상황에서 생존하려는 아이들을 향해 무한 애정을 드러낸다. 또한 "아이들에게 설명할 수 없는 이 세상 상식은 무시해도 좋다는 식으로 생각이 단순하게 정리가 되더라고"에서 무거운 대리 양육자로서의 책임감도 확인할 수 있다. 그럼에도 불구하고 돌봄 과정에서 갑자기 찾아오는 자식을 잃은 부모의 비통함은 가끔 육체적 신호를 보내온다. 노년에 온전한 평화를 기대할 수 없는 자식을 잃은 부모의 상처가 내면 깊숙이 각인된 채 억압되어 있었다. 한편에선 아이들이 성장 과정에서 주는 심리적 안정감과 행복감이 조금씩 치유의 힘을 갖기 시작했다.

> "근심이 없어졌다고 했지 슬픔이 없어졌다고는 안 했어."
> "혼동해서 미안해. 여기 내려와서도 한방에서 네 식구가 잤냐?"
> "한동안은, 애 녀석이 초등학교 갈 때까지. 이제 학교 학생이 됐고 너는 남자니까 할아버지하고 같이 자면서 책도 읽어달래고 공부도 봐달라고 해야 한다고 타일렀더니 그때는 순순히 듣더라. 그래도 가끔 베개 들고 안방으로 스며들곤 했어. 그 애한테는 할미가 엄마였으니까." (226쪽)

다음으로는 경실과 사돈 영감의 공동 육아를 바라보는 주변인들의 시선[13]은 가히 가부장제의 폭력성이라고 할만하다. 물론 여기에는 남성 중심 사회의 유교적 윤리 잣대만 작용한 것은 아니다. 화자 '나' 역시 적극적으로 비난하지 않았지만 의혹의 눈초리를 감추지 못한다. "여섯 살 세 살 어린 것들을 가운데 두고 양쪽에서 손을 꽉 잡고있는 네 사람의 구도", "너무도 확고하고 흔들림이 없어서 마치 옛날 가족사진처럼" 보였기 때문이다. 화자 '나'를 포함한 경실과 사돈의 주변 사람들에게는 돌봄 행위의 순수성보다는 자본주의 물욕적 시선이 따라다니며 반윤리적 시각으로 매도된다. 여기에는 우리 사회 노년의 이성 관계에 대한 욕망의 억제와 통제[14]라는 사회의 부정적 시선도 함께 작용한다. 하지만 경실과 사돈 영감은 위기 상황을 극복하기 위해 주변의 시선에 일일이 대응하지 않고 주체적으로 삶을 살았다. 시간이 지나 아이들 모두 유학을 떠나고 사돈 영감이 죽은 후에도 경실은 서울로 올라가지 않고 홀로 시골집에서 생활하며 여전히 주변인들의 따가운 시선을 받는다.

경실은 사돈 영감이 살아있을 때처럼 이런 주변인들의 시선에 굴복하지 않고 자신의 삶에 주체로서 굳건하게 유학 간 아이들의 주양육자 역할에 최선을 다한다. 그러면서 그리 좋을 것도 싫을 것도 특별히 없는 자연스러운 노년의 일상을 보내고 있다. 시골 생활의 자연 친화적 삶 속에서 자연을 겸허하게 인정하고 평등하게 존중하는 자세로 노년의 삶을 살아간다. 또한 경실은 아이들이 자랐던 고향 산천을 잊지 말라는 의미로 디카로 여기저기 닥치는 대로 찍어서 아이들에게 보낸다. 이런 모습은 여성적 보살핌과 사랑의 발현으로 볼 수 있다. 아이들에게 자신들이 어려서부터 생활해 온 고향 산천의 추억을 되살려 주려는 것이다. 이는 자연을 단지 대상화하는 행동이라기보다 그 자연 안에서 사랑을 교감했던 시간을 기억해 주길 바라는 행동으로 볼 수 있다.

이렇게 노년기 자식을 먼저 떠나보낸 노인들은 말할 수 없는 고통으로 피폐한 삶을 살 수밖에 없지만, 아이들을 돌보는 과정에서 서로 소통하면서 행복감과 기쁨을 경험하게 된다. 이때 내적 고통에서 순간순간 벗어나며 아이들의 밝은 에너지로 심리적 건강성을 회복하고 있다. 두 노인은 절망적 상황에서도 노년 삶을 포기하거나 세상에 대한 부정적 인식을 표출하지 않았다.

"그럼 도대체 무슨 얘기를 하고 살았냐?"

"직접적으로는 아무 얘기도 한 것 같지 않네. 오늘 저녁에 뭐해 먹을까도 아이들을 통해 물어보고, 영감님도 오늘 점심땐 하니한 테 수제비 해달랄까. 이런 식으로 말했으니까. 깊은 속내는 말이 필요 없는 거 아니니? 같이 자는 것보다 더 깊은 속내 말야. 영감님은 먼 산이나 마당가에 핀 일년초를 바라보거나 아이들이 재잘대고 노는 양을 바라보다가도 느닷없이 아, 소리를 삼키며 가슴을 움켜줄 적이 있었지, 뭐가 생각나서 그러는 나는 알지. 나도 그럴 적이 있으니까. 무슨 생각이 가슴을 저미기에 그렇게 비명을 질러야 하는지. 그 통증이 영감님이나 나나 유일한 존재감이었어. 그 밖의 것은 하나도 중요하지 않더라. 남이 뭐라고 하든 그게 나하고 무슨 상관이야. 내가 아닌데. 소문뿐 아냐." (229쪽)

경실에게는 세상에 대한 부정적 시선보다 자신의 삶이 끝날 때까지 아이들을 위한 '돌봄 윤리'의 실천 행위와 시골에서의 생태적 삶을 누리며 사는 것이 더 중요했다. 작품 속 조손가족은 세상의 상식적 시선에 얽매이지 않고, 서로를 깊이 이해하면서 가정 경제, 일상, 양육, 교육에서 있어 기존 체제의 권력관계[15]를 드러내지 않았다. 이들의 관계에는 아이들의 생존을 위한 인간적 유대감이 보였고, 돌봄 과정에서 수평적이고 조화로운 생태적 삶이 재현되었다. 이는 앞에서 언급한 에코페미니즘의 '보살핌, 연결성, 관계성'의 여성적 원리가 작동하면서, 시골에서의 음식 먹거리와 자연 친화적 생활 자세가 노년의 상처를 치유하면서 인생 관조를 통해 자아통합을 이루게 하였다. 특히 사돈 영감은 가부장 사회 안에서 외면당해 왔던 여성적 가치 즉 생명력을 길러내는 힘으로 가족관계나 인간관계에 있어 보살핌과 배려의 정신[16]을 실천하였다. 결국 이 작품의 조손가족은 자연과 인간의 조화로운 공존 관계를 보여주면서 생명의 근원과 생명을 보호하고 양육하는 자연의 이미지로서 여성성을 강조하고 있다.

게다가 경실과 사돈의 돌봄 행위를 지켜본 화자 '나'가 그동안 현대사회에서 보편적 규범이라고 여겨왔던 관념들에 회의하기 시작한다. '나'의 남편은 죽음을 앞두고 그토록 신경을 써서 자식들을 위해 공평하게 재산을 분배했지만, 자식들은 오히려 이전보다 더 사이가 나빠졌다. 평생 합리적 이성주의로 살았던 남편, 그 곁에서 안락한 중산층 여성으로서의 삶을 누려온 '나'는 더이상 사회적 지배 관념에 순응하며 사는 삶이 의미 없다고 깨닫는다. 친구 경실이 내놓은 밥상 위 곤드레, 씀바귀, 민들레잎, 호박잎 등 생명을 살리는 채소들에게서 그동안 잃었던 입맛을 찾으며 강한 생명력을 경험한다. 그러면서 개개인이 자신의 개별적 특성을 바탕으로 주체적 선택에 이르는 과정을 중요하게 생각한다. '나'는 아이들의 생존을 위해 조손가족을 새롭게 구성하여 자연과 조화롭게 살아가는 경실의 선택이 차라리 더 인간적이라고 여긴다. 이런 경실의 삶을 지켜보면서 아이들의 생존 의지와 경실과 사돈 영감의 '돌봄' 윤리가 조화와 화합의 공존을 이루었다고 보았다.

　　결국 경실과 사돈 영감은 오직 손주들의 공동양육이란 목표를 위해 서로 협력하면서 자연과 더불어 배려와 존중의 여성적 원리를 실천하면서 노년의 새로운 정체성을 구성하였다. 경실은 딸의 비행기 사고 이전까지만 해도 도시에서 평범한 일상을 보낸 여성 노인이었다. 그동안 자본주의 가부장제 하에서 물질적, 정신적으로 평안한 삶을 누려온 여성으로서, 노년기 도저히 이성적으로 설명할 수 없는 비합리적 사건 앞에서 극심한 자아의 혼돈 상황을 겪으며 "인생의 아이러니 속에서 감추어져 있는 진실성을 깨닫게 해주는 동시에 '나락에서 극락'으로 대전환을 이룬 노년 여성의 적극적인 삶의 지혜로운 의지를"[17]보여주었다.

한마디로 경실과 사돈 영감의 돌봄 윤리는 손자녀를 배려하고 책임지며 '물질만능주의와 이기주의를 지양하고 상생과 공존의 가치, 유기적인 세계 인식의 가치관'[18]을 실천하는 것이었다. 이들은 자녀를 잃은 노년들과 부모를 잃은 아이들이 자신들의 무력감 속에서 서로의 접점을 이루어 공감대를 형성하고 정서적 관계를 유지하였다. 이 과정에서 여성 노인은 자신의 삶을 통찰하며 전 생애를 아우르는 자아통합적 자세를 보여주었다. 이런 노년의 삶에는 상호의존성과 독자성이 공존[19]하며 타인에 대한 관심과 배려, 유대감 등 자연과 인간관계의 새로운 패러다임으로서 에코페미니즘의 논리를 확인할 수 있었다. 이는 박완서의 다른 작품들[20] 속에서 여성적 원리를 사회의 다양한 모순들과 대항할 담론으로 제기하고 있는 것과 맥락을 같이 한다.

3. 노년의 종교적 실천으로써 손자녀 돌봄과 생태적 삶: 한승원 「태양의 집」 등

앞장에서 자본주의 가부장제 사회를 비판하며 대안 담론으로서 에코페미니즘 논리의 "보살피고 양육하는 자질"을 실천하는 남녀 노인의 공동육아에 대해 알아보았다. 이 장은 한승원 작품 「태양의 집」 등에서 남성 노인들의 손자녀 돌봄에 나타난 노년의 실천적 삶과 사유 방식을 불교적 생태주의에서 찾아보고자 한다. 특히 남성 노인들의 돌봄 행위에서 여성적 윤리의 자질들이 어떻게 드러나는지, 박완서와 비교해 변별되는 점을 알아보고자 한다. 한승원은 많은 작품에서 노년과 아이의 관계가 등장한다.[21] 이를 두고 논자들은 노년과 손자녀 사이를 '소멸과 생성의 윤회관계'로 파악하고 있다. 그 근거로서 작가가 그동안 생명 존중을 근간으로 하는 불교사상을 작품화[22] 해왔고, 이 과정에서 불교적 세계관을 바탕으로 자연과 인간을 연결하는 생태주의[23]적 사유를 자주 노출하였다고 본다. 본고에서도 기존의 논의 연장선상에서 노년의 손자녀 돌봄 행위와 노년의 삶 속에서 불교적 생태주의가 구체적으로 어떻게 재현되고 있는지 살펴보려 한다. 한승원도 한 매체와의 인터뷰에서 자신의 작품 세계를 한마디로 "제 소설에서 가장 큰 비중을 차지하는 것은 '한'이 아니라 '생명력'입니다"[24]라고 말한 바 있다. 이런 작가적 신념이 작품 속에서 노년의 돌봄 행위를 통해 노년의 존재 의미와 어떻게 연결되어 나타나는지 파악하고자 한다.

먼저 한승원의 「태양의 집」과 「수방청의 소」에는 남성 노인의 손자녀 돌봄 과정에 인간과 자연의 상호 공생적 관계가 재현되어 있다. 즉 자연과 인간의 연결성을 강조하는 불교적 생태윤리를 엿볼 수 있다. 이는 작가가 근대 이성 중심주의에서 배태된 "휴머니즘이 우주에 저지른 해악을 극복할 수 있는 단초는 노장이나 불교사상에 있다고"[25]밝혔던 맥락에 닿아 있다. 물론 한승원의 작품 중 여성 노인의 돌봄에 대해서도 「감 따는 날의 연통」과 「버들댁」을 통해서 이야기한다. 이 장에서는 전통적으로 돌봄 행위를 도맡아 왔던 여성 노인들의 이야기보다 남성 노인의 돌봄 행위를 중점적으로 분석하며 비교하는 차원에서 언급하고자 한다.

「태양의 집」, 「수방청의 소」에 등장하는 남성 노인들은 경제적 문제로 성인 자녀들의 가족이 해체되자 노후에 손자녀를 돌보며 대리 양육자 역할을 하고 있다. 그들은 이미 자녀 양육을 위해 한평생 고된 삶을 살아왔기에 편안한 노후 생활을 기대했지만 그렇지 못한 현실과 마주한다. 손자녀의 돌봄 제공자가 되면서부터 현실적 고통은 노년 삶에서 자주 발견된다. 여기에 더해 자식들에게 거의 모든 재산을 써버린 후라 경제적 궁핍은 더욱 심각한 상태이다. 하지만 작품들에는 손자녀의 돌봄 과정에서 남성 노인들의 부정적 심리를 찾아보기 힘들다. 부모로부터 분리되어 할아버지에게로 맡겨진 아이들이야말로 생존의 위협 앞에 놓여 있는 존재들이고, 이를 지켜보는 할아버지들의 책임감은 클 수밖에 없다. 그들은 노년기 찾아오는 고립감이나 무력감 앞에서 이런 책임감과 마주하며 오히려 자신의 존재 의미를 더욱 다져 나간다. 이들은 건강한 사회의 한 구성원으로 손자녀들을 성장시키겠다는 조력자로서 '목적적이고 목표 달성적인 자아'[26]를 충실히 실천하고 있다. 그러면서 조손가족이란 노년기 새로운 가족 형태를 구성하여 전통적으로 여성 노인들이 해왔던 사회의 제2의 재생산자 역할을 수행한다. 이런 노인들에 대해서 노병춘은 "버려지거나 방치된 손자녀를 거둬야 하는 것은 조부모의 운명 같은 몫이 되어버렸고, 자식을 키워내느라 단물이 다 빠진 육체로 또다시 손자 대까지의 희생을 이어나가야 하는 처지가 되었다."[27]고 말한다.

이렇게 한승원 작품에 등장하는 노인들은 새로운 생애주기를 맞아 손자녀의 양육 부담감과 자녀들을 제대로 길러내지 못했다는 자책감을 안고서 급격하게 진행되는 노화로 이중, 삼중의 어려움에 직면해 있다.[28] 하지만 이런 열악한 돌봄 상황에서도 남성 노인들은 정신적인 면에서 손자녀와 상호 소통하려고 노력하며 노후에 삶의 희망을 놓지 않는다. 그 이유는 남성 노인들이 "세상의 모든 현상은 상호의존성의 원리에 따라 변화해 가면서 성립하는 것"이고, 노년과 손자녀의 "상호 의존적 관계도 '생명의 공동체'라는 인식"[29]으로 보고 있기 때문이다. 즉 손자녀의 돌봄 행위를 "현재 이 순간 각 존재들 간에 발견되는 연관성"으로 보며 '화엄적 생태관'[30]을 회복하는 일로 여긴다. "모든 생명이 협력과 보살핌에 의해 유지된다"고 보는 시각은 에코페미니즘의 논리와 연결되어 있다. 하지만 에코페미니즘이 근대 사회에서 여성과 자연이 동일하게 억압당했다는 인식에서 여성적 가치를 재조명하고 있는 점과 달리 한승원의 작품 속 돌봄의 논리는 기존 전통 사회의 모성적 윤리에 기대어 있다.

보통 노년이란 존재는 앞으로의 삶에 있어 더 이상의 희망은 없고, 노년의 시간은 죽음을 향해 간다고 생각한다. 그런데 노년기 돌봄 윤리를 실천하면서 살아가는 노인들은 비록 심신의 부담감을 느끼지만 일상에 찾아오는 존재의 쇠퇴와 무력함에서 어느 정도 벗어난다고 본다. 특히 돌봄 대상자가 손자녀일 경우, 고립되어가는 노년에게 긍정적 심리 기여를 통해 돌봄 부담감을 상쇄시켜 준다. 반면 경제적 어려움과 손자녀의 내적 갈등 같은 돌봄을 둘러싼 생활세계의 문제점들에 직면하는 것도 사실이다. 이 작품들에서 가장 먼저 드러난 갈등은 노년의 성인 자녀들과의 갈등이다. 노년과 성인 자녀 사이의 관계는 심각할 정도로 파편화되어 있다. 대부분 성인 자녀들은 노부모들의 경제적 궁핍의 원인 제공자이고, 손자녀의 양육 책임을 지지 않고 부모에게 떠맡기면서 패륜적 모습까지 서슴지 않는다.

이렇게 작품 속 노년 남성들은 조부로서 홀로 손자녀를 키우면서 겪게 되는 기쁨, 갈등, 기대, 우려 등등의 복잡한 감정들을 경험한다. 노년과 손자녀 사이에는 '과거를 이해하는 안목, 지지, 상담 및 친구와 같은 정서적 관계'[31]도 확인할 수 있다.

「태양의 집」의 안기철 선생 경우도 사위와 딸 때문에 "퇴직금과 읍내의 집까지 모두 날려 버리고", 노모를 모시고 초등학교 4학년짜리 외손자를 돌보고 있다. 세상 사람들의 눈에는 '한심한 노년'을 보내는 인물이다. 이런 안기철 선생을 지켜보는 화자 '나'는 "칠십 초반의 석양처럼 기울어져 가는 삶 속에서 노인의 집에 '태양의 집'이란 현판"을 건 이유를 알 수 없다. 이런 주변인들의 부정적 시선과는 달리 안기철 자신은 외손자를 돌보고 있는 것을 '자궁 노릇'의 역할이라고 비유하며 긍정적 사고로 노년 현실을 수용한다.

> "자궁은 특이한 자루 같은 기관이야. 잉태된 아기를 키울 영양소를 섭취하도록 하기 위해 입맛을 내는 호르몬, 새끼 탐을 하게 하는 호르몬을 분히도록 촉구하네! 바늘처럼 뺴뺴한 여자, 참새같이 작은 여자도 일간 잉태만 하면 틀림없이 그 아기를 건강하게 키워 낳는 까닭이 그 자궁의 기능 때문이여. 자궁이 하는 일은 그 아기를 건강하게 키워서 질 밖으로 내보내는 것으로 끝나지 않네. 질 밖 세상으로 나가서 독립된 개체가 된 다음에는 또 그 아이가 잘 자라도록 젖을 분비하게 하고, 그 아기를 누군가가 해치지 안도록 감싸 주고 돌보게 하는 특이한 호르몬을 분비하네. (중략)
>
> 모든 아기는 자기를 낳아 준 자궁이 옆에 있지 않으면 불안해하고 맥없어 하네. 고아들이 고독해하고 정서가 불안하고 풀이 죽어 있곤 한 것은 자기를 지켜 줄 자궁이 옆에 있지 않기 때문이여."[32]

위의 인용에서 이야기하는 '외손자 놈의 자궁 노릇'은 여성적 역할과 자연의 연관성을 긍정적 가치로 평가하는 대목이다. 하지만 모성성의 발현 이미지를 생명 존중, 생명 보호의 생태윤리의 상징성으로 재현하고 있을 뿐이다. 그렇기 때문에 손자녀를 돌보는 노년의 행위는 생존의 위협에 놓인 대상을 보살피는 불교적 세계관에서 나온 실천 행위이다. 자세히 살펴보면 에코페미니즘이 주장하는 여성적 원리로서 노년의 돌봄 가치를 수용하였다기보다 상생, 공생적 가치 추구라는 불교적 신념을 노년의 돌봄 행위로 표출하고 있다. 이런 불교적 생태윤리에 기반한 남성 노인의 돌봄 태도는 "모든 생물들이 생존하고 번성할 권리 그리고 그 자신의 개체적인 자기 계발과 자기 구현 형태에 도달할 수 있는 권리를 동등하게 가지고 있다"[33]는 원초적 자연의 심층생태주의[34]와 같은 맥락이다. 그 결과 작품 속 노년의 돌봄 가치는 죽음만을 기다리는 부정적 시간으로서의 노년의 시간이 아닌 '태양의 집'이란 현판을 걸 정도로 희망적 시간으로만 그려진다. 이 과정에서 외손자 영후와의 상호 소통은 손자에게 삶의 지혜와 경험을 일방적으로 제공하는 모습으로, 손자의 불안한 내면 갈등을 해결하는 방법도 안기철 선생의 사고 틀 안에서 계획적으로 진행된다. 오히려 남성 노인으로서 사회적 은퇴에 대한 소외감과 육체적 노화에 대한 구체적 현실은 무시되고 노년의 위기감보다는 책임감이 더욱 부각될 뿐이다. 오직 손자 영후의 성장발달 단계에 긍정적 영향을 끼치고 자긍심을 심어주는 데 최선을 다하고 있다. 부모로부터 상처 입은 손자의 자아존중감을 회복시키기 위한 그의 노력은 작품 곳곳에 드러난다. 칠십 세 넘은 남성 노인이 손자 영후에게 수영과 태권도를 직접 가르치고 사내아이가 가져야 할 패기를 강조한다. 하지만 영후는 학교생활에서 친구들과 잘 어울리지 못하고 부모 없는 아이의 갈등 모습을 그대로 노출한다. 안기철 선생은 화자 '나'의 도움을 받아 영후가 있는 앞에서 영후의 태몽 이야기를 꺼내며 손자의 자아정체성에 긍정적 영향을 끼치려 한다. 손자의 내면 상처를 치유하기 위해 '지어낸 듯한 태몽 이야기'를 하는 모습은 노년의 지혜로도 읽힐 수 있다. 안기철 선생은 주변 사람들의 시선에도 전혀 흔들리지 않고 '태양의 집'에서 손자에게 '태양 정신의 씨앗'을 심고 있다. 이런 돌봄자의 태도는 작품에서 남성 노인들이 자존감이 높은 인물들로 그려져 있는 것과 무관하지 않다. 이것은 돌봄 과정에서 안기철 선생이 조부모 역할에 대한 자각이나 역할 수행에 있어 자신감으로 표현된다. 하지만 한승원 작품에는 이런 노년의 돌봄 부담감이 성별에 따라 다른[35] 시각을 드러낸다. 남성 노인의 경우, 돌봄 과정에서 발생하는 경제적 소외와 세대차이로 인한 갈등 상황에 직면해서도 아이들에게 현실적 모순에 맞서는 패기와 상처 치유의 방식을 가르치고 있다. 이런 돌봄 태도는 내적 갈등을 표면적으로 드러내지 않고 억압하는 이성 중심의 근대적 사고라 할 수 있다. 여기에 불교적 생태관의 구현이란 작가적 신념이 주인공 남성 노인에게 '목표 달성 자아'로서의 역할만 부여했기 때문이다. 한승원은 생명 존중의 윤리관을 중심으로 조손가족의 긍정성을 이야기하지만 여전히 전통적 가부장제 윤리관에서 벗어나지 못하였다. 이런 면모는 남성 노인의 돌봄 과정에서 조손 사이의 소통 관계가 조화롭게 드러나기보다 불완전하게 한쪽 목소리만 강조되는 결과를 낳았다.

「수방청의 소」에 등장하는 남성 노인도 물욕으로 인해 아들의 가정이 파괴되자 아들의 삶에서 희망을 기대할 것이 없다고 판단하고, 자신이 공들여 키우고 있는 소들을 손자의 학비로 사용하겠다고 다짐한다.

아버지는 으험으험, 하고 오기스럽게 헛목을 다듬었다. 우사에 있는 재래종 암소 열두 마리는 어떤 일이 있어도 절대로 내지 않을 참이었다. 쓸 데가 있었다. 손녀들 밑에 손자 하나가 바야흐로 고등학교에 들어가 있었다. 그놈이 대학에 들어가면 그놈의 손에다가 한 학기에 두 마리씩 내줄 참이었다. 그렇지만 아들 손에다 가는 한 마리도 넘겨주지 않을 참이었다.

「이 자식아, 멋 하고 자빠져 있냐아? 싸게 가라고 한께? 응? 아비말 안 들리냐?」

아버지는 성난 늙은 살쾡이처럼 으르렁거렸다.

「아부지, 나 좌절에 좌절을 거듭하다가 어느 날 문득 죽어 없어지면은 어쩌실라요? 아부지 혼자 이 소들 보듬고 맘 편하게 잘 사실 수 있겠소? 그때 후회 안 하실라뇨?」

아들이 마침내 아버지의 목을 조이고 들었다.

「하하아, 이 자식 보소이! 아니, 이 아비 웃겨 갖고 배꼽 비틀어지게 하고 짚어서 시방 그렇게 이죽거리고 자빠져 있냐? 아야 이 놈아, 니놈이 죽어 자빠지고 없는 그때에 가서 이 아비의 맘이 편하든 안 편하든, 그때에 가서 혓바닥을 깨물어 뜯음스롬 후회를 하든 안 하든 그것은 이 아비 몫이제 잘나고 똑똑한 니놈의 몫은 아닌 것인께 말이여, 그런 걱정은 하들 말어라이.」[36]

위의 인용에서 주인공 아들은 주식투자를 위해 아버지가 자식같이 소중히 여기는 소를 팔아달라고 생떼를 쓰고 있다. 아버지는 아들에게 안 된다고 말하면서도 한편으로는 자식의 모습에 안타까워하는 부성애를 드러낸다. 하지만 이런 아들의 패륜적 태도를 수차례 경험한 아버지로서 더이상 아들에게 희망을 걸 수 없다.

> 그의 눈에 아들의 뒷모습이 보였다. 절망이 무력증을 몰고 왔다.
> 저 새끼를 어떻게 쳐 죽일까.
> 이를 악물고 진저리를 치던 그는 고개를 살래살래 저었다. 그래,
> 그렇다. 저 자식은 없는 것으로 쳐버리고 저 자식 밑에 달린 새끼
> 하나만 보고 살면 된다. 먼바다에서 파도를 몰고 달려온 바닷바람
> 이 그의 옷자락과 반백의 머리카락과 소라 껍데기 같은 뒷바퀴를
> 흔들어 댔다. 귓바퀴에 어리는 부우, 하는 바람 소리가 간밤 부엉
> 이의 울음소리를 되살려 주었다. 노모의 말마따나 이 갯바람도 수
> 입품일까. 그는 몸을 일으켰고 우사를 향해 나아갔다. 햇빛이 눈을
> 부시게 했고, 그것이 볼과 이마를 다스하게 데우고 있었다. (「수방
> 청의 소」, 37쪽)

위와 같이 노년기 재산을 둘러싼 자녀 세대와의 갈등은 결국 손
자녀의 돌봄 상황으로 이어지고, 그 과정에서 발생하는 경제적 부담은
오롯이 노년에게 맡겨진다. 이런 자녀들과의 관계가 파국으로 치달을
수밖에 없음은 여성 노인들의 돌봄 과정에 더욱 적나라하게 드러난다.
여성 노인들은 노쇠한 몸으로 홀로 생활하기도 힘겨운 상황에서 손자
녀 돌봄까지 더해지면서 경제적 형편은 더욱 나빠져 비참한 노년의 삶
을 살고 있다. 하지만 작가는 앞서 남성 노인의 손자녀를 향한 적극적
의지 실천을 보여준 것과는 달리 할머니의 경우 손자녀가 부모로부터
받은 유해한 영향을 완화[37]하는 역할에만 집중할 뿐이다. 또한 여성 노
인들의 경우, 자존감에 있어 서도 부정성을 강하게 표출한다. 그러다
보니 손자녀들의 성장 과정에 발생하는 부정적 상황을 적극적으로 해

결하기보다 수동적 자세로 방관한다. 이런 남녀 대리 양육자의 현실 대응 방식의 차이는 노년기 생산성 문제와 관련지어 생각해 볼 수 있다. 남성 노인들은 비록 젊은 시절보다 생산성 측면에서 하락한 상황이지만 여전히 생활 주변에서 생산 활동에 적극적으로 참여하여 경제적 부담이 덜한 편이고, 여성 노인들은 자신의 소일거리로는 경제적 부담을 해결하지 못해 정부나 사회의 도움에 상당 부분 의존하면서 소극적 돌봄 행위를 하고 있다.

「감 따는 날의 연통」의 여성 노인은 아들의 채무 때문에 노년기 극심한 궁핍함에 시달리고 있고, 간신히 면사무소에서 주는 사회적 지원으로 살아가고 있다. 「버들댁」의 여성 노인도 "면사무소에서 다달이 통장에 넣어 주는 무연고의 독거노인에게 주는 생계비"를 아껴서 생활하고 있다.

이 자식은 언제나 철이 들어 제 앞가림을 하고 살려는가. 죽기 전에 그놈 당당하게 사는 모습 보는 것이 소망인데 좀처럼 기미가 보이지 않았다. 그 암담한 생각을 하자 다리가 팍팍해졌다. 후유, 하고 한숨을 쉬었다. 버들댁이 이렇게 불편한 몸을 이끌고 살아가는 것은 눈앞에 얼씬거리는 유일한 손자 용복 때문이었다. 용복은 그녀에게 있어서 삶의 허기를 충족시켜 주는 보물이었다. 늦둥이 아들 하나가 있었는데 막일을 하러 다니다가 싸움질을 하고는 교도소에 갔다. 두 해 뒤 겨울에 나와서 어디엔가 취직을 하고 요리 학원을 다닌다고 하더니 어느 날 갓난아기를 안고 나타났다. 앞으로 결혼할 미장원 처녀가 낳은 아기라는 것이었다. 잠시만 맡아 키워 주면 돈 벌어 결혼식하고 살림 차린 다음 데려가

겠다는 것이었다. 한데 아들은 아기를 맡기고 간 다음 종무소식이었다. (「버들댁」, 147쪽)

위의 인용에서 보듯 작가는 여성 노인의 돌봄 과정에 드러난 고단한 현실보다는 손자녀 돌봄의 긍정성에만 방점을 두고 있다. 버들댁은 "그놈이 버들댁의 품에 들어온 이래 지금까지 그녀는 그놈이 하자는 대로 하며 살았다." 반면에 손자 '용복'은 성장하면서 자기주장이 강해지고 조손 가정이란 사실에 불만을 표출하며 할머니에게 경제적 피해와 함께 무례한 언행을 일삼는다. 심지어 자신의 아버지처럼 교도소까지 갔다 오기까지 한다. 버들댁이 보기에 "용복도 제 아비의 길을 가고 있었다." 그렇지만 "용복은 그녀에게 있어서 삶의 허기를 충족시켜 주는 보물"임을 부인할 수 없다. 이런 노년 여성의 심리 상태는 「감 따는 날의 연통」의 여성 노인에게도 나타난다.

그는 떼를 썼다.
「잡히면은 너 어떻게 되는지 아냐?」
「차라지 나 붙잡혀 들어가 뿔라요. 도망댕기기도 지긋지긋하요.」
「교도소 안 가고 산게 느그 어무니가 그 몸 해갖고 느그 영구 보듬고 사는 것이여. 너 들어갔다고 하면은 힘 풀려서 금방 돌아가실 것이다.」
「차라리 그 새끼 보듬고 여닫이 앞바다에 콱 빠져 죽어 뿔라요.」
「이 자식아, 죽을 테면은 너 혼자서 죽든지 말든지 할 일이지 어째서 애먼 새끼를 보듬고 죽냐?」
「거지 돼갖고 가는 새끼 놔두고 죽기 가슴 아픈께 그러요.」

「느그 영구가 얼마나 똑똑하고 야문지 아냐? 너보다는 백 배 천 배 훨씬 잘살 것인께 걱정 말어라. 영구, 학교서 일등만 받아 놓고 한단다.」

「공부 잘하면 멋한다요?」(「감따는 날의 연통」, 135쪽)

가난으로 인해 젊어서 고된 노동으로 살아온 여성 노인은 질병으로 힘든 삶을 살면서도 죄 짓고 떠도는 아들을 대신해 손자를 돌보고 있다. 이런 상황에서 어느 날 몰래 동네에 찾아든 여성 노인의 아들에게 동네 사람은 손자 영구가 너의 어머니에게 어떤 존재인지 아느냐고 묻는다. 그러나 여성 노인의 아들은 자신으로 인해 가정이 해체되어 상처받은 영구에게 책임감을 전혀 느끼지 않는다. 심지어 노모가 몸도 성하지 않은 상태에서 손자를 돌보고 있는데도 아주 무례하고 패륜적 태도를 보인다. 여성 노인에게 손자 영구는 "늙은 할머니 나무의 열매"로 인식된다. 여성 노인은 고된 노동을 통해서라도 양육자 역할을 제대로 수행하려고 하지만 뜻대로 되지 않는 현실에 불안감과 우울감만 커진다. 이렇게 한승원 작품 속 조손가족의 여성 노인은 손자녀 돌봄에 대한 책임감 외에 죄책감, 좌절감, 피로감 같은 부정적 정서를 그대로 노출하고 있다. 앞서 언급한 남성 노인들의 돌봄 행위와는 비교되는 대목이기도 하다.

이렇게 작가가 불교적 생태주의[38]를 남성 노인의 돌봄 현실에 관념적으로 제시하는 태도는 돌봄 행위를 둘러싼 복잡하고 다양한 문제점을 희석화시키는 결과를 낳았다. 특히 「태양의 집」에서 작가로 보이는 화자 '나'가 안기철 선생의 손자 영후에게 '화엄 세상'을 설명해 주는 부분에서 더욱 그러하다. 아래 인용을 보면 "인간은 생물공

258

동체의 많은 구성원 가운데 하나에 지나지 않기" 때문에 서로서로 도우면서 살아가야 한다고 말한다. 이는 불교의 화엄사상에 입각해 세상 만물들 사이의 역학 관계를 설명하며, "세상 만물은 인연을 따라 생겨나고 여러 형태로 그 상관관계를 유지하며 살다가 소멸"[39]하는 연기(緣起)론을 의미한다.

> "영후야, 저 자줏빛 나는 꽃을 자수련이라고 하고, 흰색 꽃을 백수련이라고 한다. 지금 12시가 가까워 오니까 꽃들이 활짝 피어 있는데 말이야. 저것들은 2시쯤 되면 오므라지기 시작해 가지고 4시쯤에는 봉오리가 되어 잠을 잔다. 그랬다가 내일 아침 7시부터 피기 시작한다. (중략) 나는 저 꽃들에게서 살아가는 가락을 배운다. 이 연못이 별로 넓지 않은 것 같지만 가까이 가서 들여다보면 들어 있지 않은 것이 없다. 세상이 또 하나 들어 있어. 하늘, 구름, 산, 탑, 나무, 꽃, 비단잉어, 금붕어, 떡붕어, 개구리, 황소개구리, 소금쟁이, 물벼룩…. 그런데 저것들은 **서로가 서로를 도우면서 살고 있지**. 물고기가 싼 똥물을 저 수련 뿌리가 모두 빨아먹고는 저렇게 무성하게 자라 예쁜 꽃을 피우면서 향기를 뿜고, 물속에 제 몸에서 나는 향기를 풀어놓는 거야. 이 연못 물은 다른 물하고 달리 향기가 난다. 연못은 수련이 있어서 항상 이렇게 깨끗하니까 물고기나 개구리들이 상쾌하게 살아갈 수 있는 거야. 또 이 연못을 보고 이 할애비는 시를 쓰기도 하고 소설을 쓰기도 한다. 이 연못의 주인은 나 혼자가 아니고 여기에 살고 있는 모든 생명체야." (「태양의 집」, 31쪽)[40]

"서로가 서로를 도우면서 살고 있지"라는 내용은 조손 사이의 상호의존성과 상호공존적 관계를 의미하고 있다. 물론 이런 작가적 신념은 여성 노인의 손자녀 돌봄을 그리고 있는 「버들댁」이나 「감따는 날의 연통」에서도 조금씩 드러난다. 즉 생명 존중을 기반으로 한 '생명의 연통 과정' 즉 상호 연결, 공동체적 삶[41]의 중요성을 화자의 시각으로 제시한다.

> 나는 들머리 외딴집의 늙은 감나무의 크고 작은 가지들이 바로 그 모니터 속에서 본 관상 동맥 혈관의 잔가지들 같다고 느꼈다. 아, 그렇다면 이것은 무엇인가, 하고 나는 속으로 소리쳤다. 하늘은 하나의 현묘한 세상의 심장 그 자체인 것이고, 그 심장 속에 뻗어 있는 관상 동맥 혈관들이 늙은 감나무의 가지들 아닌가. 하늘 심장은 피를 짜서 감나무 줄기를 통해 땅으로 흘려보내고 그 피는 땅의 사방팔방을 휘돌다가 다시 하늘로 돌아가고 있는 것이다. 그렇다. 정말 그렇다. 땅도 사실은 음험한 한 세계의 심장 그 자체인 것이고, 땅 심장의 관상 동맥 혈관들은 이 늙은 감나무의 뿌리들이다. 땅의 심장은 그 뿌리들과 가지들을 통해 피를 하늘로 짜 보내고 그 피는 하늘 안의 구석구석을 휘돌다가 다시 땅으로 되돌아오곤 하는 것이다. 그것은 연통(連通)이다. (「감 따는 날의 연통」, 140쪽)

이런 작품 속에 보이는 관념적 서술들은 오히려 노년들이 점차 진행되는 노화로 인해 쇠약해지고, 경제적으로 힘든 상황에서 생의 마지막 순간까지 자신의 삶을 유기하지 않는 등 노년의 구체적 현실에 집중하지 못하게 만든다. 그러다 보니 노년의 손자녀 돌봄 과정에 나타난 절망적이거나 비극적인 요인들을 제대로 형상화해내지 못한다. 단지 노년이 후손 세대를 위해 희생하는 것을 '자궁'의 모성성 발현으로 보면서 노년의 이상적 역할 수행에만 초점을 두고 있다. 노년 삶의 목표로서 손자녀의 돌봄 역할만 강조하다 보면 손자녀와의 소통에서도 상호 자아의 복잡한 심리들이 드러나지 않게 된다.

　즉 한승원은 노년의 돌봄 행위에 나타난 모성성을 하나의 도덕적 이상인 생태적 윤리를 실천하는 삶으로 이야기하였다. 자연과의 교감과 타인에 대한 배려, 상호공존을 서술해 나가면서 손자녀를 돌보는 실천 행위야말로 노년 삶에 있어 생명을 소중히 여기는 가장 인간다운 삶이라고 보았다. 하지만 작품에 나타난 불교적 생태주의의 특징은 희망적 요소만 강조하면서 돌봄 현실을 둘러싼 절망적이거나 부정적인 문제들에는 관심을 표명하지 않았다. 노년의 손자녀 돌보는 행위를 "인간과 자연이 생명의 거미줄로 연결되어 있고 상호 의존적 관계를 맺는 유기적 전체, 다시 말해 생명의 공동체"[42]를 회복하는 일로 강조하고 있다. 이런 사유 방식은 노년기를 맞아 변화된 현실 앞에서 전 생애를 돌아보는 진정한 자아 성찰의 기회를 만들지 못하고 노년기 새로운 자아정체성을 구성하는 데 한계를 보이게 된다.

4. 맺음말

최근 노년들은 지나온 삶에 대한 성찰과 앞으로 남은 생에 대한 비전을 모색해야 할 시기에 다양한 이유로 인해 성인 자녀들의 가정이 해체되면서 손자녀를 돌봐야 하는 상황에 직면한다. 이 글에서는 노년기 손자녀 돌봄 행위가 노년의 삶에 미치는 영향을 박완서와 한승원의 작품들을 중심으로 살펴보았다. 두 작가의 작품에는 노년들이 손자녀의 대리 양육 책임자 역할을 맡으면서 인생 주기 마지막 단계에 찾아온 생활 변화에 적응하며 자아정체성을 새롭게 구성하고자 했다.

박완서의 「대범한 밥상」에는 손자녀 돌봄을 위해 기존 사회의 규범에서 볼 때 비윤리적이라고 할 수 있는 사돈과의 결합으로 공동 양육에 나선 남녀 노인들이 등장하였다. 이들은 주변의 부정적 시선보다는 부모를 하루아침에 잃은 손자녀들의 생존이 더욱 절실하다고 판단하고 전통적 윤리관에 배치되는 행동을 하는 데 주저하지 않았다. 여성 노인의 돌봄 과정은 그야말로 자식을 잃은 부모의 큰 고통 속에서도 오직 남겨진 손자녀들의 성장을 도우려는 조력자의 역할 그 이상을 충실히 보여주었다. 이런 돌봄 태도에서 주변인들의 따가운 시선에도 흔들림 없는 부모 없는 손자녀들의 생존을 위한 절실함을 엿볼 수 있다. 또한 두 노인에게 손자녀들이 주는 정서적 기여는 그들의 심리적 육체적 건강에 크게 영향을 미쳤다. 즉 돌봄 과정에서 노인들이 경험하게 되는 기쁨, 행복, 만족감 그리고 의미부여 및 자아성장 등 심리 정서적 요인들이 노년의 자아통합에 중요한 계기로 작용하였다. 그리하여 두 노년의 상처 치유 과정이 시골의 자연 친화적 생활로 실천되면서 인생의 진실성에 다가서는 생태학적 삶으로 전환되었다.

한승원의 경우는 작가의 불교적 세계관이 그대로 노년의 손자녀 돌봄 행위에도 형상화되어 있었다. 「태양의 집」으로 대표되는 남성 노인들의 돌봄 과정에는 자존감이 높은 인물들이 등장하고 있다. 이런 남성 노인들은 작가의 다른 작품 속 여성 노인들보다 돌봄 행위자에 대한 자각이나 역할 수행에 있어 자신감을 강하게 드러냈다. 하지만 작품 속 남성 노인의 돌봄 과정은 돌봄 행위를 둘러싼 다양하고 복잡한 노년 현실에 집중하기보다 불교적 생태주의에 초점을 두어 돌봄 가치를 관념적으로 제시하고 있었다. 자연과의 교감과 타인에 대한 배려, 상호 공존을 주장하는 불교적 돌봄 윤리와 생태적 삶의 중요성을 노년 인물들의 체화된 삶 속에서 재현하지 못하고 작가의 목소리를 그대로 노출하는 서술로 그려냈다.

이렇게 박완서와 한승원의 작품 속에 나타난 노년들은 인생의 황혼기에 자아성찰의 과정을 손자녀를 돌봄 행위를 통해 보여줌으로써 새롭게 도래한 노년기 현실에 적응하고자 했다. 그러나 박완서와 한승원 두 노(老)작가는 노년의 돌봄 현실과 생태적 삶의 연결성을 이야기하는 방식에 차이가 있었다. 근대 자본주의 가부장제를 비판하며 여성적 원리로서 노년의 손자녀 돌봄 행위와 생태적 삶의 관계성을 이야기하고 있는 박완서와 후손 세대의 생존 차원에서 희생적 시각으로 생명력 회복을 이상적 가치로 보는 한승원의 작가의식을 확인할 수 있었다. 즉 남성 중심의 자본주의 가부장제 비판이라는 시각과 불교적 세계관의 이상적 실천이란 시각에서 노년의 돌봄 행위와 생태적 삶의 의미를 구성하였다. 두 작가 모두 전통적으로 돌봄 윤리가 여성성을 기반으로 이루어져 왔다는 사실에는 긍정적 시각을 견지하였다. 하지만 위에서 살펴본 바와 같이 박완서는 노년기 돌봄 행위에 나타난 여성적 원리를 현 사회의 문제들을 해결할 대안적 담론 혹은 가치로서 모색하였고, 반면에 한승원은 자신의 불교적 생명 존중 윤리관을 실천해 나갈 이상적 방법론의 하나로 여기고 있었다. 이런 차이점에도 불구하고 두 노(老)작가는 노년의 손자녀 돌봄 행위와 자연 친화적 생태주의 사고에서 자아성찰의 계기를 발견하고 노년의 변화된 현실에 적응하면서 인생의 진실성을 추구하고자 하였다.

참고문헌

김오남, 「손자녀를 양육하는 조부모의 부담과 보상감」, 『한국노년학연구』16권, 한국노년학회, 2007, 61쪽.

김욱동, 『생태학적 상상력』, 나무심은 사람, 2003.

김윤식, 김미현 엮음, 『소설, 노년을 말하다』, 황금가지, 2004.

김정은, 최해경, 「봄 대상자의 기여 요인이 가족 돌봄 노인의 돌봄 부담감과 만족감에 미치는 영향」, 『사회과학연구』제26권2호, 충남대 사회과학연구소, 2015, 127쪽.

김지은, 「박완서 소설의 에코페미니즘 특성 연구」, 한국교원대학교 석사학위 논문, 2013.

김춘규, 「한승원 소설에 나타난 생태학적 양상 고찰」, 『문학과 환경』12권2호, 문학과 환경학회, 2013, 30-39쪽.

남진숙, 「에코페미즘적 관점에서 본 주체의 태도와 인식」, 『한국사상과 문화』제49권, 한국사상문화학회, 2009, 119쪽.

노병춘 「아이와의 유대를 통한 노년의 자아정체성 인식-한승원 소설을 중심으로」, 『어문연구』99호, 어문연구학회, 2019, 161쪽.

박선애, 「노년의 이성 관계에 나타난 섹슈얼리티의 통제와 자율성」, 『인문학연구』제32집, 제주대학교 인문학연구소, 2022, 227-263쪽.

박완서, 「대범한 밥상」, 『친절한 복희씨』, 문학과 지성사, 2008.

박주희, 임선영, 「손자녀를 지원하는 노년기 여성의 양육 특성 및 양육 스트레스가 결혼생활 만족에 미치는 영향」, 『한국가족관계학회지』제19권3호, 2014, 4쪽.

박태상, 「박완서 창작집에 등장한 노년문학 연구-심리학적, 사회학적, 노년학 이론을 중심으로」, 『현대소설연구』72집, 한국현대소설학회, 2018, 180쪽.

양보경, 「박완서 노년소설의 젠더 윤리 양상 연구」, 『아시아여성연구』53(2), 아시아여성연구원, 2014, 158쪽.

양보경, 「한승원 신화관의 동양적 특질 연구 – 불교의 화엄사상과 노장철학과의 관계를 중심으로」, 『현대문학이론연구』 61집, 현대문학이론학회, 2015, 280쪽.

이귀우, 「생태담론과 에코페미니즘」, 『새한영어영문학』 43(1), 새한영어영문학회, 2001, 40쪽.

임옥희, 「나이의 젠더화, 계층화, 그리고 가치 있는 삶」, 『여성이론』 겨울19호, 여성문화이론연구소, 2008, 52쪽.

정문권, 「생태학적 상상력의 구현 – 한승원의 '연꽃바다'를 중심으로」, 『인문논총』 14, 배재대학교 인문과학연구소, 1999, 103-118쪽.

조은수, 「지율스님의 생태운동과 에코페미니즘」, 『철학사상』 41권, 서울대 철학연구소, 2011, 133쪽.

최석립, 『노년의 신체적 기능과 심리적 정서상태가 스트레스에 미치는 효과』. 웨스트민스터신학대학원 대학교 박사학위 논문, 2021.

하정남, 「생태적 삶, 에코페미니즘, 새로운 문명」, 『환경과 생명』, 환경과 생명, 2001, 58쪽.

한승원, 『잠수 거미』, 문이당, 2004.

한승원, 「장흥 해산토굴에서 만난 '원효'의 작가 한승원」, 「데일리안」, 2006, 7월12일.

마리아 미스·반다나 시바, 『에코페미니즘』, 손덕수, 이난아 옮김, 창작과 비평사, 2000.

캐롤 길리건, 『다른 목소리로』, 허란주 옮김, 동녘, 1997.

크리스 쉴링, 『몸의 사회학』, 임인숙 옮김, 나남, 2011.

주

* 「문학에 나타난 노년의 손자녀 돌봄과 생태적 삶 - 박완서의 〈대범한 밥상〉과 한승원의 「태양의 집」 등을 중심으로 」 (원고 출처 없음)

1 마리아 미스·반다나 시바(2000), 『에코페미니즘』, 손덕수 이난아 옮김, 창작과 비평사, 2000, 394쪽.

2 박주희, 임선영, 「자녀를 지원하는 노년기 여성의 양육 특성 및 양육 스트레스가 결혼생활 만족에 미치는 영향」, 『한국가족관계학회지』 제19권3호, 한국가족관계학회, 2014, 4쪽.

3 김정은, 최해경, 「돌봄 대상자의 기여 요인이 가족 돌봄 노인의 돌봄 부담감과 만족감에 미치는 영향」, 『사회과학연구』 제26권2호, 충남대 사회과학연구소, 2015, 127쪽.

4 에코페미니즘은 '돌봄의 윤리'를 새롭게 정의하고 평가함. 모성적 경험 및 자신의 성별 정체성을 획득하는 과정에서 내면화된 심리적 자질로서의 여성성인 '돌봄의 윤리'가 현실의 가부장제 모순에 하나의 대안으로서 평화와 생명을 지향하는 사회를 가져올 수 있다고 봄(김지은, 「박완서 소설의 에코페미니즘 특성 연구」, 한국교원대학교 석사학위논문, 2013, 63-64쪽).

5 캐롤 길리건, 『다른 목소리로』, 허란주 옮김, 동녘, 1997, 65쪽.

6 김지은, 앞의 논문, 2013, 68쪽.

7 돌봄은 돌봄 제공자에게 심리적 손실과 보상을 초래함. 손실은 갈등, 낭패, 분노의 느낌을 의미하고 보상은 기쁨, 만족, 희열의 느낌을 포함함 (김정은, 최해경, 앞의 글, 126쪽).

8 임옥희, 「나이의 젠더화, 계층화, 그리고 가치 있는 삶」, 『여성이론』겨울 19호, 여성문화이론연구소, 2018, 52쪽.

9 박완서, 『친절한 복희씨』, 문학과 지성사, 2008.(이하 인용은 쪽수 표시로 대신함).

10 　양보경,「박완서 노년소설의 젠더 윤리 양상 연구」,『아시아여성연구』53(2), 아시아여성연구원, 2014, 153쪽.

11 　최석립『노년의 신체적 기능과 심리적 정서상태가 스트레스에 미치는 효과』. 웨스트민스터신학대학원 대학교 박사학위논문, 2021, 10쪽.

12 　박주희, 임선영 앞의 글, 2014, 7쪽 재인용.

13 　경실과 사돈과의 관계를 바라보는 시선에는 사회체계가 몸을 통제하고 노년의 몸을 감시하는 시선 즉 "행동 규범을 위한 장소이자 규범의 표현물로 변형"되고 있음을 보여줌(크리스 쉴링,『몸의 사회학』, 임인숙 옮김, 나남, 2011, 260쪽).

14 　박선애,「노년의 이성 관계에 나타난 섹슈얼리티의 통제와 자율성」,『인문학연구』제32집, 제주대학교 인문학연구소, 2022, 227-263쪽.

15 　양보경, 앞의 글, 2014, 158쪽.

16 　에코페미니즘에서 주장하는 돌봄의 윤리에는 전통적으로 여성적 특성이라고 여겨왔던 보살핌, 관계성, 연결성과 같은 인간의 긍정적 특성이 담겨 있다고 봄.

17 　박태상,「박완서 창작집에 등장한 노년문학 연구-심리학적, 사회학적, 노년학 이론을 중심으로」,『현대소설연구』72집, 한국현대소설학회, 2018, 180쪽.

18 　김지은, 앞의 논문, 2013, 69쪽.

19 　남진숙,「에코페미니즘적 관점에서 본 여성 주체의 태도와 인식」,『한국사상과 문화』제49권, 한국사상문화학회, 2009, 118쪽.

20 　박완서는 창작 기간 전체에 걸쳐 여성적 윤리의 가치에 대해 관심을 보였고, 그 중에서도 여성의 타자에 대한 돌봄 윤리를 극단적으로 보여준 작품으로「그 살벌했던 날의 할미꽃」(1987)이 있음.

21 　한승원,『잠수 거미』, 문이당, 2004에는「수방청의 소」,「저 길로 가면 율산이지라우?」,「그러나 다 그러는 것만은 아니다」,「감 따는 날의 연통」,「버들댁」,「깨진 크리스텔 조각」등이 있음.

22 　김춘규,「한승원 소설에 나타난 생태학적 양상 고찰」,『문학과 환경』12권2호, 2013, 30-39쪽에는 한승원의 작품들 가운데 생태계 파괴와 인간성의 황폐화에 대해 묘사한 작품들이 생태의식을 고양하였다고 봄.

23 김욱동,『생태학적 상상력』, 나무심은 사람, 2003, 56-57쪽에서 생태주의는 순환론적 세계관과 맞닿아 있고, 지구상에 존재하는 모든 것을 마치 그물이나 고리처럼 서로 깊이 연결되어 있다고 봄.

24 한승원,「장흥 해산토굴에서 만난 '원효'의 작가 한승원」,「데일리안」, 2006, 7월12일.

25 양보경,「한승원 신화관의 동양적 특질 연구-불교의 화엄사상과 노장철학과의 관계를 중심으로」,『현대문학이론연구』 61집, 현대문학이론학회, 2015, 280쪽.

26 남진숙, 앞의 글, 2009, 119쪽.

27 노병춘,「아이와의 유대를 통한 노년의 자아정체성 인식-한승원 소설을 중심으로」,『어문연구』 99호, 어문연구학회, 2019, 161쪽.

28 김오남,「손자녀를 양육하는 조부모의 부담과 보상감」,『한국노년학연구』, 한국노년학회, 2007, 61쪽.

29 김춘규, 앞의 글, 2013, 32-42쪽.

30 조은수,「지율스님의 생태운동과 에코페미니즘」,『철학사상』 41권, 서울대철학연구소, 2011, 133쪽.

31 김오남, 앞의 글, 2007, 62쪽.

32 김윤식, 김미현 엮음,『소설, 노년을 말하다』, 황금가지, 2004, 19쪽 (이하 인용은「태양의 집」쪽수 표시로 대신함).

33 이귀우,「생태담론과 에코페미니즘」,『새한영어영문학』 43(1), 새한영어영문학회, 2001, 40쪽.

34 심층생태주의는 노르웨이 철학자 아르네 네스의 이론으로서 철학에 나타난 인간중심주의를 지양하고 생물평등주의를 주장함 (김욱동, 앞의 책, 2003, 38쪽 참조).

35 돌봄 부담감과 만족감에 영향을 미치는 요인으로 가족 돌봄 제공자의 성별, 연령, 교육수준, 건강상태, 경제적 수준, 사회적 지지, 돌봄 대상자의 관계, 돌봄 대상자의 성별, 인지기능 손상 여부, 일상생활 기능 정도, 돌봄 기간, 돌봄 시간 등을 보고 있음(김정은, 최해경, 앞의 논문, 2015, 132쪽).

36 한승원,「수방청의 소」,『잠수거미』, 문이당, 2004, 35쪽(이하 인용문은

쪽수 표시로 대신함).

37   김오남, 앞의 글, 2007, 64쪽.

38   김춘규, 앞의 글, 2013과 정문권, 「생태학적 상상력의 구현-한승원의 '연꽃바다'를 중심으로」, 『인문논총』14, 배재대학교 인문과학연구소, 1999, 103-118쪽.

39   양보경, 앞의 글, 2015, 282쪽.

40   김윤식, 김미현 엮음, 앞의 책, 2004, 31쪽.

41   하정남, 「생태적 삶, 에코페미니즘, 새로운 문명」, 『환경과 생명』, 2001, 58쪽에서 인류 정신사의 총체적 변혁을 꿈꾸는 에코페미니즘의 기본 원리는 내재성(immanence), 상호연결성(interconnection), 공동체(community)에 있다고 봄.

42   김춘규, 앞의 글, 2013, 42쪽.

4부
무성(無性)적 존재의 연애와 사랑
─노년의 섹슈얼리티, 또 다르게 꽃피다

노년의 이성 관계를 둘러싼 나와 사회의 테두리:[*]
─박완서의 「마른꽃」, 「그리움을 위하여」와 켄트 하루프의 『밤에 우리 영혼은』

1. 머리말

우리 사회는 고령사회[1]로 들어서면서 노인에 대한 복잡하고 다양한 문제들에 직면하게 되었다. 물론 어느 시대 어느 사회에서나 노년은 부정적 의미를 가진 존재들로 인식되어 왔다. 더군다나 후기 근대 산업사회로 들어서면서 물질적 풍요를 재생산하는 데 있어 제 역할을 수행하지 못하는 '노년'은 더이상 그들의 고유한 삶의 의미나 가치를 추구할 수 있는 존재가 아니었다. 그나마 전통사회는 노년을 둘러싼 여러 부정적 시선이 존재하였음에도 불구하고 노인의 지위는 안정적으로 유지될 수 있었는데, 근대사회 이후 의학 및 과학의 발달로 노년의 수명이 연장된 상황에서 급격한 사회문화적 변화는 노년의 삶을 타자화시켰다. 현 사회는 연령주의를 기반으로 노년과 노화로 인한 차별에 집중하는 노년 차별주의가 심해져 가는 상황이다. 노년기를 맞은 노인들은 그 어떤 시기보다 그 자체로 문제적 인물로 자리 잡아가고 있다. 이런 상황에서 현 노년 세대를 "아무도 가보지 않은 길을 지도도 없이 여행하면서 노년의 삶의 의미를 새로이 만들어가는 '문화적 전위'의 역할"을 수행하며, 기나긴 노년의 시간을 의미로 채워내야 하는 개인들의 입장에 대해 말한 논자[2]도 있다.

본고에서는 이런 노년 세대 중에서 많은 수의 여성 노인이 배우자와의 사별과 이혼으로 홀로 일상생활에서 외로움을 겪으며 경험하는 이성과의 만남[3]에 주목하여, 이러한 관계 맺기가 새로운 노년의 삶에 어떠한 의미들을 만들어가는지 살펴보고자 한다. 인간의 수명이 역사 이래 그 어떤 시기보다 연장되고 있는 사회에서, 몸의 노화를 경험하면서 홀로 긴 노년의 시간을 보내는 노인 1인 가구는 개인과 사회를 연결하는 고리가 없어 관계 단절을 경험하며 심리적 상처를 받고 사는 경우가 많기 때문이다. 더군다나 대부분의 홀로된 노인들 중에는 여성 노인의 비율이 높고 이들 삶의 질과 관련하여 성적 존재로서의 독특한 특성을 살펴볼 필요가 있다. 여기에 고령화 사회에서 반복되는 일상생활 속에서 노년의 외로움과 관련된 노년의 문제를 노년의 이성 관계로 시선을 돌리게 한다. 노년의 이성 관계는 노년의 외로움을 해결해 줄 수 있는 정서적 소통과 성적 욕구 해결이라는 문제에 닿아있다. 노년기 '성'은 성행위를 포함한 남녀 간의 인간관계에서 발생할 수 있는 여러가지 상황을 포괄한 상태로 이해해야 할 것이다.[4]

한국 사회에서 '성'[5]에 대한 태도는 20세기 후반 이후 다른 문화권에 비해 매우 빠르게 변화하고 있다. 특히 동시대 젊은 사람들의 성적 행동이나 태도 변화 속도에 쉽게 적응하지 못하는 사람들이 노년기를 맞고 있다. 이들은 유교적 전통 속에서 남녀 간의 이성적 만남을 해왔던 사람들로서 일제 강점기와 한국전쟁을 거쳐 노년기에 이른 여성과 남성들이다. 이들이 현 사회의 빠른 성적 태도 변화에 적응하지 못하고 성적 정체성의 혼란을 겪고 있다. 또한 인간의 수명 연장 하에서 노년의 몸에 대한 관심이 증가하면서 노년의 이성 관계에도 여가 생활과 함께 관심이 높아졌다.

이렇게 서구 사회에서부터 시작된 사람들의 몸에 대한 관심은 몸을 둘러싼 다양한 담론들을 재생하면서 사회 안에서 개인의 정체성을 표현하는 데 중요한 요소로 작용하게 된다. 몸은 인간 행위를 구속할 뿐만 아니라 일상생활의 흐름에 개입하고 그것을 변화시킬 수 있는 수단을 제공한다. 노년기는 지나온 시간 속에서 쌓아온 경험이 축적되고 욕망이 변질되면서 종속적 삶을 누려왔던 자아를 갱신하고 자유인으로서의 자아를 재구성한다. 이 시기에도 여전히 자아의 욕망과 몸 사이에 괴리가 존재한다. 이런 괴리들을 어떻게 좁혀 나가며 재구성해 나가야 할지 진지하게 고민할 과제들이 남는다.

이 글에서 살펴볼 박완서의 작품 두 편과 켄트 하루프의 작품에는 이러한 질문에 대한 답을 찾아보게 하였다. 이후에 분석할 두 작가의 작품들은 부부간의 사별 현상이 보편화 되어 있고 황혼 이혼도 증가하는 노년 현실에 주목하여 선정하게 되었다. 이런 노년 현실을 감안하여 노년의 이성 관계에 대한 의미 규정을 한국과 미국 사회에서 '중산층'에 해당하는 홀로된 여성 노인의 인식을 통해 살펴볼 것이다. 여기서는 노년의 이성 관계를 육체적 성관계에만 집중하기보다 정서적인 안정과 애착심, 존경심, 의사소통 등의 의미[6]로 파악하고자 한다. 노년의 이성 관계를 통해 서로의 삶에 대한 자신감을 주며, 고독감을 해소하고 노년의 생활만족도를 향상시키는 모습에 주목할 것이다. 노년의 성적 욕구를 넘어선 위안이라는 정신적 의미[7]가 강조되고 있는 구체적 현실에 집중하여 분석할 것이다.

또한 사회적 범주에 따라 개인들의 몸이 다르게 규정된다는 전제는 각각 다른 사회적 관행들이 작용하는 한국과 미국 사회에서 개별적 존재들의 몸에 어떻게 영향을 미치고 있는지도 함께 알아볼 것이다. 이는 노년이란 "자연적인 사실이 아니라 문화적 사실로 표상"[8]된다는 점에서 서로 다른 두 사회 여성 노인의 인식을 비교해 보는 작업은 의미가 있으리라 생각한다. 이질적 문화 배경을 가진 두 사회이지만 인류의 보편적으로 성별화된 사회적 관행들이 노년 여성의 몸에 어떻게 투영되어 재현되는지, 박완서의 두 작품과 켄트 하루프의 작품에 나타난 노년의 이성 관계를 통해 주인공과 화자 '나'의 인식으로 살펴보고자 한다.

2. 노년의 몸에 대한 사회적 통념과 성적 억압: 박완서의 「마른 꽃」, 「그리움을 위하여」

한국 사회에서 나이가 들어갈수록 더 원숙해지기에 고령화 자체가 점잖음이나 현명함과 동일시되어 왔다. 근대자본주의의 생산성을 기준으로 건강과 젊음만을 가치 있는 것으로 여기는 사회적 관념들에도 영향을 받았다. 또 오랜 시간 유교적 전통은 청년과 노년, 남성과 여성 관계에 행동 규범이나 가치관에 이중적으로 작용하였다. 특히 노년의 이성을 향한 욕망을 노추로 보고 노년의 삶에서 욕망 자체를 배제해 왔다. 노년은 욕망적 존재로서가 아니라 인생 전반을 아우르는 통합적 시각에서 지혜와 관용의 상징체로서만 인식되었다. 그러다 보니 노년기에 접어든 노인들은 젊은 시절보다 욕망에서 자유로운 평안한 일상을 보낼 수 있으리라고 생각한다. 그러나 실제 노년의 삶은 젊은 세대의 질풍노도 시기를 거치며 겪었던 경험들이 새로운 인생 주기를 맞아서도 다양한 갈등과 욕망들로 드러나며 노년의 자아정체성 형성에 어려움을 겪게 한다.

한국 사회는 2000년대 이후 고령화 사회로 접어들면서 독거노인 가구가 급증(OECD회원국 중 1위)하는 상황이 되고, 노년들은 늘어난 평균 수명만큼 자녀들과 분리되어 오랜 시간 친밀한 소통을 나눌 상대 없이 지내게 된다. 또한 평균 수명과 결혼 연령의 차이로 남성보다 생의 후반기에 여성은 홀로 살아갈 기간이 평균 10년 정도 더 길다.[9] 여기에 20세기 후반부터 생활 수준이 향상되면서 동시에 개인주의 의식이 팽배해지는 등 사회문화적 변화가 급속도로 이루어진다. 이런 사회문화적 변화 안에는 몸의 개별화 욕구와 함께 젊음에 기반을 둔 노년의 몸과 성적 욕구에 대한 부정적 시각을 포함한다. 이는 나이듦을 둘러싼 노년 문제 중 고령자의 이성 관계를 바라보는 시선에 영향을 끼치며 노인 혐오를 더욱 가중시키고 있다. 한국 사회는 더욱 '젊은' 노년의 몸에 대한 지향 담론을 재생산하며 노년기 새롭게 찾아오는 성과 사랑에 대한 의미를 제대로 구성하지 못한다. 후기 근대산업사회에서 '연장된 젊음'을 유지하려는 노인들의 이미지[10]만을 널리 확산시키고 있다.

이에 한국 작가 중 작품 활동 전 시기에 걸쳐 다양한 노년의 문제에 관심을 갖고 여러 작품을 남긴 박완서 작품 중 두 작품을 선정하여 분석 대상으로 삼고자 한다. 이 작품들은 특히 중산층 여성의 시각으로 노년의 이성 관계에 대해 탐색해나가며, 노년이 단지 생물학적 현상이 아니라 문화적 현상[11]임을 드러내고 있다.

코넬은 '사회문화적 성'[12]에 대해 이야기하며, 성별화된 사회적 관행들로 인해 노년의 몸을 부정하는 태도와 노년의 몸을 초월하고 또 그것을 변형시켜 나가는 태도들로 나누어 이야기한다. 즉 노년의 몸에는 다양한 사회적 힘이 연관되어 있다는 것이다. 노년의 이성 관계에도 후기 근대사회의 여러 종류의 가치들이 담지되어 있음을 보게 될 것이다.

먼저 2000년대 전후로 발표된 박완서[13]의 두 작품 속 여성 노인들의 이성 관계에 나타난 노년의 몸과 성 인식에 대해 알아보고자 한다. 이 과정에서 작가의 노년기 이성 교제에 대한 인식의 변화 과정도 드러날 것이다. 한 연구자는 박완서 작품 속 여성들은 남성들과 달리 '사소한 일상사를 통해 근본적인 욕망이나 사회모순에 연관된 문제를 제기'[14]하는 특징이 있다고 주장한다. 노년기는 일상의 중요성이 그 어느 생애주기보다 중요한 만큼 박완서 작품 속 여성 노인들과 그 주변인들의 일상적 삶을 들여다보는 것은 한국 사회 노년의 실상을 파악하는 일이 될 수 있다. 무엇보다 노년의 이성적 만남에서 유발되는 여러 노년의 문제를 여성의 주체적 행위란 시각을 중심으로 분석하고, 아울러 작가의 계층의식이 한국 노년의 몸과 성 인식에 어떻게 반영되어 나타나는지 알아볼 것이다.

「마른꽃」(1995)에서 주인공 여성에게 노화는 폐경기라는 생물학적 징후를 경험하면서 남성에 비해 훨씬 민감하게 감지된다. 작품에는 노년 여성의 신체적 노화가 노년기 홀로 된 여성의 이성 관계에서 그대로 드러난다. 주인공 여성의 몸은 늘어지고 주름진 이물감의 대상으로서 '멸시'의 대상이 되고 있다. 그녀는 '생명' 생산의 기능이 제거된 여성의 자궁을 비롯한 육체가 더는 신성한 공간일 수 없다고 말한다. 그녀에게 몸은 '완성되지 않은 것' 즉 개인의 생애에 걸쳐 변화하고 발전하는 하나의 실체[15]라는 인식은 찾아보기 어렵다. 더 나아가 노년 여성의 몸을 '무성(無性)'적 존재로 인식한다. 이런 이유들로 인해 이성 관계를 바탕으로 한 노년의 사랑에 대해서도 회의적이다.

인생 후반기에 해당하는 초로의 주인공 여성은 버스 안에서 우연히 남성 노인을 만나면서 노화가 진행된 자신의 몸과 노년의 사랑에 대해 복잡한 마음을 드러낸다. 그녀는 버스에서 동년배의 이성과 오랜만에 유쾌한 대화를 나누고, 그날 이후 데이트를 하면서 지루한 일상에서 활기를 느끼는 즐거운 경험을 한다. 데이트 상대인 남성 노인에 대해 느끼는 감정은 젊은 시절 가졌던 설렘과 흥분의 연애 감정과 크게 다르지 않다. 하지만 얼마 가지 않아 노년의 이성 교제에는 젊은 시절의 정욕이 비어있다고 이야기한다. 그러다 보니 조 박사라는 퇴임 교수와 정서적 교류를 하며 이성 관계를 맺는 것은 남녀 간의 핵심이 빠져 있는 '겉멋을 부려본 것에 지나지 않다'고 생각한다. 상대 남성이 아무리 멋쟁이 노신사라고 하여도 앞으로 계속 늙어가는 과정에서 그의 노화된 몸을 보면서 늙음을 추하다[16]고 여기는 한 노년의 이성 관계는 부정적으로 인식될 수밖에 없다. 즉 노년의 육체에 대해 혐오스러워하는 주인공은 이성 교제를 지속해 나갈 수 없다. 이성 교제를 통해 얻는 정서적 유대감은 노년의 일상에서 중요한 요소임에도 불구하고 기존의 지배적 사회규범 잣대로 자신에게 일어나는 노년의 변화된 현실을 받아들이려 하지 않는다.

"그런 것들을 아무렇지도 않게 견딘다는 것은 사랑만 있다고 되는 것은 아니다. 적어도 같이 아이를 만들고, 낳고, 기르는 그 짐승스러운 시간을 같이한 사이가 아니면 안 되리라. 겉멋에 비해 정욕이 얼마나 아름다운 것인지 이제야 알 것 같다"[17]

　　늙어가는 육체에 대한 부정적 생각[18]은 젊은 시절의 종족보존 기능에 초점을 둔 남성 중심의 성적 인식이다. 이는 성의 기능 중 재생산 역할을 마친 여성 노인에게 노년의 성은 '점잖지 못한 행위'[19]로 파악한다. 주인공도 이성 교제에 나타나는 여러 장애물들을 적극적으로 극복할 의지를 갖지 못하고, 회피하고 자신의 궁색한 논리로 합리화하면서 새로운 삶에 도전하지 못한다. 하지만 주인공 여성의 의식 저변에는 황혼기에 맛보는 연애 감정이 청춘 남녀들의 감정과 다르지 않다는 섹슈얼리티를 긍정하는 면모도 나타난다. 이성 상대인 조 박사의 외모에 호감을 보이며 설레는 대목에서 알 수 있다. "수려한 골상에 군살이 붙지 않아 강직해 보였고, 눈빛은 따뜻했다. 가슴이 소리 내어 울렁거렸다." "나이 같은 건 잊은 지 오랬다." 라는 등의 감정 동요와 성적 호기심에 스스로가 기쁨과 만족감을 드러낸다. 두 노년의 이성 교제가 이어지면서 주인공 여성은 '내 안에서도 뭔가가 핑퐁 알처럼 경박하고 예민한 탄력을 지니게' 됨을 깨닫는다. 즉 노년의 변화된 현실을 체감하지 젊은 시절과 다르지 않은 성적 욕망을 경험한다. 그러나 주인공 여성은 노년 현실에 부합하는 새로운 이성 관계로 발전시키지 못하고, 젊은 시절의 성 정체성으로 자신의 욕망을 억압하고 통제한다.

　　몸에서 물이 떨어져 발밑에 타월을 깔고 뻣뻣이 서서 전화를 받다 말고 나는 하마터면 아니 저 할망구가 누구야! 하고 비명을 지를 뻔했다. 문합 옆 경대는 시집올 때 해가지고 온 경대여서 거울이 크지 않았다. 거기에 하반신만이 적나라하게 비쳤다. 나는 세번 임신이 쌍둥이였다. 그중 아우를 돌 안에 잃었다.

쌍둥이까지 낳은 적이 있는 배꼽 아래는 참담했다. 볼록 나온 아랫배가 치골을 향해 급경사를 이루면서 비틀어 짜 말린 명주 빨래 같은 주름살이 늘쩍지근하게 처져 있었다. 어제 오늘 사이에 그렇게 된 게 아니련만 그 추악함이 충격적이었던 것은 욕실 안의 김 서린 거울에다 상반신만 비춰보면 내 몸도 꽤 괜찮았기 때문이다. (34쪽)

노년은 현실적으로 노화로 인해 젊은 육체와는 다른 노쇠한 자신의 '몸'을 발견할 수밖에 없다. 주인공에게 거울에 비친 자신의 육체는 순간적으로 충격과 추함을 가져온다. 이런 주인공의 노년 몸을 바라보는 시각에는 우리 사회가 노년의 몸을 '노화 과정에서 자연스럽게 나타나는 신체적 변화를 충격적이고 혐오하게 만들며, 그야말로 젊음을 예찬하며 노화와 죽음을 상징화하지 못하고', '늙는 일밖에 안남은 나이를 죽음보다 더 두려워하고'[20]있음을 반증한다. 위의 인용에서 주인공 여성은 '몸'을 생물적 유기체이면서 사회적 관계 형성에 기여하는'몸소 겪은 경험'[21]으로서, 개인적 일생을 통해 변화해 온 몸으로 인식하지 못한다. 현재 자신의 몸을 통합적 시각에서 바라보지 못하고 과거의 자신과 타인 즉 젊은 세대의 시선으로 인식한다. 노년의 몸도 완성되지 않은 실체이므로 노년의 주체가 자신과 그들이 사는 세계에서 새롭게 의미를 구성해 나가야 한다. 하지만 주인공 여성은 젊은 청장년 시기의 시각으로 노년의 변화된 몸이나 성을 폄훼하고 있다.

결국 작가는 주인공 여성을 통해 "노년 여성의 성적 욕망을 부정했고, 결혼의 궁극적인 의미를 아이를 낳고 기르는데 두었으며, 따라서 이러한 것들이 빠진 노년의 재혼은 부정되는 보수적 인식"[22]을 보여주었다. 그녀는 일생을 통해 가부장적 이데올로기 안에서 여성의 몸에 대한 규정을 받아들이면서 살아왔다. 남성 중심 사회에서 평생을 살아왔던 주인공 여성은 죽어서 남편의 무덤에 합장되는 소망을 갖는다. 이런 모습을 보고 한 논자는 "죽은 남편에 대해서 수절하겠다는 정절 이데올로기가 크게 작용하고 있다"[23]고 보았다. 또 다른 논자는 "대부분의 노인들은 개인의 특정한 상황과 경험에 따른 기억과 연상을 바탕으로 삶에 대한 '환상적 인식'을 드러낸다"[24]고 하였다. 이런 인식은 "삶의 본질적인 가치와 의미를 훼손하고 노년의 삶을 수동적이고 비생산적으로 인식"하게 만든다. 이런 삶의 방식이나 태도를 주인공 여성에게서 확인할 수 있다. 그녀는 남편의 무덤가에서 "결코 죽은 평화가 아니었다. 거기 가면 풀도 예쁘고 풀 사이에 서식하는 개미, 메뚜기, 굼벵이도 예뻤다"라며 자신도 남편과 함께 무덤에 묻혀 생물을 키워내는 일을 하고 싶다고 말한다. 이런 인식은 "그 보장된 평화와 자유로부터 일탈할 어떤 유혹도 있을 수 없다"라며 단호하게 남편 아닌 다른 이성 상대와의 만남을 거부하게 만든다. 그녀의 몸에 가해지는 가부장적 사회의 금기들이 "행동 규범을 위한 장소이자 규범의 표현물로 변형"[25]되고 있다.

이렇게 주인공과 같은 중산층 여성 노인은 자아표현에 의해 심리적 행위가 이루어지는 현 사회에 더 적합한 몸을 만든 일에 집중하고 있다. 그러다 보니 자신의 딸과 같은 젊은 세대의 노인 혐오에 대한 인식이 그대로 이어지면서, 육체적 욕망을 발현시킬 수 없는 이성 교제 즉 정서적 교감만을 나누는 연애 관계는 사회적 지배 관념과 부합하지 않다고 여긴다. 주인공 여성은 주변인들의 시선에서 자유롭게 노년에 찾아온 연애 감정을 즐길 수 없다. 여기에 더해 주인공의 딸은 조 박사와의 관계를 알고 '바람난 딸을 잡도리 하듯' 추궁하고, 반면 조 박사의 며느리는 늙은 시아버지 수발에서 벗어나기 위해 이기적 마음으로 찬성한다. 그러다가 주인공의 딸은 엄마의 이성 교제 상대를 '늙은이'로 부르던 태도를 바꿔 상대의 신분과 경제력을 알고 '조 박사'로 고쳐 호칭하며 적극적으로 재혼을 권유한다. 이렇게 노년층에 대한 사회 구성원들의 고정된 시각이나 편협한 인식, 왜곡된 평가는 노년층을 억압하고 규범화된 관념 속에 종속시키며 빈번하게 폭력적인 행위로 나타난다.[26] 그 결과 젊은 세대 자녀들은 부모세대인 노년을 비생산적이고 의존적 존재로 파악하고, 배려와 이해의 모습을 보이기는커녕 사회 안에서 배제하고 고립시킨다. 사회의 노년에 대한 부정적 인식은 주인공 여성 노인에게 '짓눌리는 기분' 즉 억압적 감정으로 작용한다. 주인공 여성도 자신의 몸을 추악하고 혐오스럽게 여기며, 노년의 연애 감정이나 재혼을 보수적 성향으로 바라보게 된다. 더 나아가 아직 조 박사나 자신은 경제적 능력이나 건강 면에서 자녀들에게 의존하지 않아도 살아갈 수 있다는 점을 들어 홀로 살아가게 될 노년의 일상을 합리화한다. 또 조 박사의 며느리가 부담스러워했던 수발의 문제를 들어 앞으로 노화가 심해질 상대 남성을 자신이 감당하면서 노년의 시간을 보내고 싶지 않단 거부적 반응을 한다. 주인공 여성은 자신을 '마른 꽃'에 비유하며 홀로 주어진 노년 삶에 순응하며 살겠다고 결심한다. 결국 노년 여성의 '성 정체성을 조심스럽게 거두어 들이는'[27] 태도를 보인다. 이것은 한국 사회에서 노년의 이성 관계를 통해 탈통제된 상태를 경험할 수 있는 기회가 남성과 여성에게 상이하다는 점을 그대로 노출하고 있다. 작가는 한국사회 보수적이고 전통적 윤리 규범에 갇혀 있는 중산층 여성 노인들이 길어진 노년기에 홀로 살아가는 상황에서 새롭게 도래하는 이성 관계나 재혼 등의 문제에 능동적으로 대응하지 못함을 보여주었다. 젊은 세대에게 보여지는 연령 차별주의와 남성 중심의 정절 이데올로기 등의 사회 담론들이 그대로 주인공 여성 노인에게 억압적으로 작용하며 몸과 섹슈얼리티를 통제하였다. 노년의 육체에서 오는 낯설음과 절망감만을 부각하는 작가적 태도에서 '주변화된 노인 젠더의 시각'[28]이 그대로 드러나고 있다. "나이 든 사람은 자신의 모습을 거울에서 볼 때 통합된 모습이 아닌 분열된 모습을 보며, 그 속에서 소외감을 느낀다"[29]고 보았다.

다음으로 「그리움을 위하여」(현대문학, 2001.2)[30]에서 '나'의 사촌 동생은 사별한 남편과의 결혼 생활 내내 빈곤한 생활로 인해 자신의 노동력으로 생계를 꾸리며 아이들을 양육한 여성 노인이다. 그녀의 남편이 죽은 후에도 빈곤한 삶은 변하지 않자 '나'는 자신의 음식과 집안일을 돌봐주는 역할을 맡기며 경제적 도움을 준다. 사촌 동생은 노후에 자식들에게 경제적으로나 정서적으로, 또 주거 생활을 의존하지 않고 인생의 주인공으로서 살겠단 의지가 강한 인물이다. 그러다 어느 한여름 더위를 피해 남해 섬으로 갔다가 아내와 사별 후 혼자 사는 선장을 만나 노년기 이성 교제를 시작하고 재혼을 결심한다. 이런 사촌 동생의 행동을 보고 '나'는 무척 당황하고 놀라움을 갖는다. 비록 '나'의 이기적 마음에서 시작된 배려나 도움이었지만 그동안 자신의 경제적 형편에 도움이 된 '나'와의 관계는 조금도 망설이지 않고 단절 의사를 보인 반면 노년기 찾아온 이성 관계에는 적극적으로 행동하며 자신의 욕구를 감추지 않는 동생의 태도에 충격을 받는다. 사촌 동생은 자신의 남은 인생의 동반자로 지낼 사람[31]을 스스로 선택하고 섬에서의 새로운 생활에서 주체적 면모를 보인다.

사촌 동생의 이런 삶의 태도는 한국 사회의 노년 문화에서 낯선 행동으로 보인다. 사촌 동생은 그동안 노년의 성에 대한 금기와 편견을 깨뜨리고 노인의 성적 권리[32]를 주장한다. 남편의 긴 병 수발을 최선을 다해 끝까지 했고 죽어가는 남편으로부터 사랑한다는 말까지 들었다며 자랑하던 그녀였기에 '나'는 더욱 이해되지 않았다. 하지만 사촌 동생의 인생 전반을 살펴보면, 젊은 시절부터 자신의 감정에 누구보다 솔직했고 자신이 선택한 삶이 비록 고단하고 초라한 살림으로 힘들었어도 주체적으로 잘 극복하며 살아왔음이 드러난다. 그렇기에 죽은 남편에 대한 의리가 아닌 노년 현실에서 벌어지는 상황에 적극적으로 대응하고 있는 것이다. 또 여성 노인이 성적 존재로서 '무성적 존재'라는 인식에 철저히 맞서고 있다. 새롭게 도래한 이성 관계에서 여성의 주체적 생명력을 보여주며 성적 욕망을 발현하는 데도 주저하지 않는다. 사촌 동생은 힘이 넘치고 왕성한 생명 에너지를 가진 여성 노인으로서 과거 젊은 시절에도 유부남과의 사랑을 결혼으로 성취해 나갔던 인물이다. 노년기 다시 찾아온 이성 관계에도 자율적 의지로 행동하며 재혼에 이르는 등 거리낌 없다. 그야말로 노년의 외로움을 회피하기보다 자신의 사랑과 행복을 위해 적극적으로 변화된 현실을 직시하고 있다.

반면 중산층에 해당하는 '나'는 여성 노인의 몸에 대해 타자의 시선을 유지한 채 남편이 죽자 그에게 의존해 살던 삶에 균열이 생기는 것에 불안감을 느낀다. 다행히 자신과 마찬가지로 과부가 된 사촌 동생을 자신의 삶에 불러들이고 일상생활에 도움을 받으며 조금씩 평정을 찾아간다. 여기서 '나'의 태도는 과거의 삶을 지연시켜 나가려는 것으로서 새롭게 도래한 인생 주기에 혼란과 고립된 존재로서의 면모를 보여준다. 남성에 의존해 만족을 누리는 여성은 세속적으로 행복해질수록 진정한 존재로부터 멀어진다고 보는 견해[33]에 부합한다. '나'는 "남편의 죽음과 홀로서기라는 생각을 전에 해보지 않았으므로 막상 그러한 현실이 닥치자 허둥대고 불안감을 갖고 있다."[34] 작품 속 '나'처럼 중산층 여성은 사회적 안전성이라는 울타리 안에 갇혀 있는 경우, 사회적 규범이 작동하는 결혼 관계가 아닌 상황에서 새로운 이성 존재 자체가 접촉하지 못하도록 장벽[35]을 만든다. 즉 '나'는 사촌 동생과 달리 타자와의 관계 맺기에 폐쇄적 태도로 몸을 감각적 도구, 특히 음식 맛에만 집중한다. 그러다가 사촌 동생이 자신의 곁을 떠나기로 결심하자 '사다가 내던지기만 하면 진수성찬이 저절로 차려지던 지상낙원을 잃어버린' 것 같은 허전함을 느낀다. 반면 사촌 동생은 그동안 자신이 사촌 언니의 집안일을 돌보며 받은 대가는 정당한 노동의 결과물이라고 생각한다. '나'가 생각하듯 혜택을 받았다고 여기지 않는다. '나'에게 노년의 몸과 이성 관계에 대한 인식은 지나온 생애를 거쳐 자신의 몸에 각인된 경험으로 형성되어 있다. '나'에게 노년 여성은 임신과 출산으로부터 벗어난 몸으로서 남성 중심의 가부장 이데올로기에 의해 배제의 공간[36]으로 인식되었다. 이런 인식에는 노년기 "남성에게는 성에 대해 관대한 반면 여성에게는 억압이 존재하는 이중적 가치관이 적용"[37]되고 있다. 그러다 보니 '나'에게는 자신과 남편 사이의 부부관계를 유지했던 결혼 생활의 성적 관계만이 의미가 있다. 이런 '나'의 시각에서 볼 때 부부관계를 잘 유지하고 살았던 사촌 동생이 남편과 사별 후 새로운 사랑을 만나 새로운 삶에 도전하는 모습은 몹시 이질적이다. 그러던 중 잠시 섬을 떠나 자신을 만나러 온 동생에게서 연애 이야기를 구체적으로 듣게 되면서 그녀의 재혼 선택을 존중하기에 이른다. 사촌 동생과 상대 남성의 만남 과정에서 서로의 배우자 이야기를 서슴없이 나누고, 각자 배우자의 제사를 서로 챙겨주기로 했다는 얘기는 '나'가 상상할 수 없는 이성 교제의 모습이다. 사촌 동생의 이성 관계에는 사별한 배우자에 대한 예우까지 포함하는 열린 태도가 드러난다. 앞에서 살펴본 「마른꽃」의 주인공 여성의 재혼 거부 태도와는 대조적이다. 사촌 동생과 선장의 새로운 이성 관계에는 기존의 고정된 성 역할보다는 노쇠해가는 육체와 함께 서로에게 필요한 돌봄 행위를 해나가겠다는 의식 변화로 읽을 수 있다. 젊어서부터 자유롭고 주체적 연애를 해온 사촌 동생은 기존의 사회적 규범을 초월한다. 그러나 '나'는 노년의 몸에 대한 부정성과 함께 배타적 성 정체성을 형성하고 있어 변화된 노년 현실을 온전하게 수용하지 못한다.

'나'는 사촌 동생을 통해 기존의 생활 리듬을 지켜내며 의존적 태도를 유지하고자 했던 여성 노인으로서 모험적이고 도전적 태도로 살아가는 동생에게 이중적이고 복합적 감정에 휩싸인다. '나'는 내면의 충동이나 열정을 진실하게 표현하는 데 익숙하지 못하다. 이런 상황에서 사촌 동생의 선택을 존중하는 태도로 변화하는 모습을 두고 "가부장제 사고 하에서 결혼과 사랑에 대한 차별적이고 고정된 관념을 깨뜨리고 새로운 깨달음"[38]을 보여준다는 시각도 있다. 하지만 '나'의 이런 인식 전환이 앞으로 자신의 노년 삶에 주체적으로 대응하며 행동으로 이어지리라고 기대하기 어렵다. 작품의 제목에서 보듯 사촌 동생의 삶인 자신의 본능과 욕망에 충실하며 변화된 노년의 현실을 적극적으로 수용하는 태도는 '그리움을 위하여'로 남겨두고 있기 때문이다. 이는 '나'가 사촌 동생의 새로운 삶을 응원하지만 남편이 죽기 전까지 누린 경제적 안락함에서 쉽게 벗어나지 못할 것을 암시한다. '나'는 사촌 동생 외에는 남편이 죽은 후 주변인들과 다양한 관계 맺기에도 나서지 않았고, 오히려 단절과 소외의 삶을 사는 데 익숙해져 있는 인물이란 점도 한몫한다. 기존의 일상을 지켜내려는 '나'의 모습과 적극적으로 사회적 존재로서 삶을 개척해나가려는 사촌 동생의 모습이 대비적으로 잘 드러나 있다.

여기에 더해 '나'의 보수적 시각은 사촌 동생의 자식들이 홀로 된 어머니를 부양하는 데 관심이 없자 괘씸하다고 생각하는 태도에서도 나타난다. 오히려 당사자인 사촌 동생은 이런 자식들에게 섭섭한 마음을 갖지 않고 의존할 생각도 없다. 그녀는 노년기에도 자신의 삶을 적극적으로 개척해 나가는 등 생명력[39]을 실천하는 인물이기 때문이다. 사촌 동생의 자식들도 어머니가 그동안 어떠한 삶의 태도로 살아왔는지 알고 있기에 그녀가 인생 후반기에 새로운 이성을 만나 재혼을 선택하는 것을 적극적으로 지지한다.

한 논자는 작가가 중산층 여성 노인 '나'를 대신하여 "그녀가 관찰하는 여성 인물을 등장시켜 미래의 노년 인생에 새로운 설계상의 비전을 제시하는 동시에 자신은 실천하지 못했지만, 자신이 꿈꾸던 세상을 독자들에게 제시하고 있다"고 보고, 자연과 상생하는 '생태학적 인식의 실천'[40]이라고 주장한다.

그 나이에도 우리 섬에서 가장 고기 잘 잡은 어부야. 물메기는 무진장 잡아. 때가 되면 도미도 많이 잡는데. 시커먼 도미 말고 금붕어 같은 도미말야. 도미 잡으면 내가 택배로 부쳐줄게. 어닌 맛있는 것만 좋아하잖아. 그 사람 그런 거 안 아껴. 오래 물메기가 많이 잡히니까 집집마다 돌린걸. 섬이니까 과부들이 많아. 영감님이 상처하니까 다들 나 안 데려가나 끼룩끼룩 영감님을 넘봤다니 봐. 그런데 도시에서 꽃같이 예쁜 색시를 얻어 왔으니 얼마나 속이 상하고 샘이 나겠느냐면서 홀어머니들한테 인심쓰라고 물메기도 돌리고 문어도 돌리고 그런다우. 그이 그런 사람이야. (38쪽)

결국 「마른꽃」에서 주인공 여성은 외부적 요인에 의해 이성적 만남을 유지하지 못했던 것이 아니라 내면적 갈등을 겪으며 스스로 통제하며 억압하였기 때문이었다. 그러나 「그리움을 위하여」에 오면, '나'는 「마른꽃」의 주인공 여성과 비교해 노년의 이성 관계를 열린 태도로 바라보는 시각 변화를 보인다. 처음에는 사촌 동생이 이성 교제와 성적 행동에 주저함 없이 행동하자 '너 환장을 했구나'라며 몹시 당혹스러워했지만, 그녀의 생명력 있는 삶의 태도를 보면서 소극적으로나마 이런 삶에 '그리운 마음'을 표현하고 있다.

그러나 작가의 시선으로 대변되는 중산층 여성 노인 '나'가 "허위의식이나 물적 가치를 따지지 않고 타인과 교섭하는 관계 자체로서의 사랑을 추구하는"[41] 동생의 모습에서 깨달음을 얻었다고 보기에는 한계가 있다. 작품 속 이들의 사랑에는 젊은이들 사이의 연애 감정과 다를 것 없는 여러 행위들이 나온다. 하지만 빈궁한 사촌 동생과 섬에서 부유한 계층에 속하는 선장과의 사랑을 '물질적 대가나 노후 대책을 바라지 않고 오직 타자와 교섭하는 사랑의 관계 자체'에서 행복을 느끼고 있다고 주장[42]하기엔 조금 무리가 있다. 재혼 후 선장은 자신이 죽은 후를 생각해 사촌 동생에게 집의 명의를 바꿔주는가 하면 '천만 원짜리 통장도', '그 밖에 적금도 하나 들어줬고'라는 부분과 사촌 동생이 '오늘 먹을 양식과 잠자리 걱정 안 하고 사는 게 얼마나 좋은지 난 그걸로 족해', '이게 꿈인가 생신가 자다가도 꼬집어볼 적이 있다니까'라는 부분에서 이들의 사랑이 대등한 남녀 관계로 성립한 연애 혹은 재혼으로 보기엔 설득력이 떨어진다. 물론 사촌 동생이 요구한 물질적 대가도 아니고 사랑하는 사람을 위해 선장이 스스로 해준 것으로 봐야 한다는 의견도 있을 수 있다. 하지만 여성 노인의 외모와 남성 노인의 부유한 조건이 상호 관계를 형성하는 데 긍정적 역할을 했다는 점은 부인할 수 없다. 그러기에 노년의 이성 관계에 있어 새로운 형태의 도전이라고 평가하기에는 미흡하다.

3. 노년의 새로운 관계 맺기와 성적 행동의 주체성:켄트 하루프의 『밤에 우리 영혼은』

서구 사회는 오랫동안 개인과 사회에서 감정과 몸을 표현하는 방식의 변화가 발생하여 왔고, 그 과정에서 노년기 정체성과 관련하여서도 고도로 개별화된 특성을 보인다. 엘리아스도 몸의 점진적 문명화는 개인들이 직면하는 주된 두려움과 사회의 지배적인 사회 통제 양식의 특성이 변화하면서 발생한다[43]고 말한다. 미국 사회도 2016년 고령사회로 진입을 앞두고 노년 삶의 질에 대한 다양한 문제들이 제기된다. 이런 고령사회의 문제점은 이 장에서 다룰 『밤에 우리 영혼은』(Our Souls At Night, 2014)의 작가 켄트 하루프(Kent Haruf)[44]에게도 개인적, 사회적 관심사로 작용하고 있다. 작가는 후기 근대자본주의 사회에서 개인주의적 노년 삶의 방식이 더욱 증가하고 있고, 노년의 고독사 같은 심각한 사회문제들까지 일어나고 있음에 주목한다. 이런 개인주의로 편향된 고령사회의 문제 인식을 바탕으로 노년의 삶에 대한 의미를 새롭고, 풍성하게 키워낼 수 있는 대안적 해석과 이에 기초한 담론 구성의 가능성을 제안[45]하고 있는 작품이 바로 『밤에 우리 영혼은』[46]이다.

작가 역시 노년기 육체적 변화로 노화 과정을 직접 겪으면서 주변의 다른 존재들로부터 분리되고 고립되는 경험을 하고 있었다. 작가는 이런 노년 현실에 맞서 오히려 더 강력한 정신적 의지와 삶에 대한 신념, 생에 대한 욕구가 필요한 시기로서 노년기를 인식한다. 특히 작가는 고령사회에서 장기간 고립적으로 홀로 살아가는 노년들의 삶의 질에 대한 문제의식에서 출발한다. 노년의 육체가 쇠락해지는 과정에서 각자의 배우자와 사별한 후 노인들에게 나타나는 몸의 개별화 현상은 개인들이 타인과의 접촉과 의미 있는 의사소통에 있어 장벽이 된다는 것에 주목한다.

또한 미국 사회 여성 노인들의 성 인식과 관련하여 살펴볼 때, 서구 문화권에서 20세기 중반까지만 해도 여성들이 성적 욕구 좌절을 매우 심각하게 경험하였다는 점도 주지의 사실이다. 물론 저소득층 여성들은 정숙함을 강조하는 딱딱한 기준과 상관없이 살았으므로 모든 여성들이 욕구 좌절을 경험했다고는 단정할 수 없다. 하지만 중산층 여성들은 어려서부터 성적 충동을 죄의식이나 수치와 연관[47]시키며 억제해 왔다. 그러다 20세기 중반 양성평등의 개념이 도입되면서 여성 노인들의 목소리가 커지고, 인생 후반기에 접어든 여성들은 남성 중심 사회에서 당연히 남성의 역할이라고 여겨왔던 행위들을 해내게 된다. 노년기를 맞은 여성들이 전통적 성 역할 구분에 집착해 살아가기보다 노년의 이성 관계를 비롯한 다양한 인간관계에 유연한 입장을 갖기에 이른다. 이런 모습은『밤에 우리 영혼은』에 나타난 미국 노년들의 이성 교제를 통해 여성 노인의 몸과 성 인식 그리고 노년의 정체성 재정립으로 확인할 수 있다. 작품에 등장하는 주인공 '애디'는 미국 사회 중산층 여성 노인으로서 미국의 노년 문화와 성 인식을 구체적으로 살펴볼 수 있게 한다.

먼저 작품 속 주인공 여성 노인 '애디'는 노년의 정신력과 용기로 자신의 몸의 변화와 삶의 변화에 적극적으로 대응하고 있다. 그녀는 어느 날 이웃에 자신처럼 홀로 노년기를 살아가고 있는 남성 노인 '루이스'를 찾아간다. 여성 노인 '애디'는 오랜 시간 아들이나 주변인들과 분리되어 있는 존재로서 자아에 집중하는 시간을 보내고 있었다. 루이스를 찾아간 애디는 적극적으로 자신과 함께 밤을 보내자고 제안을 한다. 애디의 제안으로 성립된 이들의 관계 맺기는 젊은 시절 경험했던 연애 관계와는 다른 성격의 새로운 이성 교제로 전개된다.

처음에 '애디'는 이성에 대한 구체적인 욕망이라거나 욕정이 아니라 신체적 접촉을 기반으로 한 사람과 사람 사이의 만남을 통한 정서적 소통을 원한다. 노년의 밤시간 동안 철저하게 고립되는 현실에서 벗어나 루이스와 서로 몸의 체온을 나누며 고통스럽게 지나온 삶의 흔적과 회한을 이야기하고, 남은 생의 시간에 기쁨과 즐거움을 찾고자 한다. 애디의 '몸'은 인생에서 일어났던 여러 기억들을 저장하고 있다.[48] 둘은 한 침대에 누워 과거의 상처와 현재의 외로움에 위안을 주면서 지나온 삶의 무게나 잔재를 완전히 털어버리는 자유로움을 경험한다. 김윤정은 "노인기 과거를 돌아보는 시간은 과거로부터 회귀하고자 하는 감상적 차원에서 이루어지기보다는 현재적 심리 불안과 갈등을 표상하는 징후로 독해되어야 한다"[49]고 주장한다. 애디와 루이스의 지나온 생애는 평균적인 삶이었고, 이들은 자연스럽게 노년의 삶도 평온하리라고 생각하였을 것이다. 하지만 새롭게 도래한 노년기에 이르자 자각되는 노년의 삶은 그 자체로 노인에게 새로운 체험이며 세계의 모순, 자아와의 갈등으로 인한 불안과 좌절, 분노와 공포를 안겨 주고 있다. 이렇게 노년들은 삶의 모순과 세계와의 갈등에서 여전히 분투하는 주체이며 그 과정에서 스스로 해답을 찾아가는 문제적 개인이다.[50]

가끔 나하고 자러 우리 집에 올 생각이 있는지 궁금해요.

뭐라고요? 무슨 뜻인지?

우리 둘 다 혼자잖아요. 혼자 된 지도 너무 오래됐어요. 벌써 몇 년째예요. 난 외로워요. 당신도 그러지 않을까 싶고요. 그래서 밤에 나를 찾아와 함께 자줄 수 있을까 하는 거죠. 이야기도 하고요.

그는 그녀를 바라보았다. 호기심과 경계심이 섞인 눈빛이었다.

아무 말이 없군요. 내가 말문을 막아버린 건가요? 그녀가 말했다.

그런 것 같네요.

섹스 이야기가 아니에요.

그렇잖아도 궁금했어요.

아니, 섹스는 아니에요. 그런 생각은 아니고요. 나야 성욕을 잃은 지도 한참일 텐데요. 밤을 견뎌내는 걸, 누군가와 함께 따뜻한 침대에 누워 있는 걸 말하는 거예요. 나란히 누워 밤을 보내는걸요. 밤이 가장 힘들잖아요. 그렇죠?

그래요. 같은 생각이에요.

잠을 좀 자보려고 수면제를 먹거나 늦게까지 책을 읽는데 그러면 다음날 하루 종일 몸이 천근이에요. 나 자신에게는 물론이고 다른 사람에게도 아무 쓸모없게 돼버리는 거죠.

나도 경험해봐서 알아요.

그런데 침대에 누군가가 함께 있어 준다면 잠을 잘 수 있을 것 같아요. 좋은 사람이, 가까이 있다는 것, 밤중에, 어둠 속에서, 대화를 나누는 것, 그녀가 말을 멈추고 기다렸다. 어떻게 생각해요?

모르겠어요. 언제 시작하고 싶은데요?

언제든 당신이 원할 때요. 괜찮다면, 그녀가 말했다, 이번 주라도. (9-10쪽)

위의 인용에서 보듯 두 남녀 노인들은 일상의 긴 밤시간을 버텨야 하는 외로움의 문제와 남녀의 이성적 만남에서 빠뜨릴 수 없는 성욕에 대한 솔직한 대화를 나눈다. 밤시간을 공유하고 노년기 성욕 감퇴에 대한 공감까지 형성하게 된 이들에게 친밀감은 차츰 쌓여간다. 이들은 노년기를 어떻게 살아낼 것인가의 문제에도 천착하며 수동적 자세로 일관하는 노년들과는 달리 자율적 의지로 새로운 삶의 방식에 도전하려고 노력한다. 이들은 길어진 노년의 시간과 그에 비례하는 외로움에 대해서도 진지하게 성찰해 나가며 위로와 위안의 소통행위를 한다. 새로운 이성과의 만남은 개별화된 몸에 대항하며 정서적 공감을 유지하고, 서로에게 위안을 주는 노년의 연대감 형성[51]을 가능하게 한다. 즉 노화된 몸을 그들의 가치와 자아 정체성의 담지체로 형성하면서 당대 지배적 연애 관계의 이미지를 초월한다. 노년에게 함께 늙어가고 평화롭게 죽음을 맞이할 수 있는 정서적 유대의 중요성을 보여주었다. 이런 노년기 이성 관계에 대해 한 연구자는 "신체적 쾌락뿐만 아니라 심신의 이완과 즐거움, 의사소통, 교류, 친밀감을 공유"[52]한다고 말한다.

그야말로 주인공 애디와 루이스의 이성 교제 안에는 과거 두 사람의 인생 전반에 걸쳐 타자의 욕망으로 삶을 살아온 태도에서 벗어나 자기 욕망을 실천하는 자유인으로서 모습이 고스란히 드러난다. 하지만 처음에는 애디의 제안에 루이스는 '당혹감'[53]을 가졌다. '애디'의 적극적 행동은 그동안 남성에게 묵인되어 왔던 자기 주장적 행동과 언어를 여성 노인이 수행한 것이다. 이는 전통적 남성과 여성의 성 역할에 기초한 태도와 고정관념 등을 포함하는 성 역할의 정체성에서 볼 때 예외적 행동이다. 더군다나 '애디'의 제안은 아무리 여성에 대한 차별적 성 인식이 개선되었다 하더라도 남성 중심적 시각에서 결코 자유로울 수 없던 미국 사회에서도 파격적 행동이다. 이는 여성의 자유로운 성 의식이 개인화, 개별화되어가는 상황에서 공공연하게 기존의 지배적 성 담론에 대항하는 전복적 행위로 볼 수 있다. 그동안 사회구조로부터 개인의 성적 쾌락이나 본능과 욕구가 억압되고 통제되어온 것에 대한 거부이기도 하다.[54] 전통적으로 지배적 사회질서는 나이가 들어갈수록 노인들의 원숙함을 강조하며 그들의 점잖음과 현명함을 노인의 성적 욕구와 분리시켜 왔다. 이런 시각은 건강이나 젊음만이 성적 욕구와 성적 지향에 있어 의미 있는 것으로 간주된다.

작품 서두의 '애디'의 제안에 담긴 절박함은 생애 전 주기에 걸쳐 경험해 보지 못한 자존감의 결핍에서 비롯된다. 이런 상황에서 벗어나 자존감을 회복시켜 줄 상대로 지역사회와 주변인들로부터 나쁘지 않은 평판을 듣던 이웃집 남성 '루이스'를 선택한 것이다. 바로 "노인 스스로가 생존의 욕구 차원을 넘어서 심리적이고 사회적인 욕구 등을 추구"[55]하려는 시도이다. 애디는 노년의 심리적 갈등과 자아와의 불화를 겪는 상황에서 루이스와 소통을 통해 이런 내적 갈등을 해결하고자 한다. 여기에 자극받은 이웃집 남성 '루이스'도 아내와 사별 후 홀로 노년의 시간을 견뎌내고 있었기에, 개인의 성찰적 인식을 바탕으로 노년의 변화를 수용하고, 기존의 사회적 관행에 맞설 용기를 낸다. 이들은 노쇠한 몸으로 오랜 시간 힘들게 버텨왔던 외로움을 극복하고, 남은 인생을 서로 돌봐주는 관계로 설정해 나간다. 애디와 루이스의 이성 관계는 죽음과 멀지 않은 거리를 둔 시간 속에서 죽음과 개인적 대면을 연기시키는 연애 감정으로 발전한다. 이들의 관계에는 인간의 감성과 본능의 중요성을 보여주는 대목들이 자주 등장한다. 이들은 주변의 시선에 아랑곳하지 않고 이웃 대도시인 덴버로 놀러 가 좋은 호텔에 함께 머물면서 레스토랑에 가서 식사 즐기고 극장에서 연극 공연을 보는 등 거리낌 없는 행동을 하며 즐긴다. 이런 만남 속에서 '애디'는 '더는 불가능할 만큼 행복해요.', '지금은 이게 바로 내가 원하는 거'라고 말한다. 애디와 루이스는 이성 친구로 시작하여 서로를 향한 열정의 로맨틱한 애정 관계로 전환된다. 이들의 이성 관계에서 노년의 몸은 성적 욕망이나 생산성 혹은 노동력의 공간으로서 섹슈얼리티의 의미를 넘어서게 된다.

　　아래 인용에는 애디와 루이스가 신체적 변화에 따른 노인의 성적 특성과 서로의 정신적 형편을 배려하는 모습이 나타난다. 이들은 몇십 년간 배우자와의 결혼 생활을 유지하면서 성적인 상호작용에 대한 경험을 충분히 갖고 있어 새로운 이성 친구에게 여유롭게 대한다. 서로가 노년기를 맞아 육체적으로 감각적 둔화를 경험하고 있었기에 상대방의 성적 반응에도 민감하게 반응하지도 않고 배려의 자세로 성적 자존감을 지켜준다. 이들의 성적 관계는 직접적 성 행위에 국한되지 않고 노년의 시간에 서로에게 위안을 주며 보살펴 주는 사랑, 친밀감, 접촉의 양태로 이루어진다. 애디와 루이스의 이성 교제에는 그동안 남성 중심의 가부장 사회에서 노인의 성 담론이 생물학적 관점에서 남성의 성 기능에만 관심을 갖고, 관계적 맥락 측면에서 남녀의 관계나 상대방에 대한 감정이나 상호작용 등을 고려하지 않았던 것[56]과는 분명히 차이가 난다. 이런 태도는 노년기 이성 교제의 긍정적 측면인 인생 성장의 한 면모를 확인케 한다. 또한 애디의 성적 행동은 젊음의 성적 태도나 지향에 기대지 않고 노화된 몸을 수용하면서 관계적 맥락으로 형성된 친밀감과 일체감을 통해 성적 만족감으로 나타난다. '애디'는 루이스와의 관계에서 자신의 감정을 솔직하게 표현하고 자율적 행위를 서슴없이 한다. '애디'와 같은 여성 노인들에게서 신진영이 말한 "후기 근대사회로 들어서면서 여성 노인의 성 인식이 변화하고 있고, 자신의 인생을 돌보면서 자기 정체감 확인, 자존감 향상, 삶에 대한 자신감 회복, 외로움 해소, 친밀감 증진, 연대감 확인을 하기 위하여 의식 변화가 가속"[57]되고 있음을 확인할 수 있다.

침대 시트 아래 누운 애디에게 등을 보이고 잠옷으로 갈아입은 후 뒤돌아서 자, 그가 모르는 새에 그녀는 시트를 걷어낸 채 알몸으로 누워 있었다. 침대 옆 램프에서 은은한 불빛이 피어나고 있었다. 그가 그대로 서서 그녀를 바라보았다.

그렇게 서 있지 말아요. 그녀가 말했다. 떨린단 말이에요.

떨 것 없어요. 그가 말했다. 아름다우니까요.

엉덩이와 아랫배에 살이 너무 붙었어요. 이 늙은 몸뚱어리. 난 이제 늙은 여자예요.

아, 늙은 무어 부인. 당신은 나를 완전히 사로잡았답니다.

딱 적당해요. 이렇게 보이는 게 맞아요. 무슨 열세 살 소녀처럼 가슴도 엉덩이도 없는 건 말이 안 되잖아요.

글쎄요. 전에는 어쨌는지 몰라도 지금은 그렇지가 않네요.

나도 이렇게 됐는걸요. 그가 말했다. 배가 불룩 튀어나왔어요. 팔다리는 노인처럼 가늘어져 버렸고.

내게는 좋아 보여요. (중략)

그가 다시 그녀의 입을 맞추며 몸을 만졌다. 그녀가 그를 가까이 끌어당기자 그는 침대 안에서 몸을 일으켜 그녀의 위로 올라가 얼굴과 목과 어깨에 입을 맞추며 움직이기 시작하더니 잠시 후 동작을 멈추었다.

무슨 일이에요?

발기가 유지가 안 되네요. 늙은이 고질병인가 봐요.

전에도 문제가 있었어요?

아니에요. 하지만 여러 해 동안 안 해본 일이니까요. 시인이 말했듯 흐물흐물한 시간이 온 거겠죠. 이제 난 한낱 늙은 개자식일 뿐이에요.

어둠 속에서 그가 다시 그녀 곁에 누웠다.

기분이 안 좋아요? 그녀가 말했다.

네, 조금 무엇보다도 당신을 실망시킨 것 같아서요.

그러지 않았어요. 뭐, 처음이잖아요. 시간이 앞으로 얼마나 많은데.

텔레비전에서 광고하는 그 약을 먹어볼까 싶어요.

아. 그럴 필요 없을 거예요. 우리 다음에 다시 해봐요.

(166-168쪽)

이렇게 노년의 여성과 남성이 서로에게 성적 존재로서 권리를 존중하면서 노년의 자아실현 욕구와 맥락을 같이 한다. 이런 노년의 성적 자기결정권에 대한 존중은 기존 사회 안에서 노인의 성을 주변화시켜왔던 것과는 배치되는 모습이다. 즉 노인의 성 문제에서 '성을 고정적이고 불변한 것으로 전제하는 생물학적 관점'이 아닌 '사회적 관계와 맥락, 상황에 따라 구성되는 것'[58]으로 보고 있다. 애디와 루이스에게 '성'은 상대에게 반드시 치러야 할 의무가 아니기 때문에 서로에게 즐거움을 줄 수 있는 '성'으로 인식된다. 이들에게 '성'은 이분법적 틀을 깨고 성적 욕망, 성 정체성, 성적 실천, 성적 감정, 관계, 규범, 제도 등을 포괄하는 개념'[59]으로 이해되고 있었다.

주인공 '애디'의 경우, 미국 사회에서 고등교육을 받고 젊어서 사회활동을 했던 여성 노인으로서 동양 문화권과 비교하면 남성 중심적 성 규범에서 비교적 자율성을 갖고 있다. 루이스의 경우도 한국의 남성 노인들이 일방적으로 여성으로부터 수발을 받으려는 의식에서 벗어나지 못하고 있는 상황에서, 그는 이성 상대를 보살피고 보살핌을 받는 유대관계를 유지하는 데 있어 고정된 성 역할을 탈피한 태도를 보인다. 이들은 이성 교제를 유지하면서 건강하고 평화로운 노년의 시간을 보내기 위해 애쓴다. 에디와 루이스의 이성 관계에서 "성공적 노화란 신체적 건강의 개념에서 벗어나 정서적 안정감과 감정적 행복감을 사회적 관계 속에서 공유하는 포괄적 건강상태의 유지"[60] 하는 것임을 확인케 한다. 그럼에도 불구하고 애디와 루이스의 이성 교제를 바라보는 지역사회 주변 사람들과 가족들의 따가운 시선에서 완전히 자유롭지 못하다. 노년에 대한 사회의 고정 관념과 노인들 자신의 느낌 사이의 간극은 항상 노년의 정체성에 위협[61]을 주고 있다. 특히 젊은 세대의 시선 특히 애디의 아들 '진'과 루이스의 딸 '홀리'의 부정적 시선에는 당대 사회의 지배적 성 규범이 크게 작용한다. 성인이 된 자녀들마저도 노년이 된 부모를 타자화하는 세태 풍속이 서양의 가족 관계에서도 동일하게 적용되고 있다. 시몬느 드 보부아르 역시 노년에 대한 편견을 지닌 사회는 노인이 주체적으로 진실된 삶을 살지 못하도록 만든다[62]고 하였다. 사회적으로 젊은 세대에서 발생하는 다양한 형태의 이성 교제에는 열린 자세로 수용하는 서구 사회임에도 불구하고, 노년기 새로운 형태의 이성 관계에 대해 폐쇄성을 드러낸다. 더 나아가 각자의 자식들은 이들의 관계 단절을 강하게 요구한다. 이는 몸의 개별화가 고도로 진행된 서구 사회도 노년의 성과 사랑에 관련해 자율성이나 주체성을 존중하는 사회적 분위기가 주를 이루지만 개별적 삶으로 들어가 보면 여전히 사회적 통념에서 자유롭지 못함을 입증한다. 이런 주변인들의 시선과 가족원들의 반대에 애디와 루이스는 적극적으로 대응하며 자신들의 행복한 노년의 삶을 구축하겠다는 의지를 강하게 표출한다.

하지만 애디는 아들 '진'에게서 어린 시절 자신 때문에 누나가 죽었다는 죄책감을 갖고 살아왔다는 말을 듣고서 어린 딸을 잃은 것이 자신만의 상처가 아닌 가족 구성원 전체의 상처였음을 깨닫는다. 이런 아들 '진'이 자신과 루이스의 관계를 강하게 반대하자 주춤한다. 루이스는 애디의 손자 '제이미'에게 젊은 시절 교사의 경험을 살려 친구가 되어 주며, 애디의 가족과 친밀감을 쌓아가려 노력한다. 처음에는 애디도 가족 해체의 위기에 놓인 아들에게 도움을 주면서 자신의 새로운 노년 삶도 개척하고자 마음먹는다. 하지만 더욱 악화되는 아들 '진'의 결혼 생활과 손자 '제이미'의 상처를 대하면서 내적 갈등을 일으킨다. 누구보다 노년의 삶에 주체적이고 자율적 모습을 보였던 애디는 결국 아들 '진'의 위기 앞에서 다시 과거에 해왔던 타자 지향적 삶을 선택하기에 이른다. 이런 애디의 결정은 "나이든 여성들은 직접적인 재생산은 마감했지만, 다른 여성들이 재생산한 존재를 보살펴 줌으로써 끝까지 재생산과 관련된 의무를 충실히 수행"[63]하는 '할머니' 역할을 의미한다. 애디는 할머니로서 다른 세대를 보살피는 데서 자신의 존재 이유를 찾고 노년기 정체성을 재구성해 나가기로 한다. 여성 노인이 애착을 갖는 것은 가족임을 보여주는[64]대목이다. 애디의 손자인 '제이미'가 가족의 위기 상황에서 분리되어 불안하고 위태로운 모습을 보여주었기 때문이다. 처음에 할머니 집에 맡겨진 '제이미'는 할머니 애디와 할아버지 루이스가 공동으로 보살펴 줌으로써 정서적 안정을 찾았고, 할머니 할아버지로부터 삶의 지혜를 배워 나가며 차츰 웃음을 되찾았다. 손자 '제이미'에게 "노인과의 동거 경험이 노인에 대한 편견과 그릇된 이미지를 해소하는 긍정적 경험"[65]인 것이다.

그러나 아들 '진'은 차츰 안정을 찾아가는 '제이미'를 일방적으로 데리고 떠나고 이를 불안하게 지켜본 '애디'는 결국 손자를 걱정하는 마음 때문에 아들 집 근처로 주거지를 옮긴다. '애디'의 이런 결정에는 '인간관계에 대한 보살핌, 타인에 대한 배려'를 중심으로 한 '

여성적 윤리'가 작동하고 있다. 이는 사회에서 성 역할의 고정화 논리로 여겨왔던 '사랑과 관련된 자기표현이나 보살핌의 윤리'[66]를 노년의 주체적 삶과 인간관계 형성에 있어 새로운 대응 방안으로 볼 수 있다.

애디가 떠나기 전날 한 침대에 누워 이별을 슬퍼할 때, 루이스는 "우리는 좋은 시간을 보냈어요.", "당신 덕에 나도 많이 변했고요, 고마운 마음이에요. 감사해요."라며 애디로 인해 자신의 삶에 활기를 느꼈다고 고백한다. 그러나 애디가 떠나고 이들의 관계는 자연스럽게 물리적 거리만큼 감정적 거리가 생긴다. 그러다가 어느 날 애디의 갑작스런 사고 소식을 들은 루이스는 조금도 망설이지 않고 여기저기 수소문해 병원을 찾아간다. 이들 사이에 쌓인 친밀감과 애정을 다시 확인하게 된다. 비록 노년의 몸은 한 공간에 있지 못하지만 간절한 소통 의지는 밤마다 전화 통화로 서로의 애정 관계를 이어나가는 행동으로 나타난다.

결국 켄트 하루프는 동양 문화권에 비해 개인의 소외와 소통 단절이 고도로 이루어지고 있는 개인주의 사회인 미국에서 작가 스스로 체험한 노년의 고립적 상황에 정면으로 대응하고자 이 작품을 창작한 것으로 보인다. 작가는 노년기 정서적 안정과 자아 정체감의 재정립에 있어 새로운 형태로서 이성 교제 방식을 제안하고 있다. 작가는 "나이 듦을 단절이 아닌 점진적 연속으로 이해하며"[67] 노년의 이성 교제를 통해 정서적 소통과 인간의 자유의지로 노년기 새로운 성장의 의미를 구성하였다. 이런 의미에서 노년의 삶에 드리운 죽음의 음습함이나 우울함보다는 죽음을 배제한 것이 아닌 포용한 삶의 에너지가 확인되었다. 특히 여성 노인 애디가 노년기 상실감이나 공허감을 온몸으로 거부하며, 사회 속에서 옭아맨 억압과 종속으로부터 자신을 자유롭게 하는 행동을 했다는 데 주목할 필요가 있다. 애디와 루이스의 관계 맺기에는 '자기 지속성을 재구성'함으로써 노년 현실을 이해하고 자아와의 불화, 세계로부터의 고립감을 극복[68]할 수 있는 용기와 삶에의 의지를 확인할 수 있었다. 또한 이들의 이성 관계에는 현 사회에 내재되어 있는 남성 중심적 정절 이데올로기나 노년의 성과 사랑에 관련된 부정적 이미지들에 맞서는 대항 담론도 발견할 수 있었다. 이런 여성 노인 애디의 자율적 사고와 실천성은 최근 동서양 모두 길어지는 노년의 시간에서 삶에 대한 무기력감과 우울감이 사회변화와 신체변화에 맞물리면서 더욱 가속화될 것으로 보인다.

4. 맺음말

노년의 삶에서 가장 현저하게 변화를 보여주는 것은 신체적 노화이다. 노년의 개별적 삶에 가장 큰 영향을 주는 요인으로서 노년 행동에 있어 몸은 매개체 역할을 한다. 몸을 가짐으로써 인간은 적어도 의사소통하고 경험을 공유할 수 있지만, 한 사회체제 안에서 그리고 서로 다른 사회체제 간에 몸을 양육하고 취급하는 방식은 제각기 다르다. 더불어 후기 근대사회는 인간의 '몸'에 대한 관심, 또 그것을 바탕으로 한 '이성 관계'에 대해 젊은 층만을 대상으로 하여 논의가 진행되어 왔다.

본고에서는 노년의 이성 관계를 중심으로 먼저 박완서의 「마른 꽃」, 「그리움을 위하여」을 분석하여 한국 사회에서 여성 노인의 몸과 성에 대한 인식을 살펴보았다. 이 과정에서 한국의 여성 노인들이 자신의 정체성을 어떻게 재정립해 나가는지도 알 수 있었다. 특히 노년에 홀로 거주하는 여성 노인들이 자녀들과 분리되어 고립적으로 남은 날 동안 외로움에서 찾아오는 고통을 어떻게 감내하고 있는지 드러났고, 또 진행되는 노화와 죽음 앞에서 인간의 마지막 태도로서 이성과의 관계 맺기에 어떻게 대응해 나갔는지 보여주었다. 우선 두 작품에는 노년의 몸과 성적 행동 자체를 부정적으로 바라보는 시선들이 주인공들에게서 나타났다. 노화에 대한 경험이 단순히 생물학적 요인에 의한 연장 선상으로 인식되고 있었고, 새롭게 형성된 노년의 이성 교제에는 남성 중심의 지배적 성 규범이 자신을 통제하고 억압하는 수단으로 작용하였다. 이런 여성 노인 주인공의 노화된 몸과 이성 교제에 대한 인식은 사회적 정체성 획득에 수동적 자세로 표현되며 성별화된 사회적 관행들을 그대로 체현하였다. 이들은 경제적으로 어려움 없는 중산층 여성의 시각을 그대로 노출하면서 사회의 안정성에 기대고 있었다. 반면 주인공 주변에 있는 서민층 여성 노인의 경우는 진행되는 노화 과정에서 몸에 대한 인식을 보다 자율적으로 구성하며, 새롭게 다가오는 이성 관계에도 성별화된 사회의 지배적 통념을 수용하지 않았다. 이렇게 작가는 두 작품을 통해 사회계층에 따른 노년 여성의 몸이 타인의 인식 대상으로서 계발하도록 조장 받는 경향을 드러냈다.

다음으로 켄트 하루프의 『밤에 우리 영혼은』에는 주인공 여성 노인의 주체적 행동 특성들이 잘 나타나 있었다. 작품 속 중산층 여성 노인은 노년기를 홀로 살아가면서 노년기 이성 교제를 자신만의 이해와 방식으로 행동하며 노년의 성과 사랑의 문제를 새롭게 구성하였다. 또한 아들의 가족 위기 앞에서 돌봄 행동으로 손자와 아들에게 삶의 의욕과 생명력을 제공하는 긍정적 역할도 수행하였다. 애디의 이성 교제가 비록 같은 공간을 공유하는 관계 맺기로 결실을 맺지 못했지만 정서적 유대감 형성만은 지속적으로 유지하였다. 켄트 하루프의 작품 속 주인공 여성은 박완서 소설의 주인공 여성과는 달리 사회문화적 관행들에 맞서 적극적 대응 자세를 보였다. 즉 주인공 '애디'는 외롭고 고립적인 노년 현실에 맞서 자율적 의지로 삶의 가치를 새롭게 추구해 나가는 여성 노인인 것이다.

이렇게 두 사회의 여성 노인들에게 노년의 개별적 몸을 바탕으로 다른 사회체제 안에서 살아오며 체득한 의식들이 차별적으로 나타나기도 하고, 가부장 사회 안에서 여성으로서 살면서 내재화된 공통된 성적 이데올로기와 관념들이 이성과의 관계 맺기에서 나타나기도 하였다. 그럼에도 불구하고 한국과 미국 사회 모두 계층적 차이와는 별도로 여성 노인들 스스로 욕망을 실현시키며 살고자 하는 자유인의 모습을 발견할 수 있었다. 두 작가 모두 노년기 홀로 살아가는 노년 여성의 이성 관계를 통해 젊은 시절의 본능적 욕구충족의 관계가 아닌 노화된 몸을 바탕으로 정서적 소통에 기반한 새로운 성적 행동의 관계 맺기를 기대하고 있었다.

이런 두 작가의 작품 분석 결과를 토대로 한국은 앞으로 초고령 사회의 진입을 앞둔 시점에서 미국 사회의 홀로 살아가는 노년의 삶을 살펴봄으로써 우리 현실에 맞는 대응 담론을 구축하는 데 필요한 자료로 활용할 수 있으리라 기대한다.

참고문헌

자료

박완서, 「마른꽃」, 『너무도 쓸쓸한 당신』, 창작과 비평사, 1998.

박완서, 『친절한 복희씨』, 문학과 지성사, 2008.

켄트 하루프, 『밤에 우리 영혼은』, 김재성 옮김, 뮤진트리, 2016.

논저

김보민, 「노년소설에 나타난 노년의 성-김원일, 박완서, 한승원 작품을 중심으로」, 『인문사회 21』 8(3), 아시아문화학술원, 2017, 1005-1020쪽.

김보민, 『한국 현대 노년소설 연구』, 인제대학교 박사학위논문, 2013.

김선자·김애순, 「노년기 이성 친구 관계에서의 성 차이에 대한 탐색적 연구」, 『한국노년학회 학술발표 논문집』 2004(1), 한국노년학회, 2004, 8-19쪽.

김소륜, 「노년 여성의 몸과 "환멸(幻滅/還滅)의 서사」, 『현대소설연구』 59, 한국현대소설학회, 2015, 257-288쪽.

김영택·신현순, 「박완서 노년소설 연구-동거자와 여성 노인의 상관성을 중심으로」, 『어문연구』 68, 어문연구학회, 2011, 401-425쪽.

김윤정, 「노년 신체의 잠재성과 가능성-박완서의 노년소설을 중심으로」, 『우리문학연구』 67, 우리문학회, 2020, 151-186쪽.

김윤정, 「박완서 소설에 나타난 노년기 정체성의 위기와 문학적 대응」, 『한국문학이론과 비평』 19(1), 한국문학이론학회, 2015, 5-25쪽.

김지은, 「박완서 소설의 에코페미니즘 특성 연구」, 교원대학교 석사학위논문, 2013.

나병철, 「박완서 소설에 나타난 여성적 사랑의 의미」, 『현대문학이론연구』 43, 현대문학이론학회, 2010, 273-293쪽.

마혜정, 「노년의 욕망: 발설과 은폐-김원일의 『슬픈 시간의 기억』을 중심으로」, 『현대문학이론연구』 49, 한국문학이론학회, 2012, 111-134쪽.

박윤창, 「노인의 성적 자아개념, 성 행동, 성적 만족과 생활 만족도의 관계」, 『한국노년학회 학술발표 논문집』 2004(1), 한국노년학회, 2004, 20-34쪽.

박태상, 「박완서 창작집에 등장한 노년문학 연구-'심리학적, 사회학적 노년학' 이론을 중심으로」, 『현대소설연구』(72), 한국현대소설학회, 2018, 153-193쪽.

박형숙, 「노년의 사랑과 성-사랑은 최후까지 늙지 않는다」, 『월간 말』, 2002.6.

백유미, 「노년기 섹슈얼리티 증진을 위한 집단상담」, 한남대학교 박사학위논문, 2009.

부경대학교 인문사회과학연구소 편, 『인문학자, 노년을 성찰하다』, 푸른사상, 2012.

서정애, 「성상담 사례에 나타난 한국사회 노인의 성 문화」, 『한국노년학연구』 21, 한국노년학연구회, 2011, 59-75쪽.

시몬느 드 보부아르, 『노년 1』, 홍상희 옮김, 책세상, 1994.

신진영, 「노인의 성이 생활만족도에 미치는 영향에 관한 연구」, 고려대학교 석사학위논문, 2014.

양보경, 「박완서 노년소설의 젠더 윤리 양상 연구」, 『아시아여성연구』 53(2), 아시아여성연구원, 2014, 136-166쪽.

오준심, 『한국문학 작품에 나타난 노인문제 유형 연구』, 백석대학교 박사학위논문, 2008.

우르술라 타드, 『시몬 드 보부아르 익숙한 타자』, 우수진 옮김, 앨피, 2007.

유지혜 · 강창현, 「WHO 성 건강에 근거한 노인 성 건강 특성과 영향 요인」, 『한국노년학』 41(1), 한국노년학회, 2021, 69-83쪽.

윤가현, 「성적 존재로서 노인」, 『한국노년학연구』 11, 한국노년학연구회, 2002, 105-131쪽.

윤가현, 『성, 그 억압과 진보의 역사』, 살림, 2006.

이경란, 「여성노년소설의 노년과 성숙: 메이 사튼의 〈지금의 우리〉와 폴리 마셜의 〈과부를 위한 찬가〉」, 『영미문학페미니즘』 18(1), 한국페미니즘학회, 2010, 57-88쪽.

이경희 · 윤가현, 「홀로 된 여성노인의 성」, 『한국노년학연구』 15, 한국노년학연구회, 2006, 105-131쪽.

이기선 · 이정화, 「노인 관련 경험이 대학생의 노인 이미지와 노인 차별주의에 미치는 영향: 노인의 성-연령집단별 인식 차이를 중심으로」, 『한국노년학』 40(6), 한국노년학회, 2020, 1267-1286쪽.

이동옥, 「한국의 노인 성담론에 관한 여성주의적 고찰」, 『한국여성학』 26(2), 한국여성학회, 2010, 41-69쪽.

이수자, 『후기 근대의 페미니즘 담론-노동, 몸 그리고 욕망의 변증법』, 도서출판 여이연, 2004.

이왕식, 「노인의 성욕구 표출에 관한 연구-공원에서 소일하는 남성 노인을 대상으로」, 고려대학교 석사학위논문, 2009.

임옥희, 「나이의 젠더화, 계층화, 그리고 '가치있는' 삶」, 『여/성 이론』 (19), 여성문화이론연구소, 2008, 34-58쪽.

전홍남, 『한국 현대 노년소설 연구』, 집문당, 2011.

정미숙 · 유제분, 「박완서 노년소설의 젠더시학」, 『한국문학논총』 54, 한국문학회, 2010.4, 273-300쪽.

정진웅, 「노년의 꿈, 타자화된 노년과 공상적 노년담론을 넘어서」, 『당대비평』 (22), 2003, 319-329쪽.

조영미, 「한국페미니즘 성 연구의 현황과 전망」, 『섹슈얼리티 강의』, 동녘, 1994.

최명숙, 『한국현대 노년소설연구』, 경원대학교 박사학위논문, 2006.

크리스 쉴링, 『몸의 사회학』, 임인숙 옮김, 나남, 2011.

통계청 통계개발원 편, 「2020 국민 삶의 질」, 2021.2.

폴 투르니에, 『노년의 의미』, 강주헌 옮김, 포이에마, 2015.

하수정, 「노년의 삶과 박완서의 페미니즘」, 『문예미학』 11, 문예미학회, 2005, 79-98쪽.

한국영미문학페미니즘학회, 『페미니즘: 차이와 사이』, 문학동네, 2011.

주

* 「노년의 이성 관계에 나타난 섹슈얼리티의 통제와 자율성 - 박완서와 켄트 하루프의 작품을 중심으로 -」, 『인문학연구』 제32집, 2022.1.

1 2020년 우리나라 65세 이상 인구는 약 812만5000 명으로 전체 인구의 15.7%임. 5년 후인 2025년에는 노인 인구 비중이 20.3%(1051만1000 명)에 오를 것으로 봄, 또한 2017년 통계청 자료에 의하면 우리 사회 주된 가구는 1인 가구로 28.6% 차지하고 있고, 그중에서 중년 이후 1인 가구의 형성은 '이혼 및 별거'와 관련이 깊고, 노인 1인 가구는 급속한 고령화 추세와 관련이 있음. 노인 부부가 단독가구를 이루고 살다가 배우자 사별로 자연스럽게 1인 가구로 형성됨, 노인의 1인 가구는 노인의 삶의 질을 악화시킬 가능성이 큼. 배우자 상실로 주부양자로 잃었고, 자녀들의 노후부양관의 변화로 열악한 노후의 삶은 외로움, 빈곤 등 심리적, 경제적 위기를 경험함(통계청 통계개발원 편, 「2020 국민 삶의 질」, 2021.2).

2 정진웅, 「노년의 꿈, 타자화된 노년과 공상적 노년 담론을 넘어서」, 『당대비평』 통권제22호, 2003.6, 320쪽.

3 이 글에서는 노년의 이성 관계를 성생활 파트너로서의 교제, 이성 친구로서의 교제, 결혼 상대로서의 교제를 두루 아우르는 표현으로 사용하고자 함.

4 윤가현, 『성, 그 억압과 진보의 역사』, 살림출판사, 2006, 16쪽.

5 백유미, 『노년기 섹슈얼리티 증진을 위한 집단상담』, 한남대학교 박사학위 논문, 2009에서 '성'은 생물학적 의미의 섹스(sex), 사회적 의미의 젠더(gender), 정서적 의미의 관계(relationship) 등의 세 가지가 통합된 섹슈얼리티(sexuality)로 생각해야 한다고 주장함.

6 이왕식, 「노인의 성욕구 표출에 관한 연구-공원에서 소일하는 남성 노인을 대상으로」, 고려대학교 석사학위논문, 2009.

7   신진영, 「노인의 성(性)이 생활만족도에 미치는 영향에 관한 연구」, 고려대 석사논문, 2016, 7쪽.

8   우르술라 타드, 우수진 옮김, 『시몬 드 보부아르 익숙한 타자』, 앨피, 2007, 201쪽.

9   윤가현, 「성적 존재로서의 노인」, 『한국노년학 연구』 11권, 한국노년학연구회, 2002, 4쪽.

10 '젊음 늘이기'는 사실상 늙어가는 과정을 '은폐'함으로써 기존의 부정적 노년담론을 부정하는 것이 아니라, 사실상 회피하고 있으며 새로이 대두하고 있는 '영원한 젊음'의 신화는 노년의 고유한 경험인 육체적 쇠락이나 죽음과의 대면 자체를 회피하게 한다고 보았음(정진웅, 326쪽 참조).

11 시몬느 드 보부아르, 홍상희 옮김, 『노년 1』, 책세상, 1994, 23쪽.

12 크리스 쉴링, 임인숙 옮김, 『몸의 사회학』, 나남, 2011, 177-178쪽.

13 박완서는 1970년대 문단 데뷔 이후 1980년대부터 2011년 사망할 때까지 노년 문제에 대해 다양한 관점에서 작가적 관심을 표명해 왔음, 특히 노년 여성의 삶을 둘러싼 계층, 젠더, 세대 간의 갈등을 형상화하였음. 김영택, 신현순, 「박완서 노년소설 연구-동거자와 여성 노인의 상관성을 중심으로」, 『어문연구』 68, 어문연구학회, 2011.6, 나병철, 「박완서 소설에 나타난 여성적 사랑의 의미」, 『현대문학이론연구』 43권, 현대문학이론학회, 2010 등 노년 여성의 성과 사랑에 관한 연구 논문들이 있고, 오준심, 『한국문학작품에 나타난 노인문제 유형 연구』, 백석대학교 박사논문, 2008, 최명숙, 『한국 현대 노년소설 연구』, 경원대학교 박사논문, 2006, 김보민, 『한국 현대 노년소설 연구』, 인제대학교 박사논문, 2013 등의 학위 논문에서 박완서 소설의 노년 문제를 다양한 시각으로 살펴보고 있음.

14 나병철, 위의 글, 273쪽.

15 크리스 쉴링, 앞의 책, 170쪽.

16 박완서는 「너무도 쓸쓸한 당신」에서 노화로 변한 남편의 몸에 대해 부정적 시선을 보여줌, 아내는 이런 모습을 '혐오스럽고 징그럽다'고 표현함.

17 박완서, 「마른 꽃」, 『너무도 쓸쓸한 당신』, 창작과 비평사, 1998, 44쪽(이하 인용은 쪽수 표시).

18 노화에 대한 이중규범은 여성 노인과 남성 노인에게 적용되는 규범이 이

중적이란 것을 의미함, 남성은 노화 과정에서 심리적으로 진중하고 지적으로 더욱 현명해질 것이라고 기대하는 반면, 여성의 노화는 심리적인 면보다는 신체적인 면에 초점을 두는 경우가 많기 때문에 여성의 노화가 남성보다 부정적으로 인식되는 경향이 있음(Harris,1998, 이기선, 이정화, 「노인 관련 경험이 대학생의 노인 이미지와 노인 차별주의에 미치는 영향: 연령집단별 인식 차이를 중심으로」, 『한국노년학』 40, 2020, 1272쪽 재인용).

19   서정애, 「성상담 사례에 나타난 한국 사회 노인의 성 문화」, 『한국노년학연구』 제21권, 2011, 61쪽.

20   송명희, 「노년 담론의 소설적 형상화」, 『인문학자, 노년을 성찰하다』, 푸른사상, 2012, 29쪽.

21   터너는 몸과 관련하여 성, 권력, 및 억압이라는 쟁점에 크게 관심을 두면서, 안정된 사회체계의 통치에 몸이 야기하는 구조적 문제의 관점에서 몸을 바라봄. 특히 가부장적 권력을 행사하는 남성에 의한 여성 섹슈얼리티의 통제에 대한 결정적 연구를 하였음 (크리스쉴링, 앞의책, 150-156쪽 재인용).

22   송명희, 앞의 글, 28-29쪽.

23   송명희, 앞의 글, 30쪽.

24   김윤정, 「노년 신체의 잠재성과 가능성-박완서의 노년소설을 중심으로」, 『우리문학연구』 67, 우리문학회, 2020.7, 181쪽.

25   크리스 쉴링, 앞의 책, 260쪽.

26   김윤정, 앞의 글, 152쪽.

27   오준심, 「한국문학작품에 나타난 노인문제 유형 연구- 박완서 단편소설을 중심으로」, 백석대 학교 박사학위논문, 2008, 173쪽.

28   정미숙·유제분, 「박완서 노년소설의 젠더시학」, 『한국문학논총』 54, 한국문학회, 2010.4, 288쪽. "노년 몸의 발견은 노인 자신에 대한 인식 좌표로 작용한다고 봄, 후기작 〈마른꽃〉(1995)에서 노인의 몸은 자신의 과거 현재 미래를 정확하게 인식하고 예견하는 매개항이자 동시에 각기 다른 상황에 처한 타자의 존재를 발견 인정한다는 맥락과도 연결됨.

29   한국영미문학페미니즘학회, 『페미니즘: 차이와 사이』, 문학동네, 2011, 111쪽.

30   박완서, 「그리움을 위하여」, 『친절한 복희씨』, 문학과 지성사, 2007(이하 인용은 쪽수 표시).

31   '몸은 늙어도 마음은 늙지 않은' 황혼 재혼 희망자들은 인생 후반전에 멋진 로맨스의 주인공이 되기를 원함 (〈신동아〉, 2011.7월호).

32   이동옥, 「한국 노인의 성담론에 관한 여성주의적 고찰」, 『한국여성학』 26(2), 한국여성학회, 2010.6, 41쪽.

33   나병철, 앞의 글, 275쪽.

34   박태상, 「박완서 창작집에 등장한 노년문학 연구-심리적, 사회학적 노년학 이론을 중심으로」, 『현대소설연구』 72집, 한국현대소설학회, 2018.2, 165쪽.

35   나병철, 위의 글, 286쪽.

36   김소륜, 「노년 여성의 몸과 환멸의 서사」, 『현대소설연구』 59집, 한국현대소설학회, 2015.8, 279쪽.

37   신지영, 「노인의 성(性)이 생활 만족도에 미치는 영향에 관한 연구」, 고려대학교 석사논문, 2013, 8쪽.

38   김지은, 「박완서 소설의 에코페미니즘 특성 연구」, 교원대학교 석사논문, 2013, 87쪽.

39   나병철은 박완서의 〈그리움을 위하여〉를 통해 중산층과 민중적 여성의 사랑을 대비적으로 보면서 중산층 여성(화자 '나')은 권태로운 일상을 벗어나지 못하고 기억을 통해 젊은 시절을 그리움의 대상으로 보고 반면에 민중적 여성(사촌동생)은 활기찬 삶의 의욕과 생명력으로 주체성을 확립하면서 스스로의 사랑과 행복에 당당하다고 말함(나병철, 앞의 글, 280-286쪽).

40   박태상, 앞의 글, 174-175쪽.

41   김지은, 앞의 논문, 101쪽.

42   김지은, 앞의 논문, 87쪽.

43   크리스 쉴링, 앞의 책, 35쪽.

44   켄트 하루프(Kent Haruf)는 1943년 미국 콜로라도 주 푸에블로에서 감

리교 목사의 아들로 태어남, 네브래스카 웨슬리언 대학교를 졸업했고 아이오와 대학교 작가 워크숍에서 석사 학위를 받았음, 학교에서 학생들을 가르치며 틈틈이 글을 쓰다 1984년 41세에 처음으로 발표한 소설 『결속의 끈 The Tie That Binds』으로 와이팅 (Whiting) 상을 받았음, 1999년에 발표한 소설 『플레인송 Plainsong』은 베스트셀러가 되고 다수의 상을 수상하며 전미도서상 최종후보에 오르고, 비평가들의 호평을 받으며 그의 작가적 위상을 높이는 작품이 됨, 그는 총 다섯 편의 소설과 유작인 『밤에 우리 영혼은 Our Souls At Night』을 남기고 2014년 71세에 폐질환으로 세상을 떠남, 작가의 마지막 작품인 『밤에 우리 영혼은 Our Souls At Night』은 2017년 리테시 바트라가 감독하고 로버트 레드포드와 제인 폰다가 연기한 동명의 영화로도 각색되었음. 작가 스스로 노년기 외로움을 경험하는 상황에서 특히 홀로된 노년들의 이성 관계를 통해 노년의 외로움과 주체적 삶에 대한 대안을 모색하고 있어 연구 대상으로 삼았음.

45 김윤정, 「박완서 소설에 나타난 노년기 정체성의 위기와 문학적 대응」, 『한국문학이론과 비평』 제66집, 한국문학이론학회, 2015.3, 8쪽.

46 켄트 하루프, 김재성 옮김, 『밤에 우리 영혼은』, 뮤진트리, 2018, 이하 인용은 쪽수 표시.

47 윤가현, 앞의 책, 44쪽.

48 전흥남, 「박완서 노년소설의 서술 특성」, 『한국현대 노년소설 연구』, 집문당, 2011, 115쪽.

49 김윤정, 앞의 글, 13쪽, 2015.

50 김윤정, 앞의 글, 17쪽, 2015.

51 노년기 양성 기질을 지닐 경우 친교 관계 발달도 용이하고, 정신적으로도 건강하며 또 노후 삶에 대해서도 더 만족하는 것으로 드러남(윤가현, 앞의 책, 68쪽).

52 유지혜, 강창현, 「WHO 성 건강에 근거한 노인 성 건강 특성과 영향 요인」, 『한국노년학』 41권, 한국노년학회, 2020.12, 71쪽.

53 고프만은 '몸'이 자아정체성과 사회적 정체성의 관계를 매개하는 방식에 구체적 실례를 제공하는데, 예를 들어 '당혹감'은 개인의 사회적 정

체성과 완전하고 정당한 사회 성원으로서의 자아정체성에 위협이 가해졌음을 상징한다고 봄. 즉 두 정체성 간에 발생하는 괴리와 이로 인해 때때로 일어나는 당혹감은 대개 정정될 수 있다고 봄(크리스 쉴링, 앞의 책, 145쪽).

54 신진영, 앞의 논문, 20쪽.

55 서정애, 앞의 글, 60쪽.

56 이동옥, 「한국의 노인 성담론에 관한 여성주의적 고찰」, 『한국여성학』 26(2), 한국여성학회, 2010.6, 41쪽.

57 신진영, 고려대학교 석사논문, 13쪽.

58 이동옥, 앞의 글, 43쪽.

59 조영미, 「한국페미니즘 성 연구의 현황과 전망」, 『섹슈얼리티 강의』, 동녘, 1994. 24쪽에서 성은 행위자의 위치와 맥락과 관련해 성별, 계층, 연령, 성적 지향, 민족, 인종 등과 교차하면 서 어떻게 사회적으로 구성되는지 살펴볼 필요가 있다고 함.

60 유지혜, 강창현, 앞의 책, 70쪽.

61 김윤정, 앞의 글. 8쪽.

62 우르술라 티드, 우수진 옮김, 『시몬느 드 보부아르, 익숙한 타자』, 도서출판 앨피, 2007, 186쪽.

63 임옥희, 「나이의 젠더화, 계층화, 그리고 가치있는 삶」, 『여/성 이론』, 통권19호, 여성문화이론연구소, 2008.12, 54쪽.

64 전흥남, 앞의 책, 121쪽.

65 이기선, 이정화, 「노인 관련 경험이 대학생의 노인 이미지와 노인 차별주의에 미치는 영향:노인의 성-연령 집단별 인식 차이를 중심으로」, 『한국노년학』 40권, 한국노년학회, 2020.10, 1271쪽.

66 이수자, 『후기 근대의 페미니즘 담론』, 도서출판 여이연, 2004, 114쪽.

67 이경란, 「여성노년소설의 노년과 성숙:메이 사튼의 「지금의 우리」와 폴리 마셜의 「과부를 위한 찬가」」, 『영미문학페미니즘』 18(1), 한국페미니즘학회, 2010, 63쪽.

68 김윤정, 「노년 신체의 잠재성과 가능성」, 『우리문학연구』 67집, 우리문학회, 2020.7, 181쪽.

5부
노년에 이르기까지의 혼란과 위기
—중년의 둔턱에서 노년의 여정을 바라보다

쇠퇴하는 몸, 변하는 가족:*
－김훈의 「화장」과 「언니의 폐경」

1. 머리말

문학은 특히 소설은 단순히 미학적 형식의 글쓰기가 아니라 인간의 정서와 행동을 투영하는 사회문화적 담론을 충실히 반영하는 공간이다. 소설 속에 재현된 사건이나 인물들은 한 시대가 구현해 내는 가치체계를 보여준다. 그러기에 소설이 언제, 어떤 상황에서 쓰였는지를 고려해 보면, 작품이 생산되고 유통되면서 그 속에 투영되어 나타나는 주제의식이나 의미들은 한 사회가 다양한 방향으로 담론화 한 것으로 이해할 수 있다. 이런 의미에서 소설 분석은 사회문화적 맥락과 만나며 당대 담론과도 만나는 작업이 된다.

본 연구에서 다룰 김훈의 「화장」(2004)과 「언니의 폐경」(2005)[1]이 발표된 2000년대 초반은 베이비붐 세대[2]로 일컬어지는 중년 세대가 본격적으로 고령화 사회[3]에 진입을 앞둔 시점이었다. 그러다 보니 사회적으로도 이와 관련된 담론들이 한창 팽배해 있었다. 김훈 역시 50대 중반의 중년의 작가였고, 그동안의 작품 성향에 비추어 볼 때 이러한 사회 담론들을 일정하게 반영하며 작품화 한 것이라 볼 수 있다. 즉 두 작품에는 창작자인 작가의 중년기 존재론적 특성과 함께 당대 사회의 중·노년에 관련된 담론들이 구체적으로 재현되어 있음을 짐작할 수 있다.

중년기는 청년기나 성인 초기에 갖출 수 없었던 경제적 안정과 정신적 여유가 확보되는 '인생의 황금기'로서 자신의 내면을 돌아볼 여유와 지혜를 가지는 시기이다. 그러나 중년기는 다가올 죽음과 노화에 대한 두려움을 느끼기 시작하는 시기이기도 하다. 특히 사회적 성취와 자녀의 성장을 어느 정도 이루지만 이제까지의 삶에 대한 성찰과 더불어 자아에 대한 정체성이 도전받는 시기이다. 이런 중년기 도전에 대한 적절한 대응과 적응은 노년기의 삶을 전망 할 수 있는 기초를 제공한다(Diana K. Harris & Wi l l i am E. Cole, ; 최신덕, 1985: 139-140 재인용).

이렇게 죽음과 노화의 필연성을 인식하며 삶을 재정비하는 중년의 모습에 최근 몇몇 작가들이 관심을 보이고 있지만, 그동안 우리 소설은 '중년층이나 노년층 인물들에게 상대적으로 무관심했거나 인색했다'는 평가에서 자유롭지 못하다(김경수, 2006). 이는 우리 사회에 퍼져있는 중년과 노년에 대한 부정적 의식과 맞물려 소설 창작에도 그대로 반영된 결과라 하겠다.

김훈의 「화장」과 「언니의 폐경」에 대한 기존 연구자들의 평가는 대부분 2000년대 작품들 중 중년의 삶에 강한 리얼리티를 보여주었다는 데 모아진다. 이들 논의를 간단하게 정리하면 다음과 같다. 먼저 서사 미학적 측면에서 어법, 문체, 모티프, 시점(목소리), 아이러니적 기법들을 가지고 치밀하고 강렬한 묘사에 주목한다(강혜숙(2008), 이미란(2009), 김은정(2011)). 둘째 철학적, 심리학적 접근으로서 어쩔 수 없이 받아들여야 하는 인간 육체의 유한성을 토대로 삶과 죽음의 문제를 실존론적 시각으로 살펴보고 있다. 소설 속 중년의 모습을 통해 인간의 존재론적 사라짐에 주목하며 우주의 생성과 소멸에 대한 인식에 천착해 나갔다 (이필규(2004), 정재림(2005)). 셋째 중년 세대에게 나타나는 생애주기상의 특징과 인간의 몸에 관련된 대한 담론들을 사회학과 여성학적 시각으로 주목하고 있다 (김경수(2006), 송명희(2012), 최영자(2009), 허명숙(2011)). 이들의 논의는 중년의 삶에 나타난 죽음의 사회학적 의미와 성 상품화, 남성 화자의 시각으로 여성의 몸을 대상화, 타자화 하였다는데 주목한다. 또한 죽음을 자본주의적 개념의 하나인 물질성으로 인식하고 있다고 본다.

이렇게 기존 연구들은 김훈의 「화장」과 「언니의 폐경」에 나타난 중년 세대의 특징을 파편적으로만 언급하고 있을 뿐이다. 중년의 삶에 나타나는 생의 양면성과 생애주기상 경험되는 다양한 변화들을 심층적으로 접근하고 있지 못하다. 그러므로 중년 남성작가의 시선으로 재현된 문학 텍스트에 주목하여 우리 사회 중년 후반기를 살아가는 중년 세대의 실상을 다가올 노년의 삶과 더불어 구체적으로 분석해 보는 작업은 의미 있으리라 본다.

중년기는 이전 생애주기보다 외모 변화 및 신체적 노화, 사회관계 및 가족관계의 변화, 부모·배우자·친구와의 결별 및 죽음과 관련된 문제에 직면하며 인생의 제2 전환기로서의 여러 특징들이 보인다. 이런 중년 세대의 다양한 경험과 2000년대 우리 사회가 고령화 사회로 접어들면서 노년의 삶에 대해 어떻게 인식하고 있는지 김훈의 「화장」과 「언니의 폐경」을 통해 알아보고자 한다. 이 과정에서 우리 사회의 중·노년을 둘러싼 다양한 사회 담론도 자연스럽게 드러나게 될 것이다.

두 작품 속 주인공들은 모두 50대의 중년 남성과 중년 여성들로서 중년기 후반에서 노년기 초반4을 보내며 노화 과정을 뚜렷이 경험하고 있는 인물들이다. 특히 50대는 중년기의 다른 연령 집단보다 관심거리와 고민이 더 많은 연령 집단이다. 이들 작품에도 50대 중년 인물들의 삶을 둘러싼 건강문제와 부부문제, 사회와 가정의 문제, 자녀문제 등 다양한 문제들이 복합적으로 형상화 되어 있다. 본고에서는 먼저, 작품 속 중년의 인물들이 자신과 타인의 신체적 변화 속에서 삶의 위기감을 느끼며 정체성의 혼란을 겪는 모습을 알아보고자 한다. 또한 노화와 죽음에 대한 불안감 외에 중년기 경험하게 되는 가족과의 분리 및 해체가 작중 인물에게 정서적 위기를 가져오는 모습과 자아를 새롭게 인식해 나가는 과정을 살펴볼 것이다. 이 과정에서 중년 인물들의 삶을 통해 다가올 노년의 삶을 전망할 수 있는 단초를 발견해 보고자 한다. 이는 중년을 인생 주기의 연속선상에서 노년과 통합적으로 파악해 보려는 시도이기도 하다.

2. 소멸되어 가는 몸, 노화의 위기에 선 중년

중년은 생명의 유한성, 죽음과 노화의 필연성 즉 인간 존재의 한계를 온 몸으로 경험한다. 여기서 연구자의 관심을 끄는 부분은 중년기에 접어들면서 탄력을 잃고 쇠락해 가는 자신의 몸을 그저 속수무책으로 바라보아야 하는 상황이다. 사실 인간의 육체는 항상 변화하고 있다. 다만 노화 과정에서 눈에 띄는 변화가 중년기에 찾아오기 때문에 이 시기에 자신과 가까운 이들의 질병, 노화, 사망 등에 직면하면서 중년들은 당혹감을 보일 수밖에 없다. 이 때문에 중년 삶 전체에 혼돈을 경험하게된다.[5] 중년기 대부분 사람들이 자신이 늙어가고 있다는 사실 즉 신체적 변화를 어떻게 수용해 가는가의 문제는 이후 죽음에 대한 인식과 노년의 삶에도 밀접한 관련을 맺는다.

이 장에서는 50대 중년의 신체적 변화와 함께 가족이나 주변인의 죽음과 같은 부정적 생애 사건을 통해 간접적으로 죽음을 경험하면서 노화 불안과 우울감, 정체성의 혼란을 강하게 표출하는 중년의 인물들을 살펴보고자 한다. 첫째, 김훈의 「화장」(『이상문학작품집』 28회, 2004)은 생물학적인 인간의 소멸 과정을 노화 과정에 발생하는 질병과 죽음에 대한 인식으로 보여준다. 작품 속 화자 '나'는 화장품 회사에서 상무직을 맡은 인물이다. '나'는 중년 남성으로서 사회적으로도 성공한 인물에 해당하며 인생의 절정기를 살아간다. 하지만 '나'에게 중년기는 인생의 정점에 해당하는 사건도 일어나지만 충격적인 부정적 사건도 일어난다. 발달 단계상 중년기에 경험하기 쉬운 부정적 생애사건은 다른 연령대보다 그 영향력이 크게 나타날 수 있다(Aldwin & Levinson, 2001; 김경민·한경혜, 2004:125 재인용).

중년 남성 '나'는 아내의 오랜 투병생활과 죽음을 목격하면서 삶과 죽음의 문제에 직면하게 된다. 또한 '나' 역시 '전립선염'이라는 신체적 능력 감소와 자각되는 여러 노화 증상들로 인해 중년의 신체적 변화를 경험하고 있다. '나'는 중년에 자신의 남은 인생을 준비하며 과거의 삶을 되돌아 볼 인생의 전환기에 서 있다.

여기서 작가는 중년에 인식되는 삶과 죽음의 문제를 무거움과 가벼움의 대립적 이미지로 형상화하며 등장인물의 삶을 통해 인간 실존에 대한 성찰로까지 나아간다. 하지만 작품을 면밀히 분석해 보면 작품 표면에 드러나는 대립적 이미지만으로는 설명할 수 없는 사유들이 존재한다. 아내의 서사와 추은주의 서사에는 삶과 죽음의 문제가 상호연관 되어 가벼움과 무거움의 이미지들이 통합적이고 서로 중의성을 띤다. 아내의 투병 과정과 죽음은 딸의 모습을 통해 다시 생명의 영속성으로 표현되고, 추은주의 젊음 역시 과거 '고대 국가의 상실'이라는 은유에 빗대어 인간의 삶과 죽음 분리되어 있지 않고 늘 공존함으로 표현된다. 이는 작가가 죽음을 삶의 또 다른 측면으로 인식하고 있음을 의미한다.

　「화장」의 주요 서사 골격은 '나'의 아내가 뇌종양으로 죽어가는 과정과 죽음 이후 장례 절차 그리고 아내 사후에 '나'가 하는 주변 정리까지 세 부분으로 구성되어 있다. 여기에 '나'는 죽어가는 아내의 극심한 고통을 바라보며 상상적으로 죽음의 공포를 극복하고자 여직원 추은주의 젊음과 생명에 동경의 시선을 보낸다. 보통 인간의 신체적 노화가 시작되면 신체적 위기감과 함께 자존심의 저하, 무가치함, 자신감의 부족 등과 같은 자신을 부정적으로 평가하며 불안과 우울 등의 정서적 위기도 맞는다(김순이·이정인, 2007: 103). 작품 속 화자 '나'도 중년기 자신의 질병과 죽어가는 아내 그리고 젊음으로 대변되는 추은주를 통해 생명을 가진 모든 존재의 피할 수 없는 생로병사의 문제를 진지하게 묻고 있다. 인간의 젊은 몸, 늙고 병든 몸, 죽어가는 몸(죽은 몸)등 다양한 몸들이 등장하며 몸이 갖는 의미를 '환기'시켜 나간다(송명희, 2012). 그러나 작가는 「화장」 안에서 중년에 새롭게 인식되는 생명과 죽음의 문제를 '나' 자신의 노화되어가는 몸과 아내의 소멸되어가는 몸 사이의 관계를 주체적으로 연관시켜 이해하기보다는 '여성의 몸'과 관련된 성(섹슈얼리티)과 생식성에만 집중한다. 소멸해가는 아내의 몸을 여성의 생식 및 배설 기능과 관련된 성기나 항문에 대한 묘사로 처참하게 그려나간다. 이런 작가적 태도에 대해 심진경(2005)은 여성의 몸에 대한 과도한 집중은 "자신의 남성성을 끊임없이 의식하는 남성의 과장된 몸짓"이라 말하였고, 김경수(2006)는 "복합적인 중년에 대한 탐색을 단순화시키고, 더러는 왜곡할 가능성이 농후하다"고 보았다.

> 죽은 아내의 몸은 뼈와 가죽뿐이었다. 엉덩이 살이 모두 말라 버려서 골반 뼈 위로 헐렁한 피부가 늘어져 매트리스 위에서 접혔다. 간병인이 아내를 목욕시킬 때 보니까, 성기 주변에도 살이 빠져서 치골이 가파르게 드러났고 대음순은 까맣게 타들어 가듯 말라붙어 있었다. 나와 아내가 그 메마른 곳으로부터 딸을 낳았다는 사실은 믿을 수 없었다. 간병인이 사타구니의 물기를 수건으로 닦을 때마다 항암제 부작용으로 들뜬 음모가 부스러지듯이 빠져나왔다. 그때마다 간병인은 수건을 욕조 바닥에 탁탁 털어냈다. (12쪽)[6]

> 어쩌다가 회사 복도나 엘리베이터에서 당신과 마주칠 때, 당신의 몸에서는 젊은 어머니의 젖 냄새가 풍겼습니다. 엷고도 비린 냄새였습니다. 가까운 냄새인지 먼 냄새인지 분간이 되지 않는 냄새였지만, 확실하고도 모호한 냄새였습니다. 당신의 몸 냄새는 저의 몸속으로 흘러들어왔고, 저는 어쩔 수 없이 당신의 몸을 생각했습니다. (28-29쪽)

위의 인용들을 보면, 죽어가는 아내의 성기 묘사나 추은주의 몸 냄새 묘사를 통해 인간 육체의 소멸과 생성 의미를 일면적으로만 부각시킨 점이 없지 않다. 오히려 아내의 고통스런 모습과 '나'의 신체적 통증을 서로 긴밀하게 연관시켜 노화와 죽음을 둘러싼 중년 현실에 더 깊이 천착해 들어가는 것이 주제의식을 더욱 효과적으로 드러낼 수 있었을 것이다. 즉 중년의 아내와 '나'의 모습을 유기적으로 연결시키지 못하고 오히려 젊은 여성 추은주의 모습과 대비하는데 초점을 맞추다 보니 생애 발달단계로서 중년기에 인식되는 죽음 문제가 한 인간의 전 생애 과정을 통해 재현되지 못하고 있다. 생성과 소멸, 젊음과 늙음의 대비적 이미지에만 기대고 있다. 이러한 작가적 시각은 중년 남성 '나'의 삶을 형상화함에 있어서도 인생 전반을 아우르는 통합적 관점을 드러내는 데 한계를 보인다. 그러다 보니 중년의 죽음 문제가 인간 본래의 실존적 문제로 추상화 되어 삶의 불가해성만으로 강조되어 나타난다.

이런 작가적 시각은 '나'의 시선을 통해 '나'의 노화 과정과 아내의 육체적 고통과 죽음 문제를 비교적 담담하고 냉정한 태도로 그려내게 한다. 인간 유기체의 소멸에 대한 '나'의 객관적 거리를 반영한 것으로서, 아내의 죽음을 예고된 죽음으로써 완화되고 개별화된 형태로 수용하고 있는 자세이다. '나'는 평생을 함께 살아온 아내의 죽음 앞에서도 충격이나 슬픔을 과도하게 드러내지 않는다. '나'는 현대사회의 중년으로서 아내의 죽음 과정에서 상실감과 연민의 감정을 억제하고 분출되는 슬픔을 거부한다. 한 논자는 오히려 이런 '나'의 태도를 소멸되어가는 육체와 죽음에 대한 부적응의 모습으로 파악하기도 한다(허명숙, 2011:352).

중년 남성 '나'는 점차 삶 속에 공존해 있는 죽음의 진실을 깨달으면서 동시에 세상은 헛것이며 생명은 확실함과 모호함 사이에서 존재하며 소멸은 불가피한 것으로 인식한다. 이런 인식의 바탕엔 삶과 죽음의 문제를 철저히 개개인의 문제로 여기는 현대사회의 면모가 깔려있다. 중년기 노화 과정에서 소멸되어가는 몸을 그동안 살아온 삶과 분리된 시각으로 바라본 것이다. '나'와 같이 중년기 가족과 주변인의 죽음 경험은 노년기 죽음에 가까워지면서 발생하는 죽음 불안감을 극복하고 수용해 나가는 데 영향을 준다.

인간은 작품 속 '나'의 아내 죽음처럼 아무리 예고된 죽음이라 하더라도 막상 죽음의 광경을 목격하게 되면 당혹감과 혼란스러움이 생기기 마련이다. 그러나 '나'는 장례 과정에서 회사 업무를 정상적으로 처리하며 어떠한 동요도 표출하지 않는다. 더 나아가 아내가 좋아했던 개 '보리'를 안락사 시키면서 죽음 불안감을 무화시킨다. 심지어 '나'는 아내의 죽음 이후에 발생할 수 있는 인간의 슬픔과 고독감 같은 정서를 통제하는 모습도 보인다. 그동안 '나'의 삶을 무겁게 짓누르던 아내의 오랜 투병생활이 정리되자 아내의 장례 기간에 들어온 부의금으로 경제적 문제를 해결하며 일상에 빠르게 적응해 나간다. 밀렸던 회사 업무인 여름 상품 광고 이미지를 '내면 여행'보다는 '가벼워진다'로 결정하며 '모처럼 깊이 잠'에 빠진다. '내 모든 의식이 허물어져 내리고 증발해 버리는, 깊고 깊은 잠'을 잔다.[7] '나'는 일상에 빨리 적응해 가면서 아내의 시신을 화장(火葬) 후 느꼈던 가벼움처럼 잠 속에서 가벼움을 경험한다. 하지만 잠에서 깨는 순간 '나'는 아내와 딸이 없는 중년의 고독한 현실과 죽음 불안에 직면하게 될 것이다. 중년 남성 '나'의 일상을 쓸쓸함이 지배하게 될 것이다.

이렇게 「화장」에 나타난 아내의 죽음 과정은 현대사회의 죽음에 대한 담론들이 반영되며, 철저하게 개별화되고 사물화된 형태로 드러나고 있다(노베르트 엘리아스, 2011). 현대사회의 물질성이 개개인의 삶과 죽음의 문제에 영향을 끼쳐 죽음이 더 이상 애석하거나 안타까운 것이 아니라 개개인의 실존 문제로 인식되고 있음을 보여준다. 현대사회에서 죽음이 신속하게 삶의 영역에서 분리되고 최대한 절제되어 억제된 형태로 취급되어지듯 아내의 주검도 병실에서 장례식장으로 처리되는 과정에서 그대로 드러난다. 장례 절차에서 살아있는 생명과 죽음의 신속한 격리, 장례식장과 화장장의 상업화된 광경이 그러하다. 남편인 '나' 역시 빠른 속도로 아내의 죽음 흔적을 자신의 삶 영역에서 지워 나간다.

또한 작가는 죽음의 단계에 있는 병든 아내의 육체를 무참하게 묘사하고 있는데, 이는 죽어가는 육체의 물질적 현상을 강조하여 죽음에 대한 부정적 인식을 갖게 한다. 앞에서 살펴본 기존의 연구자들 역시 죽어가는 아내의 몸에 대한 묘사에서 받은 충격으로부터 작품 분석을 시도하고 있다. 이들은 「화장」의 죽음 관련 묘사가 그동안 우리가 인간적인 것이라고 생각해왔던 것 그리고 정상적이라고 여겨왔던 것들로부터 상당히 벗어나 있음에 주목한다. 인간이 죽음에 가까워지면 동물적 모습을 더욱 노출하고 수치심이 증가하며 죽음에 대한 혐오감에 휩싸이는데, '나'의 아내 역시 자신에게서 풍기는 악취로 인해 극도의 수치심과 자책감을 드러낸다. 이는 아내가 죽어가면서도 자신의 병과 죽음에 대해 주체적이지 못하고 현대사회의 타자화된 죽음의 모습을 그대로 노출하고 있음이다.

여기에 작가는 노화와 관련된 죽음의 형상화에 후각적 기법을 적절히 사용하여 섬뜩할 정도의 사실성을 확보한다.[8] 후각적 기법은 생명과 죽음에 대한 리얼리티를 극대화시키는 데 효과적이다. 특히 산업화된 후기 자본주의 사회에서 노년과 죽음을 둘러싼 사회 담론들이 다른 양식으로 재현될 때 후각적 이미지가 자주 동원된다. 암과 같은 질병으로 죽어가는 인간의 점진적 부패는 병이 깊어지면서 심한 악취를 풍기고 이런 냄새들로 인해 죽어가는 사람에 대한 반감을 더욱 불러오게 된다. 이런 반감은 선진 사회가 그 구성원들에게 냄새에 대한 고도의 민감성을 주입해 놓았기 때문이다.9 아내의 몸에서 풍기는 후각을 마비시킬 정도의 냄새는 죽음에 대한 두려움을 불러오기에 충분하기 때문이다. 현대사회에서 노화라는 자연적 부패 과정이 죽어가는 자에게나 그것을 바라보는 살아있는 자들 모두에게 폭력적임을 의미한다(노베르트 엘리아스, 2011:125). 죽음 앞에서 모든 인간은 무력한 존재란 인식을 현대사회는 더욱 강화시켜 나가는 것이다.

그러다 보니 죽어가는 아내의 모습을 지켜보는 '나'는 앞으로 자신에게 닥칠 죽음을 간접 경험하며, 죽음 불안과 고통에서 벗어나기 위해 젊은 여성 추은주의 몸을 강박적으로 상상하며 욕망한다. '나'에게 죽음은 생명과 비교할 때 추악하고 끔찍한 고통으로서 무의식적으로 억압하고 은폐시키지만 표면적으로는 냉정함을 유지한다. '나'는 이미 노화에 따른 질병을 앓고 있어 죽은 아내와 가까운 거리에 있고 아내처럼 죽음 이후 우리의 삶 속에서 신속히 격리되고 배제될 것을 잘 안다. 하지만 여전히 '나'에게 아내의 죽어가던 몸에서 났던 '뒤바뀐 냄새'의 기억이 아내의 장례식 내내 아내의 메마른 육체와 함께 계속 떠오르며 죽음의 불안감을 되살리고 있다.

아내는 두통 발작이 도지면 머리카락을 쥐어뜯고 시퍼런 위액까지 토해냈다. 검불처럼 늘어져 있던 아내는 아직도 저런 힘이 남아 있을까 싶게 뼈만 남은 육신으로 몸부림을 치다가 실신했다. 실신하면 바로 똥을 쌌다. 항문 괄약근이 열려서, 아내의 똥은 오랫동안 비실비실 흘러나왔다. 마스크를 쓴 간병인이 기저귀로 아내의 사타구니를 막았다. 아내의 똥은 멀건 액즙이었다. 김 조각과 미음 속의 낟알과 달걀 흰자위까지도 소화되지 않은 채로 쏟아져 나왔다. 삭다 만 배설물의 악취는 찌를 듯이 날카로웠다. 그 악취 속에서 아내가 매일 넘겨야 하는 다섯 종류의 약들의 냄새가 섞여서 겉돌았다. 주로 액즙에 불과했던 그 배설물은 흘러나오자마자 바로 기저귀에 스몄고, 양이래 봐야 한 공기도 못되었지만 똥 냄새와 약냄새가 섞이지 않고 제가끔 날뛰었다. 계통이 없는 냄새였다. 아내가 똥을 흘릴 때마다 나는 병실 밖 복도로 나와 담배를 피웠다. (20쪽)

아내가 앓다가 죽음에 이른 질병인 종양(암)은 인간의 노화 과정에서 가장 많이 발병하는 질병 중 하나다. 아내의 의사는 종양이란 생명체 현상에서만 일어난다고 설명한다. '나'는 이런 의사의 말을 겉으로는 무시해 버리지만 그 말의 진실성에 강한 두려움을 보인다(정재림, 2005). 그런데 작가는 아내의 죽음 과정을 서술하던 객관적 태도와는 다르게 추은주라는 젊음과 생명의 이미지를 그려나가는 데 있어 극적 독백과 경어체 서술로 주관 과잉의 서술 태도를 보인다. 생명을 대변하는 추은주의 젊은 몸은 중년에게 더 이상 소유할 수 없는 욕망의 대상이기 때문에 주관적 관념으로 밖에 그려지지 않는다. 추은주를 향한 '나'의 목소리는 비현실적 즉 환상적 기법으로 표현되고, '나'의 의지는 늘 행동으로 옮기지 못하고 '추측이나 의문을 나타내는 서술어'로 반복된다(정재림, 2005). 추은주의 외모 묘사에서도 '푸른 정맥'이나 '체액에 젖는 노을 빛 살들' 과 같이 생명이나 생식에 관계된 여러 어휘들이 강조된다. 그러다 보니 아내의 고통과 추함에서 오는 죽음의 슬픔과 비교해 생명의 기쁨을 갈망하는 '나'의 모습은 추은주의 서술 속에서 닿을 수 없고 상실해 버린 생명에 대한 추상성으로 표출된다. '나'는 추은주와 같은 젊음에 '조바심'을 갖고 애타게 불러보지만 중년의 무기력한 존재로 더욱 확인될 뿐이다. 반면, 아내와 관련된 서술이나 묘사는 '해부학 교실에 걸린 뼈'나 '메마름'과 같은 어휘들로 채워진다. '나'에게 추은주는 '살들이 빚어내는 풋것들'의 시간에 존재하지만, 아내는 처참하게 죽음 앞에서 질병으로 고통스러워 '의식이나 수치심이 더 이상 작동하지 않는 시간'을 지나며 소멸에 이르는 존재이기 때문이다.

　　결국 이 작품은 죽음 이후 화장(火葬)을 통해 가벼워지는 생명의 소멸과 일상적 삶 속에서 생명에 덧칠하며 살고 있는 무거운 화장(化粧)의 세계를 그려 나갔다. 작품 속 중년 남성 '나'는 무겁게 전개되는 현실을 역설적으로 '가벼움'에 기대어 극복하고자 한다. 즉 '나'는 인간에게 주어진 소멸의 불가피성을 어쩔 수 없이 인정하면서 내면 깊숙한 곳에선 무거운 현실을 억압하고 겉으론 일상적 가벼움으로 대응한다. 죽음을 궁극적으로 인간이 통제할 수 없는 몰가치한 생물적 현상으로 바라보며 현실적 삶에 순응하며 개개인의 실존적 문제로 바라보고 있다. 그러기에 '나'의 삶과 죽음에 대한 인식은 어쩔 수 없이 받아들여야 하는 허무적 색채가 강하다. 여기엔 현대사회가 생명 현상에만 집중하고 죽음을 가벼움 즉 무의미성으로 파악하는 사회담론도 한몫하고 있다. 또한 아직까지 사회적 역할을 유지하고 있는 중년 남성 '나'에게 중년기 생애 과정상 나타나는 신체 변화나 가까운 사람(배우자)의 죽음 경험은 큰 심리적 변화를 일으키지 못한다. 하지만 일반적으로 가까운 이의 죽음 경험을 한 중년기는 청년보다는 스트레스 조절 능력이 좋지 않고 노년보다는 상대적으로 죽음 관련 사건을 덜 경험하였고 자신의 죽음을 인식하는 중간 지점에 있기 때문에 부정적 영향력이 더욱 큰 것으로 해석되고 있다(한경혜·이정화, 2012:127).

「화장」이 중년의 노화와 죽음의 문제를 남편인 화자 '나'와 아내의 죽음 과정을 통해 접근하였다면, 「언니의 폐경」은 노화 현상인 폐경 혹은 갱년기를 겪고 있는 두 자매의 내면세계와 가족원의 죽음을 통해 보여주고 있다. 언니는 55세에 갑작스런 비행기 사고로 남편과 사별하고 그 충격으로 폐경 증상을 겪으며 심한 내적 갈등 속에서 갱년기에 적응해 나간다. 이런 언니를 바라보는 동생 '나' 역시 노화 현상을 경험하면서 다가올 미래와 죽음의 불안감 속에서 중년의 위기[10]를 절실하게 경험한다. 여성의 폐경은 중년 여성들에게 노화 증상의 확실한 경험으로서 그동안 살아왔던 여성으로서의 정체성에 심각한 혼란을 일으켜 자아정체감에 변화를 초래한다. 중년 여성들의 신체적 변화는 남성보다 일상적 삶에서 위기감을 크게 겪게 하고, 인생의 전환기를 맞아 자신의 과거 삶을 되돌아보게 한다. 여성의 '폐경'[11]은 임신과 출산이라는 여성 고유의 역할을 상실하는 노화 현상으로서 남은 생의 불확실함을 나타내주는 몸의 신호이기도 하다. 이런 노화 현상은 중년 여성에게 일상생활 속에서 지속적으로 당혹감과 고통을 안겨주며 심리적 불안감을 갖게 한다.

작품 속에서 중년 여성인 언니와 '나'는 폐경 증상과 함께 요실금, 미각 쇠퇴, 근육 노화, 탈모, 골다공증, 관절염 등의 신체적 변화를 경험하고 있다. 두 자매가 겪고 있는 폐경 전후의 갱년기 만성 질병들은 노후 생활의 신체적 조건으로서 이후의 삶 즉 건강한 노년 생활을 영위하는데 부정적 요인으로 작용한다. 언니의 '폐경' 증상이 시작된 것은 2년 전 남편과 사별하면서부터이다. 이후 언니는 일상생활에서 갑작스런 출혈을 종종 겪을 때마다 몹시 당혹스러워 하며 심적 동요를 경험한다. 언니의 '폐경' 증상에서 알 수 있듯이 여성의 폐경 증상은 단순히 신체적 변화로서 뿐 아니라 노화 과정에 적응하는 사회문화·심리적 요인들이 상호 작용하며 나타나고 있다(김애경, 2008).

그런데 작가는 작품 속에서 중년 여성의 폐경을 '회귀성 어족'에 비유하며 임신과 출산의 임무를 다한 후 죽음을 향해 가고 있는 것으로 묘사한다. '폐경' 전후의 중년 성의 신체적 변화를 생식과 생산적 측면에서만 보고 있는 시각은 앞서 살펴보았던 「화장」에서 젊은 여성과 소멸해가는 아내의 육체를 여성의 성기와 생식성으로 단순화시켜 대비하였던 것과 같은 맥락이다. 이는 한국 사회문화에 존재하는 남성 중심적이고 가부장적인 시각이 작가의 창작 과정에서 중년기 여성의 변화를 생식과 성에 관련된 육체성에만 집중하게 만들었다.

폐경을 경험하는 대부분의 중년 여성들은 잠깐 혹은 길게 여성으로서의 정체감을 상실하면서 인생이 끝난 것 같은 허무감에 빠진다. 언니와 '나'도 폐경과 갱년기 증상들을 경험하며 우울한 나날 속에 정체성의 혼란을 겪는다. 우리 사회에선 여성의 갱년기 신체적·정신적 질병들과 함께 중년 여성들을 부정적 담론으로 채색해 왔다. 중년 남성이 사회적으로 능숙한 생산성을 발휘하는 모습으로 그려진다면, 중년 여성은 항상 '질병 혹은 아픔이라는 은유'로 그려져 왔다. 중년 여성의 몸에 대한 부정적 이데올로기가 남성보다는 폭력적인 배제와 차별로 경험된다(김창엽 외, 2004:159). 여기서 우리 사회의 중년이라는 담론에 성별 차이가 존재함을 알 수 있다. 이 작품에 등장하는 중년 남성 '나'의 남편도 노화라는 신체적 변화를 경험하지만 회사에서 임원으로 승승장구하며 사회적으로 성공한 지위를 누린다. 또한 중년기 자신의 성적 욕망을 젊은 여성과의 외도로 채워나간다.

하지만 언니와 '나' 같은 중년 여성은 신체적 변화로 시작된 중년기를 생애 전반에 대한 의문과 삶을 재평가 하며 일상생활의 대부분을 무력하게 보낼 뿐이다. 이들은 자신의 과거와 현재의 삶에 대한 허탈감, 좌절감으로 더욱 더 감각 기능의 저하와 신체 기능의 약화를 경험한다. 「화장」의 중년 남성 '나'에 비해 「언니의 폐경」의 중년 여성 두 자매의 삶은 더욱 우울하기만 하다. 언니와 '나'에게 시작된 중년의 신체적 변화들은 자아존중감을 떨어뜨리고 있다. 여기엔 우리 사회가 젊은이에게 요구되는 외모 및 건강상의 조건들을 기준으로 중년과 노년을 바라보고 있는 사회적 분위기도 한 몫 한다.

언니는 폐경 증상을 경험하면서 특히 이전 시기와는 다르게 수다와 음식에 유난히 예민한 반응을 보인다. 동생인 '나'가 생각해도 언니의 갑작스런 수다는 중년 일상의 외로움과 권태로부터 시작되었지만 다른 사람들과의 소통을 전제로 한 수다는 아니다. 중년 여성들에게 수다[12]는 이야기를 통해 자신을 치유하고 생명의 힘을 얻을 수 있는 매개 역할을 하는데, 언니의 수다도 이런 맥락으로 이해할 수 있다. 중년은 자기의 한정된 경험 또는 또래 집단, 주변 집단의 경험 외에는 사실 다른 사람들의 경험에 대해 잘 모른다. 소통의 과정이 원활하게 이루어지지 않는다. 화자 '나'가 언니의 수다를 평가하는 대목에서도 이러한 수다[13]의 양상이 잘 드러난다.

내 아파트에 오는 날이면 언니는 늘 베란다 창문 앞 테이블에 앉아서 저녁나절을 보냈다. 저녁 무렵에 언니는 좀 수다스러워졌다. 수다라기보다는 말문이 겨우 트이는 모양이었다. 여성잡지의 갱년기 특집을 보니까 폐경을 맞는 여자들은 저녁 무렵에 근거 없는 불안을 느낀다고 적혀 있었는데, 언니의 저녁 수다가 그 불안과 관련이 있는 것인지는 모르겠다. 저녁 무렵에 언니가 하는 말은 거의가 하나마나한 말이었다. 언니의 말은 노을이나 바람처럼 종잡을 수가 없었고 멀게 들렸다. 들렸다기보다는 스쳤다고 해야 맞겠다. 나는 늘 언니의 말에 대꾸할 수가 없었다.(15쪽)

언니의 수다는 이해할 수 없는 혼란스럽고 모호한 상태로 대화 상대에게 전해진다. 독백에 가까운 언니의 수다는 '노을이나 바람처럼 종잡을 수가 없'었으며 공감할 수 없는 거리감으로 느껴진다. 언니의 말은 언니 혼자만 알아들을 수 있고, 언니 혼자에게만 유효한 말로써 그래서 아무 말도 하지 않은 것 같다. 언니의 수다는 '죽음의 우연성과 불가항력성에 대한 항변'으로 들린다(정재림, 2005). 언니와 같이 폐경을 경험하는 중년 여성에게 나타나는 의욕 저하와 우울감, 그리고 수다와 불면증은 불안전한 정서에 기인한다. 반면에 언니의 폐경 경험은 남편의 죽음과 함께 부정적 위기감만 조성하지 않는다. 파크스(Parkes, 1988)도 가족원의 죽음과 같은 상실의 생애 사건은 개인의 자아개념을 수정하고 적응시킬 것을 요구하지만, 이를 반드시 부정적으로 보아서는 안 된다(한경혜·이정화, 2012)고 말한다. 이를 통해 자기성찰이나 진지한 삶의 반성 기회가 될 수 있기 때문이다. 자아통합적 관점에서 볼 때, 이전의 자신의 삶을 돌아보며 가정 내 역할을 재조정하고 개인의 내적 성장의 가능성을 보여줄 수 있다. 이는 중년에 노년을 준비하고 자신의 인생 전반을 성찰해 나가는 발전적 모습으로써 노년의 삶을 긍정적으로 전망케 한다.

언니의 경우도 '냄새만 맡고도 간을 알 수' 있고 '내 머플러에 붙은 앙고라 털 몇 개를 떼어'주며 남자 옷에 털을 붙여서 보내지 말라는 등 삶의 연륜이 묻어 있는 지혜를 보여준다. 언니는 일상생활에서 하찮고 사소한 것들에 예민한 모습을 보이며 중년기 신체적 감각의 쇠퇴와 같은 부정적 변화에 대응해 나간다.

> 냄새만 맡고도 간을 알 수 있는지, 언니의 말은 창밖의 저녁 안개 냄새를 맡고 하는 말처럼 들렸다. 언니가, 얘 그거 좀 싱겁지 않겠니? 라고 말했어도 아마 같은 말이었을 것이다. 언니의 등 너머로 사위는 노을이 어둠에 밀려나면서 하늘 가장자리에 겨우 걸렸고, 넓은 들을 건너가는 송전탑의 불빛이 어두운 산 쪽으로 숨어들고 있었다. 시간이 산들을 해 지는 쪽으로 데려가는 것인지, 저녁 무렵에 강 건너 산들은 점점 멀어 보였다.
>
> ―얘, 불 낮추고, 물 반 컵만 넣어. 국물이 좀 있어도 괜찮아.
>
> 라고 언니가 말했을 때 나는 언니가 노을 속으로 사라지는 저녁 비행기처럼 저무는 하늘로 빨려 들어갈 것만 같은 조바심을 느꼈다. (21-22쪽)

그러나 언니는 중년 여성으로서 삶의 연륜을 보여주면서도 여전히 아이들처럼 '캄캄한 어둠을 무서워해서 잘 때도 늘 전기스탠드의 작은 등'을 켜야 하는 등 죽음의 공포에 시달린다. '폐경'은 그만큼 중년 여성에게 삶의 불확실함을 보여주는 육체적 징표로서 불안감의 실체로 작용한다. 작품 속 '나'와 언니의 아파트는 강을 마주하고 있다. '나'의 아파트에서는 강에서 바다로 흘러가는 물의 흐름을 볼 수 있다. 언니와 '나'의 아파트는 중년과 노년의 삶을 두 자매가 서로 의지하며 소통하고 교류하기에 적당한 공간이다. '나'의 아파트에서 보이는 강의 하구 모습은 중년 여성의 모습과 비유적으로 연결되며 인생의 전환기를 상징적으로 표현한다. 강의 하구에 나타나는 물살의 급격한 동요는 중년 여성의 삶에 나타나는 내적 동요와도 닮아 있다. 언니는 한강의 물이 들어오고 빠지는 것과 자신의 몸이 변화하는 과정을 자연의 순리에 연결시키며 노화와 죽음 문제에 생의 비밀이라도 목도한 듯 초연한 삶의 자세를 보인다.

　언니는 혼자서 중얼거리는 헛소리처럼 말했다.
　-자다가 깼는데, 갑자기 눈앞에 달이 보였어. 내가 꼭 저승에 와 있는 것 같더라. 여기가 어딘가……누굴 부르려고 했는데, 그게 누군지 떠오르지가 않았어. 소리도 나오지 않았지. 그러더니 몸속이 불덩이처럼 뜨거워지면서 왈칵 쏟아졌어. (27쪽)

　반면 '나'의 경우는 아직 직접적인 폐경 경험은 없지만 50대에 들어서면서부터 "몸의 안쪽에서부터, 감당할 수도 없고 설명할 수도 없는 우울과 어둠이 안개처럼 배어 나와서 온몸의 모세혈관을 가득 채운" 혼미한 심리적 상태를 경험한다. 중년 여성으로서 '나'의 정신적 방황은 "어두운 방 안에서 하루 종일 혼자 누워서" 유폐의 시간을 보내게 한다. '나'는 갱년기 우울증을 경험하며 미래에 대한 불안감을 안고 일상생활을 유지해 나간다.

　그러나 두 자매 사이에도 "내 몸의 느낌을 언니에게 설명할 수가 없었고 불덩이 같은 것이 왈칵 쏟아져 나온다는 언니의 느낌에 닿을 수 없"는 개인차가 존재한다. 중년기의 자아정체성은 신체 감각을 계기로 하는 단일 과정이라기보다는 각 영역의 심리적 변화나 계기가 되는 다른 외적 요인이 개인에 따라 다양하게 전개된다. 언니와 '나'의 경우도 50대의 갱년기를 맞은 중년 여성으로서 공통적으로 노화 과정을 경험하고 있지만 이전의 결혼생활 만족도나 사별 및 이혼이라는 경험들의 차이로 인해 갱년기 심리적 변화에 서로 다른 면모를 보인다. 이렇게 중년기 자아정체성 전개의 최초 단계는 신체 변화에 따른 자아 정체성 기반의 동요에서 출발한다(Okamoto.Y. 1985; 최광선, 1997:179).

언니는 남편의 죽음으로 갱년기 내내 막연한 불안감을 표하며 위태로움과 초연함 사이를 오가고, 그런 언니를 곁에서 지켜보는 '나' 역시 곧 폐경이 시작될 것이고 다양한 노화 현상을 겪어 나가며 죽음을 생각하지 않을 수 없다. 그러나 '나'가 목격한 중년의 죽음 경험은 언니가 경험한 죽음과는 다르다. 언니처럼 중년기 갑작스럽게 찾아온 남편의 죽음이 아니라 노년의 수를 누리고 삶을 평화롭게 마감한 시어머니의 죽음이다.

시어머니는 관절염과 골다공증을 오래 앓으셨다. 말년에는 기관지 천식과 녹내장이 겹쳤다. 시어머니는 밤중에 자다가 돌아가셨다. 그분의 의식 속에서 잠과 죽음은 구별되지 않을 것이었다. 시댁 문중은 흙이 다 녹은 화창한 봄날을 택해서, 잠 속에서 또 잠이 오듯이 돌아가신 노인의 죽음을 평화롭게 받아들이는 분위기였다. 염포로 꽁꽁 묶인 그분의 시신은 어린 아기처럼 작았다. 관 속에 모시니까, 빈자리가 너무 커서 염습사는 한지 두루마리를 포개서 머리맡과 발치를 채웠다. 시어머니가 염을 다 받으시고 종이 꽃신을 신으실 때 나는 그 죽음의 가벼움과 시할아버지 제삿날의 들기름 냄새를 생각하면서 많이 울었다. (35-36쪽)

　시어머니의 노년은 '나'의 멀지 않은 미래의 노년의 모습이기도 하다. 시어머니는 노년의 많은 질병들로 인해 고통 받으면서도 시골 종갓집 며느리로서 삼대 봉사(제사)를 모시며 친척들까지 챙기는 고단한 삶을 살았던 분이다. 그런 어머니가 '잠 속에서 또 잠이 오듯이 돌아가시'는 모습을 지켜보며 시어머니에 대한 추억을 제삿날의 들기름 냄새로 기억하면서 노년의 평화로운 죽음을 보게 된다. '나'가 중년에 경험한 죽음은 언니가 경험한 무자비한 '죽음'의 모습이 아니다. 그러기에 두 자매에게 존재하는 죽음에 대한 불안감 역시 질적 차이가 있다. 그런가 하면 언니와 '나'의 중년의 삶에서 노년 삶의 질과 연관시켜 볼 때 공통적으로 발견되는 점도 있다. 그것은 두 사람 모두 배우자와 함께 살았을 때의 경제력[14]을 어느 정도 유지하면서 노년의 삶을 살아갈 수 있다는 점이다. 우리나라 중년의 고민 중 가장 큰 고민이 경제적 압박이고 이후 노년 삶의 질과도 연결된다는 점에서 작품 속 두 여성은 경제적 문제에서 오는 심각한 위기는 경험하지 않는다.

　결국 중년기는 신체적·생물학적으로 노화가 시작되면서 유한한 생애의 남은 시기 동안 삶의 질을 높이는 데 관심을 가져야 할 시기로, 「화장」과 「언니의 폐경」에 등장하는 중년 남성과 중년 여성은 신체적 위기 앞에서 허무의식을 바탕으로 소멸해 가는 몸을 경험하며 짙은 우울감에 빠진다. 여기에 인생 주기 연속선상에서 노화와 죽

336

음을 수용해 나가려는 모습도 단초적이지만 나타난다. 「화장」에는 현대 사회의 물화된 가치가 죽음의 문제에 상당부분 투영되어 '나'의 감정과 행위를 통제하고 있다. '나'는 아내의 죽음을 지켜보면서 자신 몸의 특성을 더욱 더 숙고하고 죽음을 목격하면서는 몸을 홀로 감당해야 하는 은폐된 개인적 경험으로 인식한다(크리스 쉴링, 1999). 「언니의 폐경」의 언니에겐 남편의 죽음에서 비롯된 삶의 허무함이 죽음에 대한 초연한 자세로 나타나며 일상을 통해 죽음 불안을 완전히 떨쳐내지 못한다. 그러나 동생 '나'의 경우는 갱년기 노화 과정을 겪으며 일상생활에 우울감을 표출하지만 죽음에 대한 불안감을 막연한 두려움으로 표출하지 않는다. 죽음을 자연스런 삶의 과정으로 인식한다. '나'는 중년기 신체적 위기를 극복하고 긍정적 시각으로 자아정체감의 성숙 가능성을 보여준다. 비록 육체는 노화에 접어들고 있지만 인생을 내리막이라고 생각하지 않고 한 단계를 매듭짓고 새로운 단계로 전환하는 시기로 인식한다. 화자인 동생 '나'는 50대 중년 여성으로서 자기 자신에 대해 긍정적으로 느끼고 부정적이거나 복잡한 모습까지도 인정하려 한다. 자아실현이나 성숙의 특성을 보여주는 인물이다(Ryff, 1989; 한경혜·이정화, 2012:33 재인용).

3. 가족 관계의 변화와 노년의 고독

중년기는 앞장에서 살펴본 신체적 변화 외에도 심리적, 사회적, 문화적으로 복합적인 변화를 경험하는 시기이다. 생애 전반에 걸쳐 자아실현을 통한 성취감 달성이나 사회 활동의 성과가 절정기에 이르지

만 이에 수반되는 기쁨과 보람, 발전적인 것뿐만 아니라 좌절과 고통
도 함께 경험한다.

이 장에서는 김훈의 「화장」과 「언니의 폐경」에 나타난 가족 관
계의 변화에 따른 좌절과 고통을 통해 중년 자신의 삶을 돌아보고 다
가올 미래의 삶에 대한 적응 및 거부 양상에 주목하고자 한다. 중년기
가족 관계의 변화 양상은 특히 노년의 사고(四苦)[15]와 깊은 영향 관계
에 있다. 특히 김훈 소설에 나타난 중년의 가족 관계의 변화를 살펴보
면 노년의 고독 문제와 관련해 중요한 시사점을 제공한다.

중년기 남성과 여성 모두에게 공통적으로 배우자와의 사별이나
이혼은 이전 생애 시기와는 다른 가족 관계를 형성하게 하고 결혼생
활을 되돌아보게 한다. 중년기 부부 관계의 중요성에 대해서는 이미
많은 연구자들이 주장하고 있듯이, 배우자는 갑작스런 생활상 변화
와 충격을 완화하고 잘 적응하게 하는 다른 어떤 관계망의 구성원의
지지보다 효과적이다. 또한 자녀들이 성장하여 독립하게 되면서 가
족 구성원과의 분리도 나타난다. 결혼해서 떨어져 나간 아들과 딸 사
이에는 새로운 관계 정립이란 문제도 발생한다. 이렇게 가족 분리 및
해체로 인한 가족 관계의 재조정 과정에서 중년들은 가정의 위기적
상황을 경험하게 된다. 이런 상황에서 중년의 심리적 변화는 이후 자
아정체감의 성숙에 중요한 의미를 갖는다.[16]

김훈의 「화장」과 「언니의 폐경」에도 가족 관계의 위기 상황에서
중년 남성과 중년 여성의 심리적 변화가 자아정체감 형성에 영향을
주고 있다. 먼저 「화장」의 중년 남성 '나'는 아내와 사별 후 홀로 남게
된 상황에서 딸마저 미국으로 가게 되고 중년 후반과 노년의 삶을 자
신의 질병과 싸우며 홀로 살아가게 된다. 아내와의 사별이 '나'의 가

족 해체의 시발점이 되고 노화 과정에서 얻은 질병과 급변하는 사회로 인해 가치관의 혼란 그리고 자녀의 독립 등 가족 관계의 변화가 '나'에 게 사회적·심리적 위기 상황을 맞게 한다(김희경, 2006). 중년은 인생 주기 상 자신의 내면을 가장 많이 들여다보며 이전에 남의 가치나 세상이 이렇게 해야 한다는 것에 맞추어 살아왔다면, 이제는 자신의 의지를 가지고 스스로 판단하며 살아간다. '나' 역시 회사 생활과 가정 생활을 해오면서 자신의 삶이 본래의 자아에 덧칠(化粧)을 하며 허위와 가짜의 세계를 살아가고 있다고 생각한다. 그러나 '나'의 이러한 인식은 새롭게 자아정체감을 정립해 나가는 것으로 발전하지 못한다. 오히려 현실 순응적 자세로 일상의 가벼운 세계로 자신을 빠르게 적응시켜 나간다. 중년 남성 '나'에게 일어난 가족 해체의 경험은 내면에 대한 성찰로 이어지지 않고, 성공과 성취가 만능인 현대 사회에서 자신이 그동안 추구해왔던 인생의 목표와 가치들에 대해 재평가나 재조명 작업으로 나타나지 않는다. '나'와 같이 사회적 책임감을 유지하고 있는 중년에게 가족과의 단절 경험은 노년기 고독감과 같은 정서적 위기를 초래하고 직장 은퇴와 같은 사회적 지위가 하락하는 상황이 되면 자아정체감에 심각한 위기를 맞게 된다.

이는 중년기 남성이 여성에 비해 생리적 조건 면에서 신체적 노화에 덜 민감하고 가족 관계의 변화에 따른 고민이나 걱정거리에서 한 발물러나 있기 때문이다. 작품 속 중년 남성 '나'도 한 가정을 이루고 많은 시간 동거동락 해온 아내의 삶과 죽음에 대해 진지하게 회고하고 안타까워하지 않는다. '나'는 아직까지 중년의 사회적 지위를 유지하며 공적 영역에서 자신의 역할을 가지고 있기 때문이다. '나'는 가정적 비극을 정서적 대응으로 해결하기 보다는 회사 업무에 빠르게 복귀하고 현실에 순응해 나가며 복잡한 내면 갈등을 차단한다. 하지만 이런 '나'의 태도는 중년기 가족원의 죽음 경험 즉 가족과의 단절 경험이 자기 성찰이나 생에 대한 진지한 반성의 기회가 되어 노년의 삶에 긍정적 영향을 미친다는 시각에서 보면 분명 한계가 있다.

결국 중년 남성 '나'는 가족 단절의 경험을 자아가 성장, 발전할 수 있는 기회로 즉 자아정체성의 위기 상황을 자신의 경험과 능력을 통합하여 해결해 나가지 못한다. 다만 일상의 현실 속에서 사회적 성공으로 인해 감당해야 할 신체적, 정신적 스트레스를 경험하며 살아간다. '나'에게 찾아온 아내 죽음과 딸과의 분리는 그동안 자신의 삶을 지지해왔던 가족 관계가 무화되는 경험으로써 노년의 고독감이나 노화에 따른 질병을 홀로 견뎌야 하는 노년의 고통으로 이어지리란 걸 짐작케 한다. '나'와 같이 가족 관계가 해체되어 홀로된 중년 남성은 타인 의존성이 높아져 홀로된 중년 여성에 비해 두려움 속에서 노년을 살아갈 가능성이 높다. 즉 '나'와 같이 배우자가 없는 중년 남성은 노년 생활에 적응하기 더욱 더 어렵다.

'나'의 가족 관계 단절 상황은 외부적 요인에 의해서 이루어지기도 하지만 아내가 몹시 사랑했던 개 '보리'를 아내 사후 조금도 망설임 없이 바로 안락사 시키는 장면에서 극대화 된다. 중년 남성 '나'의 현실 순응적 자세가 적나라하게 드러난다. '나'는 아내와의 추억이나 연민을 보듬고 살아가기보다 현실적으로 홀로 남겨진 자신의 삶에 장애가 될 수 있는 '개'의 존재가 부담스러운 것이다.

집에는 아무도 없었다. 묶인 개가 개집에서 뛰쳐나오면서 허리까지 뛰어올랐다. 아내가 없는 집에서 개를 기를 수는 없을 것이었다. 나는 개를 끌고 동물병원으로 갔다. 오랜만의 나들이에 개는 흥분해서 마구 줄을 끌어당기며 앞서 갔다. 나는 수의사에게 안락사를 부탁했다.

"좋은 종자군요. 길러보지 그러십니까."

수의사는 개 머리를 쓰다듬으며 말했다.

"개를 기를 형편이 못 되오. 밥 줄 사람도 없고……."

수의사는 개를 쇠틀에 묶었다. 겁에 질린 개는 온순하게도 몸을 내맡기고 있었다.

"개 이름이 뭡니까?"

"보리입니다."

"보리라면?"

"사람으로 태어나라는 뜻이라고 우리 집사람이 그럽디다."

의사는 개 목덜미살을 움켜잡고 주사를 찔렀다. (49쪽)

'나'는 이렇게 그동안 자신의 삶에 지지자였던 가족 관계를 재확인해 볼 여유 없이 생산성 창출만이 가치 척도가 되어 버린 현대사회에 스스로를 적응시키고 있다. 또한 자신의 내밀한 욕망의 대상이었던 추은주가 회사에 사표를 내고 떠나자 자신의 주변 사람들과의 관계에서도 단절된 모습을 보인다. 이렇게 '나'의 중년 삶에는 과거의 삶에서 크게 느끼지 못했던 가족 관계의 변화와 주변과의 관계 조정이 이루어진다. 중년의 가족 단절 경험이나 주변 사람들 사이에서의 소외 경험은 바람직한 노후 생활을 해나가는 데 원동력을 상실하는 것이다. 다가올 노년기에 가족 관계에서 오는 친밀감을 확보할 수 없어 정서적 안정감을 유지할 수 없다. 우리 사회에서 대부분 홀로된 노년 남성은 사회적으로도 소외감을 겪게 되고 제한된 사회적 지원망을 갖게 된다. 이들은 가족과의 정서적 유대도 노년 여성보다 낮고 믿을 만한 친구를 만날 가능성도 적다.

반면 여성의 경우는 남성에 비해 일생을 통해 여러 차례 급격한 변화를 겪는다. 사춘기에 성인 여성으로서 몸이 만들어지고 결혼을 하게 되며 낯선 환경에서 가족 구성원들과 적응해 나가며, 결혼 후엔 임신과 출산 그리고 양육을 하는 모든 과정에서 자아 상실을 경험하며 가족원이 떠난 중년기엔 허전하고 공허한 상태에[17] 놓인다(김명자, 1998). 특히 결혼 이후 가족을 위해 돌봄 노동을 하느라 뼛속까지 누적된 피로감과 고단함은 자신에게 찾아온 가족의 변화에 더욱 예민하게 반응하게 한다. 그 중에서도 중년기 부부 관계는 위기에 처해 파국적 상황을 맞기도 하고 서로의 신뢰를 바탕으로 동반적 관계를 유지하며 노년 삶의 질을 확보해 나가기도 한다. 평생을 가정이라는 사적 영역을 지키며 살아왔던 중년 여성들에게 부부관계는 가족 관계의 구심점 역할을 해왔다.

「언니의 폐경」에 등장하는 중년 여성 두 자매는 배우자와의 사별 혹은 이혼으로 인해 가족 관계가 해체되면서 정서적으로 우울한 상태에 놓여 있다(오경미·김분한, 2007). 이런 상황에서 언니와 '나'는 남편의 아내로서 자녀들의 어머니로서 기존에 지녔던 역할에 변화가 생기며 자아정체감도 혼란스럽고 무기력하고 무의미한 일상을 보낸다. 작품 속 중년 여성들처럼 변화된 가족 구조에 쉽게 적응하지 못하고 일상생활에서도 청년기 여성들처럼 활발하게 사회와 소통해 나가지 못한다. 이는 아내나 어머니 역할 외에 자기 존재 가치가 새롭게 만들어지기 어렵다는 상실감 때문이다. 우리 사회가 언니와 '나'와 같은 중년 여성의 삶에 대한 가치를 가정 내 사적 역할로 국한시켜 생산적 가치로 인정하지 않았음을 보여준다. 여성은 임신과 출산과 육아라는 사적인 세계에서만 평가받으며 중년 여성과 같이 성적인 매력을 발산하지 못하는 경우 사회 안에서 인정받을 수 없다.

그리하여 언니의 경우도 남편의 갑작스런 죽음으로 가족 관계가 해체되자 죄책감, 분노, 불안 등과 같은 정서를 외부로 표출하기보다 자신 스스로에게 투사해 우울감과 자아존중감의 저하를 보인다. 언니는 사별 이후 내적 방황을 거치면서 동생인 '나'와의 자매 관계를 더욱 돈독히 쌓아가며, 그동안 결혼생활에서 유지해 왔던 타인들과의 관계를 변화시키며 인생의 전환기를 맞는다. 언니는 동생인 '나'와의 친밀감을 토대로 서로 의지하며 중년의 상실감과 위기를 연대[18]로써 극복해 나간다. 사별 이후 언니에게서 보였던 삶의 위태로움은 시간이 지나면서 점차 사라지고 자신의 내면을 돌아보며 자아를 재발견하고 일상적 삶의 적응으로 바뀐다. 가정 내 국한되어 있던 자아정체성을 심리·사회적으로 성장시켜 나간다. O'Connell (1976) 역시 "직업과 가정 외의 활동에 비해 아내, 모친으로서의 가정 역할이 자아정체성의 안정된 기반이 되기 어렵다"고 말한다(최광선, 1997:21). 작품 속 중년 여성의 '자매애'처럼 갱년기를 보내는 여성들에게 친밀한 관계(연대) 형성은 중년 여성 삶의 질 확보에 중요하다. 가족 안에서 남편의 그늘에 가려 주체적 모습을 볼 수 없었고 그래서 늘 약한 존재로만 여겨왔던 언니의 존재감이 같은 50대를 살아가는 '나'의 시선을 통해 새롭게 포착된다. 가정의 울타리에만 갇혀있던 언니는 생활 사건을 겪으며 서서히 홀로서기에 나서고 일상생활에 적응해 나가며 가족 관계를 재정립한다. 자신의 인생 전반을 아우르는 통찰적 자세를 보인다.

또한 아래 인용에서 보듯 언니는 젊은 세대인 아들들과도 가치관의 갈등을 겪는다. 언니의 아들들은 젊은 세대로서 갑작스런 아버지의 죽음으로 힘들어할 어머니의 슬픔을 위로하기보다 보상금이나 부의금 같은 물질적 욕망에 사로잡혀 있다. 남편 없이 쓸쓸하게 홀로 지내는 어머니를 진심으로 위로하지 못한다. 언니의 가족에게도 변화된 핵가족 관념과 세대 갈등으로 인해 가족 간의 분리와 단절이 나타나고 있다. 아들들의 이기적 행태와 시댁 식구들의 파렴치한 모습을 지켜보면서 언니는 그동안 가족을 위해 헌신적으로 살아왔던 자신의 삶을 돌아본다. 언니는 정서적으로 위기를 맞지만 침착하고 초연한 자세로 노년에 홀로 살아갈 준비를 한다.

> 형부가 죽고 나서 언니에게 돌아온 보상금이며 퇴직금은 대부분 조카가 가져갔다. 조카는 언니의 시댁사람들과 싸워서 시댁에서 몰아간 부의금 절반도 기어이 받아내 차지했다. 조카는 돈을 받아낸 날 언니에게 전화를 걸어와, 이래서 여자들한테 집안일을 맡길 수 없다니깐 …… 이라고 말했다고 한다. (54쪽)

50대 초반의 '나' 역시 평생 외도 경험 없이 육체적, 정신적으로 한 사람에게 성실하기를 소망한 결혼 약속이 깨지면서 부부관계에 변화를 맞는다. 언니의 결혼생활이 형부의 직업상 떨어져 지냈다는 점 외에는 비교적 행복했다면 '나'는 이혼하자는 남편 말이 '일상적'으로 들릴 정도로 그동안의 결혼생활이 무의미했다. '나'는 중년기에 이루어지는 부부 유대관계를 강화시켜 나가는 데 실패한 중년 여성이다. 중년기에 오면 시간이 흐르면서 부부들은 몸도 변하고 느낌도 변하고 생각하고 행동하는 모든 것이 변한다. 그러면서 부부관계의 사랑의 약속도 변하게 된다. 이런 이유들로 중년기 부부 관계는 사별이나 이혼처럼 직접적 요인으로 가족 해체를 경험하기도 하지만 '심리적 이혼'이라는 경험도 겪게 된다[19](김창엽 외, 2004:168).

'나'는 이혼 전까지 딸의 양육과 남편이 사회적으로 성공을 이루는 데 조력자로서 가정생활에만 집중해온 여성이다. 그러다 보니 이혼의 충격은 일상생활 속에서 무력감과 무가치함의 고립적 정서가 작품 곳곳에서 표출된다. 차츰 시간이 흐르면서 '나'는 점차 이전 생애주기 동안 가족을 돌봄으로써 자기 가치를 인정받으려고 했던 모습에서 벗어난다. '나'는 남편의 외도를 알게 되면서 "왜 함께 살아야 하는지를 대답할 수 없었으므로 왜 헤어져야 하는 지를 물을 수가 없"어 이혼한다. 또 매번 젊은 여성의 머리카락을 묻혀 오는 외도의 흔적들을 보면서 '나' 자신의 젊음 상실[20]을 더욱 실감한다(배은경, 1999). 이렇듯 '나'는 외도 사실을 알게 된 순간부터 이혼을 마치 예정된 순서로 인식하고 있었다는 듯 이혼 얘기를 먼저 꺼내는 남편의 말에 크게 충격 받지 않는다.

> 시어머니 초상을 치르고 나서 한 달 후에 연주는 미국으로 떠났다. 공항에서 연주를 보내고 돌아오는 날 저녁에 남편은
>
> ―미안해……
>
> 라면서 이혼 얘기를 꺼냈다. 남편이 선택한 시점은 온당해 보였다. 부모가 모두 세상을 떠나고, 자식이 눈앞에 없을 때 헤어짐으로써 혈연으로 맺어지는 관계들에 대한 상처를 줄이자는 것이 남편의 헤아림이었다. 왜 함께 살아야 하는지를 대답할 수 없었으므로 왜 헤어져야 하는지를 물을 수가 없었다. (36쪽)

'나'는 남편의 외도 흔적 속에서 젊은 여자들에 대한 환영까지 경험하며 좌절과 고통의 시간을 보내고, 분노나 슬픔에 앞서 "휑하니 빠져나간 세월의 빈자리"[21]도 경험한다(배은경, 1999:474). '나'에게 아내라는 신분은 그동안 자아개념의 중심에 놓여 있었기 때문에 남편의 배신으로 인한 상실감은 사회적으로 타인과의 관계 형성에도 영향을 준다. 위축감과 버림받았다는 생각이 모든 행위에 바탕이 된다. 이와는 대조적으로 '나'의 남편은 사회적 성공을 바탕으로 새로운 연애를 시작한 것에 대해 가족들에게 아무런 죄책감도 갖지 않는다. 중년기에 오면 남편들은 아내를 볼 때 여성스러움이 없어지기 때문에[22] 젊은 여성을 찾아 나선다. 이 시기에 남성들은 젊음의 증거가 되는 성적 주체성을 확인하고 싶어 하는 본능에 사로잡힌다. 이런 심리 상태에서 누군가 자신의 남성다움을 확인시켜 주면 걷잡을 수 없이 사랑의 감정에 휘말린다. 중년 남성들은 갱년기를 맞아 노화가 진행되는 상황에서도 사회적 성공이나 경제력이 바탕이 되면 자신의 남성성을 확인받으려 하고 그 과정에서 결혼 관계가 파탄에 이르게 된다. '나'의 남편은 외도가 알려져 부부관계가 파경 국면을 맞는 상황에서도 자신의 부모와 친척들에게 그리고 회사 사람들에게 아내로서의 역할을 '나'에게 부탁한다. 이런 '나'의 남편의 이기적 행동은 우리 사회 남성들에게 존재하는 봉건적 가부장제 한 단면이기도 하다. 보통 남편의 외도를 경험한 대부분의 여성들은 먼저 배우자의 배신에 대한 깊은 분노심을 폭발시키며 자신은 버림받았고 쓸데없다고 느낀다. 게다가 남편에 대해 심리적, 경제적으로 의존하여 살아왔기 때문에 그 중심이 흔들리면서 불안과 초조를 동시에 경험한다. '나' 역시 남편의 외도 사실을 알았을 때 직접적으로 분노를 표출하지는 않지만 생의 전반이 흔들리는 불안 심리를 보인다. 이렇게 남편의 외도는 아내인 '나'의 정체성을 뒤흔드는 사건으로서 성적으로 소외당했다는 피해감과 수없이 남편의 거짓의 대상이 되었던 데서 오는 분노와 배신감, 그리고 수치심과 굴욕감을 가져다준다.

'나'의 딸도 성장하여 자신의 인생을 위해 유학을 선택해 독립해 나감으로써 가족 분리는 더욱 가속화된다. 남편으로부터의 소외와 더불어 성장한 딸로부터 어머니로서의 역할이 감소된 것이다. 그런 가운데 이혼 후 '나'는 남편과 딸의 떠남 끝에서 새로운 사랑을 시작한다. 새로운 사랑이라기보다는 '나' 자신과 비슷한 처지의 남성과 연민에 가까운 관계를 맺는다. '나'는 깊은 상실감에서 서서히 빠져 나와 비교적 불안정하지만 중년의 삶에 적극적 태도로 대응해 나간다. 그러나 한편으로 '나'는 시댁의 모든 행사에 참석하는 등 봉건적 가부장제 사회의 편견에서 완전히 자유롭지 못하다. 이런 모습을 달리 해석하면 비록 부부 관계가 파탄되어 시댁 식구와의 관계가 훼손되었더라도 자신의 삶의 과정에서 맺었던 관계를 주체적으로 해석하여 새롭게 '자아' 발견과 존재감 확보에 나서는 것으로 파악할 수 있다.

이런 '나'의 면모는 언니가 중년의 삶에 초연함과 관조적 자세로 적응해 나가는 태도와 대비된다. '나'는 노화로 인한 질병과 가족 관계의 해체로 정서적 위기감을 경험하지만 그러한 상황에만 매몰되지 않는다. 작가는 '나'를 통해 한국 사회에서 중년 여성을 사회적 가치에서 배제시키고 '타자'로 대상화하는 상황을 비판하고 중년 여성 스스로도 자기 비하적 사고에서 벗어나 주체적으로 자아정체성을 확립해 나가는 것을 보여준다. 여기엔 작품 속 '나'와 같이 자신을 정당하게 사랑할 수 있는 노력이 중요하다. '나'는 작품 속에서 자아존중감이 높은 여성으로 등장한다. 남편의 외도와 딸의 이기적 행동에 분노로 응대하기 보다는 이성을 잃지 않고 냉정함과 평정심을 유지하는 모습에서도 알 수 있다.

또한 새롭게 시작한 이성 관계인 '그이'와의 중년의 사랑도 젊었을 때의 사랑 방식과는 다르다. '나'는 중년의 위기 앞에서 '아무런 대상도 아니고 아무 사람도 아닌 것 같'은 의미로 관계를 형성한다. 다만 '한쪽 다리로 선 새'와 같은 '나'의 불안한 모습과 '그이'의 모습이 닮았다고 느끼면서 고독한 중년에 동반자적 관계라 여긴다. '그이'는 성공지상주의가 팽배한 사회 안에서 부정적으로 평가받기 쉬운 중년 남성이다. '그이'는 일찍 부인과 사별하고 홀로 딸을 키워 출가시키는 중년 남성으로서 인생에서 사회적 성공만 부각되는 시각으로 보면 소외된 자이다. '나'는 이런 '그이'와의 관계를 성급하게 발전시키지 않고 더군다나 중년기 재혼은 염두에 두지 않는다. '나'와 '그이'의 관계는 중년의 자아성찰 과정에서 존재론적 동질감에서 비롯된 연민에서 출발하였기 때문에 중년의 우울감을 극복하고 노년 삶의 질을 확보하는 데 의미가 있다.

이렇게 '나'는 가족관계의 단절에서 오는 소외감을 새로운 남성과의 만남이나 자매애를 통해 다양한 '친밀성'을 확보하며 극복해 나가고자 한다. 특히 언니와 '나'의 교류는 중년 여성들 간의 연대로서 노년의 삶에 대한 계획을 갖게 하고, '나' 자신의 주체적 삶을 찾아가는 데 중요한 역할을 한다. 젊은 세대와 중년 세대의 차이는 언니의 아들뿐만 아니라 '나'의 딸 연주에게서도 나타난다. '나'의 딸은 엄마와 아빠 사이의 관계가 어긋나 있음을 알면서도 자신의 인생을 위해 객관적 거리를 둔다. 결국 유학 생활을 하는 과정에서 부모의 이혼 소식을 듣게 되자 이기적이고 냉정한 태도를 보인다.

> 엄마하고 아빠하고 아무런 애정도 없이 그저 습관적으로 함께 살아가는 꼴을 보면서 저도 울적했고 두 분의 딸이라는 운명에 신바람이 나지도 않았어요. 저도 피해자라는 걸 알아주세요. 하지만 이제 와서 두 분이 각자의 길을 따로따로 정해서 간다고 해서 두 분의 앞날이 행복으로 가득 차게 되는 무슨 수가 있을까요. 어린 딸년의 시건방진 소리처럼 들리겠지만, 얻는 것과 잃는 것, 얻을 수 있는 것과 얻을 수 없는 것들 사이의 관계를 깊이 헤아려 주세요. (28쪽)

'나'의 딸은 부부 관계를 철저히 계산된 관계로 이해하는 젊은 세대의 논리를 가지고 있다. '나'의 딸은 편지로 부모가 이혼하면 학비를 재산 분할 비율에 따라 요구겠단 말을 전한다. '나'는 변해버린 딸과의 관계를 생각하며 딸을 임신했을 때 심하게 겪었던 입덧의 기억을 떠올리고, '내 몸속에 붙었던 그 어린 물고기와도 같은 유기물이 이 편지를 보내온 연주라는 사실을 믿을 수도 믿지 않을 수도' 없었다. 언니와 '나' 같은 중년 세대가 아직까지 전통사회의 가족 관념에 기대어 사고하고 판단하는 모습과는 대조적이다. 언니와 '나'는 장례 과정이나 이혼 과정에서 끝까지 가족이나 타인들과의 관계를 존중하며 최선을 다하는 데 반해 아들과 딸인 젊은 세대는 개인적 욕구를 스스럼없이 표출하며 자신의 이익을 챙기는 데 급급하다.

이런 젊은 세대들의 이기적 태도는 작품 속에서 얼마가지 않아 논리적 모순성에 직면한다. 젊은 세대는 중년 삶의 연륜에서 묻어나는 지혜 앞에서 무기력해진다. 언니의 아들은 친척들에게 빼앗긴 부의금을 찾아오며 '이래서 여자들한테 집안일을 맡길 수 없다니깐…'라며 어머니의 존재를 무시하는 가부장적 태도를 보였다. 그러나 자신의 아들 첫돌 잔치에서 어머니가 손자의 목숨을 구하는 모습을 보고 어머니의 존재에 대해 함부로 말했던 것을 후회하게 만든다. 언니는 손자의 위급한 상황에서 젊은 아들 내외가 발만 동동 구를 때 아기의 목에 걸린 '가이바시라(관자)'를 능숙하게 토해내게 한다. 그야말로 '불경을 싣고 가던 우리 집 늙은 암소'의 모습으로 '연화장 세계'에 들어가기 전의 냉정함과 민첩함을 보인다.

이상과 같이 「언니의 폐경」에서는 50대 두 중년 여성이 인생의 전환기를 맞아 가족 관계의 해체를 경험하며 절망, 불행감, 무력감, 방황, 피해의식, 상실감 등의 정서적 고통을 서로의 방식으로 극복해 나가며 의지한다. 언니는 인간에게 찾아오는 무자비한 죽음을 간접 경험하며 허무감 속에서 초연한 자세로 가족 관계를 재정립해 나가고, '나'의 경우는 이혼으로 인한 가족 관계의 파탄을 새로운 중년의 사랑으로 극복해 나간다. '나'의 새로운 연인 관계는 남녀 간의 성적 욕망뿐만 아니라 노년의 고독을 함께 극복해 갈 관계로서 홀로된 중년의 삶에 서로 소통하고 의지해 나갈 수 있는 관계로 재정립된다.

4. 맺음말

고령화 시대를 맞아 노령 인구의 증가와 노년에 대한 관심은 인생주기의 연속선상에서 이전 시기인 중년층에 대한 관심도 불러왔다. 중년은 더 이상 자신이 더는 젊지 않다는 것을 느끼고, 꿈을 성취할 수 있는 시간이 얼마 남지 않았다는 사실을 깨달으며 생의 양면성을 복합적으로 드러내며 인생에서 가장 바쁘고 변화가 많은 시기이다. 그야말로 인생의 전환기로서 중년 삶의 경로는 수정되고 보완되어 노년기로 이어진다. 이런 의미에서 50대 중년의 삶은 60대 이후 인생을 마무리하는 노년 단계에 가지는 자아통합감을 형성하는 데 중요한 매듭이라 할 수 있다. 그런데 현대 사회에서 50세는 그렇게 긍정적이지만은 않다. 신체적으로는 노화로 인한 질병이 생겨 죽음을 생각하게 되고 자신의 삶에 지지를 보냈던 가족 관계에는 분리와 해체가 이루어지며 정서적으로도 위기를 경험한다.

본고에서는 이런 50대 중년 남성과 중년 여성의 삶을 김훈의 「화장」과 「언니의 폐경」을 통해 살펴보았다. 작품 속 인물들은 중년의 신체적 변화 즉 노화 과정 속에서 남성과 여성의 성별 차이를 보이며 중년의 위기감을 극복해 나갔다. 이 과정에서 삶과 죽음에 대한 중년 남녀의 인식은 이전 시기의 생애 경험의 축적과 라이프 스타일의 차이, 주변인의 죽음 경험 등으로 개인차를 드러냈다. 또한 이 두 작품에 등장하는 중년 남성과 중년 여성의 심리 상태를 살펴본 결과, 중년 여성의 우울감이 중년 남성보다 더욱 심하게 드러나 있었다. 이는 중년 여성 대부분이 주로 가정 내 역할만 수행하다가 중년기를 맞아 '폐경'과 같은 확실한 신체적 변화와 함께 다양한 변화들을 경험하면서 자존감이 떨어졌기 때문이다. 특히 「언니의 폐경」의 중년 여성들은 가족의 죽음이나 배우자와의 이혼 그리고 가족구성원의 독립으로 인해 가족의 해체와 단절이 일어남으로써 심한 상실감에 빠져 있다.

「화장」의 중년 남성 '나'를 통해서도 중년기 경험하게 되는 삶과 죽음에 대한 인식을 확인할 수 있었다. '나'는 죽어가는 아내의 육체적 고통을 지켜보며 인간의 소멸 즉 죽음의 문제에 객관적 거리를 두며 냉정한 태도를 유지해 나갔다. 반면 젊은 여성에게서 품어 나오는 강한 생명력에 대해서는 주관 과잉의 서술로 동경의 시선을 보냈다. 이 과정에서 현대사회의 죽음 문제가 개개인의 개별적 문제로 나타났다. 그러나 작가는 진정성 없는 일상 현실에서 오는 가벼움과 삶을 다 마친 후 죽음에서 만나는 초월적 가벼움의 의미를 모호하게 처리하며 중의적 표현을 성공적으로 형상화하지 못하였다. 그것은 「화장」의 '나'가 인식하는 죽음의 가벼움이 전 생애를 두루 경험하면서 획득한 초월적 의식에서 비롯되었다고 보기 힘들기 때문이다. 이는 '나'가 인생의 전환기에 노화로부터 시작된 신체적, 심리적, 사회적 변화로 정체감의 위기를 경험하며 자신의 가치를 재발견하고 재정립하는 과제를 해결해 나가지 못했기 때문이다.

「언니의 폐경」의 언니와 '나'는 가족 관계의 해체를 맞지만 홀로 된 중년의 삶을 자매애를 통해 친밀감을 형성해 나가며 중년의 정신적 불안을 극복해 나갔다. 물론 중년의 위기에 대응해 가는 방식은 언니와 '나'에게 차이가 나타난다. 특히 화자 '나'는 새로운 이성과의 만남을 통해 동질감을 바탕으로 노년의 고독에 대응해 나갔다. 또한 두 여성 모두는 중산층에 속하는 경제적 지위를 유지하고 있어 가족 관계의 단절 이후에도 노년에 홀로 살아가며 경제적 궁핍을 경험하지 않을 거란 전망을 갖게 하였다. 그러나 이들 역시 다가올 노년의 일상에 드리울 삶의 불확실성으로 인해 불안감과 두려움을 쉽게 떨쳐내지 못했다.

결론적으로 「화장」에서는 중년 남성으로 보이는 서술자가 「언니의 폐경」에서는 중년 여성으로 보이는 서술자가 중년의 다양한 경험들을 서술하는 가운데 서술자의 성별 차이를 보여주었다. 기존에 중년을 연구하는 여러 논자들이 언급했듯이 중년기라는 발달 단계에서 남성과 여성은 중년의 경험들을 다르게 인식한다. 두 작품 속에서도 중년 여성들은 중년의 신체적 변화인 '폐경'을 전후로 또 가족 구성원과 관련된 부정적 생애사건들로 인해 정신적 갈등을 겪으며 심각한 정체성의 혼란을 경험하지만, 중년 남성들은 사회적 역할 변화(은퇴, 실직)와 같은 경험이 아닌 신체적 변화나 가족 관계의 변화에서 심각한 위기감을 보여주지 않는다. 그렇기 때문에 인생의 전환기에 자신의 과거 삶과 현재, 그리고 곧 도달하게 될 노년의 삶을 전망하는 데 중년 남성은 자기성찰적 자세를 극명하게 드러내지 않는다.

참고문헌

강혜숙,「세 가지 어법과 감각의 서사」,『돈암어문학』통권 제21호, 2008.

김경민 · 한경혜,「중년기 남녀의 가족생활사건 경험이 심리적 복지감에 미치는 영향」,『한국노년학』, 24권 3호, 2004.

김경희,『발달심리학』, 학문사, 1999.

김경수,「중년 탐색의 허와 실」,『황해문화』가을호, 2006.

김명자,『중년기 발달』, 교문사, 1998.

김순이 · 이정인,「중년기 성인의 노화불안, 우울 및 자아존중감에 대한 연구」,『기본간호 학회지』제14권 제1호, 2007.

김애경,「중년 여성의 폐경 경험에 대한 이론적 접근」,『대한기본간호학회지』제15권 3호, 2008.

김은정,「현대소설의 병리적 상징성 연구-김훈의「화장」을 중심으로」,『배달말』48호, 2011.

김정영,「중년여성들의 일상적 대화의 의미 : 아줌마들의 '목욕탕 수다'에 대한 문화기술지 연구」, 서울대학교 석사논문, 2010.

김창엽 · 이혜경 · 정진웅,「좌담-성공을 욕망하는 위기의 중년」, 누리미디어, 2004.

김형일,「중년여성의 정서적 위기감에 대한 연구」,『한국여성교양학회지』제19집, 2010.

김훈 외,『이상문학작품집』28회, 문학과 사상사, 2004.

김훈 외,『황순원문학상 수상작품집』, 중앙일보 문예중앙, 2005.

김희경,「중년 남성과 중년 여성의 우울과 신체적, 사회 · 심리적, 인지적 요인 비교」,『성인간호학회지』제18권 제3호, 2006.

배은경,「중년 여성을 보면 한국이 보인다」(여성을 위한 모임 지음,『제3의 성-중년 여성 바로 보기』(현암사, 1999)",『당대비평』통권 제8호, 1999.

송명희,「김훈 소설에 나타난 몸 담론」,『인문학자, 노년을 성찰하다』, 푸른사상, 2012.

서혜경,『노인죽음학개론』, 경춘사, 2009.

심진경,「경계에 선 남성성」,『여성, 문학을 가로지르다』, 문학과 지성사, 2005.

여성을 위한 모임 지음,『제3의 성-중년 여성 바로 보기』, 현암사, 1999.

오경미·김분한,「중년 여성의 배우자 사별 의미에 대한 주관성 연구」,『주관성 연구』통권 제14호, 2007.

이미란,「창작 소설의 평가 기준 연구」,『한국문학이론과 비평』제42집, 2009.

이필규,「서술화하는 육체와 서술화되는 육체의 비극-김훈,「화장」」,『제3의문학』통권 16호, 2004.

정성호,『중년의 사회학』, 살림출판사, 2010.

정재림,「삶과 죽음의 변증법」,『문예연구』통권 46호, 2005.

최광선,「중년기 여성이 보고하는 자아정체감의 변화」,『사회과학』제9집, 1997.

최영자,「이데올로기적 환상으로서의 김훈 소설」,『우리문학연구』26집, 2009.

최신덕 역,『노년사회학』, 경문사, 1985.

한경혜·이정화,『지금, 중년을 말할 때』, 교문사, 2012.

허명숙,「소설이 죽음을 사유하는 방식」,『한국문예비평연구』제34집, 2011.

노베르트 엘리아스, 김수정 옮김,『죽어가는 자의 고독』, 문학동네, 2011.

에릭슨·스키너·로저스, 한성열 옮김,『노년기의 의미와 즐거움』, 학지사, 2000.

크리스 쉴링, 임인숙 역,『몸의 사회학』, 나남출판, 1999.

주

* 「김훈의 「화장」과 「언니의 폐경」에 나타난 중년의 신체 변화와 가족 관계의 변화 양상: 중년의 위기감과 노년의 삶 전망을 중심으로」, 『가족과 문화』 제25집 4호, 2013.12.

1 김훈의 「화장」(2004)은 이상문학상, 「언니의 폐경」(2005)은 황순원문학상을 수상한 작품임.

2 1950년대 중·후반부터 1960년대 초반까지 출생한 세대로 유신독재와 고도의 경제성장, 5·18 광주민주화운동과 5공 시대를 거쳐, IMF 경제위기를 겪은 '굴곡의 세대', '위기의 세대'로 불린다(정성호, 2010:64).

3 유엔은 고령인구를 65세 이상의 인구로 정의하고 이들 인구가 전체인구의 7%를 넘으면 '고령화 사회', 14%를 넘으면 '고령사회', 20%가 넘으면 '초고령화 사회'로 나누고 있음. 우리나라는 세계 최고속 초고령화 사회로 가는 나라로 알려져 있음. 통계청, 2005에 의하면 2000년 노인인구 7.2%, 2018년에 14.4%로 고령사회에 들어서고, 2026년에 20.0%로 초고령 사회에 진입하게 될 것으로 전망되고 있음(통계청, 「장래인구 특별추계 결과」, 2005년 1월).

4 작품 속 인물들은 평균 55세로 이 시기를 논자에 따라선 노년 초기로 보기도 함(한경혜·이정화, 2012:8).

5 발달심리학자들에 의하면 중년기는 사회에 대한 영향력이 그 절정에 달하는 한편, 노화에 따른 생물학적 변화를 가장 크게 느낀다고 함(Havighurst, R.J. 1972; 최광선, 1997:162 재인용).

6 이하 김훈의 「화장」 본문 인용 표시는 『이상문학작품집』(2004)에 의함.

7 '나'는 신체적 노화가 진행되는 상황에서 죽음 불안 즉 중년의 무거운 현실을 잠이라는 상징적 행위를 통해 잠깐 동안이지만 가벼움으로 경험한 것임.

8 김훈의 「언니의 폐경」에서도 후각적 기법이 중년 여성들의 삶과 인식

세계를 재현해나가는 데 유용한 문학적 기법으로 사용되고 있음.

9   노베르트 엘리아스도, "현대인들의 감각에 문명의 청결, 위생에 대한 강박은 더욱더 죽음을 회피하게 만들고 격리시켜 놓고 있다."고 주장함.

10 중년의 위기를 모든 개인이 필연적으로 경험하게 된다는 보편적 위기로 보는 견해와 개인적 특성이나 환경에 따라 경험하지 않을 수도 있다는 보편적 위기 부재의 견해가 있음. 특히 보편적 위기로 보는 견해에는 40세를 전후로 내적 세계로 관심이 전환되면서 자아정체감의 혼란으로 인한 위기를 겪게 된다고 함. 중년기에는 전 생애 중 가장 큰 위기의 정도를 경험하며 또한 다양한 위기를 단계적으로 겪게 됨(김형일, 2010:136).

11 폐경은 다양한 신체적 변화와 골다공증, 요실금과 같은 질병을 유발시키고 불안, 우울과 같은 정서적 요인이 복합적으로 나타나며 여성의 삶의 질에 영향을 미침(김애경, 2008).

12 중년 여성의 '수다'를 경험 공유의 소통과정으로 인식하며 그 중요성을 논의한 연구도 있음(김정영, 2010).

13 한국문학에서 중년 여성의 수다를 통해 일상의 삶과 그 안에 담긴 진실성을 재현하고 있는 작가로는 박완서를 꼽을 수 있음. 중년 여성들이 전업주부로 살아가면서 부딪쳤던 일상의 체험들이 수다를 통해 녹아져 있음.

14 중년의 위기에는 계급적 요소가 굉장히 중요한데, 중년의 개념에는 '성공한 중산층'이란 이미지가 얽혀 있음. '한국적 근대'의 성공지상주의가 중산층을 표준으로 발전한 탓 이라 볼 수 있음(김창엽 외, 2004:157).

15 노년의 사고(四苦)에는 빈곤고, 고독고, 병고, 무위고가 있음.

16 Erikson은 개인의 자아정체감은 청년기 이후에도 여러 가지 신체, 심리, 사회적 변화를 겪으며 그것에 대응하는 위기가 있으면 성숙해 나간다고 보았음(에릭슨, 한성열 역, 2000).

노년의 삶, 소설로 읽다

초판 1쇄 펴낸날 | 2023년 3월 21일

지은이 | 김정석 · 박선애
편집인 | 이용헌
펴낸이 | 윤용철
펴낸곳 | 소울앤북
주   소 | 경기도 파주시 회동길 325-22, 3층
편집실 | 서울특별시 중구 삼일대로 6길 15, 3층
전   화 | 02-2265-2950
이메일 | de2950@hanmail.net
등   록 | 2014년 3월 7일 제4006-2014-000088

ISBN 979-11-91697-12-4   03810

값 20,000원

* 이 저서는 2022년 대한민국 교육부와 한국연구재단의 지원을 받아 수행
  된 연구임(NRF-2O22S1A5C2A03092307)